SUR TOUS LES FRONTS

TOM CLANCY
avec Peter Telep

SUR TOUS LES FRONTS

Tome 2

ROMAN

Traduit de l'américain
par Jean Bonnefoy

Albin Michel

Ceci est une œuvre de fiction.
Les personnages et les situations décrits dans ce livre sont purement imaginaires :
toute ressemblance avec des personnages ou des événements existant
ou ayant existé ne serait que pure coïncidence.

Toutes les notes sont du traducteur.

24

CELUI QUI MEURT RÈGLE TOUTES SES DETTES

San Cristóbal de las Casas
Chiapas

MOORE PIVOTA SUR LUI-MÊME, scrutant la cohue des touristes, balayant les alentours de gauche à droite, avant de fixer son attention un peu plus loin vers le bout de la rue, au cœur du marché.

Entre les couleurs bariolées portées par les vendeurs et le mouvement incessant des passants, Moore se rendit compte qu'il avait suffi qu'il quitte des yeux le couple pour les perdre complètement. Aussi vite que cela. Quelques secondes à peine. Ils avaient dû être abordés par des hommes armés et tranquillement interceptés.

Ce n'était pas franchement la panique mais une sorte de courant électrique parcourut soudain Moore, au rythme des battements précipités de son cœur.

Un moteur vrombit, le bruit venait du carrefour proche. Moore fonça, bousculant les chalands pour atteindre le coin et là, au pied d'une pente escarpée, il avisa Miguel et Sonia qui traversaient la rue pour rejoindre l'autre allée du marché. Ils étaient poursuivis par deux types trapus vêtus comme des paysans, mais armés toutefois de pistolets. Ils les avaient peut-être interceptés mais les deux jeunes gens avaient réussi à s'échapper.

Le type de tête tira deux coups de feu vers le couple mais il s'agissait à l'évidence de coups de semonce : les projectiles allèrent se perdre dans les murs chaulés derrière eux tandis qu'ils disparaissaient dans la ruelle. Le type aurait pu facilement les tuer. Donc, qui que soient ces gars, eux aussi tenaient à les capturer vivants.

Ce n'étaient pas des membres du cartel de Sinaloa. La question était de savoir combien d'autres groupes s'étaient mis à dos Corrales et ses sbires. Bigre, d'ici à ce qu'ils se bousculent tous pour faire un carton sur l'âme damnée du tout-puissant cartel de Juárez... Moore jura dans sa barbe. Leur mission était déjà bien assez difficile sans compétition.

Il les fila mais en essayant de garder ses distances pour éviter de se faire repérer. Il s'engagea dans la ruelle étroite et le dernier de la file dut entendre ses pas car il jeta un coup d'œil derrière lui, puis ralentit – et se retourna pour tirer.

Moore se jeta contre le mur pour saisir son pistolet et il esquiva le premier projectile d'un mètre peut-être avant d'avoir eu le temps de dégainer pour tirer deux balles à son tour. Avec le silencieux, c'est le bruit d'un pistolet à amorces qui se réverbéra.

L'autre type l'imita en plongeant vers le mur.

Le premier projectile de Moore manqua la tête du gars de quelques centimètres mais le second le cueillit à l'épaule et l'homme s'effondra dans la poussière en étouffant un cri.

Regrettant de ne pas avoir le temps d'avertir Fitzpatrick et Torres, Moore fonça vers l'homme à terre, écarta son arme d'un coup de pied, puis tourna à droite au bout de la ruelle pour déboucher sur une autre rue pavée en forte pente. Des voitures étaient garées de chaque côté.

Miguel et Sonia remontaient la rue par le trottoir, le poursuivant désormais solitaire toujours sur leurs talons. Ce dernier tira un nouveau coup de semonce qui explosa la lunette arrière d'un petit pick-up garé à leur hauteur. Puis il leur hurla en espagnol de cesser de fuir.

Moore se jeta en avant tandis qu'un moteur vrombissait soudain derrière lui. Il se dévissa le cou et vit passer en trombe une berline bleu marine – une voiture de location, sans aucun doute, avec deux hommes à l'avant ; la vitre était baissée et le passager avait passé dehors son bras armé d'un pistolet. Bon Dieu, mais combien étaient-ils donc ? Moore se planqua entre deux voitures garées quand le passager ouvrit le feu sur lui, et là, il ne s'agissait pas de coups de semonce.

La voiture poursuivit son ascension et Moore se redressa pour riposter, tirant deux nouveaux projectiles, le premier transperça la lunette arrière pour atteindre le passager à la tête, le second se perdit quand le chauffeur fit un brusque écart.

Miguel et Sonia plongèrent sous une porte cochère et disparurent à nouveau.

Le dernier poursuivant à pied s'y engouffra à son tour tandis que la voiture s'arrêtait brusquement.

Mauvais plan, les enfants, songea Moore, parce que le garçon et sa copine venaient d'entrer dans un petit hôtel de deux étages où ils allaient probablement se retrouver pris au piège.

Miguel continuait de pester tout en essayant de suivre le rythme de Sonia qui passa en courant devant le comptoir, sous les yeux éberlués de la réceptionniste, une femme d'un certain âge. Ils la laissèrent leur crier dessus tandis qu'ils se ruaient dans la cage d'escalier.

« Où va-t-on ? s'écria le jeune homme.

– T'inquiète, fonce ! »

Où avait-elle trouvé cette bravoure ? Il était censé être le mec, le protecteur, mais c'est elle qui avait repéré l'enlèvement de Corrales, elle qui avait vu approcher les deux autres types, et elle qui avait pris la tangente pour leur échapper avant que ces deux idiots ne puissent leur mettre la main dessus. Mais il restait encore un de ces salopards à leurs trousses (qui sait ce qu'il était advenu de son comparse), et pourtant Sonia semblait avoir un plan.

« On ne peut pas monter sur le toit, répliqua-t-il. On risque de se retrouver coincés !

– On ne monte pas sur le toit », répondit-elle en arrivant sur le palier du premier. Elle ouvrit la porte d'accès à l'étage et lui fit signe d'entrer. Là, ils attendirent, le souffle court, inspirant l'air confiné tout en écoutant les pas du type lancé à leur poursuite. L'homme arriva sur le palier mais il poursuivit son ascension vers le deuxième étage.

Miguel poussa un énorme soupir. Il se tourna vers Sonia, encore hors d'haleine. Il baissa les yeux et découvrit dans sa main un petit couteau dont la lame se recourbait en forme de crochet.

« Où as-tu trouvé ça ?

– Dans mon sac. Un cadeau de mon père. C'est juste un porte-bonheur mais papa m'a appris à m'en servir.

– Fernando est très strict pour ce qui est de la possession d'armes.

– Je sais. Je ne voulais pas t'en parler mais il m'a laissée le garder sur moi. Je dois me protéger. »

Miguel plissa le front.

Et juste à cet instant, la porte s'ouvrit.

« Pas un geste », dit leur poursuivant, l'arme pointé sur Miguel. « Tout ce qu'il vous reste à faire, c'est me suivre. Une voiture attend dehors. »

Miguel crut rêver quand il entendit Sonia hurler, prendre son élan, puis projeter le bras et égorger le type. Le sang éclaboussa le mur.

« Récupère son flingue ! » glapit-elle.

Il resta interdit. Qui était cette fille dont il était tombé amoureux ? Elle était remarquable.

Entre son téléphone qui vibrait et une autre voiture qui venait de s'arrêter devant l'hôtel avec encore trois nouveaux types pour se ruer à l'intérieur, Moore conclut que s'il entrait à son tour, soit il se ferait capturer, soit il serait abattu pour s'être retrouvé au mauvais endroit au mauvais moment. Il se tapit donc derrière une voiture et saisit son mobile : le numéro de Fitzpatrick venait d'apparaître et il avait raté un appel de Towers. Il répondit d'abord à celui de Fitzpatrick. « Où es-tu ? On n'arrive toujours pas à mettre la main sur les deux autres gars, et toujours pas trace de Corrales.

— Bigre, il faut absolument qu'on les retrouve, dit Moore. Mais ouais, je suis près de cet hôtel, deux rues plus bas. La voie est très escarpée. Le gosse et sa copine sont à l'intérieur, mais d'autres types ont déboulé pour leur mettre la main dessus.

— Putain, c'est qui, ceux-là ?

— J'en sais rien. Mais je te promets qu'on va le savoir. Prends la voiture et viens me récupérer !

— Putain, mec, je me demande pourquoi tout s'est barré en couille aussi vite.

— Je n'en sais rien, moi non plus. Radine-toi, c'est tout. »

Qu'ils aient réussi à le prendre par-derrière et à le traîner à l'intérieur de l'immeuble, voilà qui constituait une énorme déception pour Corrales. Lui qui se targuait d'avoir toujours les sens aux aguets, d'être constamment en harmonie avec son environnement, conscient du moindre danger, doté de perception extrasensorielle, comme s'il pouvait lire les pensées des adversaires avant même qu'ils n'approchent, détecter leur chaleur corporelle à plusieurs mètres de distance, deviner à l'avance leurs plus sombres intentions.

Mais tout ça, c'était de la connerie : le fait est qu'il avait déconné – parce qu'il avait baissé sa garde et oublié que, dans ce métier, il y avait des gens prêts à vous tuer tous les jours.

Donc, ces salopards discrets avaient réussi à le traîner à l'intérieur de la boutique qui s'était avérée être un vieux magasin de vêtements en cours de rénovation – ils étaient entourés de matériaux de construction.

S'ils avaient réussi à le désarmer, ils n'étaient pas parvenus en revanche à le maîtriser totalement : il se faufila comme un serpent pour échapper à l'étreinte du premier type et en se retournant il se prit un pruneau à bout portant dans l'épaule avant d'avoir pu désarmer le gars qui s'était emparé de lui.

Avant que l'un ou l'autre des deux hommes ait pu réagir, Corrales leur avait à chacun logé une balle dans le cœur.

Puis il s'effondra, le souffle court, le sang giclant de son épaule. Il égrena des jurons. Il avait déjà pris des balles, mais ce n'étaient que des égratignures, rien de comparable.

Il farfouilla pour sortir son téléphone mobile, composa le numéro de Miguel, attendit. Pas de réponse. Il appela Pablo. Rien. Toujours assis, immobile, ensanglanté, il appela Raúl. Tomba sur sa boîte vocale. Des sirènes de police retentirent au loin et, dehors, derrière la devanture aux vitres couvertes d'une croûte de poussière, les touristes tournèrent la tête quand les voitures de police passèrent en vrombissant.

Ces salopards allaient sans aucun doute capturer Miguel et Sonia. Comment allait-il l'expliquer à son boss, Castillo ? L'autre borgne serait outré, et l'échec de Corrales se traduirait par son exécution, à moins qu'il ne parvienne au plus vite à rétablir le lien avec le fils du patron et sa copine.

Castillo ne manquerait pas de demander pourquoi les Guatémaltèques l'avaient attaqué quand il lui avait dit de les engager pour lancer des opérations contre les Sinaloas.

Mais Corrales serait bien en peine de répondre. Il ne pourrait pas dire à Castillo que l'argent qu'on lui avait donné pour payer les tueurs à gages avait en fait été détourné pour contribuer à la restauration de son hôtel et qu'il avait menti aux Guatémaltèques au sujet de leur règlement. Il leur avait donné vingt pour cent d'avance, ils avaient accompli une demi-douzaine d'exécutions mais par la suite, Corrales les avait floués du reste de la somme. Ils étaient par conséquent foutrement en rogne, pour dire le moins. Ils avaient tué Johnny puis l'avaient filé jusqu'ici. Il n'avait pas réalisé à quel point ces connards pouvaient s'acharner, et maintenant tout était en train de partir en vrille.

Merde, il fallait vraiment qu'il aille à l'hôpital.

Miguel serra le pistolet et contempla Sonia en hochant la tête, incrédule. Elle avait le bras couvert de sang mais ça ne la troublait pas plus que ça. Leur prétendu ravisseur gisait à présent au sol, pissant un geyser de sang par sa blessure à la gorge.

Elle ouvrit d'un coup la porte, mais la cavalcade d'hommes grimpant les marches les ramena vivement à l'intérieur, dans le couloir de l'étage.

« Par ici ! » fit-elle.

Ils prirent à gauche et tombèrent sur un autre escalier. Cette fois, ce fut lui qui ouvrit la porte donnant sur la cage.

D'autres types étaient également en train de l'escalader.

« Combien sont-ils ? demanda-t-il, abasourdi.

– Je ne sais pas, mais trop, répondit-elle.

– Ils vont nous piéger. »

Elle se mordit la lèvre, tourna les talons et se précipita vers la porte de la chambre la plus proche qu'elle essaya d'ouvrir d'un grand coup du talon de son pied nu. Elle glapit de douleur. La porte n'avait pas cédé.

« Recule-toi », lança-t-il avant de tirer deux coups de feu dans l'encadrement, faisant éclater les baguettes de bois. Il secoua le battant et réussit à l'ouvrir. Ils se ruèrent à l'intérieur.

La chambre était minuscule et empestait les produits d'entretien, le lit était fait. Pas de valise. *Inoccupée. Bien.*

« Ils vont voir la porte, remarqua-t-elle en se précipitant vers la fenêtre.

« Sonia, t'es vraiment incroyable. Tu ne paniques pas du tout.

– Si. Mais je le cache », répondit-elle en essayant de reprendre son souffle. « Viens, il faut qu'on se tire d'ici.

– T'as tué un mec, tout à l'heure.

– Oh, mon Dieu, je sais. » Elle ouvrit les grands rideaux, puis tourna la crémone et enfin, fendit la moustiquaire avec son couteau. Ils contemplèrent la ruelle en contrebas, la hauteur était d'environ cinq mètres.

« Attache les draps ! cria-t-elle. Allez, dépêche-toi, attache-les.

– On ne va pas descendre par là, protesta-t-il. J'ai une arme, allez viens.

– Laisse tomber. Ils sont trop nombreux. Il faut qu'on bouge. »

Il secoua la tête.

Et au moment précis où elle se précipitait pour arracher le dessus de lit, la porte s'ouvrit à la volée.

Miguel tira sur le premier type à entrer, l'atteignant à l'estomac, mais le second avait été rapide et il tenait déjà en respect Sonia. « Vous tirez encore, señor. Et elle meurt. »

La fusillade en provenance de l'intérieur de l'hôtel et les sirènes d'au moins trois voitures de police éloignèrent Moore des lieux de l'incident ; il retourna dans l'angle se blottir derrière une vieille Coccinelle, puis rappela Towers sur son mobile.

Après lui avoir donné en dix secondes un résumé de la situation, Moore entendit Towers jurer dans sa barbe avant de répondre. « J'ai de mauvaises nouvelles pour vous, mon vieux. De très mauvaises nouvelles… »

C'était mot pour mot ce qu'avait dit Carmichael, le binôme de Moore dans les commandos de marine, quelques secondes après l'extinction des lumières de la plate-forme. Il s'était écrié : « Ils nous ont repérés. » Avant d'ajouter : « Très mauvaise nouvelle. »

Carmichael avait pris avec lui trois autres SEAL pour escalader la plate-forme afin de désamorcer les charges qu'y avaient placé les Gardiens de la révolution. Les hommes de Moore patientaient derrière les pylônes et Moore savait qu'il devait au plus vite renvoyer ses hommes dans l'eau. Il leur ordonna de prendre le sous-marin de poche et de dégager, ce qu'ils firent à contrecœur. Puis il appela le commandant de son unité pour qu'on lui envoie un pneumatique à coque rigide depuis un patrouilleur irakien, en fait aux mains des SEAL. Le Zodiac pourrait les évacuer aussi vite que le mini-submersible. Le seul problème était qu'ils auraient besoin de faire diversion pour occuper les troupes postées sur la plate-forme pendant qu'ils décrocheraient.

« Mako Deux, à la flotte avec tes hommes ! Plongez !

15

– Bien reçu », beugla Carmichael, sur fond de crépitement d'armes à feu.

Moore regarda et attendit, jusqu'à ce qu'un homme ait plongé, suivi d'un second.

Où étaient les autres ? « Mako Deux, je n'ai vu que deux gars ?

– Je sais ! Je sais ! Mako Six a été touché. Il faut que je l'évacue ! »

Une cacophonie de voix s'entrecroisa dans la radio et de nouvelles rafales crépitèrent, comme autant de parasites ponctuant les accents de terreur exprimés par ses hommes et, durant un moment, ce fut comme si toutes ces années passées à les pleurer se fondaient dans le souffle de sa respiration. Et puis…

Towers continuait de parler. « Moore, vous êtes toujours là ?

– Oui.

– Écoutez-moi, écoutez-moi bien. Il semble que votre Agence ait toujours montré un vif intérêt pour monsieur Jorge Rojas, au point d'avoir infiltré un agent auprès de lui depuis plus d'un an maintenant. C'est un cas classique de manque de coordination entre services.

– Une minute. De quoi parlez-vous au juste ?

– Je parle de la copine du gamin, vieux. Elle est de la CIA. Recrutée en Europe il y a déjà un bail. Passée par la police comme vous. Et vous êtes en train de me dire que vous venez de la perdre sous votre nez ? »

Moore serra les dents. « Putain de merde. Mais non, non, non, pas du tout. On ne l'a pas encore perdue. Je vous rappelle. »

Surpris ? Moore ne l'était pas vraiment. Ennuyé ? Frustré au-delà de toute expression ? Prêt à tuer le rond-de-cuir qui avait oublié de tuyauter ses patrons ? Sûrement. Le cahier des charges de l'unité d'intervention Juárez avait été soit ignoré, soit manifestement pas transmis au service compétent pour permettre une action coordonnée de tous les agents travaillant sur l'affaire. Ce n'était pas la première fois qu'une information tardive ou fragmentaire se traduisait par une rupture des communications durant l'une de ses missions, et ce ne serait sûrement pas la dernière. Les failles entre agences comme le FBI et la CIA étaient chose commune, ce qui rendait la révélation d'autant plus crispante.

Il raccrocha au moment où Fitzpatrick et Torres tournaient au coin dans leur petite voiture de location blanche. Il monta derrière. « Vous voyez la tire bleue, là-bas devant. Attendez. S'ils ne sont pas morts, ils vont déboucher de la porte juste à côté. »

Ô surprise, ce fut le cas, Miguel et Sonia apparurent en effet, tenus en respect par deux types armés. Ils montèrent dans la berline qui décolla sur les chapeaux de roues.

« J'attends quelques secondes, puis j'embraie, annonça Fitzpatrick.

— Garde tes distances, avertit Moore.

— Corrales a une flopée d'ennemis, indiqua Torres. Ses ennemis devraient être nos amis, mais ce n'est pas le cas. Ils viennent de nous piquer notre monnaie d'échange !

— Ouais, si c'est pas malheureux, railla Moore.

— On n'a plus rien, se désola Torres. Putain, qu'est-ce que je vais raconter au patron ?

— On se calme, mon gros. Je t'ai dit que le groupe pour lequel je travaille était très puissant, bien plus qu'une bande de voyous avec des flingues. »

Moore lorgna Fitzpatrick qui retint tout juste un sourire.

« Si on les perd, quelqu'un va devoir le payer, prévint Torres. Et ce ne sera pas moi. »

Moore grogna. « Si tu ne la fermes pas, je vais te virer ton gros cul de cette tire et tu continueras la route à pied… monsieur le dur. »

Torres ricana et se pencha en avant. « Tâche juste de pas les perdre », dit-il à Fitzpatrick.

« Écoutez, j'exige juste de savoir où vous nous emmenez, dit Miguel. Si c'est un simple enlèvement, mon père réglera la rançon et l'affaire sera pliée avant la fin de la journée, d'accord ? »

Le chauffeur, dont le teint basané rendait les traits indéchiffrables alors qu'ils passaient dans l'ombre des plus hauts immeubles, se retourna et sourit. « OK, chef, comme tu voudras.

– D'abord, qui êtes-vous et où allons-nous ?

– Si tu continues de bavasser, on va te mettre un bâillon », avertit le chauffeur.

Sonia posa la main sur celle de Miguel, tandis que le gars assis à droite continuait de la tenir en joue avec son pistolet. Une autre voiture pleine de types les avait rejoints et les suivait de près.

« Miguel, c'est OK, lui dit-elle. Ils ne nous diront rien, donc inutile de gaspiller ton énergie. Cherchons plutôt à conserver notre calme. Tout va bien se passer.

– Qu'est-ce que t'en sais ? rétorqua-t-il, les larmes aux yeux. Ils vont nous torturer et nous tuer. Arrête de déconner, merde. Il faut qu'on se tire !

– Non ! fit-elle en lui serrant la main plus fort. Pas de bêtises. On ne risque rien. Ils veulent juste de l'argent. C'est précisément ce que ton père redoutait. Je regrette juste que Corrales n'ait pas fait du meilleur boulot.

– Celui-là, dès que je le revois, je le tue. »

Elle haussa les épaules. « Il est peut-être déjà mort. »

Corrales avait réussi à appeler l'hôtel et il était tombé sur Ignacio. Ce dernier, à son tour, avait quitté la réception pour aller chercher Maria. Corrales lui expliqua les faits de manière passablement incohérente, lui disant qu'il avait besoin d'elle et de plusieurs gars pour venir le récupérer. Ajoutant qu'il était à la recherche d'un hôpital car il s'était fait tirer dessus.

Il sortit de l'immeuble en titubant, marcha presque jusqu'au carrefour suivant, puis tout sombra dans l'oubli...

« C'est bon, Dante, c'est bon », dit la voix de Pablo.

Il battit des paupières, rouvrit les yeux, constata qu'il était de retour dans la chambre d'hôtel et qu'un homme qu'il ne connaissait pas se tenait à côté de Pablo. L'homme avait de longs cheveux gris, une petite barbe et de grosses lunettes.

« Ça va coûter très cher, observa l'homme.

— Dante, c'est un docteur, et il va extraire la balle de ton épaule. Sans poser de questions.

— Comment tu t'en es sorti ? »

Pablo inspira profondément. « J'ai réussi à en avoir un. Je ne sais pas ce qu'il est arrivé à Raúl. Puis je t'ai retrouvé dans la rue, juste à temps, apparemment, mais ne te fais pas de souci pour ça. Il va te donner un produit pour t'anesthésier. Tu te sentiras mieux ensuite. J'ai parlé à Maria et à plusieurs des garçons. Ils descendent en avion nous récupérer comme tu l'as demandé.

— On ne peut pas partir. On a perdu le fils du patron !

— Du calme, du calme. On les retrouvera.

— Non. C'est ces putains de Guatémaltèques qui les détiennent. »

Pablo eut un mouvement de recul : « Pourquoi ?

19

– Parce que je ne les ai pas payés, et maintenant va falloir que j'explique à Castillo ce qui s'est passé. Il va me faire tuer.

– Non, ne lui dis rien. Je m'en occupe. Pour l'instant, repose-toi, mon ami. Tout se passera bien. »

Mais il en doutait fort et au moment où le vieux médecin lui plaquait un masque sur la figure, Corrales revit les feux de sa rage adolescente, et l'image de ses parents, le visage en proie aux flammes, la peau fondant par plaques, qui sortaient de leur vieil hôtel, et son père qui pointait vers lui un doigt vengeur en lui disant : « Je t'avais dit de ne jamais rejoindre un cartel. Ils nous ont tués. Et maintenant, ça va être ton tour. »

25

SI JE RECULE,
TUEZ-MOI

San Juan Chamula
Chiapas

MOORE, FITZPATRICK ET TORRES filaient la berline bleue et la camionnette vert et blanc qui semblait ouvrir la voie. Ils sortirent de San Cristóbal de las Casas pour gagner les contreforts de la montagne, en direction de la petite ville de San Juan Chamula, à une dizaine de kilomètres. C'était là, avait lu Moore, que les Mayas de la tribu Tzotzil organisaient chaque année en début d'été un carnaval qui attirait les touristes. Chants, danses, concerts, feux d'artifice et une longue parade à travers le village qui, outre un divertissement pour les visiteurs, apportaient une manne bienvenue pour cette bourgade plutôt pauvre.

Torres ne cessait de demander à Fitzpatrick de se rapprocher, tandis que Moore y mettait le holà, expliquant que s'ils étaient repérés, les otages risquaient d'être tués – et le señor Zúñiga pourrait dire adieu à sa vache à lait, tout comme aux négociations pour ouvrir de nouveaux tunnels frontaliers à l'intention des Sinaloas.

Ce qu'ignoraient Torres et Fitzpatrick, c'est que la petite amie de Miguel, une certaine Sonia Batista (Olivia Montello de son vrai nom), avait, enfichée dans l'épaule, une puce qui permettait à l'Agence de connaître sa position. Moore avait

21

besoin d'une occasion pour prendre à part Fitzpatrick afin de lui expliquer le topo ; en attendant, l'essentiel était d'engager les deux hommes à garder leurs distances. Pendant ce temps-là, Towers et le reste de l'Agence devaient se décarcasser pour identifier précisément les ravisseurs, même si Moore et Towers estimaient qu'il s'agissait très probablement de Vautours vengeurs, l'escadron de la mort guatémaltèque qui, pour une raison ou une autre, avait doublé le cartel de Juárez. Ils ne se trouvaient après tout qu'à quelques centaines de kilomètres de la frontière du Guatémala et les relations du cartel avec les Guatémaltèques étaient de notoriété publique. Moore ignorait les motifs de leur brouille récente mais un chose était sûre : ces gars étaient tout sauf des amateurs écervelés. Déjà lors de leur premier briefing, Towers avait indiqué que ces types feraient passer les *sicarios* pour des enfants de chœur. Beaucoup étaient d'anciens militaires voire d'anciens membres des forces spéciales du pays, les Kaibiles, dont la devise était : *Si j'avance, suivez-moi. Si je m'arrête, poussez-moi. Si je recule, tuez-moi.*

Encore plus remarquable était leur aptitude à la plus grande discrétion. Ils s'habillaient en civil, n'étaient armés que de pistolets et, du moins jusqu'ici, ne s'étaient jamais embarqués dans des opérations compliquées. Mais Moore se dit que ça n'allait pas durer. Plus maintenant, alors qu'ils étaient prêts à négocier et s'attendaient à des représailles. Cette seule idée lui donna des frissons – imaginer Sonia touchée, violentée, torturée par ces brigands… Il frémit.

Moore sortit son smartphone et moins d'une minute plus tard, il scrutait une image satellite de la ville sur laquelle la balise GPS de Sonia apparaissait sous la forme d'un point bleu en lente progression superposé à la route.

« Tu regardes des cartes, à présent ? » demanda Torres, en se penchant par-dessus son épaule.

« Non, du porno.

– Pourquoi toujours vouloir faire le malin ? »

Moore grogna. « Me force pas à répondre. » L'autre gros commençait à le gonfler grave.

Un autre écran de données lui indiqua que Chamula disposait de sa propre police et qu'aucune force extérieure, civile ou militaire, n'était autorisée dans la ville ; qui plus est, les touristes devaient éviter, dans la mesure du possible, de prendre des photos. Des règles indubitablement draconiennes, mais peut-être les Vautours étaient-ils en cheville avec la police. S'ils avaient organisé cette capture de bout en bout et prévu cette planque idéale pour y mener leurs négociations après l'enlève-ment ? Le fait pour eux de ne pas avoir repris la direction du Guatémala rendait l'hypothèse encore plus probable.

Fitzpatrick les guida sur une route mal pavée qui montait en sinuant jusqu'à l'église de San Juan, modeste édifice aux murs blanc sale, cerné de parapets verts et décoré d'un porche en céramique décorée. Moore et Fitzpatrick vinrent se garer près des voitures de tourisme et des taxis, du côté opposé à une cinquantaine de stands protégés par des parasols colorés. Au-dessus, battaient au vent de longues rangées de pennons suspendus aux flèches de l'église. C'était la place du marché et plusieurs centaines de chalands se frayaient un passage dans le dédale des tables. Ici, la plupart des fruits étaient placés sur des couvertures posées dans l'herbe, à même le sol, et les piles d'agrumes évoquaient des boules de bowling.

« On ne peut pas se garer maintenant, aboya Torres en indiquant les véhicules qui s'éloignaient. On va les perdre !

– Je les file, connard, dit Moore en lui montrant son smart-phone. Via les balises GPS que j'ai installées.

– Quand as-tu fait ça ?

– Avant ton arrivée, mentit Moore. À présent, la ferme. Descendons. Il y a un cimetière derrière l'église. On va monter dans les collines derrière. » Moore zooma d'un geste du pouce et de l'index sur l'écran tactile. Les ravisseurs venaient de s'arrêter devant un petit groupe de maisons juste à l'ouest du cimetière. Les collines leur procureraient un poste d'observation idéal.

« Et toi, pourquoi tu le suis comme un petit chien ? s'étonna Torres en s'adressant à Fitzpatrick.

– Parce que c'est un bon. Il les a pistés. Et alors ? Sans lui, on les aurait perdus depuis belle lurette. »

Torres marmonna dans sa barbe, avant de s'extraire pesamment de la berline. Il leva son appareil photo, pensant jouer les touristes, quand Moore rabattit brusquement ses mains.

« Quoi encore, merde ?

– Pas de photos ici, je te l'ai dit. Ils n'aiment pas ça. En avant. »

Ils sortirent du coffre leurs lourds sacs à dos bourrés de matériel – dont trois fusils de précision, démontés et rangés dans leur étui.

Ils gravissaient un étroit sentier rocailleux raviné par les pluies estivales. Torres trébucha par deux fois avant qu'ils n'aperçoivent le cimetière avec ses croix blanches, bleues et noires, longé par des pins étiques et les poteaux en T des lignes électriques et téléphoniques. En contrebas, on apercevait les ruines de l'église San Sebastián ; ses flèches avaient depuis longtemps disparu et ses murs jaunissants et menaçant ruine étaient parcourus de fissures profondes comme autant de veines. Leur partie supérieure, près de la toiture, était recouverte de mousse et de moisissures.

Une fois parvenu au sommet de la plus haute colline, Moore les mena vers un bosquet de pins sous lequel ils s'accroupirent.

Il activa la caméra de son smartphone et ouvrit une application de réalité augmentée qui superposait à l'image une trame et, pour chaque case ainsi définie, repérait la taille et la distance des différentes structures placées dans le champ. En outre, le dispositif récupérait en direct les données de l'imagerie en temps réel de la maison où étaient détenus Sonia et Miguel. Moore savait que les petits bricoleurs au siège de l'Agence avaient eux aussi braqué tous leurs détecteurs sur cette maison et que dans moins de trente secondes il bénéficierait également de cette imagerie. Il activa enfin son oreillette Bluetooth.

« Torres, tu vois cette maison bleue, en contrebas, à droite de la grosse bâtisse beige ?

– Oui.

– C'est là qu'ils détiennent Miguel et Sonia. On dirait bien qu'ils essaient de faire ce qu'on avait envisagé, ce qui nous laisse peu de temps. Ils sont peut-être en ce moment même au téléphone avec Rojas.

– Alors, c'est foutu. Comment pourra-t-on raconter qu'on tient son fils en otage quand ses mecs l'ont déjà fait ? »

Moore eut un sourire en coin. « Je pense qu'on ne devra pas s'en préoccuper avant d'avoir récupéré les jeunes. Ainsi pourra-t-on les enlever à notre tour.

– Pourquoi ne pas simplement attendre que Rojas se pointe ? intervint Fitzpatrick.

– Parce qu'il ne va pas forcément le faire. Nos négociations dépendent de son apparition ou non, mais qui sait ce que veulent ces types en réalité, fit remarquer Moore. Peut-être simplement leur argent et peu importe qui l'amène. » Il se tourna vers Torres. « T'as toujours tes jumelles ? Je veux que tu me surveilles cette baraque en attendant. Flexxx ? »

Fitzpatrick arqua les sourcils en entendant son sobriquet.

« Je veux que tu te positionnes en surplomb côté est, pour garder l'œil sur leur petit poste de police. Je t'indiquerai un bon emplacement. »

Moore lui fit signe de le suivre et ils zigzaguèrent entre les arbres pendant une minute, jusqu'à se retrouver hors de portée de voix de Torres.

Et là, sans perdre une seconde, Moore déballa toute l'histoire à l'agent des stups.

« Putain de merde, lâcha celui-ci, interloqué.

— Tu m'ôtes les mots de la bouche.

— Donc c'est bel et bien une opération de sauvetage. »

Moore acquiesça. « Et à présent, je ne sais plus trop quoi faire de Torres.

— Il pourrait poser un problème de poids, blague à part.

— Ma foi, je pense qu'on va avoir besoin de lui désormais. Mon seul souci, c'est qu'il tue Sonia. Il l'a déjà évoqué. Il pense que ça démoralisera son copain. Il pourrait s'aviser de la descendre au moment où nous passerons à l'action. »

Fitzpatrick haussa les épaules. « On va déjà se contenter de bien lui faire comprendre notre point de vue. À moins que tu envisages de le voir se choper une balle perdue…

— Ou de l'envoyer pour une mission-suicide.

— Ouais. » L'idée fit briller les yeux de Fitzpatrick. « Faire croire au gros tas de graisse qu'il est un héros.

— Les grands esprits se rencontrent. »

Fitzpatrick hocha la tête. « Pas de problème, j'ai déjà songé plus d'une fois à éliminer ce salaud, alors on va bien finir par trouver quelque chose. »

Moore s'arrêta pour contempler la place du marché. D'où ils étaient situés, elle était en partie cachée par les ruines. « Le carnaval démarre au coucher du soleil. Fusillade ou feu d'artifice, le bruit est presque identique… C'est à peu près notre seul atout pour aujourd'hui.

– Je suis prêt à le tenter. Bon, alors si on réussit à récupérer Miguel et la fille, qu'est-ce qu'on en fait ? »

Moore rigola. « Tu sais quoi ? Me suis jamais posé la question…

– Je veux dire, on a déjà un agent infiltré proche de Rojas et de sa famille, alors avons-nous vraiment besoin de les prendre en otages ? Peut-être que le plan originel a foiré. L'équipe clandestine pour laquelle elle bosse va avoir besoin de discuter avec nous. »

La question restait en suspens quand Moore rappela Towers, le mit au courant et reçut officiellement les ordres de l'Agence : sauver Sonia Batista mais n'interférer en aucun cas avec sa mission, ce que Moore et Fitzpatrick traduisirent par : les laisser s'échapper.

Le gros Torres n'allait pas apprécier. Mais alors, pas apprécier du tout.

En fait, à parler du loup, voici que ce dernier héla Moore : « Quoi ? fit ce dernier.

– Une autre bagnole vient d'arriver. Ils ont chopé un des gars de Corrales. Ils l'amènent à son tour dans la maison.

– Lequel est-ce ? Raúl ou Pablo ?

– Je crois que c'est Raúl.

– T'es sûr qu'ils n'en ont pris qu'un ?

– Affirmatif.

– J'arrive. »

Miguel grimaça quand la corde à linge qu'ils avaient utilisée pour lui ligoter les mains dans le dos lui entra dans les chairs. Un autre tronçon de cette corde rêche et desséchée par les éléments avait servi à lui lier les chevilles, puis ils l'avaient forcé à s'asseoir sur le plancher usé, dans un coin près de la fenêtre du fond. Sonia, ligotée elle aussi, était assise dans l'angle opposé ; penchée en avant, elle regardait dans le vide.

Ils étaient six en tout et aucun ne daigna répondre à ses questions. Sonia et lui avaient cessé de parler dix minutes plus tôt et ils écoutaient à présent le plus grand du groupe, un homme aux cheveux en brosse et aux yeux rapprochés que les autres appelaient capitaine Salou, qui parlait à voix basse dans son téléphone mobile. Son accent et son débit rapide le rendaient difficilement intelligible.

Le souffle déjà coupé par la dépression, Miguel sentit son estomac se nouer. Il avait manqué à ses engagements envers sa petite amie, envers son père, il avait sali la mémoire de sa mère. Il s'était laissé manipuler comme un pion, et de toute évidence, si ces hommes n'obtenaient pas ce qu'ils désiraient, Sonia et lui seraient assassinés. La seule chose qu'il pût escompter désormais, c'était une mort rapide.

À en juger à leurs regards salaces, ces types n'y étaient pas prêts. Sonia allait leur servir d'amuse-gueule.

Comment avait-on pu en arriver là ? Parce que son père avait engagé comme gorille une bande de bras cassés. Dans ce cas, ne devrait-il pas faire porter la responsabilité à son père ? Peut-être était-ce Fernando qui les avait engagés. Auquel cas, c'était lui le responsable. Son incompétence les avait conduits là…

Sonia leva la tête et lui lança un regard empli de douleur.

« Ne t'en fais pas », lui murmura-t-il, dans un souffle, tant sa bouche était sèche. « Mon père s'occupera de ces chiens. Il aura vite fait de leur régler leur compte. »

Elle le regarda, puis se tourna vers la fenêtre, et reporta finalement son attention sur la petite table et les chaises sur lesquelles les deux hommes étaient installés, avec leurs bouteilles de Coca. Un troisième sbire entra dans la pièce. Il portait plusieurs sacs à dos, ornés d'insignes cousus représentant une épée flamboyante. Il déposa son fardeau par terre et dit : « Tout le monde coiffe sa radio, à présent. Ordres du capitaine. »

La porte s'ouvrit et trois autres types entrèrent à leur tour. Miguel écarquilla les yeux en découvrant qu'un des sbires de Corrales, Raúl, avait réussi lui aussi à se faire prendre. Ils l'avaient déjà ligoté et bâillonné, et Salou se tourna vers eux pour demander : « C'est votre employé ?

– Oui, répondit Miguel. Mon garde du corps. Il a fait du sacré bon travail, n'est-ce pas… ? »

Salou et les autres éclatèrent de rire, puis, alors qu'on poussait Raúl dans la pièce, l'expression de Salou redevint grave. « Tout ce qu'on veut, c'est notre fric.

– Je ne sais pas de quoi vous parlez. Qui êtes-vous ? »

Salou se retourna vers les autres, comme pour quêter leur approbation. Il plissa son nez aquilin, comme rebuté par la puanteur émanant de Raúl, puis expliqua : « Nous sommes des soldats de la justice. Et c'est ce que nous voulons vous faire comprendre, à vous et votre charmante compagne. Nous voulons que vous sachiez que nous sommes des hommes de parole. Et nous allons vous le prouver. »

Deux hommes jetèrent Raúl au sol, à plat ventre, entre Miguel et Sonia. L'un d'eux s'assit sur lui à califourchon, un second lui cloua les jambes au sol tandis qu'un troisième le saisissait par les cheveux.

Miguel se dévissa le cou pour regarder l'un des hommes, jusqu'ici attablé, disparaître dans la cuisine pour en revenir avec une feuille à découper.

« Non, attendez une seconde, nous n'avons pas besoin de faire ça, intervint Miguel. Mon père est riche. Vous voulez de l'argent ? On vous en donnera. Inutile de faire ça ! »

Salou saisit la feuille et en éprouva le tranchant du gras du pouce.

« On vous croit, insista Sonia. On croit que vous êtes prêts à nous tuer. Inutile de nous le montrer. On le sait.

– Ce n'est pas uniquement pour vous, indiqua Salou. C'est pour tous les hommes qui nous ont trompés et exploités. » Il se retourna pour lancer un coup d'œil à l'un de ses hommes qui sortit illico d'un sac une mini-caméra vidéo HD. La diode d'enregistrement se mit aussitôt à clignoter.

Raúl commença à hurler sous son bâillon tout en se tortillant de gauche à droite pour se libérer. Mais en pure perte. Les trois hommes le tenaient fermement tandis que Salou se mettait à leur tourner autour en brandissant sa feuille à découper.

« Ne regarde pas, avertit Sonia. Surtout, ne regarde pas. »

Miguel ferma les yeux mais ne pouvant plus y tenir, il les rouvrit à l'instant précis où Salou abattait sa lame.

« Et merde, ils l'ont tué », commenta Torres en abaissant ses jumelles.

Moore s'empara de celles-ci et regarda à travers la fenêtre au moment où l'homme à la hachette – apparemment l'aîné et le chef du groupe – se penchait pour ramasser quelque chose. Quand Moore reconnut de quoi il s'agissait, il eut un mouvement de recul.

Une collègue était à portée de lame de la mort et il n'y avait plus pour s'interposer que lui et les deux types qui l'accompagnaient. Le poids de cette responsabilité lui parut à la fois suffocant et familier, il se refusait à croire que l'histoire pût se répéter mais c'était pourtant bien le cas, et ce n'était pas près de finir car l'univers avait décidément un sens de l'humour bien noir et il fallait croire que c'était toujours sur lui que ça retombait.

Il ferma les yeux et écouta les voix désincarnées au fond de sa tête :

« Zodiac en route ! Trente secondes. On vient d'en repérer deux. Mako Un, on a besoin de vous en surface, tout de suite.

– J'arrive. Mako Deux, on y va !

– Négatif, négatif. Toujours impossible de contacter Six.

– Mako Un pour Raptor. J'essuie des tirs. Impossible de rester plus longtemps sur place. Faites sortir vos gars de l'eau, qu'ils s'éloignent de la plate-forme IMMÉDIATEMENT ! »

Une autre voix à présent, féminine, douce, calme : « Mais vous comprenez que ce qui s'est passé ne peut être changé, aussi longtemps que vous deviez vous en souvenir ? Vous comprenez que votre mémoire ne pourra pas modifier le destin. Vous ne pouvez ré-imaginer ce qui s'est produit.

– Je sais.

– Mais c'est pourtant ce qui se passe. Vous le ressassez sans cesse parce que, au tréfonds de vous, vous continuez à croire que vous pouvez y changer quelque chose. Mais non.

– On ne laisse personne sur le tapis.

– Savez-vous qui est resté sur le tapis ? Vous. Le monde vous a laissé sur place parce que vous ne pouvez toujours pas accepter ces événements. Alors en attendant, vous vivez au purgatoire et vous pensez qu'il vous est interdit d'être heureux, à cause même de ce qui s'est passé.

– Comment pourrais-je être heureux ? Comment pourrais-je apprécier la vie ? C'est vous la psy. Vous avez toutes les réponses. Dites-moi donc comment je suis censé être heureux, merde, après ce que j'ai fait ! Après ce que j'ai fait, bordel ! »

Moore ouvrit les yeux quand Torres lui ôta des mains les jumelles pour à nouveau regarder à travers la fenêtre. « Je vois plusieurs paquetages militaires à l'intérieur. C'est encore pire que ce que je craignais. »

31

Après un long soupir, Moore serra les dents. « On exfiltre ce gamin et sa nana. Pas question de les perdre.

– Ils sont déjà sept. Je viens d'en voir sortir encore deux. Qui sait combien sont en réserve à San Cristóbal. »

Moore réfléchit à la question. « Je les ai vus s'emparer de Corrales. Il se pourrait bien qu'il soit déjà mort puisqu'ils ne l'ont pas amené ici.

– Peut-être s'est-il échappé. C'est qu'il est roublard, le bonhomme. »

Moore se leva et s'écarta de Torres. Il appela Towers, lui dit de garder des satellites braqués sur la ville, à la recherche de Corrales et de Pablo. Puis il lui parla de l'exécution et des paquetages militaires.

« Eh bien, nous y voilà. Les Vautours vengeurs qui doublent le cartel de Juárez, et nous qui nous retrouvons pris entre deux feux.

– Écoutez, j'ai besoin d'un tas d'informations, et il me les faut au plus vite, reprit Moore.

– Allez-y.

– Il semblerait qu'ils s'apprêtent à communiquer par radio. J'ai besoin d'une écoute et d'une retranscription en traduction simultanée.

– Pas facile.

– Sans blague.

– Quoi d'autre ?

– Peut-on intercepter les communications de Rojas ?

– L'équipe infiltrée dit qu'elle s'y emploie depuis des mois mais qu'il dispose de contre-mesures électroniques et de hackers qui guettent en permanence des fuites éventuelles, donc chou blanc pour nos gars de ce côté.

– Et les téléphones de Corrales ?

– Si on avait récupéré du solide par ce biais, je l'aurais balancé depuis longtemps. Certes, on a bien intercepté ses communications depuis le début mais le gars est très prudent pour sélectionner ses interlocuteurs et filtrer ce qu'il leur dit… Il sait qu'on l'a mis sur écoute.

– Eh bien, voyez déjà si vous pouvez confirmer qu'il est encore en vie. Idem pour Pablo.

– Autre chose ?

– Ouais, bougonna Moore. Une unité des SEAL, ça serait sympa.

– Je leur passerai un coup de fil. »

Moore coupa le téléphone et retourna auprès de Torres. « Où en est-on ?

– Une vraie boucherie, mec. Z'ont dû essuyer tout le sang qui avait éclaboussé le visage de la fille.

– Mais elle, ils ne lui ont pas fait de mal ?

– Pas encore.

– Combien sont-ils en tout ?

– Six ou sept. Avec apparemment quatre gars postés dehors. Ils en ont un cinquième au volant d'une camionnette de l'autre côté de la rue. Impossible de dire combien d'autres à l'intérieur.

– Très bien, Luis. Si on doit intervenir, je veux te confier la tâche la plus dure.

– Regarde-moi, lança Torres, d'une voix pleine d'assurance. Tu crois que ces fiottes me font peur ? »

Moore sourit. « Très bien. Alors, écoute. »

26

TENTATIVES

Appartements de La Estancia
Juárez

GLORIA VEGA avait appris de Towers que les Sinaloas n'étaient pas responsables du meurtre de Johnny Sanchez et de sa compagne. Towers avait confirmé, via Moore qui se trouvait présentement dans le sud-est du Mexique, que des membres des Vautours vengeurs, l'escadron de la mort guatémaltèque, avaient tué le journaliste.

Quand Vega avait évoqué l'éventuelle responsabilité des Guatémaltèques dans ce meurtre, l'inspecteur Gómez avait balayé l'idée d'un geste de la main. « Johnny enquêtait sur les cartels et il en a payé le prix. Non, c'est un coup des Sinaloas. Il n'y a rien de plus à dire. »

Mais le visage du vieux flic avait pâli et il lui avait jeté un long regard inquiet avant de lui dire qu'il rentrait chez lui et qu'elle ferait bien de l'imiter.

Après l'échauffourée devant le commissariat, Vega avait dit à Gómez qu'elle lui ferait confiance, qu'elle redoutait que tout le monde autour d'elle fût corrompu, et qu'elle voulait juste faire ce qui était juste.

« Et si ça consistait à regarder ailleurs ? lui avait-il alors demandé. Si vous vous rendez compte que rien ne changera rien et qu'il faut parfois juste faire la part du feu ? »

Elle l'avait fixé sans rien dire.

Il lui avait saisi les mains. « Vous avez vu la même chose que moi. Et à présent, vous savez ce que je sais. » Puis il avait fait une chose qui l'avait sidérée. Il avait relâché ses mains pour la serrer dans ses bras. Quand il avait relâché son étreinte, il avait les larmes aux yeux. « Je suis désolé que vous ayez découvert la vérité dans ces circonstances. Elle est amère, mais on doit l'accepter. »

Elle introduisit la clé dans la serrure de son appartement, mais quelque chose clochait. La clé ne glissait pas aussi facilement que d'habitude. C'était le détail que le commun des mortels aurait négligé mais Vega avait des sens aiguisés – et plus encore ici, à Juárez, où négliger le moindre détail pouvait signifier votre arrêt de mort. Elle inspira profondément et se demanda si quelqu'un n'avait pas essayé de crocheter sa porte.

Elle dégaina, ouvrit la porte et se coula à l'intérieur.

Un bruit de pas et puis…

Il arriva par-derrière – le grognement sourd d'une voix masculine tandis qu'il essayait de lui passer le fil autour du cou mais, dans un geste réflexe, elle avait déjà porté la main à sa gorge avant qu'il ait pu l'étrangler. Le fil lui entailla la paume lorsqu'elle pivota, l'entraînant avec elle.

L'entrée était toujours plongée dans le noir et elle ne pouvait pas se retourner complètement pour le voir, juste passer le bras derrière elle et tirer à l'aveuglette, un coup, deux coups, jusqu'à ce que le fil se détende, qu'elle hurle et se rue en avant pour se dégager, se retourner et tirer encore une fois.

Un rai de lumière provenait de la fenêtre du séjour et elle le vit alors : à peine sa taille, vêtu d'un jeans et d'un chandail, une cagoule sur la tête. Il gisait, la poitrine transpercée par les balles.

Malgré sa respiration bruyante, l'odeur de poudre, la salive qui lui emplissait la bouche, elle eut conscience d'un mouvement dans la chambre. Un complice ? Oui : le loquet de la fenêtre était ouvert, quelqu'un essayait de sortir par là.

« Plus un geste ! » hurla-t-elle en se précipitant dans la chambre, le temps de voir un autre homme, vêtu comme son complice et cherchant à se glisser dehors. Il était là en renfort mais il s'était dégonflé et Vega était si chargée d'adrénaline et si inquiète de le voir retourner une arme contre elle qu'elle vida sur lui le reste de son chargeur. Le voyou retomba dans la pièce. Par automatisme, elle éjecta le chargeur vide, en glissa un neuf et chargea une balle, le tout en l'affaire de quelques secondes.

Elle se rua vers l'interrupteur, l'alluma, puis inspecta le reste de l'appartement, la penderie, la salle de bains. RAS. Ils n'avaient envoyé que deux types, jugeant sans doute que ce serait une tâche facile de se débarrasser d'une seule femme flic. Elle se tint debout immobile, haletante.

Et puis elle émit un juron. Parce qu'à l'instant même où elle essayait de retrouver son souffle, elle éclata en sanglots.

Elle saisit son mobile, appela Towers. « Je veux décrocher de ce putain de cas. Tout de suite. Ras-le-bol.

– Houlà, houlà, houlà, on se calme. Explique-toi. »

Elle lui raccrocha au nez, attendit quelques instants, puis appela la police. *Je ne suis pas une dégonflée*, se morigéna-t-elle. *Quoi que je puisse dire.*

Elle signala l'agression tandis qu'on frappait à sa porte, sans doute le propriétaire ou un voisin inquiet.

Son mobile sonna : Towers qui rappelait. Elle répondit. « Deux voyous viennent de débouler dans mon appartement. Je les ai tués tous les deux.

– Alors, on va te tirer de là.

– Non.

– Mais tu viens de dire...

– Je sais ce que j'ai dit. Je vais finir ce boulot. J'arrêterai moi-même Gómez.

– Très bien. Ne quitte pas. Je vais faire placer des capteurs dans l'appartement. Ça ne se reproduira plus.

– Ça, je n'en sais rien. Gómez avait envoyé ces salauds pour me liquider. Il sait...

– Va falloir t'accrocher parce que une fois qu'on l'aura fait tomber, tous les autres vont suivre. La grosse prise, comme à Porto Rico, mais on ne peut pas non plus précipiter les choses...

– Alors faut juste espérer que je survive jusque-là, cracha-t-elle. Bon, faut que j'y aille. On tambourine à ma porte et deux unités sont déjà en route... »

San Cristóbal de las Casas
Chiapas

L'image de son père, éclairée à contre-jour par l'hôtel en flammes, continuait de hanter Dante Corrales. Il reposait allongé, l'épaule bandée, le bras gauche en écharpe. Il composa le numéro et écouta sonner dans le vide. Pas de boîte vocale, juste ce bourdonnement interminable.

« Il ne décroche toujours pas ? » demanda Pablo en s'asseyant sur une chaise près des portes ouvrant sur la véranda.

« Et s'ils essayaient d'appeler Miguel ? S'ils savaient déjà qu'un truc a foiré ?

– Si t'appelles Castillo et que tu lui dis la vérité, tu sais ce qu'il va répondre…

– Ils s'attendront à me voir fuir. Ils me traqueront et me tueront. Je ne peux pas faire ça.

– Dante, pourquoi es-tu terrifié à ce point ? Je ne t'ai jamais vu dans cet état. Allons, ressaisis-toi. On peut s'en sortir.

– Pourquoi je suis terrifié ? Putain, mais t'as pas la moindre idée de ce qui se passe en ce moment ?

– Non. »

Il jura *in petto*, puis tout haut. « Merde. J'aurais dû payer ce connard de Salou mais ce n'est qu'un rigolo, et il peut s'estimer heureux d'avoir déjà reçu un acompte.

– As-tu l'argent ? »

Corrales hocha la tête. « Envolé depuis longtemps.

– Tu ne t'es pas figuré qu'ils viendraient te réclamer le reste ? »

Corrales faillit sourire. « Je le savais, bien sûr, mais je me suis dit que je me ferais un peu de gratte avec l'expédition. Mais là aussi, on s'est fait baiser… »

Le téléphone de Corrales sonna. Un numéro inconnu de lui. « Allô ?

– Corrales, mon ami, j'ai noté que tu cherchais à m'appeler. Je suis si heureux d'avoir enfin réussi à capter ton attention. »

Il se raidit. C'était Salou, et cet enculé avait l'air tout enjoué. « Gaffe à ce que tu dis, l'avisa Corrales. Conseil d'ami.

– Je suis déçu.

– Je sais. Laisse-moi t'arranger ça.

– Trois fois mon estimation initiale.

– Tope-là. Et tu sais ce que je veux.

– Bien sûr.

– Où es-tu ?

– Oh, Corrales, tu sais que c'est impossible. Dis-moi où tu es en revanche, et je t'envoie une voiture.

– Ça va prendre du temps. Vingt-quatre heures, au bas mot.

– Je suis désolé, Corrales, mais je serais censé te faire confiance maintenant, après tout ce que tu m'as fait ? Alors, non, je n'ai pas vingt-quatre heures. J'ai jusqu'à minuit. OK ?

– Je ne peux pas faire ça.

– Bien sûr que si. On peut régler l'affaire par virement électronique. J'ai toutes les informations voulues. »

Mais ce n'était pas ainsi que Corrales entendait procéder au règlement. Il voulait du liquide pour pouvoir planquer l'argent, le mettre à l'abri de Castillo. Ce genre de transaction exigerait qu'il retire les fonds d'un des comptes du cartel et Castillo serait fatalement au courant d'un tel retrait.

« Je viendrai avec le liquide, dit Corrales. À minuit.

– Non, comme je l'ai dit, nous t'enverrons un homme dès que tu seras prêt. On ne joue plus, Corrales.

– Je comprends.

– J'espère pour toi. C'est ta dernière chance. Je sais que tu regrettes profondément ton erreur, et je suis prêt à t'aider une dernière fois, parce que j'en tire profit. Sinon... que Dieu te garde, que Dieu te garde... »

Corrales raccrocha et regarda Pablo. « On a besoin d'un gros paquet de fric le plus vite possible. Contacte Hector et dis à la Familia qu'on a besoin d'un prêt.

– À présent, on va emprunter de l'argent à un autre cartel ? s'étonna Pablo.

– Pose pas de questions ! Obéis, point barre ! » Corrales grimaça quand un élancement lui transperça l'épaule.

Institut médical Jorge Rojas
Mexico

Une foule d'environ deux cents personnes s'était rassemblée sur le parking du nouvel immeuble de bureaux, un complexe de quatre étages flambant neuf. Jorge Rojas redressa les épaules derrière le pupitre et sourit une nouvelle fois aux membres du conseil d'administration, à la brochette de hauts responsables et aux dizaines d'employés de bureau engagés pour participer à cette ambitieuse entreprise. Une poignée de journalistes locaux était là également pour couvrir cette inauguration historique.

Rojas avait rendu une visite surprise à la cérémonie (il avait initialement décliné l'invitation pour cause de déplacement), mais il était rentré plus tôt de Colombie et avait décidé au dernier moment d'accepter le risque pour sa sécurité et de prononcer une allocution.

Il était arrivé avec un convoi de six 4 x 4 blindés et son équipe de vingt hommes, habillés avec discrétion par Somoza et armés jusqu'aux dents, avait couvert le périmètre. Il terminait à l'instant ses remarques liminaires : « ... et comme je l'ai déjà dit, le modèle médical actuel est défaillant. Notre espoir est de nous concentrer sur la médecine préventive par une campagne de sensibilisation et un meilleur accès aux services. Il s'agit d'une perspective plus orientée vers le patient que vers le système de soins proprement dit. Nous espérons encourager ainsi tous les citoyens du Mexique – et par-delà notre pays, tous les gens d'Amérique latine – à jouer un rôle plus actif dans la prévention sanitaire. Nous y parviendrons en aidant d'autres organisations sans but lucratif et en procurant des bourses aux étudiants, professeurs, chercheurs et autres professionnels de santé. J'ai fondé cet institut avec cette seule idée en tête : aider les gens à vivre mieux et plus longtemps. Bien, à présent, peut-on couper ce ruban ? Parce que, tout à côté, je crois qu'il y a un buffet de churros et de café qui nous attend tous ! »

L'auditoire rit tandis que Rojas descendait de l'estrade, acceptait la paire de ciseaux géants et procédait au cérémonial sous une tempête d'applaudissements. Il aurait voulu pouvoir se retourner et contempler le regard brillant de son épouse, mais à la place il y avait Alexsi, toujours aussi resplendissante dans sa robe haute couture avec tous ses bijoux, mais si séduisante fût-elle, niveau conversation, elle ne pouvait pas remplacer sa femme. À côté d'elle, il vit Castillo poser un doigt sur son oreillette Bluetooth et murmurer dans son micro à l'adresse du reste de leur équipe de sécurité.

Avant que Rojas ait pu se tourner pour laisser le directeur du nouvel institut prononcer quelques mots, une journaliste de XEW-TV, Inés Ortega, femme d'âge mûr qui l'avait déjà interviewé à plusieurs reprises et dont les questions avaient le don de l'irriter prodigieusement, bouscula tout le monde pour venir lui fourrer un micro sous le nez.

« Señor Rojas, vous êtes un des hommes les plus riches du monde et votre influence est visible partout. Je peux téléphoner sur le réseau mobile Rojas tout en faisant mes courses dans un de vos supermarchés avec de l'argent placé dans une de vos banques. Quand j'aurai terminé, je pourrai aller boire un café dans un restaurant d'une de vos chaînes. Il est difficile de vous échapper.

– Je suis heureux d'aider les gens, dit-il avec un petit signe de la main. Si vous n'avez pas de question...

– De fait, si. Comment réagissez-vous à ceux qui vous qualifient de personnage avide ? La majorité du pays meurt de faim et, vous, vous vous enrichissez parce que vos affaires semblent prospérer indéfiniment.

– Je réagis comme ceci, dit-il en embrassant d'un grand geste le complexe médical. Nous faisons tout notre possible pour rendre à la communauté. Il y aura toujours des critiques, mais les faits parlent d'eux-mêmes. Si vous voulez évoquer l'enrichissement, alors je crois qu'il doit être protégé au profit des générations futures, c'est pourquoi il est important que mes affaires se portent bien. Je ne suis pas ici pour m'enrichir encore. Je suis ici pour aider notre peuple et notre Président à répondre aux besoins de ce pays, et si certains veulent qualifier cela d'avidité, alors ils se méprennent sur ce qui me tient à cœur. »

Un claquement – guère plus fort que le bruit d'un pétard – retentit à l'arrière du groupe – et presque aussitôt, un coup aussi violent qu'un uppercut atteignit Rojas à la poitrine et lui fit perdre l'équilibre. Il voulut se rattraper à la balustrade derrière lui, la manqua et s'étala sur les marches. Son coude heurta le bitume.

Le tohu-bohu fut immédiat, des cris traversèrent la foule par vagues tandis que certains s'enfuyaient vers les voitures garées et que d'autres se jetaient simplement à terre, tous à la recherche d'un abri, tous sauf Fernando Castillo qui repéra le tireur solitaire en lisière de l'assistance et se lança aussitôt à sa poursuite, pendant que le reste de l'équipe de sécurité commençait à converger sur sa proie.

Du coin de l'œil, Rojas vit Castillo courir une vingtaine de pas avant d'ouvrir le feu et de toucher l'homme qui s'effondra avant d'avoir pu rejoindre un pick-up garé au fond du parking, entre deux gros chênes. Castillo le rejoignit en quelques enjambées et lui logea encore deux balles dans la tête, au grand dépit de Rojas. Il aurait pu s'avérer utile de l'interroger, mais d'un autre côté, un personnage public aussi célèbre que lui avait maints ennemis. Il aurait pu s'agir d'un citoyen à l'esprit dérangé qui, sur un coup de folie, aurait décidé de faire un carton sur une personnalité vue dans la presse ou à la télé.

Alexsi et Inès, la journaliste, étaient accourues aux côtés de Rojas quand il glissa la main dans la poche intérieure de son veston pour en extraire le projectile qui s'était logé dans la plaque de blindage flexible. Il la brandit aussitôt sous le nez des deux femmes. « Dieu merci, j'étais protégé.

– Tu vas devoir appeler Felipe en Colombie pour lui dire », remarqua Alexsi.

Elles l'aidèrent à se relever alors que d'autres témoins, dont le conseil d'administration au grand complet, s'approchaient pour s'enquérir de lui.

Il regagna le pupitre tandis que les sirènes de la police retentissaient au loin. « Je ne suis pas mort, s'écria-t-il. Pas plus que le rêve que nous avons commencé de bâtir ici. »

La foule accueillit ces mots par des vivats.

Plus tard, à l'arrière de sa Mercedes blindée, Rojas visionnait le reportage filmé par l'équipe de télévision. La nouvelle avait été reprise par les principales chaînes d'infos et agences de presse internationales : Associated Press, BBC News Press, Reuters et United Press International. Tous les grands réseaux mexicains et américains couvraient déjà l'événement ou bien s'apprêtaient à le faire.

Rojas essaya encore une fois d'appeler Miguel. Toujours pas de réponse. La boîte vocale.

« Pas de nouvelles de mon fils ; aucune de Sonia, dit-il à Castillo.

– Pas plus de Dante, ajouta ce dernier, mais il faut leur laisser un peu de temps. Peut-être y a-t-il un problème de relais, cela expliquerait qu'aucun d'eux ne réponde.

– Tu as raison. Je ne devrais pas m'inquiéter mais si jamais Miguel apprend aux infos ce qui est arrivé, il va se faire un sang d'encre, je le connais.

– Il rappellera, j'en suis sûr, affirma Castillo. À présent, monsieur, êtes-vous sûr de ne pas vouloir vous rendre à l'hôpital ?

– Non, ramène-nous simplement à la maison. »

Alexsi posa la main sur la sienne et ajouta : « Tout va bien, mon amour. Dieu merci, tu es toujours si prudent. Je ne me plaindrai plus jamais de te voir partir en Colombie. »

Il eut un sourire misérable et essaya de retrouver son calme.

Elle plissa le front. « Selon toi, pourquoi ce cinglé a-t-il voulu te tuer ? Juste par jalousie ? Après tout ce que tu as fait pour le pays ! Je n'arrive pas à croire qu'il puisse exister tant de haine.

– Tu peux », confirma-t-il en reportant son attention vers les vitres blindées. Ils s'apprêtaient à regagner l'autoroute, en direction de Cuernavaca et de sa résidence dans la banlieue de la ville. Il s'écria soudain : « Je veux savoir qui était ce type !

– Bien sûr, se hâta de répondre Castillo. Je travaille déjà dessus. Les inspecteurs doivent me rappeler sitôt qu'ils auront du nouveau.

– OK, excellent », dit-il en reprenant son souffle. Avant de pousser un énorme soupir de soulagement : un SMS de Miguel.

Il cliqua sur le message. En fait de texto, il n'y avait qu'un fichier joint : une vidéo. Il fit un double clic sur l'icône, mit son téléphone à l'horizontale pour profiter de l'écran large ; un lent panoramique lui révéla alors Sonia… puis Miguel…

Rojas en eut le souffle coupé. « Fernando ! Ramène-toi ! Ramène-toi ! »

45

Un homme apparut dans le champ. Il portait une feuille de boucher.

« Ne regarde pas, avertit Sonia. Surtout, ne regarde pas. » Et les mains de Rojas se mirent à trembler. « Non ! »

Un aérodrome privé
Environ 1 600 km au sud de Mexicali

Le soir tombait presque quand ils eurent fini de transférer matériel et personnel dans les deux camionnettes, dont l'une appartenait à un plombier – la raison sociale était peinte sur le flanc du véhicule. L'autre était celle d'un poissonnier et la baie de chargement empestait le crabe et la marée. Samad et ses hommes ne purent réprimer une grimace en montant à bord. Mais c'était là les seuls véhicules dont ils disposaient et, malgré tout, ils en rendirent grâce à Dieu.

Samad estima le trajet à dix-huit heures, à une vitesse moyenne de quatre-vingt-dix, aussi prévint-il ses compagnons que le voyage allait être long et difficile. Talwar et Niazi qui occupaient l'autre fourgonnette dirent qu'ils feraient de leur mieux pour garder le calme parmi leur troupe et pour rappeler à leurs hommes que les stations-service seraient les seuls endroits où ils pourraient utiliser les toilettes. Avec un groupe aussi nombreux, c'était là une considération à ne pas négliger.

Ils n'avaient parcouru que trente kilomètres quand l'un des véhicules dut s'arrêter sur le bas-côté avec un pneu à plat ; Samad leva les bras au ciel. Oui, ils avaient une roue de secours ; oui, ils pouvaient réparer ; mais tant d'autres personnes les attendaient déjà aux États-Unis que le retard lui noua l'estomac et lui fit crisper les poings. Les chauffeurs, l'un et l'autre mexicains, s'interpellaient en espagnol en changeant la roue et Samad commença à se rendre compte que son chauffeur avait peut-être bien une idée derrière la tête. Il s'approcha, se pencha vers lui et lui murmura en espagnol : « On compte sur toi pour nous conduire à bon port. Tu n'as rien d'autre à faire. Pour être payé. Et rester en vie. M'as-tu compris ? »

L'homme déglutit et acquiesça.

Un avion de ligne traversait le ciel au loin. Samad se retourna vers l'appareil et le regarda disparaître derrière un rideau de nuages roses.

27

AL RESCATE

San Juan Chamula
Chiapas

UNE OMBRE DENSE s'était abattue sur le cimetière et les croix alignées se découpaient en silhouettes sur les murs couverts de moisissures de l'église abandonnée. En contrebas, au-delà de l'église et de la place du marché, Moore, allongé à plat ventre, scrutait la foule dense des touristes et des autochtones qui encombraient les trottoirs de la rue principale où les festivités du carnaval n'allaient pas tarder à débuter. Des troupes de danseurs étaient déjà en train de se démener et de tournoyer au milieu des torches dont les étincelles s'élevaient autour d'eux.

Moore orienta vers la droite sa lunette amplificatrice pour revenir vers la maison près de laquelle étaient garées la fourgonnette et la petite berline bleue. Torres était allé chercher leur voiture de location et l'avait amenée jusqu'au niveau des deux plus petites maisons au bas de la route. Puis il l'avait laissée, en cachant les clés sous le tapis de sol.

Après un nouveau soupir prolongé, Moore assura sa prise sur son flingue, un de ces Mark 11 modèle 0 qui devaient leur surnom de « tueurs de pirates » au fait qu'ils étaient utilisés par les commandos de marine pour libérer les marins capturés par les pirates somaliens. Fitzpatrick avait feint la surprise en voyant Moore l'exhiber et Torres l'avait tanné pour savoir comment il avait réussi à mettre la main sur ces armes militaires. « Comme je l'ai expliqué, avait dit Moore, les gens pour qui je travaille ont des relations très bien placées. »

Assurément.

Le Mark 11 était un fusil semi-automatique à vingt coups monté sur bipied. Le chargeur était doté de cartouches OTAN de 7,62 x 5 et Moore avait coutume de blaguer en disant que s'il vous fallait vingt projectiles pour toucher votre cible, vous aviez intérêt à renoncer à l'uniforme pour vous reconvertir dans la politique. Quand Moore tirait, les projectiles sortaient du canon à vitesse supersonique, provoquant une légère détonation qui se dissipait sitôt que la balle ralentissait dans les airs. À six cents mètres de distance dans des endroits comme les montagnes d'Afghanistan, un sniper pouvait tirer sans risquer d'être entendu de sa cible ; toutefois, dans un environnement plus urbanisé comme celui de San Juan Chamula, Moore et Fitzpatrick (lui aussi à plat ventre de l'autre côté de la colline), le silencieux était indispensable pour atténuer le bruit et leur éviter d'être repérés. Si Moore avait pu atteindre son ennemi à plus de huit cents mètres de distance, il n'aurait pas eu ce problème mais, bien entendu, comme toujours avec la loi de Murphy, les mathématiques ne jouaient pas en sa faveur.

La distance à la maison et aux quatre gardes positionnés autour était de 527 mètres très exactement. Le vent était au nord-nord-est, à quinze kilomètres-heure. Leur altitude était de 2 260 mètres et ils se trouvaient à neuf mètres environ en surplomb de leur cible, sur une pente de neuf pour cent. Entre le vent, la distance et leur position actuelle, le coup n'était pas évident mais pas non plus impossible. Ils seraient certainement entendus et leur seule chance était que la détonation soit noyée au milieu de la pétarade des feux d'artifice. Comme il l'avait remarqué un peu plus tôt, c'était le seul point où la chance jouait en leur faveur, et ils n'en avaient pas de trop car les choses sérieuses commenceraient après qu'ils auraient descendu les gardes.

Moore appela Towers qui surveillait toujours les communications radio des Vautours vengeurs. « Du nouveau ?

— On scanne toujours leurs appels sur mobile. Ça va prendre un moment. Quant à la radio, c'est le bla-bla usuel. Ils appellent un certain capitaine Salou et j'ai pu récupérer sa fiche : membre des forces spéciales guatémaltèques, vingt ans de service avant de prendre sa retraite pour devenir mercenaire. En termes techniques, c'est un putain de méchant client.

— Et pas manchot à l'arme blanche, ajouta Moore, sombrement.

— Il se passe toutefois des choses du côté de Cristóbal. La police locale est en alerte maximale et d'après ce que nous avons cru comprendre, ils sont à la recherche de personnes disparues.

— Rien de surprenant. Peut-être que papa vient de découvrir que son cher petit s'est fait enlever et qu'il aura passé deux ou trois coups de fil.

— Ma foi, si c'est le cas, vous allez devoir les extraire et vous tirer vite fait avant que l'équipe de Rojas ne déboule.

— Cent pour cent d'accord. J'attends juste que la fête commence… »

Moore ferma les yeux, essayant de se vider la tête de toute pensée parasite pour se concentrer simplement sur les tirs, sur le moment présent. Mais sa conscience ne coopérait guère, à cause de la similitude avec d'autres moments du passé. Elle le ramenait contre son gré à Coronado. Il était là sur la plage, regardant la mer monter, scrutant la mer sombre, quand une main s'éleva au-dessus des vagues… et qu'une voix qui était en fait la sienne se mit à hurler : « *Ne m'abandonnez pas ! Ne m'abandonnez pas !*

– *Il faut qu'on reparte !*

– *Il décolle ! On ne peut pas !*

– *Fais pas ça, Max ! Non !*

– *Pas le choix ! Boucle-la, merde ! On s'arrache !* »

Un frisson le parcourut au rappel de ces voix.

Et puis une autre, encore : « *Vous êtes la classe 198. Vous êtes les guerriers qui ont survécu grâce à leur travail d'équipe.* »

Plus maintenant. Il avait trompé la marine en lui faisant croire qu'il avait l'étoffe d'un plongeur commando mais il n'aurait jamais dû devenir un SEAL. Il avait enfreint les règles les plus élémentaires, il aurait dû être puni pour ses actes, et puisqu'il ne l'avait pas été, il devait en assumer seul la responsabilité. Il ne méritait pas de vivre une existence normale après ce qu'il avait fait. Non, sûrement pas.

Durant un temps, au plus fort de sa dépression, il avait essayé de se remonter le moral en s'envoyant littéralement en l'air, mais pas en pratiquant le parachutisme, non. Il avait discuté avec quelques potes et trouvé un loisir autrement plus exotique dans la vallée de Romsdal, en Norvège. Moins de deux jours après son arrivée, il portait une combinaison d'homme volant et fendait l'air à plus de deux cents kilomètres à l'heure. Il plongeait dans la vallée, tirant parti des vents favorables durant le solstice d'été. La combinaison d'homme volant lui permettait de s'élever comme un oiseau, grâce aux panneaux d'étoffe tendus sous ses bras et entre ses jambes comme une palmure. Ce n'était pas de la chute libre mais une forme très rapide et très dangereuse de vol à voile. Il lui suffisait de s'incliner sur la gauche ou la droite pour raser à un mètre près les falaises le long desquelles il filait.

Prenant un virage serré, il se retrouva à portée de bras de la paroi rocheuse, puis il roula sur la gauche et piqua à quarante-cinq degrés ; le vent grondait autour de lui. La mort était toute proche, elle murmurait à ses oreilles et c'est alors qu'il commença à faire la paix avec lui-même, avec le vent, la vallée, et, durant quelques secondes, il ferma simplement les yeux, sachant qu'il devait déclencher son parachute mais attendant pour voir combien de temps encore il allait tenir, juste quelques secondes de plus, tandis qu'un sentiment d'euphorie l'envahissait à l'idée de la paroi rocheuse mouchetée toute proche en dessous de lui.

Il tira le cordon. *Boum*, la corolle du parachute s'ouvrit ; les suspentes se tendirent. C'était fini.

Il entendit le groupe rugir quelque part derrière lui.

Sur les quinze fanatiques de sport extrême venus du monde entier pour sauter avec lui, c'est le vol de Moore qui avait été le plus rapide, le plus long et indéniablement le plus dangereux de tous, plus une cascade cinématographique qu'une petite balade touristique. Il ne s'en était rendu compte qu'après avoir vu les autres le dévisager avec une crainte respectueuse, comme si soudain ses tempes étaient devenues grises et qu'il avait vu le Créateur.

Par la suite, Bjœrnolf, leur guide norvégien, les avait conviés à déjeuner et, tandis qu'ils dégustaient du saumon fumé sur du *smørrebrød* arrosé de tasses de café bien noir, il avait pris à part Moore et, dans son anglais mâtiné d'un fort accent, il lui avait simplement demandé : « Pourquoi vous voulez mourir ?

– Pardon ? avait répondu Moore en reposant sa tasse.

– J'ai fait cela des milliers de fois avec des tas et des tas de clients. Jamais aucun n'a volé comme ça. Pas même moi. Et vous, vous faites ça, juste après trois malheureux vols d'entraînement ?

– Je vous ai dit que j'avais été dans la marine. »

Bjœrnolf hocha la tête. « Peu importe. Vous vous êtes bien trop rapproché de la montagne. Vous avez attendu bien trop longtemps avant d'ouvrir votre parachute. Je suis désolé, mais je ne vous ramènerai plus là-haut.

– Vous plaisantez ? J'ai déjà payé, j'ai encore droit à deux journées.

– Je regrette, monsieur Moore. Je ne peux travailler qu'avec des gens qui veulent revenir. J'ignore quel est votre problème mais je ne veux pas qu'il devienne le mien. Je vous rembourserai.

– J'y crois pas.

– Écoutez, vous n'êtes pas le premier à venir ici chercher plus que je ne peux donner. Faites-vous aider. Quelle que soit votre difficulté, je pense que vous pouvez la surmonter. Mais pas de cette manière, désolé. »

Moore avait songé monter sur ses grands chevaux et donner une bonne leçon à ce connard chevelu mais il n'avait lu que de l'inquiétude dans les yeux de cet homme – qui par ailleurs n'était pas un gamin, sans doute était-il de son âge et avait-il vu son content de types déglingués et avides de sensations fortes qui eux aussi cherchaient à se punir.

« Comment apprend-on à se pardonner ? » demanda Moore avant de se rendre compte qu'il s'adressait à une colline déserte de San Juan Chamula et pas à un casse-cou norvégien.

« *Quand tu seras prêt à parler, reviens me voir. Je veux entendre ton histoire. Je suis un vieil homme. Je sais écouter.* »

Peut-être que le vieux Wazir, bien à l'abri dans son refuge des zones tribales, avait une réponse…

Les premières détonations du feu d'artifice furent accueillies par un rugissement de la foule et, au moment précis où les pétards crépitaient comme du pop-corn, le téléphone mobile de Moore se mit à sonner.

« Prêt quand tu le seras, patron. (C'était Fitzpatrick.)

– Houlà, houlà, attends un peu », dit Moore en déplaçant légèrement son fusil sur la droite. Sous ses yeux, la porte s'était ouverte et celui qui devait être Salou s'aventura à l'extérieur.

« Peut-être qu'il veut profiter du spectacle, dit Fitzpatrick.

– Il faut qu'il ferme cette porte ; autrement, on est baisés. »

Mais Salou ne bougea pas. Il sortit de sa poche un paquet de cigarettes. Il en alluma une, tira une longue bouffée et resta planté là, contemplant les lumières du défilé en contrebas.

« Allez, allez », chuchota Moore tandis qu'une nouvelle salve de pétards explosait et se réverbérait dans les collines. Quelques coups de feu de tireur embusqué se perdraient aisément dans ce raffut, mais l'autre idiot leur faisait rater l'occasion.

« Et merde. Tu le vois ? Tu vois Torres ? Putain, mais qu'est-ce qu'il fabrique ici ? » demanda Fitzpatrick.

Torres avait piégé les deux voitures et il était censé déclencher les explosifs juste après que Moore et Fitzpatrick auraient dégommé les gardes avec leurs fusils de précision. Mais l'autre crétin s'avançait maintenant vers le seuil. Curieux, Salou tira une dernière bouffée de sa cigarette, puis il descendit le porche à sa rencontre.

« Merde, mais qu'est-ce qu'il a en tête ? demanda Moore.

– Attends une minute », dit Fitzpatrick comme les deux hommes échangeaient une poignée de main. « Le fils de pute. Je pense qu'ils se connaissent. Bordel de merde. Je crois bien que c'est un coup monté !

– Alors tant pis, tire, tire ! » lança Moore tandis que Salou passait le bras autour des épaules de Torres et le ramenait vers la maison. Le gros connard les avait tous entubés, aucun doute, et à présent, il allait tuyauter les Guatémaltèques. Peut-être que les trois, Torres, Zúñiga et Salou, avaient passé un marché, en excluant des négociations le groupe de Moore.

Mais d'un autre côté, Torres serait-il assez stupide pour jouer ce numéro alors qu'il savait pertinemment que les deux Américains l'observaient ? Peut-être qu'il s'en foutait.

Enfin, Moore ne saurait jamais le fin mot de l'histoire…

Parce que le gros bonhomme fut sa première cible et la balle arracha l'occiput de Torres, l'envoyant balader comme un fût de pétrole qu'on balance d'un cargo. Il s'effondra au sol, absorbé par les ténèbres.

Moore reporta son viseur sur le premier garde qui s'ébranlait déjà, quittant précipitamment l'abri d'un arbre au flanc nord pour scruter les collines. Moore dut abaisser légèrement sa visée, rajuster son tir pour enfin presser la détente en espérant que le type allait littéralement se précipiter sur la balle. *Gagné !* Elle lui transperça la poitrine, une gerbe de sang jaillit tandis qu'il était rejeté sur le dos – tout cela en un clin d'œil.

Dans l'intervalle, on entendit claquer le fusil de Fitzpatrick malgré le silencieux, une fois, deux fois. L'agent des stups avait intérêt à viser juste parce qu'il n'était pas question qu'ils perdent Sonia.

Hors de question.

Moore mourrait avant. La décision avait été prise.

Certes, il ne connaissait pas la femme mais il ne pouvait supporter de perdre ce qu'elle représentait. Son raisonnement, peut-être illogique, était qu'en la sauvant, il se sauvait en partie. S'il échouait en revanche, il ne savait pas trop ce qu'on pourrait récupérer.

Retenant toujours son souffle, il repéra son second garde et lui tira deux balles alors que l'homme longeait la maison pour retourner vers la porte d'entrée.

À cet instant précis, et sans explication, puisque c'était Torres qui avait sur lui la télécommande des détonateurs, les deux voitures explosèrent l'une après l'autre, leur capot se soulevant à un mètre du sol, le champignon des boules de feu s'élevant dans la nuit en jetant sur la bâtisse leur lueur vacillante et blafarde.

Moore n'aurait su dire si Torres avait vécu assez longtemps pour déclencher la commande à distance des explosifs. Il n'avait pas l'impression que le gros eût été assez malin pour bricoler les détonateurs et il ne lui avait montré que le b.a.-ba de la manip, poser le plastic ici, le détonateur là, et relier les deux par un fil. *Puis tu te sers de ton gros pouce pour presser le bouton. Pigé, tête de nœud ?*

Quoiqu'il en soit, il était indispensable de se débarrasser des véhicules et le boulot était fait.

« Allons-y ! » s'écria Moore, en dégainant ses deux Glock avant de dévaler la colline, Fitzpatrick bientôt sur ses talons.

Ils s'étaient changés : pantalon et chemise à manches longues, noirs tous les deux, et à présent ils portaient cagoule et gilet en Kevlar – ce qui avait fait râler Torres parce qu'il avait été infoutu de boucler le gilet sur son torse massif.

Alors que Moore atteignait le pied de la colline, il vit Salou ressortir précipitamment, un fusil entre les mains. Derrière lui, il y avait Sonia et Miguel dont on avait libéré les jambes mais qui avaient toujours les mains liées dans le dos. L'un et l'autre étaient traînés par deux hommes armés de pistolets. Sans moyen de transport et avec l'incendie des véhicules pour attirer l'attention des spectateurs du carnaval en contrebas, Moore se dit que le Guatémaltèque n'avait qu'une issue : remonter la rue étroite qui filait vers l'est à l'opposé de la place du marché.

Et de fait, le groupe tourna dans cette direction tandis que Salou se retournait, regardait par-dessus son épaule, apercevait Moore et prévenait ses hommes.

Mais Moore avait déjà bondi en direction d'un tas de terre devant lui, tout en tirant avec ses deux pistolets ; l'odeur de poudre, familière et bienvenue, lui arracha une grimace. Salou s'était détaché du groupe, et ce fut son ultime erreur. Alors même que l'ancien membre des forces spéciales levait son AK-47 vers Moore, il se prit deux balles dans la poitrine, une dans le cou et une dernière dans la cuisse qui le fit tomber à genoux ; son fusil glissa de côté et ses projectiles allèrent piqueter le sol à dix mètres devant Moore.

Moore ignorait s'il y avait d'autres brigands dans la maison mais ils devaient en avoir le cœur net. « Prends la maison ! » lança-t-il à Fitzpatrick tandis que les deux hommes qui tenaient Miguel le poussaient vers Sonia, avant de prendre la fuite vers la terrasse pour riposter.

Emporté par son élan, Moore s'enfonça un peu plus dans le monticule avant de pouvoir rouler sur la droite et réagir aux tirs. Ses trois premières balles ratèrent leur cible. *Merde.* Voilà ce qui arrivait quand on tirait d'une seule main, même si sa précédente attaque contre Salou s'était avérée d'une précision meurtrière. Il se redressa un peu, visa avec soin et, cette fois, atteignit le gars sur la droite – l'éclair de son canon avait aisément trahi sa position – mais lui aussi parvint à riposter et son coup ne manqua Moore que de quinze centimètres.

Les flonflons du carnaval montaient de la vallée, tambours, guitares et trompettes entrecoupés du crépitement des pétards, et durant quelques secondes, Moore n'aurait su dire si les gars devant n'étaient pas toujours en train de les canarder.

Toujours est-il qu'il se releva et se remit à dévaler la pente vers la maison dans le sillage de Fitzpatrick, martelant lourdement le sol de ses bottes, la respiration pesante, irrégulière.

Miguel, Sonia et les trois gars survivants remontaient en hâte la petite route, comme l'avait prévu Moore. Il contourna la maison alors que Fitzpatrick se ruait à l'intérieur.

Il y eut une fusillade et un crépitement de verre brisé. *Bigre*, Salou avait laissé des hommes planqués en faction. Fitzpatrick était désormais livré à lui-même. Moore se lança dans la côte, sur les pas du groupe qui filait à présent vers une autre maison près du sommet de la colline. Deux vieilles guimbardes étaient garées sur le chemin et, comme Moore longeait une clôture en piteux état, il entendit Sonia se mettre à crier et injurier les hommes. Les voitures lui bouchaient la vue.

Et voilà. Comme s'il avait besoin de ça. Il ne pouvait changer ce qui s'était passé cette nuit sur la plate-forme de forage mais peut-être qu'il pourrait empêcher que le même drame se reproduise. Il ne laisserait pas mourir Sonia.

Sous le coup d'une colère qui bouillonnait depuis cette nuit funeste, le cœur gonflé de rage devant son incapacité à se pardonner, Moore redoubla d'efforts pour gagner le sommet de la colline, attiré par les cris, sentant dans son dos le souffle d'un fantôme.

Lorsqu'il eut dépassé les voitures, il vit que Sonia s'était débarrassée d'un des deux hommes et n'était plus retenue que par un seul gars qui, avisant à présent Moore, s'empressa de pointer son arme vers la tête de la jeune femme.

Les deux autres types visaient de même la poitrine de Miguel et le jeune homme pleurait maintenant en les implorant de lui laisser la vie sauve.

Il n'y aurait pas d'impasse, de négociation, de possibilité de convaincre ces hommes de se rendre car leur patron était déjà mort et ils n'avaient désormais plus rien à perdre. Les dés étaient jetés.

Les veines chargées d'adrénaline, et avec ses années d'entraînement et d'expérience au sein des commandos et de la CIA – ces centaines d'heures passées à écouter les instructeurs lui gueuler dessus, le diriger et le récompenser –, Moore embrassa la situation en moins d'une seconde et réagit tel l'homme qu'il était : un combattant avec l'instinct du tueur gravé dans ses muscles.

Serrant les dents, face à sa culpabilité désormais incarnée par ces trois membres d'un commando de la mort guatémaltèque, il regarda le type qui tenait toujours Sonia et cria : « Eh ! »

Le gars écarquilla les yeux.

Bang ! Moore lui logea une balle dans la tête.

Que les deux autres tuent sans doute Miguel était le cadet de ses soucis. Seule importait Sonia.

Que les Guatémaltèques aient décidé de riposter au lieu de tuer le môme, ce fut le coup de chance de ce dernier.

Moore tira, atteignant chacun des hommes en pleine poitrine. Ils s'écartèrent de leur prisonnier en titubant, alors même que Moore manquait partir à la renverse. Il reprit son équilibre et se jeta en avant, vers les deux voyous, qu'il acheva de deux nouvelles balles. Quand le Glock redevint silencieux, des sirènes de police vinrent concurrencer les trompettes du carnaval et, l'espace de quelques secondes, Moore marqua un temps, pris de vertige, l'adrénaline lui donnait à présent l'impression que son cœur allait exploser.

« Qui êtes-vous ? » s'écria Miguel.

Moore lui répondit en espagnol : « Je travaille pour votre père. » Il glissa la main dans sa poche revolver pour en sortir un karambit, un couteau à la lame incurvée comme une tranche de melon et terminée par un crochet. Il s'empressa de trancher les liens de Sonia, puis ceux de Miguel, avant de leur faire signe de le suivre. « J'ai une voiture en bas. Les clés sont sous le tapis de sol. Elle est juste en bas de la rue. Vous y allez. Vous la prenez. Et vous partez d'ici sans vous retourner. Filez à l'aéroport. Sautez dans un avion. Tout de suite !

– Allons-y ! » s'écria Sonia en regardant Miguel, puis elle prit les devants.

Moore resta quelques secondes immobile pour reprendre sa respiration, puis il rengaina ses pistolets et redescendit vers la maison, enjambant le corps de Torres pour pénétrer dans le séjour où il découvrit Fitzpatrick gisant au sol, deux blessures par balle à la tête.

« Aïe, merde... eh, vieux, pas question... »

Il se jeta à genoux, mais il était évident que l'agent des stups était mort. Moore arracha sa cagoule et resta là, abasourdi.

Un téléphone sonnait quelque part, à l'extérieur. Moore se releva, se dirigea vers le corps de Torres, retira le mobile de la poche revolver du gros bonhomme. C'était un appel de Zúñiga.

« Allô ?

– Luis, c'est toi ?

– Non, señor Zúñiga, c'est le señor Howard. J'ai de fort mauvaises nouvelles. Luis et Flexxx sont morts. Le fils de Rojas et sa copine se sont échappés...

– Qu'est-ce que c'est que cette histoire ? explosa Zúñiga. Vous m'aviez dit que votre groupe était très puissant !

– Je retourne dare-dare à Juárez. Il faut qu'on se voie.

– Si vous êtes malin, vous vous en abstiendrez, monsieur Howard. Vous ne survivriez pas à la rencontre.

– Écoutez-moi. Nous n'en avons pas encore terminé. Je vous appelle dès que je suis revenu. » Moore coupa la communication, empocha le téléphone de Torres, puis trottina jusqu'au cadavre de Salou pour récupérer également son mobile. Alors qu'il retournait vers la maison, il appela Towers et lui narra les événements.

« J'ai besoin de décoller d'ici fissa avec le corps de Fitzpatrick.

– Montez vers les collines, plein nord. J'ai un groupe d'exfiltration en chemin. »

Moore soupira. « Merci. »

Moore se pencha, souleva le corps de Fitzpatrick et le porta comme un pompier. Il avait les paupières brûlantes. « Accroche-toi, murmura-t-il. On va te tirer de là. »

Il ressortit et contourna la maison tandis que ces foutues sirènes approchaient. Une voiture débaula et deux ados en sortirent, contemplant les cadavres, bouche bée.

« J'ai besoin d'aide ! » cria Moore avant de dégainer un de ses Glock. « Ce qui veut dire que je prends votre voiture. »

Ils levèrent les mains en l'air et reculèrent. Moore ouvrit la portière arrière de la berline et déposa Fitzpatrick sur la banquette. Les jeunes auraient pu en profiter pour lui sauter dessus mais ils eurent la présence d'esprit de lire leur avenir dans son expression. « Vous en faites pas, leur dit-il, rassurant, vous la récupérerez, votre tire. » Sur quoi, il se mit au volant et écrasa l'accélérateur. Le petit moteur vrombit et gémit pour escalader la route à flanc de coteau.

28

INSOMNIO
VILLAS CASA MORADA

San Cristóbal de las Casas
Chiapas

L A POLICE LOCALE avait ratissé l'hôtel à la recherche de Miguel et Sonia. Ils avaient reçu des clichés numériques des deux disparus, les avaient imprimés, puis ils avaient interrogé le personnel de l'hôtel et les clients. Dante Corrales les avait observés depuis sa voiture garée en face et il avait envoyé à l'intérieur un des quatre hommes qui avaient accompagné Maria, histoire de tâcher d'en savoir plus.

« Avez-vous vu ces touristes disparus ? » lui avaient-ils demandé. « Non », avait menti l'homme de Corrales.

Pablo était à présent assis à sa droite, Maria à sa gauche et il avait encore des élancements dans l'épaule et le bras quand il ordonna au chauffeur de démarrer.

« Dante, si tu ne veux pas parler à Fernando, alors je ne sais pas trop ce qu'on peut faire. Ils vont me traquer et me descendre, moi aussi, comme ces hommes.

– Je lui parlerai, mentit Corrales. Ne te tracasse pas. Fernando n'a jamais été en contact avec eux, alors je me chargerai de tout.

– Que comptes-tu faire ? demanda Maria.

– Ce que j'ai dit. On rassemblera l'argent provenant de la Familia, puis on contactera Salou. C'est lui qui les détient. On les récupérera et tout sera pour le mieux.

– Et comment vas-tu l'expliquer à Castillo ?

– J'y réfléchis mais je suis sûr qu'il est surtout occupé à trouver un moyen d'expliquer comment il a pu déconner et laisser un tireur s'approcher si près du patron. »

Soudain, le chauffeur qui écoutait sur l'autoradio une station d'infos en petites ondes se retourna vers eux et dit : « Importante fusillade à San Juan Chamula. Il y aurait des monceaux de cadavres.

– Tu crois que ça peut être eux ? » demanda Pablo.

Corrales se sentit défaillir. Il consulta sa montre. « On a encore le temps de le savoir. Et de lancer au chauffeur : « Conduis-nous là-haut. En vitesse ! »

La situation aurait difficilement pu être plus confuse. Quand Corrales et ses hommes arrivèrent dans la bourgade, ils envoyèrent illico un des leurs aux nouvelles ; celui-ci revint leur annoncer que les victimes seraient des rebelles de l'armée, semblait-il. La police avait bouclé le secteur.

« J'ai cherché Raúl, comme vous aviez demandé, ajouta l'homme. Ils ont sorti de la maison un corps décapité et le cadavre portait un pantalon de treillis, comme vous l'aviez dit. Je pense qu'il s'agissait de Raúl. »

Corrales serra les dents et composa un numéro de téléphone. Salou ne répondait pas et il se pouvait bien qu'il fît partie des victimes. Les hommes de Castillo avaient-ils débarqué et attaqué Salou ? Si oui, pourquoi n'avaient-ils pas appelé Corrales ?

À présent, il lui fallait rappeler la Familia, leur dire qu'il n'avait plus besoin du prêt – ce qui aurait le don de les irriter encore plus que son coup de fil initial. Il fallait absolument qu'il appelle Castillo, au moins pour lui donner un aperçu de la situation.

Mais pas tout de suite. Il n'avait pas encore réfléchi à ce qu'il allait pouvoir dire...

« Ils escomptent nous voir filer à l'aéroport, dit-il enfin à son groupe. On décolle d'ici. Même si on doit rouler toute la nuit, je m'en fous. Remonte au nord, jusqu'à Villahermosa. Il y a là-bas un autre aérodrome qu'on a déjà utilisé par le passé.

– J'ai peur, Dante, dit Maria. Affreusement peur. Je veux juste rentrer à la maison. »

Il l'étreignit de son bras valide et murmura : « Je sais, mais je te l'ai déjà dit : tout ça se tassera. »

Le téléphone de Corrales sonna. Un appel de Castillo. Il faudrait qu'il le prenne, qu'il découvre la vérité et réponde aux questions de son interlocuteur par des mensonges : ils avaient été attaqués et il ne savait pas pourquoi. Au lieu de cela, il masqua l'écran avec sa main et ignora l'appel.

Il ferma les yeux, appuya la tête au dossier. Ces voitures incendiées devant la maison de Chamula avaient ravivé un souvenir, mais à présent, tout ce qu'il voulait, c'était pouvoir dormir, dormir pour évacuer tous ses problèmes.

Le téléphone sonna de nouveau. Castillo. Il éteignit l'appareil.

Voilà donc où ils en étaient, tout cela à cause d'une grave erreur : Corrales avait supposé que Salou serait trop intimidé pour se dresser contre le tout-puissant cartel de Juárez. Salou se laisserait dépouiller sans riposter par peur des représailles. Mais Corrales n'était pas un ancien combattant et il n'avait pas pris en compte la détermination des militaires, une résolution qui lui était désormais devenue cruellement familière.

Durant le trajet de retour depuis Chamula, Miguel avait discuté avec Sonia, jugeant qu'ils devraient se rendre directement auprès de la police, mais elle redoutait que ces agents fussent en cheville avec leurs ravisseurs. Elle lui dit qu'ils devraient faire ce que le soldat de son père leur avait conseillé et se rendre à l'aérodrome. Mais leurs ravisseurs avaient confisqué leurs téléphones mobiles et Miguel estimait que le moins qu'ils puissent faire, c'était s'arrêter pour lui permettre de téléphoner à son père.

Mais Sonia ne voulait rien entendre. Elle était au volant et fonçait dans les rues étroites qu'éclairaient à peine leurs phares, jusqu'à ce qu'ils tombent enfin sur une petite pancarte jaune, sur le bas-côté, indiquant qu'il fallait prendre à gauche pour rejoindre l'aérodrome de San Cristóbal de las Casas.

Ce n'est qu'une fois garés devant le modeste terminal que Sonia convint : « Entendu, on va appeler ton père. Je pense qu'on est en sûreté, à présent... »

Miguel se passa les doigts dans les cheveux, puis il massa ses paupières lasses tandis qu'ils gagnaient à grandes enjambées le terminal et trouvaient un taxiphone... qui n'acceptait que les cartes. Ils pestèrent et coururent vers une boutique pour y faire l'emplette d'une carte à trente pesos.

La main tremblante, il composa le numéro de la boîte vocale privée de son père. Bien entendu, ce dernier n'allait pas répondre, étant incapable d'identifier le numéro.

Son message était surexcité, décousu, mais suffisant pour permettre à son père de comprendre qu'il était toujours en vie et que Sonia et lui étaient sains et saufs. Il n'avait pas la moindre idée de ce qu'il était advenu de Corrales et des deux autres mais il était reconnaissant d'avoir vu arriver les hommes de son père, même s'il ne savait pas trop pourquoi ces derniers les avaient laissés s'échapper tout seuls sans leur fournir d'escorte.

Quand il eut raccroché, il regarda Sonia droit dans les yeux et hocha la tête, incrédule. « Tu es la femme la plus forte que j'aie jamais connue. Encore plus forte que ma mère, et c'est peu dire.

– Est-ce que tu sous-entends que tu as du mal à le croire, bien que je sois une femme ? » Elle arqua un sourcil.

Il sourit. « Non, ce que je veux dire c'est... *merci.* » Il se pencha et l'embrassa.

« À ton service.

– Comment fais-tu pour rester aussi calme ? J'ai cru cent fois que j'allais m'évanouir.

– Je ne croyais pas qu'ils nous tueraient. Nous avons trop de valeur pour eux, alors j'ai décidé d'être forte... pour deux.

– N'empêche...

– Eh bien, parfois, chez moi, la colère l'emporte sur la peur.

– J'espère qu'un jour tu pourras m'enseigner comment tu fais. Je veux que tu m'apprennes. »

Elle inspira profondément et détourna les yeux, les lèvres tremblantes, comme si elle était au bord des larmes.

« Qu'est-ce qui ne va pas ?

– Rien. »

Miguel leva les yeux vers une télé à écran plat sur laquelle un flash d'info montrait une foule en train de se disperser, avec la légende suivante : TENTATIVE D'ASSASSINAT CONTRE JORGE ROJAS.

Il étouffa un cri.

Résidence Rojas
Cuernavaca
90 km au sud de Mexico

Jorge Rojas avait édifié sa résidence principale dans la ville qui abritait un centre d'études de la langue espagnole de réputation internationale. Cuernavaca était également célèbre pour ses parcs et jardins luxuriants, son *zócalo*, son centre-ville typique, avec ses bâtiments historiques d'architecture coloniale, et de nombreux restaurants et cafés, mais surtout pour son université qui attirait artistes et intellectuels venus du monde entier. La résidence Rojas – un hôtel particulier de plus de sept cents mètres carrés inspiré de l'architecture du XVIe siècle – dominait la ville et elle était mieux décorée et encore plus audacieuse que sa résidence de villégiature d'Acapulco, avec bibliothèque, home cinéma, salle de jeu, gymnase et tous les autres aménagements qu'on pouvait attendre de la demeure d'un homme de cette stature. Son épouse avait baptisé la résidence *Casa de la Eterna Primavera* – « Maison du Printemps éternel » – et l'avait décorée, avec l'aide d'une équipe d'architectes d'intérieur. Après sa disparition, il n'avait pas changé la moindre chose. L'endroit était un havre de paix, son Shangri-La qu'il avait hâte de retrouver chaque fois qu'il partait en voyage. À Cuernavaca, sa famille et les souvenirs de sa tendre épouse l'entouraient et il était déjà arrivé qu'il restât des mois entiers à travailler chez lui sans presque jamais mettre le nez dehors. La résidence secondaire de Punta de Mita était parfaite pour les soirées et les galas de charité mais il ne s'y était jamais senti aussi à l'aise qu'ici.

En cet instant, il se trouvait dans la bibliothèque, près d'une des échelles coulissant le long d'un mur où étaient rangés plus de deux mille ouvrages. Il était en robe de chambre de soie et, le téléphone mobile dans la main, il écoutait le message de son fils. Il faisait les cent pas depuis une heure – jusqu'à laisser une trace sur l'épaisse moquette bordeaux – et il avait passé presque le double de temps au téléphone. Il s'était tourné vers Castillo et avait failli s'évanouir en entendant le message vocal. L'appel était venu d'un numéro non identifié, alors même qu'il était en conversation avec un de ses pilotes au sujet d'un problème d'entretien sur un de ses avions. « Ils sont sains et saufs, Dieu merci. Ils ont été sauvés par nos hommes.

– Ce n'est pas possible, dit alors le borgne. Notre équipe vient tout juste d'arriver sur place. »

Rojas releva la tête et fronça les sourcils. « Peut-être mon fils se sera-t-il embrouillé, mais peu importe. L'essentiel est qu'il soit sauf. Envoie immédiatement l'équipe à l'aéroport. Je le rappelle tout de suite.

– Bien, señor. »

Mais Castillo ne bougea pas. Il parut juste un peu plus perplexe, comme s'il cherchait à s'expliquer quelque chose.

« Qu'y a-t-il, Fernando ?

– J'ai perdu contact avec Dante et son équipe. Je me demande s'ils ont même été capables de prêter main-forte.

– Non, sinon je pense que mon fils l'aurait mentionné. Il a dit qu'il n'avait pas vu Dante et ses hommes de tout le temps qu'ils étaient en ville, quand tout a commencé.

– Alors, il y a quelque chose qui cloche, señor. Miguel est un garçon intelligent. Je n'imagine pas qu'il puisse s'embrouiller.

– Ma foi, je te laisse chercher ce qui s'est passé au juste. Récupère simplement mon fils et sa petite amie. »

Rojas tourna la tête au moment où Alexsi apparaissait sur le seuil, hors d'haleine. « Ils les ont retrouvés ? »

Il opina.

Elle courut vers lui, se jeta dans ses bras. « Dieu soit loué… »

Bureau de la brigade des stups
San Diego, Californie
Deux jours plus tard

Moore, Towers et l'agent du FBI Michael Ansara étaient installés autour de la table de conférences. Vega était encore en mission, suivant de près l'inspecteur Gómez et ils ne voulaient surtout pas risquer de griller sa couverture. La mort de Fitzpatrick avait été soigneusement cachée aux médias et le corps avait déjà été rapatrié sur Chicago pour l'inhumation. L'agent Whittaker était toujours dans le Minnesota mais il enquêtait à présent sur une info passablement déroutante : le contenu d'un stock d'armes destinées à l'armée américaine avait été prétendument sorti d'Afghanistan en contrebande et revendu à des acheteurs des cartels dans la banlieue de Minneapolis. Une partie des premiers éléments de l'enquête semblait indiquer que le stock avait été déplacé et vendu par… un membre des commandos de la marine américaine. Moore en était resté stupéfait. Il ne voulait pas y croire, il se refusait à admettre qu'un de ses frères d'armes ait pu être à ce point corrompu. Ansara pour sa part s'était contenté de hausser les épaules et de dire : « Si ces gars étaient payés correctement, ils ne seraient pas tentés de faire une chose pareille.

– Ce n'est pas une question de solde, avait rétorqué Moore.

– Moi, pour ce que j'en dis, avait répondu Ansara en hochant la tête.

– Eh bien, ne le dis pas. Je ne peux pas y croire. »
Towers haussa les épaules.

« Bon, alors, on en est où, patron ? » demanda Moore en espérant changer de sujet.

Towers quitta des yeux son ordinateur portable. « Notre gars, Corrales, ne s'est toujours pas manifesté. Et après avoir bien failli se faire descendre, Rojas est de retour dans sa résidence de Cuernavaca. Nous avons du personnel au sol et des yeux dans le ciel pour surveiller les lieux.

– Du nouveau sur le tireur ? s'enquit Moore.

– Rien pour l'instant, mais vu les circonstances... je doute que ce soit le fait d'un cartel rival. Plutôt un tueur sans attaches, un pauvre type résolu à dégommer un mec fortuné.

– Quid du fils et de notre agent ?

– Sonia et Miguel ont été rapatriés en avion par des membres de la sécurité de Rojas et ils sont toujours sur place, pas de changement.

– Elle a donné des nouvelles ?

– Pas encore. Les Guatémaltèques ont confisqué sa montre-espion et son téléphone mobile, mais elle sait où se trouvent les planques pour le courrier et comment faire passer des messages sans être démasquée. Elle se manifestera.

– Donc, on l'attend ou quoi ? » insista Moore.

Towers secoua la tête. « On a plusieurs guetteurs là-haut, du côté de Séquoia. Le cartel s'apprête à transférer l'une de ses plus grosses récoltes. Vous allez y monter et suivre à la trace la distribution et le parcours de l'argent, ce qui devrait logiquement vous ramener direct au Mexique. Je veux remonter cette piste jusqu'aux *sicarios* qui procèdent aux dépôts dans les banques et/ou qui blanchissent l'argent par le truchement des entreprises de Rojas. C'est l'occasion idéale.

– J'aimerais bien au passage mettre la main sur quelques témoins crédibles qui pourraient, sans discussion, mettre tout le trafic sur le dos de Rojas. »

Towers sourit. « Là, vous rêvez, mon vieux. En attendant, on a besoin d'attaquer ce salaud sous tous les angles : par Sonia, par les Sinaloas, par ses liens avec la police fédérale, et en suivant la piste de l'argent. Et justement, à propos des Sinaloas... »

Moore grogna et le coupa. « J'ai promis à Zúñiga que nous ferions quelque chose, mais il s'est contenté de hurler, de me

71

promettre qu'il me ferait payer la mort de ses hommes et de me traquer jusqu'à son dernier souffle.

— Ça paraît assez normal, comme réaction, observa Towers avec un sourire. Mais nous devons rester en contact avec lui.

— Je pense qu'il va continuer à prendre mes appels, ne fût-ce que par simple curiosité. » Moore sentit sa voix se briser. Il n'avait pas réussi à dormir depuis deux jours, avec ce visage familier qui une fois de plus était revenu à sa mémoire. « Je veux que vous sachiez tous que Fitzpatrick s'est comporté comme un as. Vraiment. Sans lui, je ne serais pas ici à vous parler. »

L'atmosphère s'alourdit soudain. Et Towers comme Ansara prirent le temps de ruminer cette observation.

On mourait toujours. Il en serait toujours ainsi. Il n'était jamais facile de surmonter ce traumatisme. Moore était censé reconnaître simplement ce fait et poursuivre sa tâche. Pour le bien de sa mission. De son pays. Il en avait fait le serment.

« Sa famille connaissait le risque de son métier, dit Towers. Ils ont subi un choc, mais d'un autre côté, ils n'ont pas été surpris. » Il rabattit l'écran de son ordinateur et se leva. « Bien, messieurs. Vous allez devoir mettre le cap au nord, dès que possible.

— Je sens que tu vas adorer, Moore, observa Ansara. Le coin est truffé de pièges et de dispositifs de surveillance électronique. Tout ce qu'il faut pour s'éclater un max. » Il lui adressa un clin d'œil.

Soupir de Moore. « On pourrait pas se faire une petite dégustation de vin et prendre une pause ?

— Un détour par la Napa Valley, hein ? demanda Ansara. Je n'ai pas l'impression. »

Planque des talibans
Casa de la Fortuna
Mexicali

« Tout ce que nous avons recueilli jusqu'ici se trouve sur cette clé », dit à Samad l'homme en lui tendant la clé USB munie d'une dragonne.

Il s'appelait Felipe. À cinquante ans, il avait été engagé, s'il fallait l'en croire, deux ans plus tôt afin de baliser le terrain pour le mollah Omar Rahmani. Felipe était extrêmement bien payé, il avait installé une planque à Mexicali et avait été informé de l'arrivée de Samad et de son groupe. Il travaillait avec une équipe de cinq hommes loyaux qui avaient tous juré le secret, et il affirmait que les renseignements qu'ils avaient recueillis seraient de la plus grande utilité. Étant si bien payés, ils avaient pu résister à la tentation de rejoindre l'un des cartels. En fait, quand ils croisaient des *sicarios*, ces derniers supposaient qu'ils faisaient partie d'une autre bande sans se douter qu'ils étaient, pour reprendre les termes de Felipe, des « travailleurs indépendants ».

« Merci et merci également pour toute votre aide », dit Samad en prenant la clé pour la brancher sur l'ordinateur portable posé sur le petit bar équipant la cuisine. Il se jucha sur un tabouret et ouvrit aussitôt les dossiers qui contenaient des centaines de photos.

Felipe acquiesça : « Señor, nous savons ce que vous préparez.

– Vraiment ?

– Je me suis rendu aux États-Unis à trois reprises. J'en ai été banni pour une durée de cinq ans pour avoir tenté de faire sortir de l'argent illégalement. Depuis ce temps, je n'ai pas pu voir ma femme et mes filles. Je sais que vous voulez traverser la frontière. Je vous paierai ce que vous voudrez si vous voulez bien m'emmener avec vous. »

Samad réfléchit à la proposition. Il serait bien utile d'avoir un guide sur place, et en même temps quelqu'un dont on pourrait éventuellement se passer. « Tu en as déjà assez fait pour nous. Je vais te prendre. Mais toi seul.

– Parlerez-vous également de moi au mollah Rahmani ?

– Bien sûr. »

L'homme eut un sursaut de joie et s'écria : « Oh, merci, señor ! Merci ! »

Samad hocha la tête avant de reporter son attention sur l'écran.

Ils avaient réussi en fin de compte à rallier Mexicali, malgré la crevaison et leurs chauffeurs d'une amabilité discutable. Ses hommes s'étaient extasiés devant la densité de population et avaient même trouvé ironique que la ville fût dotée d'un quartier chinois, certes réduit mais bouillonnant d'activité. En fait, un des hommes de Felipe, un dénommé Zhen, était né et avait grandi sur place : c'était le descendant des immigrants chinois venus travailler à la Compagnie d'aménagement du Colorado, fondée aux débuts du XXᵉ siècle pour installer dans la vallée un vaste système d'irrigation. Samad connaissait ces détails parce que Felipe adorait parler, au point d'en être parfois pénible.

Samad continua d'examiner les photos et les rapports tandis que le reste de ses hommes se restaurait, se changeait et bavardait dans la petite maison de quatre pièces. Certes, ils y étaient serrés comme des sardines et Samad avait bien l'intention de réduire au maximum leur séjour ici. Felipe lui avait déjà résumé leurs découvertes : de source sûre le cartel de Juárez était impliqué dans une vaste opération de forage d'un tunnel sur le site de construction d'une nouvelle usine de production de cellules photo-voltaïques. Les clichés montraient sur le site cinq bâtiments à divers stades d'avancement, ainsi qu'un petit entrepôt déjà achevé. Détail intéressant, de vastes quantités de déblais avaient été évacuées de l'entrepôt et chargées dans des bennes. De surcroît, Samad avait noté la présence d'équipes d'ouvriers qui se relayaient aux postes vingt-quatre heures sur vingt-quatre, sept jours par semaine. Et Samad savait que pour tout chantier de forage d'une certaine importance, il y avait toujours un contremaître ou un ingénieur pour contrôler les opérations. Parmi tous les hommes qui avaient été photographiés, l'un d'eux se détachait parce qu'il était plus âgé et mieux vêtu que la moyenne des ouvriers et parce que, d'après Felipe, il arrivait le matin et repartait le soir – même si son emploi du temps avait récemment changé, pour le faire désormais se pointer au petit matin. On ne l'avait toutefois jamais suivi jusque chez lui, raison pour laquelle Samad décida d'en faire une priorité.

Moins d'une heure plus tard, Samad et Talwar se retrouvaient assis dans une vieille Honda Civic cabossée pilotée par Felipe. Ils attendirent que la première équipe quitte l'entrepôt. Leur homme n'était pas avec eux. Ils patientèrent jusqu'au coucher du soleil et là, enfin, Samad le repéra : il grimpait dans une Kia noire dans le même état de délabrement que leur voiture. Ils le suivirent, quittèrent le site pour prendre la direction du sud, vers les faubourgs qui s'étendaient au sud-est.

En moins de vingt minutes, ils avaient localisé le domicile de l'homme et le virent se garer ; puis, après un coup de fil de Felipe, un homme fut placé pour faire le guet et les prévenir quand il estimerait que tout le monde avait quitté la demeure dans la matinée.

« Il nous aidera à traverser la frontière. Il ne le sait pas encore, mais c'est un serviteur d'Allah », dit Samad.

Talwar, qui pianotait sur son smartphone, leva les yeux et dit : « Si les informations sont toujours valides, cette maison appartient à Pedro Romero. J'ai cherché sur Google : c'était un ingénieur, mais la boîte pour laquelle il travaillait a fermé.

– Le bâtiment traverse une grave crise par ici, nota Felipe. Je connais beaucoup d'excellents ouvriers qui sont au chômage.

– Eh bien, il a trouvé un bon boulot, lui, pas vrai ? remarqua Samad. C'est notre homme. Mais nous devons agir avec prudence. On doit d'abord s'assurer de sa pleine collaboration, et pour cela, il faut absolument tout savoir sur le señor Pedro Romero. »

Résidence Rojas
Cuernavaca
90 km au sud de Mexico

Étendu sur son lit, Rojas contemplait la moulure qui couronnait le mur opposé, ces longs traits de bois rare sculpté qui disparaissaient dans l'ombre. Le ventilateur ronronnait au plafond, les pales tournaient lentement, et le clair de lune venant par la fenêtre les coupait en jetant une ombre vacillante sur la couverture et la joue d'Alexsi. La jeune femme dormait tranquillement à côté de lui, et Rojas ferma les yeux, puis il les rouvrit soudain et regarda la pendule : 2 h 07 du matin.

Toutes ces émotions des dernières vingt-quatre heures l'avaient tourneboulé : une tentative d'assassinat, une tentative d'enlèvement de Miguel et de sa petite amie... Il décida qu'il avait besoin au plus vite de se détacher pour un temps de la vraie vie.

Réprimant un frisson, il se leva, enfila sa robe de chambre et, avec son mobile en guise de lampe de poche, il se hasarda dans l'escalier pour descendre dans la nuit froide. Il entra dans la cuisine, alluma, et ouvrit un des trois frigos en inox pour y prendre du lait qu'il avait l'intention de mettre à tiédir puis de boire lentement, un remède qui l'avait souvent aidé à dormir.

Il avait mis la casserole sur le réchaud à gaz et y avait versé le lait quand une petite voix se fit entendre dans son dos : « Señor Rojas ? »

Il se retourna pour découvrir Sonia, en négligé noir à peine masqué par sa robe de chambre de soie. Il dut cligner les yeux, croyant à une apparition.

« Señor Rojas, ça va bien ?

— Oh, je suis désolé, Sonia, je suis encore à moitié endormi, j'en ai peur. Que faites-vous debout à cette heure ?

— J'ai entendu du bruit en bas. Miguel a pris les cachets que vous lui avez conseillés et il dort très bien. Moi, je n'aime pas prendre de médicaments, résultat, je n'arrive pas à fermer l'œil. Je n'arrête pas de revoir ce qu'ils ont fait subir à cet homme, encore et encore.

— Je suis tellement désolé. Demain, je passerai quelques coups de fil pour voir si on peut vous trouver une aide psychologique.

— Merci, señor. Je ne sais pas s'il est possible d'oublier ça. Ils ont essuyé son sang sur mon visage. »

Il hocha la tête, pinça les lèvres, puis lâcha : « Voulez-vous un peu de lait ? Je viens juste de le faire chauffer.

— C'est gentil, merci. » Elle entra dans la cuisine et, d'un mouvement gracieux, se glissa sur un tabouret. « J'imagine que vous n'arrivez pas à dormir, vous non plus, après tout ce qui vous est arrivé.

— Je m'y attendais plus ou moins depuis des années. C'est pourquoi j'ai pris tant de précautions, mais on ne sait jamais comment on va réagir le jour où ça survient pour de bon. On ne peut jamais tout planifier.

– C'est bien vrai.

– Sonia, j'aime beaucoup mon fils. Il est tout ce qui me reste au monde, et jamais je ne pourrai assez vous remercier. Il m'a dit combien vous avez été forte. Il n'arrivait pas à y croire. Mais vous savez quoi ? Moi, si. La première fois que je vous ai vue, j'ai senti une force dans votre regard, la même lumière que je voyais dans les yeux de ma femme. Vous avez été très courageuse. »

Elle baissa la tête et rougit.

Il était allé trop loin, il le savait, et son ton était un peu trop enjôleur.

« Je voulais juste vous remercier, s'empressa-t-il d'ajouter.

– Je crois que le lait est en train de bouillir », remarqua-t-elle, avec un signe du menton vers le réchaud.

Il se retourna précipitamment et baissa le gaz mais le lait se sauva et, avec un juron, il ôta la casserole, tandis que le liquide bouillant sifflait et crachotait.

« Señor Rojas, puis-je vous poser une question très personnelle ? » dit-elle après qu'il eut repris le contrôle de la situation et sorti deux tasses du placard.

« Bien sûr, pourquoi pas ?

– Êtes-vous entièrement honnête avec votre fils ?

– Que voulez-vous dire ?

– Est-ce qu'il sait tout de vous et de vos entreprises ? Je veux dire, serait-il capable de vous remplacer s'il devait vous arriver quelque chose ?

– C'est une question pour le moins morbide.

– Si nous restons ensemble et que nous décidons de nous marier, il faudrait qu'il sache tout.

– Bien entendu. »

Elle avait du mal à présent à croiser son regard. « C'est juste qu'il me paraît un peu naïf, concernant certains aspects de votre activité.

— Et à juste titre, dit Rojas, soudain un brin méfiant devant cette curiosité. Une partie de mes affaires reste trop insignifiante pour qu'il s'en préoccupe. J'ai des gens qui les font tourner et me rendent compte chaque semaine ou chaque mois. Quand il sera prêt, je lui enseignerai tout.

— Et à moi aussi ? »

Il hésita. Certes, c'était une femme de caractère, peut-être même un peu trop, et il n'avait jamais laissé sa tendre épouse savoir ne fût-ce que cinq pour cent de ce qu'il faisait au juste. « Bien sûr », mentit-il, en lui tendant une tasse de lait fumant. « Je compte bien faire de vous deux mes héritiers, si vous devez vous marier.

— Je ne voudrais pas passer pour une croqueuse de diamants, señor. Je me fais juste du souci pour Miguel. Je sais que vous voulez qu'il travaille à la banque cet été, mais je crains qu'il déteste ce job. Et s'il est malheureux, nous le serons tous les deux.

— Que suggérez-vous ?

— Enseignez-lui comment vous dirigez vos affaires. Faites-en votre bras droit. C'est votre fils, après tout. »

Rojas réfléchit à la suggestion. Elle avait raison. Miguel était l'héritier de son empire, or le garçon en savait si peu. Rojas aurait pu se faire tuer, et Miguel aurait difficilement saisi la complexité de l'univers paternel. Mais jamais Rojas ne révélerait l'odieuse vérité du cartel – ni à Miguel, ni à quiconque. Jamais…

Soudain, Alexsi apparut à son tour. « Que se passe-t-il ici ? demanda-t-elle en lorgnant Sonia d'un air accusateur.

– Veux-tu un peu de lait chaud ? demanda Rojas, éludant la question. Il m'en reste encore.

– D'accord.

– Je n'arrivais pas à dormir. Pas après ce qui s'est passé, expliqua Sonia. J'ai entendu descendre le señor Rojas, alors je me suis dit que je pourrais me joindre à lui. »

L'expression d'Alexsi se radoucit. « Je comprends. »

Rojas regarda sa compagne. Si elle avait pu lire dans ses pensées, elle aurait fait ses valises dans l'heure qui suit.

Et si Sonia avait pu lire les siennes, elle aurait accompagné Alexsi pour prendre un taxi et fuir le plus loin possible de son univers.

29

LA SEULE JOURNÉE FACILE

Terminal pétrolier de Bassorah
Golfe Persique, Irak
19 mars 2003

MOORE SE HISSA dans le Zodiac noir pour rejoindre les deux autres plongeurs commando qui avaient sauté de la plate-forme. Ils attendaient toujours Carmichael et l'un de ses gars, Mako Six, qui avait été touché. Moore arracha son masque et inspira longuement l'air salé. Loin vers l'ouest, par-delà les vagues anthracite et sous un épais manteau nuageux, l'hélicoptère CH-47 Chinook se tenait en vol stationnaire, sa rampe arrière abaissée, le pilote perché en équilibre instable au-dessus des flots. Les rotors en tandem créaient un souffle qui s'élevait dans le ciel nocturne, aspirant en un blanc tourbillon les eaux du golfe, tandis que les turbines des moteurs vrombissaient. Ce pilote, Moore le savait, luttait de toutes ses forces contre le vent.

Une rafale d'armes automatiques jaillit de la plate-forme, plus ou moins dans la direction de l'hélicoptère, alors que Moore essayait par radio d'appeler des renforts du patrouilleur ; requête qui lui fut toutefois refusée et accompagnée d'un ordre d'extraction immédiate.

Le pilote de l'hélico répercuta cet ordre : « Mako Un pour Oiseau de mer, on est sous le feu ! On est sous le feu ! Faut que vous dégagiez d'ici, TOUT DE SUITE. À vous !

– Compris, Oiseau de mer. Bien compris ! »

Le fuselage du Chinook s'illumina sous les ricochets des balles qui allèrent rapidement se perdre dans les embruns. Moore se retourna vers la plate-forme et vit Carmichael le long du bastingage en compagnie de l'électronicien de première classe Billy Hartogg, Mako Six.

« Frank, on n'a plus des masses de temps, mec ! » rappela Moore à son ami.

Mais Frank Carmichael savait que dans la vie comme dans la mort, on ne laissait jamais un compagnon derrière. Moore et lui avaient appris à leurs dépens que ce n'était pas un cliché chauvin tiré des dialogues d'un mauvais film de guerre. C'était la vérité, les actes de Carmichael reflétaient sa solidité et ses qualités de caractère. Il avait récupéré le corps sans vie de l'électronicien de première classe Hartogg et comptait bien le ramener à la maison.

Les SEAL comme Carmichael ne choisissaient jamais la solution de facilité, ni pendant les classes, ni pendant la formation, jamais. La seule journée facile était hier. Toutefois, avant que Carmichael ait pu enjamber le bastingage, le crépitement d'une rafale le contraignit à reculer.

Et puis d'autres salves vinrent cribler les eaux entre le Zodiac et la plate-forme et Moore, levant la tête, se retrouva nez à nez avec deux gardes qui étaient en train de le mettre en joue.

Une rafale retentit derrière lui quand ses hommes levèrent leurs armes ; ils descendirent les deux Irakiens qui tombèrent à la renverse et disparurent hors de sa vue.

Un plouf retentissant détourna son attention. Carmichael et feu leur collègue avaient sauté du haut des dix mètres de la plate-forme pour plonger dans les vagues…

Mais ils étaient de l'autre côté, près d'un des plus gros piliers, à une vingtaine de mètres.

Une main se dressa au-dessus des vagues… et une voix qui ne résonnait plus que dans la tête de Moore répéta en écho : « *Ne m'abandonnez pas ! Ne m'abandonnez pas !* »

« Il faut qu'on y retourne ! » cria Gary Brand, le maître qui dirigeait le peloton, assis dans le Zodiac à côté de Moore.

Moore regarda Carmichael, puis de nouveau l'hélicoptère.

« Mako Un pour Oiseau de mer ! Je ne peux pas attendre plus longtemps ! »

Moore lâcha un juron et secoua la tête. « Vous m'attendez ! Vous allez m'attendre !

– Et merde, Mako Un ! s'écria le pilote. Je vous laisse trente secondes ! »

Le moteur hors-bord vrombit quand Moore accéléra pour rejoindre Carmichael, tout en disant à ses hommes de se tenir prêt avec la corde.

Moore prit alors sa respiration et la retint.

Tout ce qu'avait à faire Carmichael, c'était saisir le bout et le passer en boucle autour de son bras. Ils le hisseraient ensuite sur le Zodiac, quand bien même ce serait la dernière chose que fît Moore.

Il rapprocha encore l'embarcation de Carmichael qui essayait tant bien que mal de retenir le corps de Hartogg. Ils arrivèrent à sa hauteur…

La corde fut lancée.

Carmichael n'avait qu'un bras libre pour l'attraper.

Il la rata. *Merde !*

Moore vira si sec qu'il eut l'impression que l'embarcation était posée sur des rails. Il pensait avoir le temps d'effectuer un nouveau passage. Puis il se retourna vers le Chinook.

Oiseau de mer commençait à s'éloigner.

Et soudain, les secondes devinrent des années. Il n'y avait plus aucun bruit, à part le cœur battant de Moore, plus aucune sensation, à part l'eau salée dans sa bouche.

Carmichael flottait comme un bouchon près du pilier.

La rampe de l'hélico renvoya une cascade dans le golfe quand le pilote mit les gaz.

« *Tu ne te souviens donc pas de ce qu'ils nous ont appris ?* avait demandé Carmichael. *On ne peut être vaincu que de deux manières : soit en mourant, soit en renonçant. Et on ne va pas renoncer.* »

Une nouvelle rafale arracha Moore de son hébétude et il reporta son attention vers l'hélico. « Il se tire ! Il faut qu'on y aille ! »

Il n'était pas sûr de qui avait répondu, la voix étant distordue par le vent, la fusillade, le souffle du rotor, mais il en avait entendu assez : « Fais pas ça, Max ! Fais pas ça ! »

Mais il se rendit compte en cet instant qu'il ne pouvait pas les sauver tous. Pas tous à la fois. Pas Carmichael. « Pas le choix. On dégage ! »

Quand il se retourna vers la plate-forme, Carmichael était toujours là, son bras ne s'agitait plus pour demander de l'aide mais pour leur faire signe de partir.

Sauvez-vous.

Une rafale vint déchirer le flanc du Zodiac et ce fut le signal. Moore vira de bord une fois de plus et poussa le hors-bord à fond, les faisant bondir sur la crête des vagues en direction de l'hélicoptère.

« Oiseau de mer pour Mako Un. On arrive !

– Bien compris, Mako Un. Bougez-vous ! »

Le Chinook redescendit, sa rampe de nouveau balayée par les eaux.

« *Ne m'abandonnez pas !* »

Mais Carmichael n'avait jamais crié ça. Il les avait au contraire enjoints de partir. Il savait qu'il devait rester derrière.

Moore fonça plein gaz vers le Chinook dont le pilote était encore descendu de quelques pieds ; la rampe était désormais parfaitement alignée tandis que les rafales continuaient de crépiter autour d'eux, jusqu'à ce que le Zodiac, guidé de main de maître par Moore, l'escalade et glisse dessus, pour s'immobiliser violemment à l'intérieur de la carlingue.

Avant même que Moore ait pu couper le moteur, le pilote du Chinook avait redressé son zinc et ils s'éloignaient en vrombissant de la plate-forme, laissant derrière eux les vagues et les rafales.

Après avoir coupé le hors-bord, Moore resta assis, hébété. Quand il leva les yeux, ce fut pour croiser le regard de ses camarades de commando, qui tous le fixaient, comme s'ils attendaient une excuse, quelque chose à quoi se raccrocher pour justifier ce qui venait de se produire. *Nous avons laissé un homme à la mer, condamné à mourir.*

Mais tout ce que Moore put faire, ce fut de fermer les yeux, détourner la tête, et se raidir pour ne pas craquer.

Et puis ses hommes se remirent à la tâche, se débarrassant de leur équipement, à nouveau dans l'action, comme si rien ne s'était passé. L'entraînement avait repris le dessus, les heures innombrables de formation, d'enchaînements, de routine, au point de ne même plus se rappeler qu'ils avaient achevé la mission, remballé le matos et sans trop savoir comment, s'étaient retrouvés au bar à écluser déjà leur troisième tournée. Le brouillard. Le flou. L'aveuglante intensité du combat absorbant les sens qui reviendraient en leur temps.

En moins de deux heures, la plus vaste opération menée par les seuls commandos de marine américains était lancée. À la grande frustration de Moore, son équipe avait été gardée en réserve.

Les SEAL, accompagnés des marines de Sa Gracieuse Majesté avaient attaqué les salles de pompage de tous les terminaux et toutes les plates-formes ; toutefois, le renseignement avait oublié de relever les barbelés qui entouraient toutes ces salles, si bien que les commandos furent retardés par cet obstacle et se retrouvèrent sous le feu de la garnison des plates-formes jusqu'à ce qu'ils fussent parvenus à sécuriser la zone. Quelques minutes plus tard, ils devaient essuyer le feu d'un blindé irakien mais le Contrôleur de combat de l'armée de l'air incorporé dans leur unité avait pu appeler un A-10 Warthog dont l'officier de tir avait prestement identifié et détruit le véhicule avec un de ses missiles air-surface AGM-65 Maverick.

D'autres assauts devaient être lancés par les commandos de marine américains sur la raffinerie et le port de la péninsule d'Al-Faw, tandis que les marines appartenant au 5e régiment de la 1re force expéditionnaire attaquaient des cibles dans les champs pétroliers plus au nord. Moore avait entendu son commandant se plaindre que le terrain là-bas paraissait instable, en tout cas, trop meuble pour les engins de patrouille à deux roues motrices. Ces craintes furent confirmées quand les SEAL arrivèrent sur zone et que leurs DPV (Desert Patrol Vehicles) se retrouvèrent pris au piège du sable gorgé de pétrole. Ils s'étaient trouvés réduits à poursuivre leur avance à pied et se retrouver face à plus de trois cents soldats irakiens retranchés avec leurs blindés. Grâce au soutien aérien rapproché réclamé par leurs contrôleurs de combat, les commandos de SEAL réussirent à se frayer un passage à travers les lignes ennemies, tuant plusieurs centaines d'Irakiens, en faisant prisonniers près d'une centaine, et détruisant tous les blindés jusqu'à ce qu'ils fussent relevés, à l'aube, par le 42ᵉ Commando des marines royaux britanniques.

À la suite de cette opération, le corps de Carmichael fut récupéré. Il avait été tué par les Irakiens restés sur la plate-forme, et mordu par des serpents de mer, attirés par les remous du hors-bord. Ces serpents à ventre jaune étaient courants dans les eaux du Golfe, et leur venin était encore plus meurtrier que celui du cobra, paralysant le système respiratoire de leur victime. On avait également retrouvé le corps de Hartogg, bien qu'il eût dérivé à près de quatre cents mètres de la plate-forme.

Aux obsèques de Carmichael à San Diego, Moore et plus de trente de ses camarades qui l'avaient connu et avaient servi avec lui firent une haie d'honneur quand le cercueil sortit du corbillard, pour être porté par chacun des hommes tour à tour. Au moment où le cercueil passait devant eux, chacun tour à tour retira de son uniforme son trident doré – le « Budweiser » – en ouvrit l'agrafe et le planta dans le bois du cercueil, tandis que les porteurs attendaient au bout de la rangée. Quand enfin le cercueil parvint au bout de celle-ci, au bord de la tombe, deux rangées d'incrustations dorées décoraient chacun de ses flancs. C'était bien le moins que Moore et ses camarades pussent faire pour rendre un ultime hommage à l'un de leurs frères.

Étant le meilleur ami de Carmichael et le plus proche de la tombe, Moore fut le dernier à planter son badge et seuls les visages stoïques de ses pairs, motivés par une discipline de fer, l'avaient empêché de craquer en cet instant. Il surmonterait l'épreuve. Il se tourna vers la jeune épouse de Frank, Laney, qui sanglotait dans son mouchoir, les joues maculées de mascara, noir comme sa robe. Lui dire qu'il était désolé était une sinistre plaisanterie : elle avait perdu son mari par sa faute. Il serra les poings, impuissant, éperdu de ne pouvoir lui venir en aide.

Quelques heures plus tard, lors du repas de funérailles qui se tenait dans un grand restaurant italien, Moore avait pris à part la jeune veuve et tenté de lui expliquer ce qui était arrivé. On ne lui avait fourni qu'un compte rendu sommaire des événements et, nulle part dans le rapport, il n'était mentionné que Moore avait pris la décision d'abandonner son mari et de ramener le reste du commando à l'hélicoptère. Le rapport se contentait d'indiquer que les hommes avaient été pris sous le feu nourri de l'ennemi et que Carmichael avait péri sous les balles.

« La vérité, Laney, c'est que tout est ma faute. »

Elle hocha la tête et le repoussa. « Je ne veux pas en entendre parler. Je ne veux pas savoir. Ça n'y changera rien. Je ne suis pas idiote, Max. Je savais que c'était une éventualité, alors ne va surtout pas me prendre pour une pauvre veuve hébétée, en me fournissant un bouc émissaire. Tu peux présenter tes excuses si ça peut te soulager, mais sache que ce n'est pas nécessaire. J'ai pris la responsabilité d'épouser un plongeur commando, et j'aurais été bien stupide de ne pas envisager qu'un tel jour pût arriver. Tu sais que c'est étrange ? Mais lors de votre dernier déploiement, j'ai eu comme un pressentiment...

– Je ne sais pas quoi dire.

– Frank est mort en faisant ce qu'il aimait. Et il vous aimait tous. C'était sa vie. C'est comme ça que je veux me souvenir de lui.

– Mais il n'avait pas besoin de mourir. Et je... je ne serais même pas ici s'il...

– Je te l'ai dit, pas d'excuses.

– Je sais, mais...

– Eh bien, oublie.

– Laney, je ne te demande pas de me pardonner. » Moore étouffa un sanglot. « Je... Il n'y avait pas... il a essayé de me dire de partir...

– Arrête. N'en dis pas plus.

– Mais je dois... »

Elle lui posa un doigt sur les lèvres. « Non. Tu ne dois rien du tout. »

Moore avait alors brusquement tourné les talons pour sortir du restaurant, sentant le regard de tous ses camarades peser sur ses épaules.

Zone de la caverne de Cristal
Parc national des Séquoias
Californie

« Cinq, pas plus », murmura Ansara en regardant à travers ses jumelles. Il était à plat ventre, épaule contre épaule avec Moore et ce dernier, lui aussi équipé de jumelles, confirma ce chiffre.

Dans une clairière à une quinzaine de mètres en contrebas, cinq Latinos étaient en train de charger de briques de marijuana séchée un petit camion anonyme. Ansara avait déjà fait visiter à Moore ce qu'il avait baptisé le « jardin », où, bien à l'abri sous la pinède, le cartel avait installé une plantation dont le système d'irrigation habile et coûteux avait laissé Moore ébahi. Il avait repéré les tentes des planteurs, et les autres, plus vastes et plus longues, où les pieds récoltés étaient suspendus à des branches transversales et mis soigneusement à sécher durant une période de trois à quatre jours, période au bout de laquelle chaque plant était inspecté avec soin pour s'assurer qu'il n'avait pas été contaminé par la pourriture. Les plants séchés étaient alors transférés dans une autre tente où une équipe de seize femmes (Moore les avait comptées et certaines ne semblaient pas avoir plus de quinze ou seize ans) rassemblaient, pesaient et étiquetaient chaque brique. Les pans de toile étaient ouverts, ce qui avait permis à Moore de photographier toutes ces manipulations, celles-ci déjà placées sous la surveillance d'une batterie de caméras sur piles placées à l'intérieur et tout autour des tentes. Ansara, qui avait déjà pour sa part effectué une excellente reconnaissance des installations, connaissait chaque poste de garde, et tous les points faibles du système de défense de la plantation.

« J'ai voulu coincer ces mecs la dernière fois que je suis monté ici mais le Bureau n'a rien voulu entendre, avait-il dit à Moore. Sans doute était-ce la bonne décision.

— Ouais, parce qu'en l'espace d'une semaine, ils auraient remonté leur petite affaire ailleurs. Il faut qu'on interrompe le trafic depuis le Mexique pour briser la chaîne de commandement.

— Comment se fait-il que vous autres ex-militaires, vous parliez toujours de tactiques, de techniques, de procédures et que vous considériez qu'un ramassis de trafiquants de drogue dispose d'une "chaîne de commandement" ?

— Parce qu'on n'est pas des *ex*-militaires. Militaires, on le reste toujours. Et parce que c'est la stricte vérité.

— C'était juste pour te charrier. »

Moore sourit en se remémorant leur conversation avant de se retourner pour considérer le piège à détecteur laser qu'ils avaient balisé à l'aide de bouts de scotch électrique collé sur le tronc des arbres. C'étaient les endroits qu'il leur était interdit de franchir et, par deux fois déjà, Ansara avait mis en garde Moore contre une glissade qui lui aurait fait couper un faisceau. Il avait pris un peu de talc entre ses doigts et l'avait répandu dans les airs pour révéler la position exacte du faisceau laser.

Une caméra montée au sommet de la tente à l'intérieur de laquelle les hommes transportaient les briques tourna en direction de la colline puis se releva en direction de Moore et d'Ansara qui se tapirent un peu plus derrière le rondin qui leur servait d'abri. À cet instant précis, des bruits de pas et un crissement de feuilles leur parvinrent du sud-est, dans leur dos. Des gardes en patrouille. Des voix. En espagnol. Une histoire de traces d'ours.

Des ours ? Pas bon signe, ça.

Ansara lui fit signe : *Attends. Ils ne font que passer.*

En bas, les hommes avaient fini de charger et trois d'entre eux seulement montèrent dans la cabine. Le chauffeur lança le moteur.

Moore et Ansara allaient devoir redescendre dans la vallée, pour récupérer leurs VTT à suspension intégrale et rejoindre sans bruit la route nationale où ils avaient garé leur pick-up tout-terrain. Le camion du cartel aurait une avance notable mais il allait être pisté par satellite et les signaux transmis directement sur le smartphone de Moore. À un moment ou à un autre, Moore allait devoir se rapprocher suffisamment du véhicule pour y fixer une balise GPS qui permettrait dès lors de le localiser avec plus de précision. Les communications satellitaires étaient en effet souvent interrompues par les conditions météo ou le relief, et c'était là un camion qu'ils ne voulaient surtout pas perdre.

Dès que les voix des gardes eurent décru, Ansara se redressa pour traverser la pinède en traversant le lit d'aiguilles de pin qui crissaient sous leurs bottes. Il était 11 h 35 du matin.

Quand ils eurent rejoint leurs VTT, ils entendirent le camion redescendre lentement le chemin de terre, un étroit sentier dégagé par les ouvriers du cartel qui passait une vingtaine de mètres à l'est de leur position. Ansara enfourcha sa machine et démarra. C'était un cycliste expérimenté – il s'était longuement entraîné avec son pote Dave Ameno qui lui avait enseigné comment négocier certaines des pistes les plus techniques du centre de la Floride. La maîtrise d'Ansara exaspérait quelque peu Moore qui de son côté avait bien du mal à tenir en équilibre alors qu'il sautillait et bondissait par-dessus les racines. Ansara savait toujours à quel moment précis se lever de sa selle et faire porter son poids vers l'arrière, alors que Moore était bousculé en tous sens comme une poupée de chiffon dont on aurait scotché les poignets au guidon.

Que Moore ne soit tombé que deux fois lorsqu'ils eurent rattrapé le camion, c'était vraiment de la chance. Qu'il ne se soit rien cassé, ne se soit même pas écorché, relevait du miracle. Ils jetèrent leurs vélos à l'arrière du pick-up et démarrèrent, descendant la route de la Sierra en direction du sud-ouest ; Moore étudiait sur son écran la carte et le spot bleu superposé qui matérialisait le camion.

« Combien d'avance ont-ils ? demanda Ansara.

– 5,55 kilomètres. »

L'agent du FBI hocha la tête. « Quand tout cela sera fini, rappelle-moi de te donner quelques leçons de VTT. Je constate que ça ne faisait pas partie de ton entraînement extrême.

– Eh, j'y suis arrivé.

– Ouais, mais t'avais l'air vraiment hésitant. Je t'avais dit de te relaxer et de te laisser guider par ta machine.

– Je ne parle pas vélo.

– C'est évident.

– Il avait envie de filer droit dans les arbres.

– Tu dois ne faire qu'un avec ta machine…

– Ouais, si tu le dis. »

Ansara rigola. « Eh, t'as une petite amie ? »

Il lui jeta un regard en biais. « Dis donc, t'es toujours aussi bavard ?

– Eh, on file juste un camion.

– C'est exact. Alors, on reste dessus. Le signal est encore bon. T'as une idée de leur première étape ?

– Ma foi, s'ils rejoignent la 198, je pense à Porterville. On y a déjà relevé du trafic. Les stups y ont effectué une grosse prise il y a deux ans, je crois. »

Moore s'apprêtait à élargir le champ de la carte quand il se tourna vers Ansara : « Et pour répondre à ta question, non, je n'ai pas de petite amie. J'étais avec une très charmante dame en Afghanistan, mais je doute de jamais y retourner.

– Une autochtone ?

– Oh, ça collerait bien, pas vrai ? Ils me passeraient la corde au… cou, mais non, c'est une Américaine. Elle bosse pour l'ambassade.

– C'est une bombe ? »

Moore sourit. « Non.

– Dommage. » Le mobile d'Ansara se mit à sonner. « Oh, faut absolument que je prenne l'appel.

– Qui est-ce ?

– Rueben. Le gamin que j'ai recruté… Alors, qu'as-tu à me dire, jeune homme ? »

Moore n'entendit qu'une partie du dialogue à l'autre bout du fil, mais les réactions d'Ansara comblèrent les blancs : le cartel avait achevé le creusement d'un long tunnel entre Mexicali et Calexico. Rueben faisait partie de la dizaine de jeunes gens qui s'apprêtaient à effectuer d'importants transferts par ce tunnel, sans doute de la cocaïne de Colombie et de l'opium d'Afghanistan. C'était une branche d'activité entièrement inédite pour le cartel et, après le coup de fil, Ansara lui dit que les mules avaient déjà effectué plusieurs courses à vide.

Maintenant qu'ils avaient l'assurance que la voie était libre et le passage non détecté, ils allaient commencer à transférer pour de bon la marchandise vers le nord, tandis que l'argent et les armes prendraient le chemin inverse.

Le camion du cartel n'avançait pas à plus de soixante à l'heure sur ces routes sinueuses et Ansara avait vu juste : ils entrèrent directement à Porterville, Californie, cinquante mille habitants, et filèrent droit vers le Holiday Inn Express, pour se garer derrière le bâtiment de deux étages.

Moore et Ansara les observaient depuis le parking du Burger King situé juste en face. Les trois hommes étaient restés dans la cabine. Moore pouvait dire adieu à son plan de fixer un mouchard GPS sous le châssis du véhicule. Ils n'osaient pas s'approcher plus.

« Tu veux un cheeseburger ? » s'enquit Ansara.

Moore le regarda avec un dégoût feint : « Eh bien, le In-N-Out Burger est le meilleur de la côte Ouest, à mon humble avis, parce qu'il est cent pour cent pur bœuf. Et leurs frites sont cuites dans une huile végétale cent pour cent sans cholestérol.

– T'es sérieux ? T'en veux un ou deux ?

– Prends-m'en deux. »

Quand Ansara revint avec leur commande, un autre véhicule s'était rangé à côté du camion du cartel. Une fourgonnette aux vitres teintées.

Moore zooma avec sa caméra de surveillance numérique et faillit avaler de travers son cheeseburger quand il vit les hommes transférer au moins quarante briques chacune de la taille d'un parpaing d'un véhicule à l'autre – tout cela en plein jour.

Le chauffeur de la fourgonnette, un autre Latino, chemise en jeans et lunettes noires, tendit à l'homme du cartel un sac à dos, sans doute bourré de billets.

« Un tel toupet. J'y crois pas.

– Faut y croire, répondit Ansara. Tiens, les mecs. Voilà votre drogue. Merci pour l'argent. Et bonne journée. »

La fourgonnette repartit. L'Agence allait la pister via satellite et grâce aux photos de sa plaque d'immatriculation prises par Moore, l'intercepter risquait de laisser le temps aux occupants de passer un coup de fil pour avertir les gars du cartel, lesquels paniqueraient et suspendraient leur distribution, aussi la laissèrent-ils filer. Le camion quitta le parking et prit à l'ouest pour retourner vers la 65. Ansara démarra, gardant une distance respectueuse et quand ils empruntèrent la bretelle de l'autoroute en direction du sud, le camion avait déjà trois kilomètres d'avance.

« Alors, cette copine, reprit Ansara, à brûle-pourpoint, tu lui causes toujours ?

– Pourquoi cette question ?

– J'ai pas beaucoup de veine avec les femmes.

– À cause de ça.

– Le boulot ? Ben merde, ouais…

– Eh bien, je ne suis pas le mieux placé pour te filer des conseils. »

Ansara se fendit d'un sourire. « Peut-être qu'un jour je tomberai sur un mec qui sait comment s'y prendre. J'avais oublié que t'étais un gars des commandos, alors effectivement, tu dois pas être verni.

– Eh, je connais des collègues qui ont une famille.

– Ils sont l'exception, pas la règle. Aujourd'hui, les femmes en réclament trop. Je crois que certaines doivent nous trouver égoïstes de passer tout ce temps hors du foyer. Quand j'étais chez les Afghans, je ne connaissais pas un seul gars qui ne soit pas ou célibataire, ou divorcé ou en instance de divorce. C'était plutôt pathétique.

– J'avais oublié que t'avais fait partie des forces spéciales. Je pensais que t'étais juste un ancien coureur de VTT à la recherche de la gloire et de la fortune.

– Ouais, c'est pour ça que je suis entré au FBI : pour travailler jusqu'à pas d'heures et être sous-payé tout en risquant ma peau tous les jours…

– T'adores ça.

– De bout en bout. »

Moore reporta son attention sur la carte. « Eh, frangin. Ils viennent de s'arrêter. Une station-service. Près de Delano.

– Ce pourrait être simplement pour refaire le plein, mais si c'est un autre échange, faut qu'on se magne, sinon on risque de le louper. »

Moore s'apprêtait à zoomer sur l'image quand la transmission satellite se figea. « Merde. On vient de perdre le signal. »

30

CHÈRE MADAME

Hôtel Bonita Real
Juárez

GLORIA VEGA était assise dans une berline banalisée garée dans la rue juste en face de l'hôtel. L'inspecteur Gómez était au volant. À la demande de ce dernier, ils avaient passé une tenue civile mais avaient gardé leur gilet pare-balles. Le réceptionniste de l'hôtel, un certain Ignacio Hernandez, avait été retrouvé mort la nuit précédente, tué d'une seule balle en plein front. Ça sentait l'exécution. Le propriétaire, M. Dante Corrales, demeurait introuvable, tout comme sa compagne. Gómez avait contacté plusieurs employés de l'établissement, ainsi que des ouvriers travaillant au chantier de rénovation, et il devait interroger aujourd'hui ces derniers en compagnie de Vega.

« Vous les voyez, là-haut, dit Gómez en indiquant les deux hommes assis sur le toit en terrasse de l'hôtel. Ce sont des guetteurs mais pas ceux de d'habitude. Ceux-là, je ne les ai encore jamais vus.

— Peut-être que Corrales a tué le réceptionniste et pris la tangente, dit Vega.

— Pourquoi aurait-il fait une chose pareille ? »

Elle haussa les épaules. « Il piquait dans la caisse.

— Non, c'est plus compliqué que ça.

97

– Qu'en savez-vous ? »

Il se tourna vers elle et lâcha sèchement : « Parce que j'ai passé presque toute ma vie à faire ce boulot. Attendez-moi ici, je reviens. »

Et avec un petit grognement, le vieux bonhomme se hissa hors de la voiture, claqua la portière et traversa la chaussée pour gagner l'entrée de l'hôtel. Vega le regarda et nota que les guetteurs épiaient le moindre de ses mouvements.

Quand le gong allait-il sonner ? Tout devait être parfaitement chronométré et planifié, ne cessait de lui seriner Towers. En vérité, elle commençait à être à court de temps et redoubler de prudence devenait désormais de plus en plus difficile. Pourrait-elle survivre à une nouvelle tentative d'assassinat ? Est-ce que tout cela en valait encore la chandelle ?

Elle regarda l'hôtel.

Les guetteurs s'intéressaient à autre chose.

Elle entendit d'abord le moteur. Puis une berline bleu foncé déboula du coin de la rue, deux hommes penchés par-dessus la portière, côté passager. Ils étaient en tee-shirt, jeans, et une cagoule leur masquait le visage.

Vega jaillit de la voiture au moment où ils faisaient pivoter vers elle leurs carabines. Elle ripostait déjà quand ils ouvrirent le feu, criblant de chevrotine le flanc de sa voiture.

Mais leurs coups de feu furent accompagnés de deux autres, et aussitôt, son regard se reporta vers le toit de l'hôtel d'où les guetteurs s'étaient mis à leur tour à la canarder.

Une fraction de seconde plus tard, une douleur lui transperça le cou, puis deux autres aiguilles lui vrillèrent les épaules et le sang se mit à jaillir sur le trottoir. Elle porta machinalement la main à son cou, qui était à présent imbibé de sang. Elle frissonna, voulut crier, ouvrit la bouche mais ses cordes vocales refusèrent d'obéir. Elle s'effondra derrière la voiture tandis que l'autre véhicule s'arrêtait dans un crissement de freins et Vega eut tout juste le temps de tourner la tête dans cette direction pour voir un des hommes descendre, s'approcher, lever son arme et lui tirer à bout portant en plein visage – visage déjà gagné par l'engourdissement.

Il s'était peut-être écoulé une ou deux minutes, ou bien seulement quelques secondes, elle n'aurait su dire, mais elle leva son œil valide et à travers un brouillard sanguinolent, elle vit Gómez se pencher sur elle.

Elle aurait déjà dû être morte. Elle le savait. Mais son corps semblait aussi entêté que son esprit.

« Je suis désolé, chère madame, dit Gómez. Je suis tellement désolé… » Il lui fit les poches et lui piqua son téléphone mobile. « Je fais ça depuis trop longtemps pour me laisser avoir. Vous le savez. Et je sais qu'ils vous ont envoyé fouiller dans le linge sale. C'est un boulot affreux. Affreux, affreux, affreux. »

Il se releva pour se tourner vers un autre homme. « Pablo ? Qu'est-ce que tu fiches ici ? Où est Dante ?

– Il est en sécurité. On a eu quelques problèmes avec les Guatémaltèques.

– Que puis-je faire ?

– Dante m'a transmis un message : laisser Zúñiga tranquille. Ne le touche pas.

– Zúñiga ? T'es cinglé ? C'est celui qu'on doit tuer. »

Vega essayait d'écouter, elle aurait voulu contacter Towers et puis ses pensées quittèrent leur orbite restreinte pour s'en aller flotter vers ses parents défunts. Elle voulait les voir, elle voulait voir la lumière, mais pour l'heure, il n'y avait qu'une obscurité engourdissante.

Et c'est de ce vide que lui vint cet ultime échange de voix :
« Dante est en train de commettre une horrible erreur. Dis-
lui que je veux lui parler avant qu'il décide quoi que ce soit.

— Entendu, señor, entendu. »

Et puis le froid l'envahit, repoussant l'engourdissement. Elle
fut prise d'un brusque frisson. C'était maintenant, d'abord
un simple point lumineux, puis enfin un glorieux faisceau de
lumière chaud et réconfortant comme un soleil d'été. Ce n'était
pas Dieu, prétendaient certains, juste une réaction du cerveau.
Mais Vega n'était pas dupe. Elle savait...

Station-service Chevron
Delano, Californie

Bien qu'ayant perdu le signal satellite, Moore et Ansara rejoignirent la dernière position du camion à la station essence et
alors qu'ils arrivaient, Moore avait récupéré le satellite et pu
confirmer que le camion n'avait pas bougé. Parfois, ils avaient
de la chance dans leurs expéditions – mais c'était plutôt rare.

Un coup de fil surprise de Whittaker, l'agent de la répression
des fraudes, alors qu'ils approchaient, laissa Moore haletant.

« Vous êtes en train de chercher un monospace Honda Odys-
sey gris métallisé, dit l'homme. Il devrait vous rejoindre d'ici
peu. Ils vont se garer derrière le poste de lavage, j'imagine.
Towers dit qu'on doit les laisser procéder à l'échange.

— Bien compris, répondit Moore. Et t'es sûr que ce sont
les mêmes armes que le SEAL a fait sortir en contrebande
d'Afghanistan ?

— Affirmatif.

— Bon Dieu...

– Ouais, ben, le gars va descendre aussi, parce que ça ne représente qu'une partie de la cargaison. Le reste est encore dans le Minnesota, ça constitue les preuves que je suis en train de recueillir. Encore heureux qu'ils n'aient pas été assez cons pour tenter de tout faire passer d'un coup. Leur idée de faire les malins joue en ma faveur. On devrait avoir mis la main sur lui et sur les armes dès ce soir.

– Eh bien, merci pour les derniers tuyaux », dit Moore tandis qu'Ansara s'arrêtait sur le parking de l'atelier jouxtant la station-service. De là, ils avaient une vue parfaite sur le camion qui s'était, en fait, garé derrière le poste de lavage.

Moore afficha sur son smartphone l'un des dossiers de Whittaker et parcourut l'inventaire des armes prétendument volées et passées en fraude par ce soldat de la marine américaine :

14 fusils avec kit d'accessoires SOPMOD[1]
11 fusils de précision M14 (7,62 mm)
9 systèmes de tir embusqué Mk11 modèle 0
2 mitraillettes HK MP5
6 fusils Benelli M4 Super 90
14 lance-grenades M203

Moore fournit à Ansara la description du Honda et il avait à peine terminé sa phrase que le monospace entrait dans la station, l'arrière lesté par le poids de son chargement.

« Tu vois, au moins en Afghanistan, les méchants essayaient de se comporter comme de vrais méchants, nota Moore. Ils trafiquaient l'opium et les armes de nuit. Ils utilisaient des grottes. Ils cherchaient à rester discrets... mais ces types-là... merde... »

---

1. Special Operations Peculiar MODification kit : kit d'amélioration de la précision de tir de certaines armes destinées aux forces spéciales américaines.

Ansara acquiesça et leva son appareil photo numérique. « Comporte-toi comme si tu ne faisais rien de mal et personne n'y trouvera à redire. Le problème, c'est qu'ils savent qu'on aura tendance à les rechercher de nuit. Ils savent qu'on procède à des descentes dans leurs planques au petit matin, quand tout le monde est censé roupiller, résultat, un grand nombre fait son petit trafic dans la matinée, dort l'après-midi et reste veiller toute la nuit. »

Moore hocha la tête. « T'as vu l'inventaire, non ?

– Ouais.

– Alors tu sais qu'on ne peut pas laisser cet arsenal entrer au Mexique.

– Holà, minute, cow-boy. La piste de l'argent est plus importante que celle des armes, tu le sais bien.

– Je sais, mais je ne supporte pas l'idée qu'un flingue qui a appartenu à un commando américain finisse entre les mains d'un salopard d'un cartel quelconque.

– Peut-être que ce sont des armes toute neuves », objecta Ansara.

Moore étouffa un grognement et se mit à mitrailler à son tour la collection de caisses noires transbahutées du monospace à l'arrière du camion. Le chauffeur de ce dernier tendit un sac en papier kraft à celui du monospace, un grand mec dégingandé. Avec ses cheveux bruns bouclés qui lui tombaient sur les épaules, il avait plus le type indien que mexicain.

L'échange ne prit pas plus de cinq minutes, le chargement s'effectuant sans accroc, comme une opération de routine. Le monospace démarra. Les gars du cartel remontèrent dans la cabine mais attendirent quelques instants. Moore zooma avec son appareil. Le chauffeur était au téléphone.

Le mobile de Moore se mit à vibrer. Towers. Rien que trois mots qui lui chavirèrent le cœur : « Vega est morte. »

– Comment ? »

Towers expliqua. Avant d'ajouter : « Je viens de l'apprendre. Après l'avoir abattue, ils ont piégé le corps avec du C-4. Quand les secours et la police sont arrivés, ils ont fait sauter la charge. Pas croyable !

– Qui l'a piégée. Gómez ou le cartel ?

– Aucune certitude. Nous avions un visuel sur le secteur mais on a perdu le signal lors de la bascule d'un satellite à l'autre. »

Moore répondit, les dents serrées : « Je parie que c'était cet enfoiré de Gómez. Il l'a fait tuer, puis il a arrangé le coup pour faire porter le chapeau au cartel.

– Elle était notre meilleur lien avec lui. J'ai plusieurs observateurs sur place et quelques bons indics, mais ça reste un revers d'envergure. »

Moore ferma les yeux. « Elle ne sera pas morte pour rien. On va tout faire pour. »

Dès qu'il eut terminé sa communication avec Towers, ils demeurèrent assis, prostrés, Ansara et lui, regardant le camion quitter la station et reprendre la route. Ils reprirent la filature, laissant entre eux plusieurs véhicules, tout en continuant avec cette fois un bon signal satellite. Un message de Langley indiquait qu'ils avaient identifié le mobile du chauffeur et qu'ils avaient piraté son système d'exploitation pour récupérer le signal GPS – si bien qu'ils pistaient désormais le camion à la fois en visuel via les images satellite et le signal GPS émis par le téléphone. D'après le message, ils ne devraient plus souffrir d'interruption. Moore n'y croyait guère et il guettait toujours la première occasion de planquer un bon vieux mouchard sur le véhicule, ce qui lui permettrait de le pister directement.

« Nous voilà passés de cinq à trois », observa Moore en rompant le silence.

« Ouais, répondit Ansara. Je n'avais jusqu'ici perdu que deux amis proches. Même en comptant toutes mes missions à l'étranger. Rien que deux. Et tous les deux agents du FBI. Tous mes potes de l'armée s'en sont sortis, du moins jusqu'ici. Et toi ?

– J'aime autant ne pas en parler.

– Tant que ça, hein ?

– C'est pas un concours.

– Je sais que tu étais avec Fitzpatrick. Et je suis d'accord avec toi. C'était un as. J'espère que tu ne te sens pas responsable. »

Soupir de Moore. « Tu te demandes toujours comment tu aurais pu goupiller les choses autrement pour que ton pote soit toujours en vie. Je l'ai envoyé dans la maison pour la nettoyer. Il est tombé dans une embuscade et il est mort. Je peux faire comme si de rien n'était ou je peux aussi endosser la responsabilité des ordres donnés.

– Mec, si tu pars sur cette voie-là, tu te promets une existence misérable.

– Ouaip, je sais… »

Durant quelques secondes, Moore ferma les yeux et se retrouva assis autour d'une table avec Frank Carmichael à la tête de celle-ci. À ses côtés, il y avait Rana, le colonel Khodaï et Fitzpatrick. Vega fit son apparition dans le restaurant qui se trouvait être l'Italien où ils avaient mangé après l'enterrement de Carmichael. La fougueuse jeune femme leur adressa un petit claquement de langue comme pour signifier qu'ils étaient bien bêtes de se laisser tuer. Puis elle se tourna vers Moore : « Tu sais ce qu'il te reste à faire. »

Il acquiesça.

Une petite heure plus tard, ils parvinrent à Bakersfield qu'ils traversèrent durant plusieurs minutes avant de s'apercevoir que le camion s'était garé dans une rue latérale derrière un José

Taco, un restaurant mexicain réputé, d'après les commentaires en ligne. D'un côté de la rue, il y avait des commerces – dont le restaurant –, et de l'autre, un long mur de briques isolant un îlot d'immeubles HLM de cinq étages.

« Merde, ça ne va pas être facile », observa Ansara en dépassant la rue pour continuer sa route.

« Il faut qu'on descende », conclut Moore en lui indiquant plusieurs emplacements libres sur leur droite.

Ansara opina, se gara, et ils descendirent en hâte pour retourner vers les immeubles.

« Par ici », dit Moore en courant derrière le premier immeuble se mettre à l'abri d'une haie basse plantée au pied du mur de briques.

Ils prirent le coin et, droit devant eux, à trente mètres tout au plus, ils avisèrent le camion, les portes arrière ouvertes, et les hommes en train de charger des briques de marijuana. Moore vit qu'en s'approchant un peu plus, toujours protégés par la haie, ils pourraient se cacher sur la gauche derrière deux poubelles dont les couvercles de plastique noir étaient rabattus. De là, ils auraient une meilleure vue.

Penché en avant, il prit la tête, et tous deux allèrent s'accroupir derrière les poubelles, puis Moore les contourna par un côté et là, profitant de l'ombre des palmiers dans leur dos, il se mit à mitrailler tandis qu'Ansara faisait de même depuis l'autre côté. L'odeur pestilentielle émanant du réceptacle le fit grimacer.

L'autre véhicule était cette fois un coupé BMW 650i noir dont on garnissait le coffre de briques. Le chauffeur était un Latino à cheveux gris, vêtu d'un costume coûteux et portant des boutons de manchette en or. Moore savait par expérience qu'une fois qu'on portait des boutons de manchette, on pouvait investir dans des vêtements de marque. Le cadre entourant la plaque d'immatriculation indiquait que la voiture venait d'un concessionnaire de Santa Monica et l'on pouvait aisément deviner la destination du précieux chargement tout récemment acquis. Une fois encore le client n'était pas venu avec un gros fourgon récupérer sa marchandise. Non, il avait pris sa luxueuse voiture de fonction et il allait s'en retourner bien sagement en suivant les limitations de vitesse pour distribuer avec des gants blancs son butin à l'élite de Hollywood qui avait les moyens, la filière et le désir de planer un peu plus au-dessus des collines sur lesquelles elle avait bâti ses luxueuses résidences.

Le chauffeur serra la main des hommes du cartel, tendit au chauffeur une grosse enveloppe, puis remonta dans son coupé et démarra en trombe. Moore et Ansara s'apprêtaient à repartir quand un autre véhicule s'engagea dans la ruelle, les forçant à se tapir de nouveau tout contre la poubelle. Il s'agissait cette fois d'un pick-up Toyota Tacoma, d'un modèle ancien, avec casquette de pare-brise et vitres teintées. Deux types en descendirent, vêtus comme des apprentis gangsters mexicains, pantalon large et portefeuille retenu par une chaîne qui ballottait contre leur hanche. Le chauffeur, qui était le plus gros des deux, serra la main des hommes du cartel et, une fois de plus, des briques furent chargées à l'arrière du véhicule.

Quand ils eurent terminé, les hommes du cartel remontèrent cette fois dans leur camion et s'en allèrent. Moore et Ansara attendirent le départ du Toyota, mais les gars demeuraient sur place, moteur tournant au ralenti. Enfin, l'un des deux descendit, alla tambouriner à la porte de service du restaurant en se plaignant tout haut de la lenteur du service. Moore faillit éclater de rire. Ils avaient profité de la transaction pour se commander à manger.

L'homme qui répondit à la porte n'était pas mexicain mais chinois, même s'il portait un tablier José Taco. Il cria à son tour en anglais de cuisine, dit au client grincheux de patienter et lui claqua la porte au nez.

Quand le voyou regagna son véhicule, il détourna les yeux vers les poubelles.

Moore se figea.

« Et merde », souffla Ansara.

Le voyou fronça les sourcils, avança d'un pas encore dans leur direction. Il fit alors un brusque écart de côté et les découvrit.

Il écarquilla les yeux.

Il tourna les talons, en criant vers son compagnon resté dans le Toyota.

Moore avait rangé en un clin d'œil son appareil photo dans une poche latérale pour dégainer son Glock avec silencieux.

Il s'était déjà relevé quand l'autre se retourna et le vit foncer sur lui, Ansara sur les talons. Le voyou porta la main à sa ceinture et en retira le pistolet qu'il y avait glissé. Il se retourna mais Moore lui logea deux balles dans la poitrine avant qu'il ait pu tirer.

Au vu de ce qui venait d'arriver, l'autre avait dû se glisser au volant. Le moteur vrombit et le pick-up démarra.

Des coups de feu retentirent derrière Moore – c'était Ansara qui visait les roues arrière du véhicule, avec une redoutable précision. Le pneu gauche éclata, suivi du droit, la gomme claquant bruyamment sur l'asphalte. Le pick-up ralentit suffisamment pour permettre à Moore de le rattraper et de bondir pour se jucher sur le pare-chocs arrière. Il se maintint d'une main au hayon tandis que le chauffeur essayait de sortir de la ruelle malgré deux pneus à plat.

Moore se pencha sur le côté pour tirer deux balles en direction de la vitre gauche qui se brisa. Il ne pouvait toutefois viser directement le chauffeur. Dans le rétro, il vit ce dernier porter un mobile à son oreille.

Lâchant un juron, Moore tira un troisième projectile à travers la vitre de custode mais la balle avait dû rater sa cible car le gars rentra la tête dans les épaules et continua d'avancer.

Moore se pencha alors un peu plus sur sa gauche, jusqu'à ce qu'il parvienne à l'angle de tir désiré. Il tira encore une fois, visant la tête, et cette fois le véhicule dévia sur la droite pour aller s'encastrer dans le mur de briques, dans le même temps que Moore sautait du pare-chocs et se rétablissait au sol par miracle. Le souffle court, Ansara de nouveau sur les talons, il se précipita vers la cabine du pick-up et en força la portière. Le chauffeur bascula et chut à l'extérieur. Derrière lui, sur la console centrale, il y avait une pile de sachets de cocaïne et plusieurs joints dont l'un brûlait encore dans le cendrier. D'autres sachets de coke étaient visibles à l'intérieur de la boîte à gants restée ouverte.

Moore se pencha pour récupérer le téléphone mobile du bonhomme et vérifier s'il avait eu le temps d'appeler. Veine, non. *Dieu merci.*

Il ne s'était pas rendu compte qu'il était resté figé à contempler toute cette drogue, jusqu'à ce qu'Ansara l'écarte d'une bourrade et s'exclame : « Waouh, regarde-moi ça. Mais eh, remue-toi, faut qu'on y aille. Qu'on règle cette histoire. J'ai récupéré le numéro de portable de l'autre gars. Dis, Moore, tu m'écoutes ? »

Il se retourna vers Ansara, le regarda sans le voir comme si son collègue était sur un écran de cinéma, puis enfin il plissa les paupières et se reprit : « Ouais, on y va ! » Ils ressortirent de la ruelle au pas de course et lorsqu'ils tournèrent le coin, Moore jeta un dernier regard par-dessus son épaule pour découvrir le Chinois en tablier José Taco ressortir, avec deux sacs de victuailles.

En moins de cinq minutes, ils avaient regagné le pick-up, démarré et repris leur filature, suivant le camion du cartel qui, selon les prévisions d'Ansara, s'enfonçait dans le centre de Palmdale. Moore rapporta les récents événements à Towers, qui ne se montra pas trop réjoui, même si – au moins – les voyous n'avaient pas eu le temps d'alerter les hommes du cartel. La police locale était déjà en route vers les lieux de l'incident.

31

RITES DE PASSAGE

Résidence Rojas
Cuernavaca
90 km au sud de Mexico

MIGUEL NAGEA jusqu'au fond de la piscine et y resta, en se demandant quelle impression ça faisait de retenir sa respiration jusqu'à perdre conscience. Qu'il eût des idées si morbides était dû en bonne partie à son échec à se comporter avec plus de bravoure durant leur enlèvement. C'est Sonia qui s'était montrée forte et, bien qu'il l'aimât profondément, il avait de plus en plus de mal à accepter sa propre trouille et son incapacité à protéger sa compagne, comme un homme, un vrai. À un moment, il s'était même mis à chialer, et c'est Sonia qui l'avait réconforté. Là encore, il se maudit.

Son père avait effleuré la question lors du petit déjeuner, allant même jusqu'à suggérer que Miguel ferait bien de se remettre aux arts martiaux qu'il avait étudiés étant enfant. Il avait ajouté que Fernando pourrait lui enseigner de nouvelles prises et il était même prêt à lui payer un voyage en Thaïlande pour lui permettre d'étudier avec des maîtres du muay. Miguel avait poliment décliné la proposition. Puis il s'était excusé pour se retirer près de la piscine, où il était resté ruminer le plus clair de la journée, tandis que Sonia se prélassait en bikini dans un transat, un magazine espagnol de roman-photo posé sur les genoux.

Il n'avait pas discuté avec elle de ce qu'avait dit Raúl, il se demandait d'ailleurs si elle avait remarqué son intervention. En fait, il avait essayé de ne plus y songer lui-même mais les derniers mots du pauvre homme ne cessaient de lui revenir en mémoire, plaidant devant les Guatémaltèques que « le cartel leur paierait ce qu'ils voudraient » et que « Dante ferait tout ce qu'ils demanderaient ».

Au cours des années, Miguel avait surpris bien des conversations entre son père et ses associés et les mots *cartel, trafiquants de drogue* et *sicarios* revenaient souvent dans leurs échanges. Son père avait toujours insisté sur le fait qu'il essayait de diriger des entreprises légales face au crime organisé et à une police corrompue. Les cartels étaient de fait les ennemis mortels de l'empire Rojas et, au début, Miguel avait même supposé que Raúl aurait pu être un ancien membre du cartel employé par son père. Ça aussi, ce n'était pas inhabituel. Ce ne serait pas la première fois que son père aurait sauvé des jeunes des bidonvilles pour les recruter et en faire des agents de sécurité et des gardes du corps. Dante Corrales en était le brillant exemple, et il était devenu le bras droit de Fernando.

Alors, dans ce cas, pourquoi Raúl – un homme qui rendait compte directement à Corrales – aurait-il fait appel à l'aide du « cartel » et pourquoi, dans ce cas, Corrales aurait-il fait « tout ce qu'on lui demandait » ? Pourquoi le cartel serait-il prêt à payer une rançon pour Raúl s'il n'était pas l'un des leurs ? Et s'il l'était, alors Fernando et le père de Miguel en avaient-ils conscience ? Corrales était-il également impliqué ? Comment les ravisseurs avaient-ils pu savoir où les trouver ? Miguel avait présumé que leur lieu de villégiature n'était connu que de la famille proche et des gardes du corps. Il y avait manifestement un traître dans l'organisation et Miguel supposait que son père et Fernando tentaient de le débusquer.

Miguel ne voulait pas y croire, mais il avait toujours eu au fond de lui ce soupçon lancinant qu'il y avait quelque chose de pas clair dans les affaires paternelles. Sans aller jusqu'à dire que son père eût des liens directs avec l'un ou l'autre des cartels, mais peut-être qu'on versait des pots-de-vin, et qu'on achetait le silence de voyous pour permettre aux opérations de se poursuivre. C'était compréhensible et ça ne faisait pas de son père un criminel. C'étaient les affaires dans le Mexique d'aujourd'hui. Mais s'il se trompait de bout en bout ? Et si son père avait bel et bien partie liée avec tous ces individus ? Et si l'homme qui avait tenté de le tuer n'était pas un simple déséquilibré avec un penchant pour la vengeance ? S'il s'était agi d'un tueur professionnel payé par un cartel de la drogue ?

Miguel remonta à la verticale et jaillit de l'eau, s'ébroua, et regagna le bord de la piscine.

« T'es resté là-dessous un bout de temps », observa Sonia, en le contemplant par-dessus ses lunettes de soleil.

« Il y a des endroits dans cette maison où l'on n'a pas le droit d'aller, se contenta-t-il de dire.

– Quoi ?

– Des portes verrouillées menant au sous-sol. Nul n'a le droit de les franchir.

– C'est à ça que tu réfléchissais ?

– Mon père a des secrets.

– Tous les hommes en ont.

– Et pas les femmes ? »

Elle feignit l'innocence. « Bien sûr que non.

– Il dit que les seules choses qu'il y a là-dessous, ce sont des caves où il stocke les œuvres d'art et autres pièces de collection qu'il ne veut pas voir endommagées.

– On dirait que tu n'en crois pas un mot.

– En effet.

– Pourquoi pas ? Que crois-tu qu'il cache ? »

Miguel sentit la nausée le gagner. « Je n'en sais rien.

– Alors pourquoi ne pas simplement lui demander de descendre y jeter un coup d'œil ? Il pourra nous accompagner…

– Il refusera.

– Pourquoi ?

– Je n'en sais rien

– Veux-tu que je le lui demande ? » Elle eut un sourire timide. « Je suis sûre qu'il m'aime bien. »

Soupir de Miguel. « Bien sûr qu'il t'aime bien, mais ça n'entrera pas en ligne de compte. »

Elle arqua les sourcils comme une petite fille. « Veux-tu qu'on y descende en catimini ? »

Miguel ricana. « Il a un garde en faction devant la porte vingt-quatre heures sur vingt-quatre et sept jours sur sept.

– Peut-être qu'il a également entreposé des bijoux. D'autres biens de valeur dont il tient à assurer la sécurité, d'où le garde. Je ne vois pas ce que tu y trouves de si bizarre. On vit des temps difficiles et les biens doivent être protégés.

– Je veux te dire quelque chose, mais j'ai peur. »

Elle se leva pour le rejoindre, s'assit au bord du bassin et plongea ses jambes dans l'eau. Il se hissa à ses côtés et elle lui posa une main sur la joue. « Tu peux me dire tout ce que tu voudras.

– Te souviens-tu de ce qu'a dit Raúl avant qu'ils le tuent ? »

Elle grimaça. « Faut-il vraiment qu'on parle de ça ?

– S'il te plaît… »

Elle poussa un gros soupir. « Je ne m'en souviens plus. Je ne me souviens que des cris. Et… de tout ce sang… » Elle porta la main à sa joue, au souvenir vivace qu'ils l'avaient essuyé sur son visage.

« Il a dit que le cartel paierait tout ce qu'ils voudraient. Tu m'entends bien : il a parlé du *cartel*. Pourquoi aurait-il dit une chose pareille ?

– Peut-être qu'il travaillait également pour un cartel et n'en a jamais touché mot à Fernando. Qui sait ? Peut-être est-ce en fin de compte la raison pour laquelle on a eu tous ces ennuis. Pourquoi ça te préoccupe à ce point ?

– C'est juste que… non, rien.

– Tu as dit qu'il y avait un garde devant la porte du sous-sol. Je n'en ai pas vu.

– Nous ne sommes pas allés de ce côté.

– Peut-être qu'on pourrait le soudoyer.

– Ça ne marchera pas.

– Ça, on ne le saura qu'après avoir essayé. Allez, viens, ça va être marrant. Et puis, ça te changera un peu les idées. »

Elle se releva et retourna vers Fernando qui approchait de la piscine. Il abaissa son téléphone mobile. « Mieux vaudrait aller vous doucher et vous préparer, leur dit-il. Nous n'allons pas tarder à retrouver le señor Rojas pour le dîner…

– On veut d'abord visiter le sous-sol. »

Il fronça les sourcils et regarda Miguel. « Je suis désolé, mais seul le señor Rojas a le droit d'y pénétrer. »

Sonia prit un ton caressant et s'approcha de lui, arquant le buste. « Oh, allons, Fernando. Emmenez-nous faire un petit tour.

– Ce n'est pas possible. »

Elle fit une moue boudeuse, comme une collégienne. « Très bien, alors. On va se préparer pour le dîner. Dépêche-toi, Miguel, de toute façon, j'ai pris un coup de soleil… »

Elle l'aida à sortir de la piscine et il accepta la serviette qu'elle lui tendait, puis il resta planté au bord du bassin, sous le regard inquisiteur de Castillo. « Fernando, il y a un problème ?

– Non, señor. »

Mais le ton du garde du corps était lourd de soupçons.

Résidence privée
121 South Broad Street
Palmdale, Californie

Le camion du cartel s'engagea en marche arrière dans l'allée d'un pavillon d'un étage situé dans un quartier périphérique au sud-est de Palmdale. Le fourgon s'immobilisa, moteur au ralenti, tandis qu'Ansara et Moore se garaient à une quinzaine de rues en contrebas, en sandwich entre deux autres véhicules. Palmdale était une ville du désert, séparée de Los Angeles par la chaîne des monts San Gabriel, et l'été, il y régnait une chaleur torride. C'était une agglomération conçue avec soin, dont les milliers de maisons aux toits de tuiles dessinaient des rubans de terre cuite à travers ce paysage montagneux et aride. Plus de cent cinquante mille personnes y habitaient et les pistes cyclables, parcs, cinémas, ainsi qu'un centre médical flambant neuf attiraient les jeunes couples qui trouvaient ici la ville idéale pour y élever leurs enfants. Moore y était venu une fois, rendre visite aux parents d'un camarade de régiment ; ces derniers travaillaient chez Lockheed Martin, le principal employeur de la région. Le côté mal famé de la ville et de sa voisine, Lancaster, était plus apparent du côté des hôtels et motels qui avaient poussé le long de l'autoroute, où la prostitution et le trafic de drogue étaient endémiques.

Moore profita de l'attente pour contacter Towers qui avait de nouvelles informations à partager. Ils avaient rétabli le contact avec Sonia qui avait rejoint l'une des nombreuses planques que l'Agence avait installées tout autour de la résidence de Rojas au cas où elle aurait un pépin. Dans chaque planque, il y avait un pistolet et un téléphone satellite. Celle qu'elle avait utilisée se trouvait dans un restaurant non loin de la résidence. Tandis que Miguel attendait, elle était allée faire un tour aux toilettes, et une fois assurée d'être seule, elle avait récupéré le téléphone dans une petite boîte planquée sous le lavabo le plus à droite et aussitôt passé un coup de fil crypté à son agent traitant. Elle exigeait de savoir qui l'avait sauvée, et voulait découvrir pourquoi on avait assigné à son cas une unité d'intervention interservices à son insu.

« Lui avez-vous dit qu'on avait la même question ? demanda Moore avec un ricanement sardonique.

– C'est une blague ? Je ne peux pas lui parler directement. Tous ces renseignements me viennent par le truchement de vos supérieurs.

– Oh, très bien, alors dites-leur qu'elle me doit un café.

– Ouais, d'accord, je n'y manquerai pas. Toujours est-il qu'elle nous a fourni du concret. Dante Corrales a disparu. Volatilisé. Et sa copine idem. Vega l'a confirmé avant de se faire tuer. Ils ont descendu le réceptionniste de l'hôtel de Corrales. Ça me suggère qu'ils sont à la recherche de ce dernier.

– Peut-être qu'il aura doublé les Guatémaltèques et qu'à présent il est en cavale pour les fuir, eux et les membres de son propre cartel.

– C'est ce que j'ai pensé.

– Eh, je sais où il a pu aller.

– Sérieux ?

– Ouais. Quittez pas. Je vous rappelle. » Moore saisit son appareil photo et zooma.

Deux motos arrivaient. Elles se rangèrent au bord du trottoir, en face du camion. Un grand type descendit de la première, un autre, un peu plus petit, de la seconde. Ils étaient tous les deux en jeans, blouson de cuir, et chaussés de baskets de prix. Tous deux étaient athlétiques, et une fois qu'ils eurent ôté leur casque, il parut manifeste qu'aucun d'eux n'avait plus de trente-cinq ans. Moore prit quelques bons clichés de leur bobine qu'il téléchargea aussitôt sur le satellite pour que Langley puisse se mettre à bosser sur leur identité.

Ils traversèrent la rue et s'entretinrent avec le chauffeur qui n'était pas descendu de son véhicule – pas plus que ses deux complices. Après deux minutes de discussion, l'un des hommes ouvrit la porte du garage avec une télécommande, les gars du camion descendirent de la cabine et se mirent à l'ouvrage. Ce qui semblait être la dernière livraison de briques de marijuana fut transférée dans le garage et rangée dans des cartons. Les armes restèrent à bord du camion.

Quand les hommes du cartel eurent fini le transbordement et alors que les deux motocyclistes s'apprêtaient à repartir, Towers appela pour confirmer que ces derniers étaient des adjoints du shérif local. Moore ne put que hocher la tête. Les agents américains de la force publique étaient tout aussi susceptibles d'être tentés que leurs collègues mexicains de la police locale ou fédérale. Quand il y avait de telles sommes en jeu, pour des hommes qui gagnaient à peine cinquante mille dollars par an – une somme qu'ils pouvaient se faire en un week-end en bossant pour le cartel –, demeurer honnête n'avait rien d'évident. Même si Moore condamnait cette attitude, il la comprenait. Et la détestait.

« Coinçons-les tout de suite, ces salopards, grommela-t-il. Ils ont prêté serment... et maintenant, ils chient dessus.

– J'aimerais bien, dit Ansara. Mais ce n'est pas encore terminé. Et les voilà qui démarrent. »

Le camion sortit de l'allée et redescendit la rue. Towers avait envoyé un complément d'informations sur l'immatriculation du véhicule. Moore les avait consultées. La carte grise était au nom de Roberto Guzman, résidant 14818 Archibald Avenue, Van Nuys, Californie. Guzman était propriétaire d'une entreprise de livraison à Los Angeles. Il avait déjà été interrogé par la police et avait prétendu ne rien savoir de l'utilisation de sa camionnette pour la collecte, le transport et la distribution de marijuana. Selon ses dires, le chauffeur travaillait pour lui et il avait ramené le véhicule à son domicile le temps du week-end pour effectuer dessus quelques petites réparations, « afin d'économiser de l'argent au patron ». C'était des craques, bien entendu. Guzman s'était fait acheter, on avait emprunté sa camionnette et, désormais, il se retrouvait complice d'aide au cartel.

Ils roulèrent encore une heure, toujours plein sud, quand finalement la camionnette quitta l'autoroute pour gagner une station-service. Les trois hommes descendirent. Ils entrèrent dans le libre-service et tandis que deux des gars se glissaient vers le fond, sans doute pour se rendre aux toilettes, le troisième, le chauffeur, se dirigea vers le rayon bière et soda.

Moore donna instruction à Ansara de se garer devant la pompe au cul du camion et, en moins de deux minutes, il avait disposé la balise GPS sous le pare-chocs et revenait faire le plein de leur propre pick-up. Il rabattit la casquette de base-ball qu'il avait coiffée avant de descendre et resta tête baissée quand les trois hommes revinrent, remontèrent dans la cabine et repartirent.

Ils avaient dorénavant une multiplicité de systèmes de surveillance et Moore était à peu près certain de ne plus risquer de les perdre à nouveau. Ils les suivaient en direct vidéo par satellite, via le téléphone mobile du chauffeur et maintenant via la balise GPS de Moore. Si ces gars leur échappaient, il donnait sur-le-champ sa démission. Mais, encore une fois, mieux valait ne rien promettre. On avait déjà vu des trucs plus bizarres.

119

« Ils ont acheté de la Corona et des citrons verts, indiqua Ansara. Ils arrosent déjà leur succès. »

Avant que Moore ait pu répondre, Ansara avait saisi son mobile qui vibrait. « Ouais ? Vraiment ? OK, on se met dessus. Merci, petit. »

Il regarda Moore. « Ma mule dit qu'il va faire une livraison par le tunnel ce soir et qu'ensuite on lui a dit de rester dans les parages pour un transport plus volumineux.

— Eh bien, ça ne pouvait pas mieux tomber, observa Moore.

— Ces gars vont aller à Calexico. Je te parie tout ce que tu veux.

— Si tu as raison, il fera nuit quand on arrivera. On va se payer les embouteillages en traversant San Bernardino.

— Seulement là ? On va être pris dans les bouchons sur les trois quarts du chemin. »

Moore soupira et regarda les voitures qui les doublaient – il y avait un autre pick-up chargé de deux motos tout-terrain. Il sourit *in petto*. Si jamais il essayait de chevaucher une de ces machines, c'est sûr qu'il se tuerait.

Résidence Romero
Mexicali, Mexique

Pedro Romero avait à deux reprises tenté d'appeler sa femme, Cecilia, mais elle n'avait pas répondu sur son portable. Puis il avait essayé le numéro de Blanca, mais sa fille de seize ans n'avait pas répondu non plus. Maria, celle de douze ans, n'avait pas de mobile mais elle aimait bien s'approprier leur ligne filaire. Et non, elle non plus ne répondit pas et le répondeur resta muet. Peut-être qu'elles étaient sorties faire des courses ? Qu'il y avait une coupure du réseau ? Romero avait appelé juste pour dire qu'il serait en retard et, à présent, il commençait à s'inquiéter.

Pourtant, quand il s'engagea dans l'allée, la Corolla de son épouse était garée dans la rue et il y avait de la lumière dans la maison. C'était vraiment étrange.

Il ouvrit la porte et se glissa dans l'entrée. Il appela sa femme. Pas de réponse. Il s'avança dans le couloir et entra dans le séjour.

Ce qu'il vit lui fit l'effet d'un couteau plongé dans ses reins : comme une décharge électrique. Il était incapable de parler. Incapable de respirer. Il ne pouvait que rester interdit, en état de choc, pris d'une terreur soudaine, et presque aussitôt il se mit à trembler, les yeux écarquillés.

Blanca et Maria étaient assises sur le canapé, les mains liées dans le dos, la bouche couverte de ruban adhésif argenté. Elles avaient les yeux rougis, les cheveux décoiffés. Assise près d'elle, il y avait sa femme, elle aussi ligotée et bâillonnée. Et les entourant, deux hommes, le teint basané, jeans et chemise de flanelle, genre travailleurs immigrés même s'ils étaient tout sauf cela. Ils avaient de longues barbes et pointaient sur sa famille leurs pistolets.

Un autre homme sortit de la cuisine, sirotant un thé – la ficelle du sachet pendait hors de la tasse. Il était vêtu comme les autres, également barbu mais un peu plus vieux. Il fixa Pedro et s'adressa à lui en espagnol avec un accent prononcé : « Nous vous avons attendu longtemps, señor Romero. C'était vous qui avez essayé d'appeler pour dire que vous seriez en retard ? »

Romero se mit à haleter, partagé entre colère et terreur. Surtout la terreur. « Qui êtes-vous ?

– Nous croyons savoir que vous travaillez sur un chantier… à creuser un tunnel, peut-être ? »

Étant ingénieur, ayant appris toute sa vie à élaborer et démonter des situations, Romero comprit d'emblée de quoi il retournait. C'étaient des Arabes. Des terroristes, plus probablement. Ils voulaient passer en sécurité aux États-Unis, et ils tueraient sa famille s'il n'obtempérait pas. Il était inutile d'en dire plus.

« Je comprends », dit Romero.

Le plus grand de la bande écarquilla les yeux. « Vraiment ?

– Bien sûr. Je peux passer un coup de fil et les prévenir de notre arrivée. Je vous laisserai passer. Et vous relâcherez ma famille.

– Señor Romero, vous êtes un homme intelligent et courageux. Vous ferez ce que nous demandons et tout se passera bien.

– Il n'y a que vous trois ? »

L'autre hocha la tête. « Non, il y en a quatorze autres. Nous sommes dix-sept en tout.

– Dix-sept ? balbutia Romero.

– Pourquoi vous tracasser ainsi ? Nous ne ferons pas de mal à votre famille.

– Mais les hommes pour qui je travaille s'en chargeront, s'ils apprennent que j'ai laissé passer autant de monde.

– Ils n'en sauront rien.

– Ce sera difficile. Je devrai faire évacuer le tunnel avant votre arrivée et faire couper les caméras. Aurez-vous quelqu'un de l'autre côté pour vous récupérer ?

– On réglera ça. J'aurai besoin de l'adresse. »

Il y eut un bruit de chasse d'eau venant d'à côté, puis un Mexicain apparut, à peu près l'âge de Romero. Il regarda ce dernier, l'air soucieux, puis haussa les épaules comme pour dire : *Je suis désolé.*

« Voici Felipe. Il restera ici pour s'assurer que nous sommes bien parvenus de l'autre côté. Si je l'appelle pour le lui confirmer, votre famille sera relâchée. S'il ne reçoit pas d'appel, il a ordre de les tuer. »

Romero s'adressa rapidement à Felipe, dans l'espoir que le débit précipité confondrait les Arabes. Mais il vit bien qu'ils traduisaient mentalement à mesure. « Señor, pourquoi vous être acoquiné avec ces terroristes ? Ils veulent tuer des Américains qui sont les meilleurs clients du cartel. Si ça se produit, nous sommes morts tous les deux. Vous jouez avec le feu, mon ami. »

Felipe eut une grimace. « Ils paient mieux que le cartel. »

Le sac à dos lui arrivait au-dessus de la tête et descendait sous ses fesses. Ce truc pesait une tonne et Rueben Everson aurait dû être de retour chez lui, à faire ses devoirs de maths. Au lieu de cela, il s'apprêtait à pénétrer dans un tunnel d'un kilomètre de long, lesté de vingt-cinq kilos de cocaïne. Il était arrivé à l'entrepôt avec une dizaine d'autres types d'âges divers, des Mexicains, des Américains, et ils avaient été pris en charge par une équipe du cartel.

Ils étaient censés livrer les sacs dans une pièce d'une maison de l'autre côté de la frontière. Là, ils attendraient un autre chargement, qu'ils ramèneraient par le tunnel. C'était le fameux transport si pesant qu'avaient évoqué les *sicarios*. Après cela, toutes les mules seraient évacuées à bord de camionnettes. Rueben doutait qu'on le ramène jusque chez lui mais il avait touché l'argent d'avance et estimait pouvoir utiliser quelques dollars sur le millier qu'on lui avait donné pour se payer un taxi.

À l'intérieur de l'entrepôt, on avait soigneusement dissimulé l'entrée du tunnel derrière une petite cabine d'entretien électrique. Un trou d'un mètre vingt au carré avait été foré dans le sol en béton ; en partait un escalier de bois qui rejoignait le sous-sol en terre battue. Rueben descendit les marches avec précaution sur les pas d'un type baraqué, puis il tourna sur la droite et découvrit le boyau qui semblait s'étirer à l'infini. Le plafond s'élevait à près d'un mètre quatre-vingts et les côtés de son chargement ne frottaient même pas sur les parois du tunnel qui devaient faire près d'un mètre de large. Des guirlandes de diodes avaient été fixées au plafond, comme si le cartel avait décoré les lieux pour les fêtes. Rueben nota également la présence de tuyaux de ventilation et de fils électriques, ainsi que d'un tube de PVC qui courait au sol sur leur droite. À mesure qu'ils s'enfonçaient, il remarqua que les parois et le plafond étaient recouverts d'étranges panneaux blancs – il entendit dans son dos un des gars expliquer qu'il s'agissait d'isolant acoustique.

L'oreillette Bluetooth dans son oreille se mit à le démanger. Les gars du FBI qui épiaient le moindre de ses mouvements devaient être en train de perdre leur signal et même sa balise GPS implantée allait devenir inutilisable, il le savait.

Un accès de claustrophobie le prit et il essaya de jeter un œil derrière lui – ces panneaux sur les murs semblaient à présent se rapprocher. La longue file d'hommes s'étirait et l'écart entre lui et le gros type qui le précédait s'agrandit.

« Allez, on se bouge ! » cria le gars qui le suivait.

Rueben hâta le pas, rejoignit son prédécesseur et se mit à inspirer profondément pour essayer de se calmer. Même si la police les attendait de l'autre côté pour les arrêter, il s'en fichait. Il marcherait. On l'avait déjà retourné, il avait signé son pacte avec le diable, plus question de faire marche arrière. C'était cela être un homme, assumer la responsabilité de ses actes, et il détestait ça.

L'homme derrière lui bougonna et dit : « Bienvenue en Amérique », parce que quelqu'un avait peint un trait au plafond et écrit US d'un côté et MEXICO de l'autre, pour délimiter la frontière. Rueben se contenta d'un haussement d'épaules et continua d'avancer. Un tunnel secondaire s'embranchait sur la droite. Il y nota un petit autel avec des cierges allumés. Il aurait volontiers fait halte pour y dire une prière pour lui et sa famille. Il aurait tant voulu que tout soit différent. Il repensa au garçon aux orteils amputés... et frissonna.

32

DES PIONS DANS LE ROYAUME DES CIEUX

Vers le site du tunnel sous la frontière
Mexicali

Pedro Romero entendit un des Arabes appeler le plus grand de la bande « Samad », aussi commença-t-il à l'appeler ainsi, histoire de le déstabiliser. *Je connais ton nom.* Attitude dérisoire, mais c'était tout ce qui était en son pouvoir pour l'instant ; mais il ne perdait rien pour attendre car il n'avait pas vraiment capitulé. Pas encore.

Il y avait une lueur d'espoir.

Il avait téléphoné aux *sicarios* chargés du transport de cocaïne et le nouveau lieutenant, José, un gamin qui avait bossé pour Corrales et voulait à présent qu'on l'appelle El Jefe, même s'il avait à peine vingt-deux ans, se mit à gueuler qu'il ne laisserait personne emprunter le tunnel.

« Ces ordres viennent de Corrales en personne.

– Et où est Corrales ? Où est-il passé ? Personne ne l'a vu ou entendu. C'est bien pour ça qu'on m'a confié la responsabilité de ce transport. Donc, ici, c'est moi qui dirige.

– Tais-toi et écoute-moi. Je veux que tous ces hommes soient passés par le tunnel et ressortis de la maison en dix minutes. Sinon, Corrales viendra te frotter les oreilles.

– Je ne te crois pas.

– Si tu veux courir ta chance, pas de problème. Mais tu mourras, gamin. Tu mourras à coup sûr. »

L'autre jura, hésita, puis finit par accepter.

Il avait fallu trois véhicules pour transporter Romero, Samad, ses deux lieutenants et les quatorze autres Arabes jusqu'au site du tunnel. Romero conduisait sa voiture personnelle, Samad assis à côté de lui et les deux autres derrière. Derrière, dans la voiture de sa femme, se trouvaient cinq autres hommes et, fermant la marche, entassés dans un vieux van Tropic Traveler, les neuf derniers, sans compter un chargement de six gros sacs de voyage dont la longue forme rectangulaire laissa Romero dubitatif. Des flingues ? Des missiles ? Des lance-roquettes ? On pouvait sans grand risque éliminer le matériel de camping.

À l'approche du site, Romero songea aux diverses éventualités lorsque les Arabes seraient parvenus au bout du tunnel. Il pria Dieu pour son salut et celui de sa famille. Ces hommes ne voulaient pas laisser de témoins et ils allaient sans doute le liquider une fois qu'ils auraient obtenu de lui ce qu'ils voulaient. Il ne pouvait plus écarter l'hypothèse. Il fréquentait le mal depuis assez longtemps pour comprendre comment ces types-là raisonnaient.

Il se demanda en outre ce qu'ils feraient une fois parvenus aux États-Unis, combien de personnes ils allaient tuer, quels dégâts ils allaient commettre. Il les haïssait tout autant que pouvaient les haïr les Américains et tous se sentaient impuissants face à eux.

Mais, comme il l'avait noté, tout espoir n'était pas entièrement perdu.

Ce que Samad et ses disciples fanatisés ignoraient, c'est que le tunnel avait été piégé avec des charges de plastic qui permettaient de le détruire en un instant et, dans la foulée, d'ensevelir tous ceux qui se trouveraient à l'intérieur. On l'avait fait comprendre à Romero dès les tout premiers stades de la construction. Corrales lui avait dit que ses chefs redoutaient de voir l'ouvrage utilisé un jour par leurs ennemis, voire par des terroristes, d'où la nécessité d'une mesure de sécurité. Installés à l'intérieur d'une caravane de chantier, à l'autre bout du site, trois *sicarios* gardaient les yeux rivés sur les caméras de surveillance du tunnel. Ils étaient neuf en tout qui travaillaient en trois postes. Ils avaient également accès à la commande du premier groupe de détonateurs sans fil, même s'ils ne devaient faire sauter l'ouvrage que sur un ordre direct de Corrales ou d'un des autres patrons. Le jeu de détonateurs de secours était rangé sur l'étagère supérieure d'un casier, dans la salle d'entretien. Romero n'avait qu'à en récupérer un avant de conduire les Arabes dans le tunnel.

Et c'est à ce moment qu'il agirait.

Rueben se délesta de son lourd sac à dos et le laissa tomber au sol ; les autres l'imitèrent. Avant qu'ils puissent s'asseoir et attendre l'arrivée de la cargaison destinée au Mexique, le *sicario* qui tenait à se faire appeler El Jefe était sorti du tunnel pour leur dire qu'ils devaient filer tout de suite. Les ordres étaient venus d'en haut.

« Et l'autre livraison ? demanda Rueben. Je pensais qu'ils avaient besoin de nous. Ils disaient qu'on aurait une prime.

– Oublie. Tu files. »

Rueben manifesta sa surprise. « Et nos sacs à dos ? Qui va venir les récupérer ?

– Je n'en sais rien.

– Y aurait-il un problème ?

– Écoute, j'ai besoin qu'on évacue les lieux tout de suite ! Tels sont mes ordres. Voilà ce qui se passe.

– Alors, je reviens par le tunnel avec vous, dit Rueben. On m'attend là-bas pour me ramener. »

El Jefe secoua la tête. « Putain, dégage, je te dis. Tu te démerderas tout seul pour rentrer. »

Une des autres mules, sans doute l'aîné de la troupe, avec ses tempes grisonnantes, éleva le ton : « On ne peut pas tous sortir en même temps. Ça attirerait trop l'attention. C'est ce qu'ils nous ont dit.

– Mon cul, oui ! Allez, dégagez ! »

Les autres hommes se mirent à défiler devant Rueben pour gagner la porte de sortie. L'ancien les retint.

El Jefe se précipita et lui planta le canon de son arme sur le front. « *¡Vayanse !* »

L'homme lorgna le jeune voyou d'un œil torve, puis après quelques secondes, il hocha lentement la tête et se retourna lui aussi vers la porte. Les autres mules le suivirent.

« Bon, ben moi, je pisse un coup d'abord », décréta Rueben en se dirigeant vers les toilettes. Il entra, ferma la porte, attendit. Le silence retomba sur la maison. Il ouvrit le robinet du lavabo et appela Ansara, qui avait déjà été mis au courant et savait de quoi il retournait.

« Qu'est-ce que je fais, à présent ?

– Retourne dans ce tunnel. Vois si tu peux découvrir ce qui se passe.

– Vous êtes cinglé ?

– Dis-leur que tu ne trouves plus ton téléphone. Et redescends, c'est tout. S'ils ont évacué les lieux, c'est pour une bonne raison. La grosse livraison n'est plus qu'à une demi-heure. Obéis. Souviens-toi de ce que je t'ai dit. »

Rueben sortit des toilettes et tomba sur El Jefe qui l'attendait.

« À qui parlais-tu ?

– Mon chauffeur.

– File. »

Rueben haussa les épaules, sortit, puis vira prestement sur la gauche pour aller se planquer dans les fourrés près de la maison. Il y resta quelques minutes, puis, avec précaution, se rapprocha d'une des fenêtres. *Bigre, les stores sont tirés.* Il contourna la bâtisse pour rejoindre la porte d'entrée, y plaqua l'oreille. Rien. Il saisit la poignée, poussa le battant, puis rejoignit la chambre du fond ; l'entrée du tunnel y était dissimulée dans la penderie. El Jefe et ses copains étaient déjà redescendus pour regagner l'entrepôt. Rueben se tordit les mains, tourna autour du carré noir de l'ouverture creusée dans le sol et de l'échelle d'accès au tunnel. Il ferait mieux de renoncer, c'était trop risqué. Mais allaient-ils vraiment s'en prendre à lui s'il redescendait chercher un téléphone perdu ?

Minute. Comment pouvait-il utiliser cette excuse ? El Jefe l'avait entendu parler sur son mobile. *Merde.* Il fallait trouver un autre prétexte. Il pouvait dire qu'il avait cru apercevoir les flics dehors et qu'il était retourné dans le tunnel, affolé. Voilà. Ça détournerait de lui l'attention. Il descendit l'échelle, tourna et s'avança en hâte sur le sol humide, suivant le chapelet de diodes lumineuses. Et c'est maintenant qu'il aurait bien eu besoin des toilettes.

Pendant qu'il les conduisait vers le tunnel, Romero avait expliqué à Samad que les trois *sicarios* dans la caravane surveilleraient l'entrepôt et le tunnel via des caméras de sécurité alimentées par batterie. Ils avaient testé des caméras sans fil mais les signaux étaient trop faibles pour être captés en surface. Il fallait procéder à deux manipulations à la fois : il faudrait couper l'alimentation des moniteurs et il faudrait « isoler » les *sicarios* de leurs téléphones, pour reprendre les termes de Romero.

Romero avait accès aux tableaux électriques, il en avait les clés et pouvait donc couper l'alimentation, pour autant que les hommes de Samad se chargent des *sicarios*. Ils garèrent leurs véhicules du côté sud du site, à l'abri de dumpers et de bulldozers, et descendirent en hâte. Samad envoya six de ses hommes se charger des agents de surveillance tandis qu'avec ses deux lieutenants, il accompagnait Romero vers une cabine électrique située derrière l'entrepôt. Même s'il était avant tout ingénieur du bâtiment, il avait collaboré étroitement avec les électriciens sur le site, et ceux-ci lui avaient montré les procédures d'urgence pour couper le courant.

À l'approche de la cabine, ils durent se planquer derrière une pile de tuyaux quand trois jeunes *sicarios* sortirent par la porte principale de l'entrepôt pour grimper dans un gros 4x4. Romero reconnut l'un d'eux : le jeune El Jefe. *Brave gars*. Il l'ignorait encore, mais il venait d'échapper à la mort en se conformant aux instructions.

Les deux groupes désormais en position, Romero ouvrit les panneaux d'accès grâce à sa clé, puis il rabattit le coupe-circuit principal ; il y eut un bruit sourd, et une partie des lumières du parking s'éteignirent. Dans le même temps, Samad donna l'ordre d'éliminer les hommes installés dans la caravane. Puis il se tourna vers Romero : « Allons-y. »

Romero conduisit les Arabes à l'intérieur, éclairant le chemin avec leurs téléphones mobiles, puis il marqua un arrêt devant la salle d'entretien et se retourna vers le petit groupe : « Attendez-moi ici.

– Pourquoi ? demanda Samad.

– Parce que j'ai besoin de prendre la télécommande.

– Pour quoi ?

– Pour couper les batteries de secours des caméras et des enregistreurs ; sinon, ils pourront visionner les bandes et voir qué nous sommes passés par ici.

– Très bien, dit Samad. Mais je t'accompagne. »

Romero haussa les épaules. « OK. »

Il conduisit l'homme dans la salle et ils passèrent devant les grosses pompes destinées à épuiser l'eau du tunnel, pour rejoindre la rangée de casiers métalliques. Dans l'intervalle, le téléphone de Samad sonna, il eut un rapide échange avec ses hommes, puis annonça : « Très bien. Les hommes de la caravane sont neutralisés. Aucun coup de fil n'a été donné. »

Romero choisit parmi ses clés celle qui ouvrait le casier, puis il tendit la main vers l'étagère supérieure pour y récupérer le détonateur sans fil avant que Samad ait pu contrôler ce qu'il faisait. Le détonateur était de la taille approximative d'un talkie-walkie, surmonté d'une petite antenne en caoutchouc. Un dispositif tout simple, suranné mais efficace. Il fit mine d'appuyer sur plusieurs boutons, puis fourra le boîtier dans sa poche. Il pêcha dans le casier deux lampes-torche, en prit une, donna l'autre à Samad. « OK, à présent, on peut passer. J'espère que vous tiendrez votre promesse. Dès que nous serons de l'autre côté, vous appellerez Felipe et lui direz de libérer ma famille. »

Sourire de Samad. « Bien sûr. »

Le reste des Arabes arriva et Romero les conduisit au bas de l'escalier dont les marches de contreplaqué poussiéreux craquaient sous leurs pas. Samad le talonnait, un pistolet dans la main. Ils parcoururent environ cent cinquante mètres, firent leurs deux premiers virages à quatre-vingt-dix degrés – gauche, droite – et puis, au bout du tunnel, une petite lumière apparut, au loin. À mesure qu'elle approchait, une silhouette se dessina. Elle se dirigeait droit vers eux.

133

« Stop ! Qui est-ce ? » demanda Samad, en faisant s'immobiliser tout le groupe.

« Je n'en sais rien, dit Romero. Le tunnel était censé être libre. Ce pourrait être une des mules. » Il éleva la voix. « Qui va là ?

– Euh, désolé, ouais, c'est moi, Rueben ! Je crois que les flics attendent de l'autre côté. J'ai dû rebrousser chemin. »

Romero se précipita pour le rejoindre. « T'es sûr au sujet de la police ?

– Pas vraiment.

– Pourquoi est-ce que tu trembles ? »

Rueben leva son téléphone mobile, éclairant les hommes derrière Romero. Barbus, le teint basané, mais assurément pas mexicains. Un gars à l'arrière aboya quelque chose. Ce n'était sûrement pas de l'espagnol et Rueben avait tué suffisamment de terroristes « numériques » dans des jeux vidéo pour juger que ces types venaient du Moyen-Orient – et qu'ils pouvaient bel et bien être des terroristes.

« *Yalla*, allons-y », dit l'homme à l'arrière.

Rueben reconnut le mot. C'était de l'arabe.

Avec un gros soupir, Romero se mordilla la lèvre, puis se retourna vers Samad. « C'est une des mules du cartel. Il a eu la trouille, il a cru voir quelque chose dehors. Peut-être la police, mais il n'est pas sûr...

– Je ne crois pas qu'il ait vu la police, observa Samad, étrangement sûr de lui. Laisse-moi lui parler. »

Romero s'effaça pour le laisser passer.

Samad s'entretint à voix basse avec Rueben – sa voix était presque inaudible – et l'instant d'après, Rueben projetait les mains vers le visage et le cou de Samad tandis que l'homme se glissait derrière lui et lui plongeait un couteau dans la poitrine. Rueben tomba au sol, le visage déformé par la douleur, le sang jaillit de sa poitrine, puis il se mit à tousser en même temps qu'il levait la main vers la blessure.

« Ce n'était qu'un gamin ! s'écria Romero.

– Et toi, tu n'es qu'un homme qui va le rejoindre.

– Je suis désolé, dit Rueben, entre deux hoquets. Je ne voulais rien faire de mal. Je ne veux pas mourir. Ne me laissez pas ici. Oh, mon Dieu… Oh, mon Dieu… » Il se mit à sangloter.

Romero ne put se retenir. Il s'agenouilla près du jeune homme et lui prit la main. « Seigneur Jésus, prends-le dans ton sein et délivre-le du mal.

– Allez, on avance », siffla Samad entre ses dents, tout en passant le mobile du jeune homme à l'un de ses hommes. « Pedro, tu ouvres la route. » Il revint vers Romero, puis lui enfonça le canon de son pistolet dans le cou.

Romero déglutit avec difficulté, lâcha la main de Rueben, puis il se leva et enjamba le jeune garçon à l'agonie pour reprendre sa marche, au bord des larmes. Il avait pourtant bien dit au gamin de filer. Il avait essayé.

Ils arrivèrent au niveau du petit sanctuaire et Samad hocha la tête en contemplant les cierges vacillants, les crucifix, les photos des mules et des terrassiers.

Une fois encore, Romero regarda discrètement derrière lui. Samad et ses Arabes étaient des monstres et Romero savait à présent que le moment était venu. Il s'arrêta, chercha au fond de sa poche le détonateur. Et puis il retint son souffle.

Tandis que Rueben gisait sur le flanc, en train de se vider de son sang, il vit quelque chose scintiller dans la terre près de sa main. Il crut tout d'abord que c'était un ange, venu se matérialiser pour le sauver. Il tendit la main vers la minuscule étincelle et la prit entre ses doigts. Il faisait trop noir pour y voir distinctement mais au contact, l'objet lui évoqua un pendentif, aux courbes douces et muni d'un large œillet. Il se souvint d'avoir senti une chaîne se rompre entre ses doigts lorsqu'il s'était débattu contre son agresseur arabe. Il serra le pendentif dans sa paume, ferma les yeux et demanda à Dieu de le sauver.

Vers la maison au débouché du tunnel frontalier
Calexico, Californie

Le camion du cartel était cinq ou six voitures devant eux et Moore estima qu'ils étaient encore à vingt minutes de la maison. Towers venait d'appeler pour leur annoncer qu'il avait perdu contact avec la mule d'Ansara. Le gamin devait être mort. Towers avait cinq guetteurs pour surveiller la maison sous tous les angles, et jusque-là, ils avaient signalé la sortie d'un groupe de mules mais sans avoir vu le jeune homme. La police fédérale mexicaine était censée avoir encore plus d'effectifs pour surveiller l'entrepôt à Mexicali mais jusqu'ici, ils n'avaient pas répondu aux appels de Towers et leur coopération semblait s'être soudain volatilisée. Towers avait plusieurs guetteurs civils dans le secteur qui lui avaient signalé l'arrivée de plusieurs voitures et d'autres hommes, apparemment des mules ; il semblait en outre que le chantier avait subi une panne électrique. Hélas, les postes d'observation des civils n'étaient pas situés assez près pour permettre une identification formelle des passeurs.

Toujours est-il qu'un autre groupe était manifestement en train d'emprunter le tunnel et Moore supposa qu'il devait s'agir d'un nouveau contingent de mules venu aider au transport des armes.

Ansara avait été visiblement remué par les nouvelles, il serrait les mâchoires et jurait entre ses dents. « Je ne pensais pas qu'on en arriverait là, dit-il enfin, d'une voix qui se brisait. J'espérais le sortir de là, lui faire retrouver le droit chemin. Il était très prometteur.

— On ne sait pas encore ce qui s'est produit.

— Il a dû craquer.

— Il était sur écoute, non ?

— Juste son oreillette Bluetooth. Rien de détectable. Il aura dû paniquer, dire quelque chose. Je n'en sais encore rien. Towers était sur une autre ligne quand ça s'est produit.

— Fais le vide dans ton esprit, vieux, d'accord ? Ça ne va pas tarder à chauffer sérieux. »

Site du tunnel frontalier
Mexicali

« Je veux que vous appeliez Felipe immédiatement pour lui dire que vous avez traversé sans anicroche. Dites-lui de libérer ma famille. »

Romero se mit à hyper-ventiler et il avait bien du mal à empêcher ses mains de trembler. Son pouce était délicatement posé sur le bouton du détonateur et une petite diode verte brillait. Elle passerait au rouge au moment où il presserait le bouton. Et deux secondes plus tard, il tiendrait sa vengeance.

« Pedro, qu'est-ce que tu fais ? demanda Samad, en fixant le détonateur.

— Je sauve ma famille.

— Et tu penses que c'est la meilleure manière ?

— Je sais que c'est la seule.

— Je ne te crois pas.

137

– Pensiez-vous que le cartel construirait un tunnel tel que celui-ci sans avoir prévu un moyen de le détruire ? Ils ne veulent pas voir leurs ennemis tirer parti de leur travail. Je vais vous montrer. » Romero se dirigea vers le mur et en ôta un des panneaux acoustiques, révélant plusieurs pains de plastic. « Il y a quatorze charges en tout. J'ai supervisé l'installation en personne. Elles détoneront l'une après l'autre, obturant l'ensemble du tunnel. Si nous ne sommes pas tués par la déflagration, nous serons brûlés vifs ou suffoquerons avant d'avoir pu être secourus. »

Samad écarquilla les yeux. « Tu veux mourir ? Tu es prêt à rencontrer ton Dieu ? »

Romero affermit sa voix. « Je suis prêt, mais je sais que vous ne l'êtes pas ; et que c'est pour cela que vous allez relâcher ma famille.

– Je te pensais plus malin que ça. Tu es intelligent, tu es un ingénieur.

– Appelez Felipe.

– Je vous aurais tous relâchés de toute manière, est-ce que tu le savais ? »

Romero brandit le détonateur. « Je suis prêt à le faire. »

Samad poussa un grand soupir. « Tu aurais dû nous faire confiance. Tout ce que nous voulions, c'était passer sans risque aux États-Unis. » Il abaissa son pistolet et sortit de sa poche un téléphone mobile. Il composa un numéro. « Allô, Felipe ? Oui, ne quitte pas. Je veux que tu parles au señor Romero et lui dises que tu relâches sa famille. Laisse-le leur parler s'il le désire… »

Samad tendit le téléphone et Romero le prit avec précaution. « Felipe, s'il vous plaît, libérez ma famille.

– OK, señor, OK. Ce sont mes ordres. »

Romero inspira, haletant, puis il entendit la voix de son épouse et ses épaules s'affaissèrent, sous le coup du soulagement. Il colla le téléphone contre son oreille.

Samad indiqua le détonateur et fit signe à Romero de le lui donner.

Romero le regarda. « Qu'allez-vous faire une fois entrés aux États-Unis ? »

Samad se mit à glousser. « Nous allons manger des cheeseburgers et des frites.

— Peut-être que je ne devrais pas vous laisser passer.

— Crois-tu que j'aie laissé Felipe seul chez toi ? Une fois encore, tu dois envisager la complexité de mon entreprise. Alors, à présent, cesse de me faire perdre du temps. Donne-moi ça. »

Romero réfléchit quelques secondes encore, puis il obéit. Samad repéra l'interrupteur, le fit glisser, puis il empocha le détonateur et leur fit signe de continuer. Romero resta au téléphone avec Felipe et il entendit également les voix de ses filles. Elles allaient bien, mais elles pleuraient et l'imploraient de revenir à la maison.

Sa femme reprit la communication. « Pedro ? Tu es là ?

— Je serai bientôt de retour. Repasse-moi Felipe. » Une fois qu'il l'eut, Romero lui dit : « À présent, vous sortez de chez moi. Vous partez, et vous emmenez ceux qui vous accompagnent.

— Si c'est OK pour Samad.

— C'est OK, insista Romero en haussant le ton. À présent, dehors !

— Très bien. »

Samad leva le pistolet et visa Romero à la tête. « Mon téléphone. »

Romero le lui rendit et avança.

139

Ils parvinrent au bout du tunnel et Romero escalada l'échelle pour déboucher à l'intérieur de la penderie dans la chambre principale. Là, il s'effaça et attendit que les Arabes montent et, l'un après l'autre, gagnent la chambre.

Romero était sur le point de dire à Samad qu'il repartait quand une main se plaqua soudain sur sa bouche tandis qu'une voix basse lui soufflait à l'oreille : « Chut ! »

Il ne se rendit compte que trop tard qu'on lui plantait un couteau dans le cœur : juste un brusque poinçon et soudain la douleur brûlante, qui irradia dans sa poitrine.

« Chut ! »

On le déposa doucement sur le sol. Il contemplait le plafond obscur quand soudain Samad se pencha sur lui. « Tu as accompli l'œuvre de Dieu et tu en seras récompensé. *Allahu Akbar !* »

Romero ferma les yeux. Il ne voulait pas que la dernière chose qu'il vît en ce bas monde fût le visage d'un monstre. Il imagina sa femme superbe et ses filles, sut que son enfant malade recevrait tous les soins nécessaires, qu'il y avait assez d'argent et qu'il leur avait procuré une vie meilleure. Il pleura intérieurement de devoir les quitter et sur la douleur que sa mort allait leur infliger. Mais c'étaient des femmes fortes et elles continueraient de lutter comme il l'avait fait. Il allait à présent se bâtir une nouvelle maison, construite avec les rayons de lumière du royaume des cieux. Et de là-haut, il les attendrait.

Samad se détourna du Mexicain mourant pour faire face au groupe. Il indiqua le sol alors que son mobile se mettait à vibrer. « Ces sacs à dos viendront avec nous mais pour l'instant, laissez-les là avec les lanceurs. »

Niazi et Talwar commencèrent à aider les hommes à ouvrir les sacs contenant les lance-grenades. Son correspondant au téléphone était un allié d'Afghanistan qui ne dit que deux mots en pachtoune : « Deux minutes.

– Nous sommes prêts. »

Samad avait laissé un de ses hommes en bas dans le tunnel, pour s'assurer qu'ils n'étaient pas suivis. L'homme appela pour dire que, jusqu'ici, il n'y avait rien à signaler.

Son groupe se rangea en ligne, les mains croisées dans le dos. Ils semblaient un peu nerveux mais Samad avait confiance en leur entraînement et leur résolution.

Le bruit des sirènes s'amplifia et Samad s'approcha de la fenêtre et repéra finalement les deux voitures de la police de Calexico, suivies par deux paniers à salade, gyrophares allumés. Huit agents descendirent, l'arme dégainée, qui investirent la maison.

« Très bien tout le monde, commença Samad, d'une voix calme. Nous sommes tous en état d'arrestation, au nom de Dieu. »

La porte d'entrée s'ouvrit à la volée et entrèrent en trombe deux agents à la barbe bien taillée, la peau aussi basanée que celle de Samad. « Très bien, écoutez-moi, dit le flic, là encore en pachtoune. Nous attendons encore une minute. Puis nous sortons, vous devant, les mains dans le dos, comme si vous aviez les menottes. Nous prendrons les sacs.

– Excellent », dit Samad. Ils préparaient un bon numéro pour les guetteurs du cartel qui devaient à tous les coups observer la maison. Bien sûr, il pouvait y en avoir d'autres : des ennemis du cartel, bandes rivales ou autorités fédérales des deux pays frontaliers.

« Dirigez-vous maintenant vers les camionnettes », dit l'agent après que deux autres « collègues » furent entrés par la porte de derrière.

Samad opina, rappela son homme resté en bas dans le tunnel, puis, en compagnie des autres, il sortit, les mains croisées dans le dos. On les escorta sous bonne garde de l'autre côté de la rue où on les aida à monter dans les fourgons. Samad parcourut du regard les fourrés et les toits des maisons voisines, et il vit plusieurs personnes sur le pas de leur porte hocher la tête devant ce « gros coup de filet ».

Puis vinrent les sacs à dos bourrés de drogue, et enfin les six lance-roquettes. Moins de trois minutes plus tard, ils s'éloignaient en trombe. Samad ferma les yeux et serra les poings. Ils avaient réussi. Le djihâd était revenu en Amérique.

33

IL NE DOIT JAMAIS RIEN SAVOIR AU SUJET DU CARTEL

Maison au débouché du tunnel frontalier
Calexico

Moore et Ansara garèrent leur pick-up au coin de la maison où débouchait le tunnel. Avant qu'ils aient pu descendre, Moore reçut un appel de Towers. « Gros coup de filet par la police locale de Calexico. Les passeurs ont été arrêtés en même temps qu'était saisie ce que les guetteurs estiment être une grosse quantité de drogue. Cela confirme les rapports de Rueben. On suit toujours l'affaire mais la police locale dénie toute implication. On essaie de repérer les véhicules mais ils ont tous disparu. Soit la police de Calexico est de mèche avec le cartel, soit ils ont monté un plan diabolique pour faire passer cette drogue.

– Je ne sais pas quoi dire, répondit Moore. Mais on est à leur recherche. Veillez juste à laisser le coin dégagé. Je vous rappelle. »

Ansara et lui se faufilèrent entre les rangées de broussailles pour se retrouver accroupis près de la maison située juste en face de leur objectif. Ils se positionnèrent derrière deux palmiers. Le camion du cartel avait reculé dans l'allée et un homme était resté dans la cabine pendant que les deux autres étaient sans doute rentrés dans la maison.

Il allait leur falloir y entrer par-derrière pour éviter d'être vus du type resté assis. Pour l'heure, Moore fit signe à Ansara d'attendre. Il ne cessait de se répéter que leur tâche était de filer les types, de remonter la piste de l'argent, pas de les intercepter même si Ansara et lui brûlaient de le faire – surtout Ansara, depuis qu'il avait perdu contact avec son informateur.

Ils attendirent cinq minutes encore avant que la porte du garage ne s'ouvre enfin et que les deux hommes ne réapparaissent, chichement éclairés par une unique ampoule. Celui que Moore identifia comme le chauffeur s'occupa de la serrure de l'auvent de la camionnette. Celui resté dans la cabine descendit rejoindre les autres pour les aider à transférer les caisses dans le garage. Une fois le véhicule déchargé, ils rabattirent la porte.

Combien de temps allaient-ils devoir patienter ? Ces types ne pouvaient pas transporter tout cet arsenal en un seul voyage. Cinq minutes ? Dix ? Il semblait qu'on avait fermé les stores.

Ansara fit un signe à Moore : *Allons-y*. Moore hésita, puis acquiesça enfin.

Résidence Rojas
Cuernavaca
90 km au sud de Mexico

Fernando Castillo pénétra dans le bureau privé du señor Rojas, intimidant monument à la gloire de l'homme et de son influence qui recouvrait Mexico comme une chape. Les gens, comme le gouvernement, n'avaient guère d'autre choix que de s'adapter à lui et à ses décisions. C'était le cas de Castillo, même s'il éprouvait avant tout un fervent sentiment de loyauté envers l'homme qui l'avait tiré de la misère, lui avait offert une fortune inimaginable et surtout l'avait traité avec plus de dignité et de respect que ne l'avait fait toute sa famille.

Castillo jeta un bref regard aux rayonnages de livres qui s'élevaient jusqu'à plus de huit mètres de hauteur et recouvraient entièrement les quinze mètres du mur du fond. C'est dans leur ombre que se dressait le bureau de Rojas, un meuble d'acajou aux proportions gargantuesques et sur lequel étaient posés pas moins de quatre ordinateurs dont les écrans plats de vingt-sept pouces étaient disposés en demi-cercle. Ce bureau était de fait comme un cockpit rassemblant les informations pour l'homme assis au fond d'un confortable fauteuil capitonné acheté à Paris, tout en sirotant un verre de montrachet. Sur le côté gauche de la pièce, une rangée de téléviseurs à écran plat recevaient en permanence les chaînes financières du monde entier. Castillo avait récemment supervisé leur installation et même si ce n'était guère son travail en tant que chef de la sécurité, Rojas lui avait, ces dernières années, confié de plus en plus de décisions et de choix personnels, tout particulièrement en ce qui concernait son fils Miguel.

Rojas se passa les doigts dans les cheveux, puis il quitta finalement des yeux l'un de ses écrans.

« Que puis-je pour toi, Fernando ?

– Désolé de vous déranger, señor, mais je voulais aborder la question personnellement avec vous. Le corps de Dante n'a toujours pas été retrouvé et le meurtre de l'hôtel n'a rien révélé. Et je ne vous rappellerai pas que Pablo a également disparu, tout comme Maria, la petite amie de Dante.

– Oui, je sais, je sais… Qu'est-ce qui te tracasse ? Et pourquoi venir m'ennuyer avec ces détails triviaux ? Je te paye une somme rondelette pour t'occuper de ce genre d'affaires. Retrouve-le. Il sait qu'il n'a pas su convenablement protéger mon fils. Il en connaît les conséquences.

– Oui, señor, mais c'est important et vous deviez le savoir. Nous avons eu des problèmes avec le nouveau tunnel. On nous a encore dérobé une livraison. »

Rojas releva la tête et fronça les sourcils. « Encore une ? Tu plaisantes ?

– Nous avons tout perdu. Les passeurs, les voitures de police, et toute la cargaison.

– Attends voir. Des voitures de police ? De quoi parles-tu ?

– Nos guetteurs m'ont dit que ça avait toutes les apparences d'un raid de la police de Calexico mais personne n'a vu de paniers à salade revenir au poste. Ils se sont volatilisés.

– C'est ridicule. Ils auront dû changer de véhicules. Qui était en charge de la filature ? Je veux qu'il soit tué. »

Soupir de Castillo. « Et il y a pire. Vous vous souvenez de Pedro Romero, notre ingénieur en charge du projet ? Eh bien, sa famille a été assassinée et nous avons retrouvé son cadavre dans la maison, ainsi que celui d'une des mules dans le tunnel. La livraison d'armes en provenance du Minnesota était arrivée et c'est cette équipe qui les a trouvés. Ils sont en train de ramener les armes par le tunnel, mais le courant a été coupé. »

Rojas se massa le coin des yeux, jura dans sa barbe, puis demanda : « Qu'est-ce que tu en penses ? »

Castillo ferma les yeux et prit une profonde inspiration. « À votre retour de Colombie, vous m'avez parlé de votre rencontre avec Samad et de ses desiderata.

– Non, ce n'est pas possible, le coupa soudain Rojas. Je les ai mis en garde, et ce serait idiot de leur part de vouloir nous mettre à l'épreuve. Ce doit être Dante ou Zúñiga qui nous aura volés.

– Señor, il est tout à fait possible que ce Samad ait utilisé notre tunnel pour entrer aux États-Unis.

– Je n'y crois pas. »

Castillo se fit insistant. « Quand la police a sorti les sacs à dos, les guetteurs ont compté six colis supplémentaires. Ils sont sûrs en outre que ce n'étaient pas les chargements habituels, et pour ma part, je puis vous assurer qu'ils n'étaient pas déjà stockés dans la maison. Ils auront dû venir par le tunnel.

– Je vais rappeler Samad.

– Si c'est lui, il ne va pas réagir.

– Alors Rahmani doit en répondre.

– Et s'il nie tout en bloc ? »

Rojas se leva d'un bond, et il s'écria : « Alors, tout ce que nous avons bâti ensemble est compromis. »

Castillo eut un mouvement de recul. Il frissonna.

Rojas grimaça. « Fernando, excuse-moi de crier ainsi. C'est juste que… tu vois, j'avais songé à mettre un terme à tout ce bizness. Lâcher complètement l'affaire, mais si ce que tu me dis est vrai…

– Je comprends, señor. J'appellerai quand même Rahmani pour lui faire savoir qu'il devra payer si jamais Samad est entré aux États-Unis. Toute menace contre le cartel doit être neutralisée. »

Rojas demeura interdit, le regard lointain, comme s'il imaginait déjà les champignons d'explosion s'élevant au-dessus de toutes les grandes cités d'Amérique. « Nos informateurs à Calexico sont bien payés. Fais-leur entièrement confiance. Retrouvez-moi les chauffeurs de ces voitures de police. Je veux être certain avant d'agir. Suis-je clair ?

– Comme toujours, señor. »

Castillo quitta le bureau. Il avait prévu de faire partager à Rojas un autre élément d'information mais son chef avait déjà suffisamment de soucis en tête. Miguel s'était mis à fouiner autour de la résidence et à procéder à des recherches sur Internet, et bien sûr, ce n'était pas la première fois qu'il essayait d'espionner son père. À l'occasion, un communiqué de presse évoquait les liens éventuels du señor Rojas avec telle ou telle fraude financière, immobilière, voire électorale, et même si Miguel défendait toujours ouvertement son père, Castillo savait que le jeune homme continuait de nourrir des doutes. La récente tentative de meurtre sur la personne de son père avait sans doute ravivé cette curiosité. Castillo comptait avoir un long entretien avec le garçon pour, une fois encore, apaiser ses soupçons. Sur ce point, le señor Rojas s'était montré inflexible.

Il ne doit jamais rien savoir au sujet du cartel.

La maison au débouché du tunnel frontalier
Calexico

Tous les sens en alerte, Moore scrutait déjà la maison alors qu'ils en ouvraient la porte de derrière aussi discrètement que possible et pénétraient dans une petite buanderie. Ensuite, une entrée exiguë commandait deux chambres et une troisième pièce un peu plus loin. Ansara avança le premier, le pistolet en main, et emprunta le couloir sur la gauche qui devait déboucher sur la porte du garage. Pendant ce temps, Moore fouillait les deux premières chambres, à la recherche de l'entrée du tunnel : juste quelques meubles Walmart en kit bon marché, de vieux matelas posés sur une moquette pleine de taches. Ansara le retrouva dans l'entrée et lui annonça : « Ils n'ont transféré que la moitié des caisses. Ils vont revenir chercher le reste. »

Il avait à peine terminé sa phrase qu'un bruit de pas leur provint de la chambre principale.

Ils se rabattirent dans l'une des plus petites et restèrent tapis derrière la porte, n'osant pas respirer, tandis que les hommes traversaient l'entrée pour rejoindre la porte du garage.

Moore était de retour dans une zone tranquille, couvert par la porte et il regarda Ansara qui avait cessé de retenir son souffle. Il voyait sa poitrine s'élever et s'abaisser, sa respiration s'accélérer. Moore leva une paume comme pour dire : *On se calme.*

Ansara acquiesça vivement.

Les hommes revinrent du garage, lestés du reste des caisses et ils traversèrent à nouveau l'entrée pour regagner la chambre principale. Moore perçut un raclement de semelles sur le sol, puis un cliquetis métallique et son front se plissa un peu plus.

Il leva un doigt. *Attends… Attends…* Il prit alors son smartphone et envoya à Towers un texto : *Dans maison, parés à entrer dans tunnel. Armes transférées. Infos suivent.*

Un vigoureux hochement de tête à l'adresse d'Ansara : il était temps de se bouger. Ils ressortirent avec précaution de leur cachette pour pénétrer dans la chambre principale où, près de la porte de la penderie, ils tombèrent sur un homme étendu sur le dos, la chemise imbibée de sang. Ansara se pencha sur lui, puis il releva la tête et murmura : « Je connais ce type. Je veux dire, je sais de qui il s'agit. Pedro Romero. C'était l'ingénieur responsable du projet. Il était en contact avec ma mule. » L'expression d'Ansara se renfrogna. « Mec, je sens qu'il se passe ici un truc pas catholique. Les Sinaloas… qui sait… »

Pourquoi auraient-ils liquidé l'ingénieur, la question restait pendante. Tandis qu'Ansara prenait des photos du cadavre et les transférait à Towers, Moore inspecta l'entrée du tunnel installée dans la penderie. Ils pouvaient descendre par une échelle en alu que quelqu'un était allé chercher à Bricomarché pour le prix de 89,99 dollars plus taxes (l'étiquette adhésive était encore en place).

Ansara fit signe qu'il descendait le premier. L'échelle protesta, Moore fit la grimace. Il atteignit le sol, quelque deux mètres quarante plus bas. Moore le suivit et c'est ensemble qu'ils contemplèrent le boyau. Malgré cet accès plutôt rudimentaire, l'ouvrage était une merveille d'ingénierie. À l'aide des fines torches électriques sorties de leur poche de poitrine, et leur pistolet toujours prêt à tirer, ils s'avancèrent dans le noir. Moore tapota d'une phalange un des panneaux acoustiques et se montra encore plus impressionné. Les ouvriers avaient disposé des guirlandes de diodes lumineuses – éteintes maintenant –, avaient placé des bouches d'aération et tendu des câbles électriques sous gaine, sans oublier ce qui devait être un tuyau d'évacuation qui courait au sol – certes de terre battue mais aplani et balayé avec grand soin. Le tunnel, estima Moore, devait être un des ouvrages de contrebande les plus audacieux et complexes jamais effectué par un cartel.

Une lumière vacillante se mit à clignoter devant eux et, durant quelques secondes, Ansara se figea, croyant qu'elle était dirigée sur eux mais ils reprirent leur progression et en regardant sur leur gauche, ils découvrirent ce que Moore jugea être une chapelle improvisée installée dans une niche du tunnel terminée par une rangée d'étais en bois reliés par des brides en aluminium. Les cierges, les crucifix et les photos détournèrent son attention du sol, si bien qu'Ansara fut le premier à découvrir le corps.

« C'est le gamin », fit-il dans un souffle, juste à l'instant où Moore remarquait deux sillons dans la terre : la trace des talons du jeune homme qu'on avait traîné jusque-là.

Ansara tomba à genoux et dirigea sa lampe vers les yeux de la victime. Mince, si jeune. Poignardé. Il avait dû mourir sur le coup.

Soudain, Ansara approcha son oreille de la bouche du jeune homme. « Merde, il respire encore !

– Ouais, mais mec, on ne peut pas rester, insista Moore. Ils pourraient bien être déjà repartis. Et tout ce qu'on a, c'est le mobile d'un gars pour les pister. Qu'il l'éteigne et on est baisés. »

Ansara opina puis il se retourna vers Rueben. « Je sais, je sais, mais il essaie de nous dire quelque chose. Qui t'a fait ça, Rueben ? Qui ? »

Moore se coula auprès d'Ansara et regarda le gamin, les yeux à peine entrouverts, remuer les lèvres mais sans pouvoir articuler un mot.

« Tiens bon, petit, dit Moore. On reviendra te chercher, promis. »

Le gamin leva une main et agrippa Moore au poignet.

« Détends-toi, ne fais aucun effort inutile, dit Ansara. Ne te tracasse pas. »

Moore se dégagea et il repartait déjà. En se retournant, il vit qu'Ansara était sur ses talons, mais ses yeux étaient devenus vitreux, sa respiration encore plus difficile. La culpabilité se peignait sur les traits de son collègue et Moore savait exactement ce qu'il devait ressentir.

Rueben hurlait mentalement mais il n'avait pas la force de convertir ses pensées en paroles susceptibles d'être comprises par l'agent du FBI : *Ils ont fait chanter Pedro. Des Arabes ont emprunté le tunnel ! Des terroristes ! Et ils m'ont poignardé ! Ils m'ont poignardé ! À présent, ils sont en Amérique. Ils ont réussi. Ne me laissez pas ici. Je vais mourir.*

Les pensées se succédaient trop vite, elles étaient trop désorganisées, trop erratiques pour qu'il puisse s'y raccrocher. Il entendit Ansara dire à sa mère qu'il avait été tué.

« Je suis tellement désolé pour votre fils. »

Sa mort serait déjà un choc, mais si on y ajoutait son implication avec un cartel de la drogue et avec le FBI ? Il n'était pas sûr que sa mère y survive.

Et c'est la seule chose à laquelle il pouvait penser à présent, sans même se rendre compte qu'il avait cessé de respirer et que la lumière des cierges s'était éteinte.

L'homme ne s'était pas identifié au téléphone mais José comprit ce qui se passait et l'arrivée soudaine de quatre autres voitures et d'une bonne douzaine de *sicarios* supplémentaires lui révélait que, qui soit ce zigue, il avait des relations et que José avait intérêt à écouter ses ordres.

« Mais souviens-toi, lui dit José Je suis El Jefe. Corrales n'est plus.

– Ouais, OK, mec, très bien. À présent, tu vas faire précisément ce que je demande. T'es dans la caravane, n'est-ce pas ? Est-ce que tu vois le coffre sous la console ?

– Ouais, je le vois.

– Accroupis-toi. Presse sur le bouton de mise en route. Compose 43678009, puis actionne le levier. Pigé ? »

José suivit les instructions, se goura en entrant le numéro, dut recommencer et enfin perçut un déclic. Le coffre s'ouvrit et il resta ébahi devant le contenu révélé à la lumière de son téléphone mobile. L'étagère du haut était bourrée de dollars américains en coupures de vingt et de cinquante. Il se mit à les fourrer dans les poches de son trench-coat en cuir – celui qu'il avait acheté après avoir admiré l'allure de Corrales ainsi vêtu.

« Bon, t'as terminé de piquer le fric ? »

José frissonna. « Je n'ai pas touché mon argent.

– OK, je veux bien te croire, ricana l'homme. Tu vois le talkie-walkie ?

– Ouais.

– Ce n'en est pas un. Une fois que les passeurs chargés du transport des armes les auront fait passer, tu les renvoies dans le tunnel, puis tu fais sauter celui-ci pendant qu'ils seront encore à l'intérieur. Il te suffit de mettre en route le truc et de presser le bouton rouge. Tu peux faire ça pour moi, José ? Est-ce que t'es assez malin pour faire ça ? Parce que si tu l'es, tu pourras garder tout le fric.

– Je le ferai. Mais qui êtes-vous ?

– Je suis Fernando. Ton patron. Je travaille pour Los Caballeros. Et tu es un gentleman, comme moi. C'est tout. »

Un escalier de bois confectionné avec des poutres de cinq sur dix et muni de marches en contreplaqué se trouvait à l'autre extrémité du tunnel, là où s'interrompaient les panneaux d'isolation acoustique et où le sol remontait d'une soixantaine de centimètres. Une vague lumière vacillait plus haut – des torches ? Autre chose ? Moore crut entendre des voix, faibles mais bien présentes, et le cliquetis régulier d'un volet roulant métallique qu'on ouvre.

Il retint à nouveau son souffle et, Ansara toujours collé à ses basques, il entreprit lentement l'ascension, passa la tête au-dessus du rebord : il se trouvait au niveau du sol et il se rendit soudain compte que l'entrée avait été dissimulée dans une espèce de pièce annexe qui devait faire office d'atelier d'entretien, d'électricité et de plomberie, garnie d'un côté de pompes, de l'autre de casiers et encombrée de matériaux de construction et d'équipements de surveillance. Au bout, la porte d'accès était ouverte, lui permettant de découvrir un vaste entrepôt haut de six ou sept mètres. Des palettes de matériaux de construction – parpaings, sacs de ciment, piles de fer à béton – s'alignaient de part et d'autre, mais juste devant, il avisa un groupe d'individus entourant les caisses d'armements qu'on était en train de charger à l'arrière d'un Ford Explorer.

Moore se retourna vers Ansara en dessous de lui, et il écarquilla les yeux tout en lui faisant signe de rester immobile.

Mais quand Moore se retourna de nouveau, en haussant légèrement la tête pour mieux voir, un des voyous, un type avec un bouc et des favoris qui lui dessinaient comme une jugulaire, pivota soudain...

« Hé là ? s'écria-t-il en avisant Moore. Qui êtes-vous ?

– On est avec les autres, s'empressa de répondre Moore.

– Mon cul, oui ! » Le gars pivota vers ses compagnons. « José ! »

En cet instant précis, le mobile de Moore se mit à vibrer et Ansara lui lança. « Towers vient d'appeler. Ils ont une grosse équipe dehors ! »

Moore logea aussitôt deux balles dans le dos de celui qui venait de donner l'alerte, puis il se tourna vers Ansara : « Cours ! »

José se séparait du groupe quand Tito s'effondra à plat ventre. Derrière lui se trouvait l'entrée du tunnel et s'il ne pouvait pas voir qui avait tué son homme, il supposa que le tueur avait dû sortir de là.

Il piqua un sprint tout en rappelant les trois gars qui avaient livré les armes. Il entra en trombe dans l'atelier d'entretien, scrutant derrière la zone des pompes pour arriver enfin à l'entrée du tunnel tandis que les autres le rejoignaient, hors d'haleine.

José indiqua l'ouverture avec son pistolet. « Descendez là-dedans. Dégagez le passage. Je veux le salopard qui a fait ça. »

Les trois hommes qui étaient armés de leur *mata policía* dévalèrent les échelons en hâte.

Le cœur battant la chamade, José retourna vers les autres et leur dit d'accélérer le chargement des armes ; il les rejoindrait dans une minute.

Reprends ton souffle, s'intima-t-il en s'écartant du gros 4 × 4, tournant toujours le dos au groupe. Il sortit de sa poche le détonateur et le mit en route. La diode verte se refléta sur son visage et, durant quelques secondes, il resta à la contempler, fasciné.

Et puis, en s'imaginant que le groupe transportant les armes devait avoir parcouru trois cents mètres environ dans le boyau, il se mit à glousser, enivré par le pouvoir qu'il tenait entre ses mains.

Résidence Rojas
Cuernavaca
90 km au sud de Mexico

Sonia attendit à la porte tandis que Miguel entrait dans le bureau et se raclait la gorge. Son père quitta un instant des yeux ses écrans pour le regarder : « Miguel, je suis vraiment désolé, je travaille tard ce soir et je suis vraiment très occupé. Est-ce qu'il y a un problème ?

– Je veux visiter les réserves au sous-sol, balbutia-t-il.

– Quoi ?

– Emmène-moi au sous-sol. Tout de suite. Montre-moi ce que tu y caches. »

Son père détacha finalement son regard des écrans et fronça les sourcils. « Pourquoi ? »

Miguel était incapable d'énoncer la vérité. « C'est juste que… je n'y suis encore jamais descendu. J'avais pensé montrer le sous-sol à Sonia. Mais il y a toujours un garde devant la porte… en permanence.

— Bon, très bien. Eh bien, allons-y.

— Tu parles sérieusement ? Tu dis toujours non. Combien de fois te l'ai-je demandé ? Vingt fois, au moins.

— OK, eh bien maintenant, je vais te montrer. » Il quitta d'un bond son fauteuil et passa en trombe devant Miguel et ouvrit brutalement la porte, faisant sursauter Sonia, occupée à composer un texto pour son père sur son smartphone.

« Vous voulez profiter de la visite, vous aussi ? aboya le père de Miguel.

— Je suis désolée, señor. Je n'avais pas l'intention de vous déranger. »

Rojas leva la main et fila dans le couloir.

Miguel adressa à Sonia un regard soucieux, avant de suivre en hâte son père.

Ils arrivèrent à la double porte qui desservait le large escalier et son père ordonna au garde de déverrouiller les portes et de les laisser passer. « Et profites-en pour couper l'alarme », ajouta-t-il.

Il se retourna pour lancer un regard à Miguel. « Je sais ce qui te trotte dans la tête. Et je suis déçu. »

Miguel se mordilla la lèvre et évita son regard. Son père franchit prestement la porte que le garde tenait ouverte, Miguel et Sonia sur ses talons.

L'escalier était recouvert d'une épaisse moquette bordeaux et se séparait en deux paliers avant de rejoindre le sous-sol. Des lumières encastrées au plafond et pilotées par des détecteurs à distance s'allumèrent sitôt qu'ils eurent posé le pied sur le carrelage décoré. Derrière eux, il y avait un garage – là aussi, une nouveauté pour Miguel. S'y trouvaient au moins dix voitures anciennes de collection. Un monte-charge permettait de leur faire gagner la rampe de sortie. Miguel trouva amusant (et pas si étonnant) que le sous-sol de leur demeure fût aussi richement décoré que le reste de la maison.

Deux chambres fortes analogues à celles qu'on peut trouver dans n'importe quelle agence bancaire s'ouvraient côte à côte à l'autre bout. Leurs portes étaient fermées. Son père s'approcha d'un tableau de commande disposé sur la droite, il composa un code et posa la main sur une plaque de verre sombre. Une lumière illumina son œil. Puis il glissa la main vers un autre appareil dans lequel il introduisit son index. Une voix numérisée annonça : « Échantillonnage en cours. » Il retira son doigt sur lequel perlait une goutte de sang qu'il lécha.

La porte de la chambre forte émit plusieurs claquements puis elle s'ouvrit en chuintant, comme mue par des vérins.

« Entrez donc. Et jetez un coup d'œil pendant que j'ouvre l'autre », dit son père.

Miguel fit signe à Sonia et ils passèrent devant la porte géante pour s'enfoncer dans la salle qui s'étendait sur plus de vingt mètres de profondeur pour une largeur équivalente. Des centaines d'objets d'art étaient posés au sol ou sur des chevalets, tandis que dans le coin opposé se trouvaient près d'une trentaine de meubles d'époque, bureaux, armoires et commodes. Miguel se souvenait à présent d'avoir vu son père les acheter mais il l'avait oublié entre-temps. Des armes, identiques à celles collectionnées dans leur maison de vacances, étaient disposées sur deux longues tables, tandis que d'autres s'amassaient dans leurs étuis empilés sur le sol tout à côté. Juste à leur gauche, suspendus à de longues perches, il découvrit une vingtaine de tapis d'Orient, encore munis de leur étiquette d'identification agrafée dans un angle. Une autre série de vitrines au degré hygrométrique contrôlé abritait les collections de livres rares de son père, des ouvrages d'avant le XXᵉ siècle, des éditions originales dont Miguel savait qu'elles valaient une fortune. Sonia contemplait toutes ces merveilles alors que Miguel s'était retourné vers la porte où son père venait d'apparaître.

Le ton de ce dernier se fit accusateur : « À quoi t'attendais-tu ?

— Je n'en sais rien.

— Tu ne me fais plus confiance, n'est-ce pas ?

— Hum, si vous voulez que je vous laisse tous les deux, puis-je passer visiter l'autre salle ? » demanda Sonia, mal à l'aise, en se dandinant d'un pied sur l'autre.

« Non, pas de problème, tu peux rester », dit Miguel en raffermissant légèrement le ton. « Je crois que le problème, c'est peut-être que *tu* ne me fais pas confiance. Si tu n'avais rien à cacher, alors pourquoi ne pas m'avoir montré cet endroit depuis longtemps ?

— Parce que je voulais justement que tu me fasses confiance. Tu n'as pas idée de l'importance que cela a. Ne le néglige pas. Veux-tu voir l'autre salle ?

— C'est plus ou moins pareil, hein ?

— J'ai besoin d'une autre maison pour exposer tout cela. Ta mère a toujours dit que j'avais les yeux plus gros que le ventre et cela s'applique également à mes achats. »

Miguel s'aperçut alors qu'il avait perdu son temps. Si son père désirait vraiment lui cacher quelque chose, il ne l'aurait pas fait de manière aussi manifeste qu'en lui interdisant formellement l'accès à ses réserves. Qui plus est, il ne l'avait qu'incité à le faire. Il n'empêche qu'il conservait ses doutes. « Je te demande pardon.

— Miguel, je ne veux que ton bien. Il n'y a rien d'illégal dans mes activités. Les journaux imprimeraient n'importe quoi pour vendre des exemplaires et des pages de publicité. Cela fait des années qu'ils me traitent de criminel mais tu as vu ce que j'ai essayé de faire pour notre pays, tout ce que j'ai tenté de lui rendre. Je suis sincère. Ta mère m'a enseigné à ouvrir mon cœur bien plus que tu ne l'imagines. »

Miguel regarda Sonia qui hochait la tête, les lèvres dessinant une moue désapprobatrice.

« Alors, il faut que je te pose une question. Avant qu'ils tuent Raúl, il les a suppliés, leur disant que le cartel leur paierait ce qu'ils voudraient. S'il travaillait pour nous, alors pourquoi aurait-il demandé au cartel de payer ? »

Son père haussa les épaules. « Je n'en sais rien. Fernando recrute une bonne partie de mon personnel. Je ne doute pas que certains aient pu appartenir naguère à un cartel, et nous les avons tirés de leurs griffes. »

Miguel poussa un gros soupir. « Si je te pose une autre question, me promets-tu de répondre sincèrement ? »

Jorge acquiesça.

« Est-ce que tu traites avec les cartels de la drogue ? »

Son père eut un faible sourire et détourna les yeux. « Non, bien sûr que non. »

Jorge se mit à suffoquer. Il s'approcha soudain de Miguel et le serra très fort dans ses bras. « Tu es mon fils unique. Tu es mon univers. Tu dois me croire. »

Le mensonge réveilla une douleur terrible au fond du cœur de Rojas et cette douleur le ramena au jour où son frère assassiné le fixait d'un œil vide, au jour où il avait contemplé sa femme étendue, inerte, dans son cercueil, sa peau magnifique ayant pris une couleur d'albâtre sans vie. Le mensonge était synonyme de mort.

Tandis qu'il étreignait son fils, il résistait à l'envie de quitter les lieux, essayait de se convaincre que non, il n'était pas en train de les condamner en gardant ce secret, et qu'en un sens tout cela était pour le bien du jeune homme.

Mais la douleur était si forte qu'il aurait voulu conduire les jeunes gens jusqu'au fond de la salle, ouvrir les portes à lambris bien dissimulées et montrer à son fils cette seconde planque – cachée dans la première – où des millions en dollars américains attendaient d'être blanchis.

Il aurait dû confesser lui-même ses péchés. Miguel ne devrait pas avoir à les apprendre par des tiers.

Mais une autre partie de lui-même disputait pied à pied cette option. Tout devait continuer comme si de rien n'était. Sa femme n'avait jamais appris l'horrible vérité, et il en serait de même pour son fils.

Rojas relâcha son étreinte et regarda son fils dans le blanc des yeux, tandis qu'un frisson parcourait ses épaules.

Oui, le mensonge, c'était la mort.

34

LA MAIN DE FATMA

Tunnel frontalier
Calexico-Mexicali

MOORE NE REGRETTAIT aucunement d'avoir décidé de prendre la fuite en regagnant le tunnel. Après tout, il avait reçu simultanément deux éléments d'information auxquels il avait réagi sur-le-champ : et d'un, on les avait repérés et de deux, un groupe important se trouvait à l'intérieur de l'entrepôt.

Fuir ou se battre.

Ce qui le frustrait le plus, c'est que leur mission de remonter la piste de l'argent avait capoté. La chasse avait pris fin à l'instant où ce voyou les avait repérés. Il essaya de se persuader qu'ils n'auraient pas pu agir autrement. C'était simplement une question de mauvaise synchronisation (retour arrière sur le fiasco en Somalie, où il lui avait juste manqué quelques jours et un dollar). Certes, Ansara et lui pourraient signaler à Towers l'existence du Ford Explorer, ils pourraient toujours pister le véhicule depuis le ciel et, grâce aux indics de Towers au sol, peut-être même auraient-ils l'autorisation de l'intercepter, saisir les armes et, qui sait, confisquer l'argent, mais Moore avait escompté établir un lien un peu plus concret entre le cartel et Jorge Rojas, à tout le moins par l'entremise d'une de ses sociétés.

Ansara filait au pas de course, accentuant son écart, mais Moore commença à ralentir quand il entendit un piétinement de bottes dans l'escalier derrière lui. Il s'arrêta, pivota et se jeta à plat ventre. Éclairé par la lumière vacillante qui pénétrait par l'entrée du tunnel, une silhouette se précipitait, le bras tendu. Une fraction de seconde, Moore eut le temps de discerner le visage de son assaillant : le chauffeur.

En appui sur les coudes, Moore tira une seule balle dans le torse de l'homme ; le projectile l'envoya valser dans les panneaux acoustiques avant qu'il ne s'effondre sur le dos.

Derrière lui arrivaient deux autres types, le reste de l'équipe qui avait transporté les armes. Leurs pistolets belges lançaient des éclairs, les détonations résonnaient dans le tunnel et l'une des balles de 5,7 x 28 millimètres toucha le tuyau tout près de l'épaule de Moore.

La lumière des canons trahissait leur position et, puisant au tréfonds de décennies d'expérience – et de rage –, Moore visa le premier homme, lui tira deux balles dans le torse, puis, déviant légèrement son tir sur la droite, il vida son chargeur sur le second agresseur qui recula en titubant comme s'il avait reçu une décharge électrique.

Tandis que Moore éjectait le chargeur vide et se relevait en hâte, prêt à se retourner pour rejoindre Ansara, l'extrémité du tunnel disparut.

Comme ça.

Le faible rai de lumière qui filtrait jusqu'ici par l'escalier de bois s'était éteint en une fraction de seconde, remplacé par un épais mur de terre et de poussière, accompagné d'explosions venues des deux parois, qui envoyèrent dans le boyau une onde de choc remplie de débris, terre, roche et fragments d'étais.

Moore était familiarisé avec le bruit caractéristique du plastic C-4, et tandis que les premiers débris commençaient à lui pleuvoir dessus, une seconde explosion retentit derrière lui, celle-ci bien plus proche, ébranlant le sol, puis survint une troisième, plus proche encore, alors qu'il se relevait, tournait les talons et sprintait, répétant à Ansara son premier ordre : « Cours ! » Il avait crié machinalement. Ansara n'avait nul besoin d'une telle motivation.

Alors qu'il négociait les virages à quatre-vingt-dix degrés, espérant à chaque fois qu'ils le protégeraient un peu plus, d'autres détonations continuaient de déchiqueter le tunnel, déclenchées en séquence et se rapprochant toujours. Sur sa droite, à la lumière vacillante des cierges, il avisa la petite chapelle dans sa niche. En passant, il vit Ansara qui essayait de soulever le corps de Rueben.

Moore pesta mais continua de courir : « Laisse tomber ! Faut qu'on file !

– Mais il n'est toujours pas mort ! »

L'explosion suivante fut si proche que Moore crut que ses tympans avaient été perforés. Le nuage de poussière et de débris avait à présent envahi l'ensemble du tunnel, mouchant les cierges et interrompant Ansara alors qu'il implorait une seconde de grâce.

Haletant, aveuglé, Moore continua de progresser, sans bien savoir si son partenaire était derrière lui. Il se cogna contre l'échelle quand une explosion près de l'emplacement des derniers panneaux acoustiques décolla un rideau de terre meuble qui s'effondra tout autour d'eux, dans un sifflement de serpents, les enfouissant jusqu'au torse, comme un épais nuage de poussière lui cinglait le visage.

Il inspira, sentit le sable dans son nez et sa bouche, toussa, essaya d'inspirer de nouveau, en plissant les paupières car ses yeux le brûlaient. Il voulut se retourner mais ses jambes étaient clouées dans la poussière. Il hurla le nom d'Ansara mais il devait bien y avoir des tonnes de débris entre lui et son collègue. Il hurla de nouveau, martela le tas de sable, conscient qu'Ansara et le môme étaient en train de suffoquer et qu'il n'y pouvait strictement rien. Il creusa dans le sable tout contre lui pour atteindre sa poche, inconscient du sang qui ruisselait le long de son bras. Il récupéra son smartphone mais sa main tremblait tellement qu'il lui échappa. Toussant et crachant, il parvint à le récupérer et appela Towers. « Ils ont fait sauter ce putain de tunnel. Ansara est enseveli. Je suis coincé, moi aussi. Est-ce que vous me recevez ? Ils ont fait sauter le tunnel…

– Je vous entends. Une équipe est partie.

– Merde. Ils nous ont repérés.

– Ils ont filé avec les armes ?

– Je crois bien. Dans un Ford Explorer noir. Sans doute a-t-il quitté l'entrepôt. Vérifiez avec vos guetteurs.

– Bien reçu. À présent, Moore, vous restez bien tranquille. Les secours sont en route. Et je les accompagne. »

Il lui fallut cinq bonnes minutes encore pour libérer une de ses jambes, et quand il put enfin la soulever pour tenter de s'arracher du trou, il entendit un groupe pénétrer dans la chambre au-dessus de lui et une voix qu'il ne reconnut pas crier son nom.

« Par ici, en dessous ! » hurla-t-il.

Le faisceau d'une torche l'aveugla un instant jusqu'à ce que l'homme qui la tenait en atténue l'éclat.

Moore leva les yeux et découvrit un gars en treillis et casque noir des forces d'intervention du FBI. Le type épaula son fusil. « Putain de merde ! »

Moore le regarda sans broncher. « Grouillez-vous. Mon pote est encore là-dessous avec un môme. Il est enseveli. Ils ne peuvent pas respirer.

– Aïe, nom de Dieu… »

En moins de dix minutes, Moore était libre et il escaladait l'échelle, grognant à cause de ses élancements au bras quand il essayait de saisir les échelons. Des fragments de métal d'une des poutres avaient déchiré sa chemise et s'étaient logés dans son biceps. Mais la blessure n'était rien. Il ne pouvait détacher son esprit d'Ansara alors qu'il faisait les cent pas dans la chambre, pressé de redescendre creuser le sable à mains nues, quand un des membres de l'unité d'intervention remonta et dit : « Merde, on va avoir besoin d'un engin pour les sortir de là. »

Moore s'appuya au mur de la chambre, jurant et grimaçant à cause de la terre dans sa bouche. Il retint son souffle et, fermant les yeux, se retrouva propulsé dans le tunnel, à travers le mur de terre jusqu'à la minuscule dépression où gisait Ansara, près de son dernier souffle. Moore eut un frisson. Il avait envie de hurler. Puis il sortit de la maison en trombe, claquant la porte derrière lui.

Peut-être était-il maudit, tout simplement. Quand on s'acharnait trop longtemps, on finissait par y laisser la vie. Combien de temps encore allait-il pouvoir tenir ? Combien de fantômes encore pour encombrer sa mémoire ?

Il vit Towers descendre d'une voiture banalisée de l'autre côté de la rue. « Filons d'ici. »

Moore se retourna vers la maison. « Pas tant qu'ils ne les auront pas ressortis.

– Très bien, on se calme. »

Moore tourna les talons pour regagner la maison. D'autres unités arrivaient déjà et toute la rue avait été barrée. Bienvenue au cirque, le grand chapiteau de la police et des premiers secours encadré par des guetteurs du FBI et des cartels de la drogue, sans oublier les badauds du voisinage, des mômes courant dans les jambes de tout le monde plus une tripotée de chiens et de chats errants.

Moore et Towers regagnèrent la chambre ; en bas, dans le tunnel, plusieurs agents faisaient la chaîne pour évacuer les débris à la main ou avec la crosse de leur fusil, en attendant l'arrivée de moyens d'excavation mécanisés.

« Il s'apprêtait à m'apprendre à faire du VTT, non mais vous imaginez ? dit Moore. Il trouvait que je craignais un max. »

Towers hocha la tête. « Faites pas ça, vieux. Ne vous torturez pas inutilement.

– Il est en train de crever là-dessous. »

Le ton de Towers se fit plus ferme : « Est-ce que vous m'écoutez ? »

L'équipe de déblaiement n'atteignit Ansara et Rueben qu'aux alentours de 13 heures, le lendemain, et si Towers avait réussi à persuader Moore de quitter les lieux pour aller à l'hôtel prendre une douche et se changer, ce dernier était revenu peu après et il attendit qu'on ait sorti son collègue et le jeune passeur pour les déposer sur le sol de la chambre. Ansara avait eu le côté droit du visage et presque tout le flanc gauche criblés d'éclats, donc il était probable qu'il avait été tué lors de l'explosion. Rueben, en revanche, avait sans doute été protégé par le corps d'Ansara et il ne souffrait que d'une profonde blessure à l'arme blanche.

Le môme avait un poing serré, alors que l'autre main était ouverte, inerte, et Moore trouva la chose un rien bizarre.

Il s'agenouilla et, délicatement, il ouvrit les doigts du jeune homme et découvrit dans sa paume un pendentif en or couvert de poussière.

Moore laissa échapper un nouveau juron parce qu'il savait très exactement de quoi il s'agissait : d'un Khamsa en or dix-huit carats, un symbole moyen-oriental également connu sous l'appellation de Main de Fatma, la fille du prophète Mahomet. Le pendentif affectait la forme du dos d'une main et était réalisé délicatement en filigrane comme pour suggérer de la dentelle. Les musulmans le portaient pour éloigner le mauvais œil.

Le tunnel avait été plongé dans l'obscurité. Ni Moore, ni Ansara n'avaient remarqué la main fermée de Rueben. Ce dernier avait agrippé Moore et tenté désespérément de lui dire quelque chose, peut-être aussi de lui donner cet objet.

Moore ferma les yeux et serra très fort le pendentif entre ses doigts.

Farmacia Nacional
Avenida Benito Juárez, près du pont de Santa Fe
Juárez

Pablo Gutiérrez avait assassiné un agent du FBI à Calexico lors d'une mission visant à aider Pedro Romero à repérer des logements pour les ouvriers du nouveau chantier du tunnel lancé par le cartel de Juárez. L'agent s'était confronté à eux, en voulant se faire passer pour un *sicario*, sans savoir que sa couverture avait été déjà grillée et que Pablo connaissait exactement son identité. Sous les yeux de Romero, Pablo avait ligoté l'homme sur une chaise avec de l'adhésif, dans l'une des maisons appartenant au cartel située près de la clôture marquant la frontière.

167

L'agent avait joué les bravaches, prétendant qu'il ne travaillait pas pour le gouvernement américain, même après que Pablo l'eut amputé de ses deux petits doigts à l'aide d'une paire de sécateurs trouvés dans le garage. Les lames étaient couvertes de rouille et émoussées. Après qu'il l'eut encore amputé de deux doigts de la main droite, l'agent fédéral s'était mis à babiller comme un bébé, déballant tout ce qu'il savait sur les opérations du cartel dans le secteur – en tout cas, son histoire avait l'air de se tenir. De toute façon, Pablo n'en avait cure. Son boulot, d'après Corrales, était de tuer, pas d'interroger cet homme, mais il s'était dit qu'il pourrait s'amuser un peu auparavant. Pablo remercia l'agent, puis il leva sa hache et s'exerça deux ou trois fois à l'approcher du cou de l'homme, tandis que Romero détournait la tête et se cachait le visage derrière la main.

L'agent poussa un cri à vous glacer le sang quand Pablo leva sa hache et lui dit de se tenir tranquille.

Il fallut cinq bons coups avant que la tête roule enfin sur le sol. Pablo n'avait jamais vu dans sa vie autant de sang et il émanait du corps une drôle d'odeur, une odeur de fruits de mer crus.

Il ordonna à Romero de l'aider à transporter la chaise et le corps pour les déposer sur le trottoir, comme s'il jetaient la poubelle et les ordures recyclables. Puis il épingla une pancarte sur le cadavre décapité : *Aux agents du FBI, quittez Calexico immédiatement.*

Ils mirent la tête dans un colis qu'ils adressèrent à l'immeuble J. Edgar Hoover, Washington DC – le siège du FBI – mais il n'arriverait pas avant quatre ou cinq jours. Toutefois, moins d'une heure plus tard, les voisins rentrant du travail tombèrent sur le macabre spectacle sur le trottoir et quelques minutes à peine après que Pablo eut quitté les lieux, des unités de la police étaient sur place.

Ce soir-là, Pablo avait rigolé comme un bossu en regardant le reportage sur CNN, avec sous l'image, en bandeau défilant, un tissu d'évidences ridicules, du genre : *Une tendance alarmante : la guerre de la drogue au Mexique traverse la frontière et se répand aux États-Unis.* Se croyaient-ils donc à jamais immunisés ? Dans quel genre de pays de Bisounours les Américains vivaient-ils ? *Quelle bande d'abrutis.*

C'était ce soir-là que Pablo était devenu l'homme le plus recherché des États-Unis, tout cela parce qu'un gamin l'avait photographié près de la maison et avait remis le cliché aux autorités (Pablo avait également tué le môme). Il se rendait compte à présent que tout cela, c'était désormais le bon vieux temps, et qu'il se retrouvait pris de court, entre son implication avec Corrales, Los Caballeros et le cartel.

Il s'était torturé les méninges pour savoir de quel côté devait pencher sa loyauté : vers Corrales, son supérieur immédiat, l'homme qui lui avait tout appris et avait fait de lui son fidèle bras droit, le sauvant d'une existence promise à tondre les pelouses, alors qu'il était encore un petit émigré clandestin de dix-huit ans errant dans les rues de Las Vegas... ou vers Fernando Castillo, l'homme dont Pablo ne connaissait que depuis tout récemment l'identité et qui n'avait cessé de l'appeler au téléphone. Qu'il ait enfin décidé de répondre à l'un de ces appels était un secret qu'il s'était bien gardé de révéler à Corrales qui les avait tous cloîtrés à l'écart dans deux appartements situés au-dessus de la Farmacia Nacional.

Corrales avait dit que le cartel ne les retrouverait pas car ils ignoraient sa relation amicale avec le propriétaire des lieux et Pablo le croyait. Le propriétaire de la pharmacie, lui aussi un ami de Corrales, faisait du trafic de médicaments sur ordonnance pour déjouer les règlements douaniers américains qui stipulaient qu'on ne peut rapporter aux États-Unis que la quantité exacte de médicaments prescrits et que ceux-ci devaient être accompagnés d'un double de l'ordonnance médicale. Le pharmacien était de mèche avec un médecin et, à eux deux, ils avaient falsifié des ordonnances et vendu pour plusieurs milliers de dollars de médicaments qui avaient ainsi pu franchir la frontière. C'étaient des contrebandiers à la petite semaine mais ils étaient fiers de leur entreprise et jusqu'ici, pas un seul de leurs passeurs ne s'était fait prendre – un record remarquable. Corrales s'était moqué d'eux car le cartel, pour sa part, brassait des millions.

Dante Corrales n'allait plus rire bien longtemps, toutefois.

« Où vas-tu ? » demanda l'homme, assis sur le canapé en jeans et débardeur, une bouteille de Pacifico posée en équilibre sur un genou. Cela faisait déjà plusieurs jours qu'il traînait ainsi, regardant des séries télévisées, piquant des rages, puis se calmant. Il avait toujours le bras gauche en écharpe, et on lui changeait quotidiennement les pansements sur son épaule.

« Je vais nous acheter à manger, lui dit Pablo.

– Prends-en assez pour tout le monde, d'accord ?

– D'accord. »

Pablo frissonna puis se dirigea vers l'entrée. Il sortit sur le palier, descendit au rez-de-chaussée et quand il ouvrit la porte de service qui donnait sur la ruelle derrière la pharmacie, les hommes de Fernando Castillo l'attendaient déjà. Ils étaient trois, vêtus de raglans pour dissimuler leurs armes.

« Il est là-haut ? » demanda l'un des hommes, un jeune punk nommé José qui avait défié Corrales lors d'un transport clandestin à Jogales et qui, aux dires de Castillo, était en train de reprendre en main la bande.

Pablo acquiesça. « Il y a deux caméras. Fais gaffe. Et que Dieu me pardonne.

– Dieu n'a rien à faire dans cette histoire, observa José. Rien du tout... »

Pablo s'éloigna et composa un numéro. « C'est moi.

– Est-ce qu'ils montent ? demanda Castillo.

– Oui.

– Bien. Souviens-toi. Je veux une photo du corps.

– Vous ne voulez même pas lui parler ?

– À quoi bon ?

– Peut-être qu'il regrette. Peut-être qu'il est prêt à vous rembourser.

– Oh, mais il va nous rembourser. Et avec des intérêts. Tout de suite. »

Corrales se leva pour gagner la chambre où Maria était restée sur le lit, en chien de fusil, toujours en négligé, et feuilletant un de ses magazines de mode. Son slip moulait ses fesses et, durant un bref instant, Corrales songea à lui sauter dessus mais elle allait sûrement se débattre, râler et gémir – c'était devenu une vraie salope dépressive – et il faudrait une fois encore lui dire d'être patiente, que Zúñiga allait bien finir par se pointer, qu'il les prendrait pour alliés et se laisserait en fin de compte convaincre de les aider. Ils avaient désormais un beau magot devant eux, mais ils n'osaient pas s'approcher de l'hôtel pour aller repiquer dans le coffre. Ces enculés avaient déjà tué Ignacio, et Castillo surveillait les lieux en permanence, jour et nuit, guettant le retour de Corrales.

Ce dernier ne voyait plus pour lui comme possibilité de survie que le ralliement à un cartel rival. Il avait besoin de protection, parce que Fernando avait les hommes et l'argent pour le traquer, où qu'il ait choisi de se planquer sur la planète.

En son for intérieur, il savait qu'un beau jour, il tournerait le dos au cartel qui avait assassiné ses parents. Il en avait profité un maximum. Sa décision téméraire de détourner l'argent du cartel pour financer la restauration de son hôtel au lieu de finir de régler les Guatémaltèques était sans doute issue de son subconscient. Il voulait se faire prendre. Il voulait que les choses tournent au vinaigre pour être forcé à retirer ses billes. C'est pourquoi il s'était préparé à cette éventualité en passant des années à collecter des renseignements cruciaux : l'identité des pourvoyeurs et des trafiquants de par le monde, y compris leurs principaux contacts, Ballesteros en Colombie et Rahmani au Waziristan ; numéros de compte en banque et quittances de dépôt ; et enfin une liste des appels téléphoniques et la copie des messages électroniques permettant d'incriminer Castillo et Rojas. Corrales promettait d'offrir à Zúñiga des informations sur le fonctionnement du cartel de Juárez pour aider celui qu'il haïssait naguère à assurer sa mainmise sur la ville.

Mais Zúñiga n'avait jusqu'à présent répondu à aucun de ses appels. Corrales avait même dépêché Pablo à son domicile et l'homme avait envoyé ses gros bras lui dire de dégager les lieux ou bien il lui en cuirait.

Corrales avait installé deux caméras de surveillance alimentées par batterie autour de l'appartement et de la pharmacie : la première dans le hall sur lequel ouvrait la porte de l'appartement, la seconde dans l'escalier qui montait depuis la porte de service. Le petit moniteur posé sur le bar près de la cuisine ne montrait plus pour l'instant que de la neige et Corrales le nota du coin de l'œil. Il pesta avant de s'extraire du sofa pour voir où était le problème.

Que son pistolet FN 5.7 soit posé sur le comptoir à côté des moniteurs était la seule raison qui les empêchait de le tuer sur-le-champ.

Un bruit de pas devant la porte d'entrée détourna son attention. Il tendit la main vers son arme.

José, le petit rat que Corrales avait formé lui-même, ouvrit la porte d'un coup de pied et mit en joue Corrales qui avait déjà pivoté, l'arme à la main.

Il y eut une demi-seconde où les deux hommes se reconnurent, Corrales crut même voir comme une lueur de culpabilité dans les yeux de José avant que ce dernier ne hurle son nom.

Corrales ne tira qu'une fois – une balle en pleine tête – alors que deux autres salopards se précipitaient à la suite de José, mais il avait déjà trouvé refuge derrière le bar. José s'effondra, une plaie béante au-dessus de l'œil gauche.

Venant de la chambre, on entendit crier Maria et l'un des gars se précipita aussitôt dans l'entrée.

Corrales hurla son nom, attirant l'attention du dernier gars qui s'était introduit dans le séjour pour se planquer derrière le canapé. Corrales jaillit du bar et, lâchant un cri qui lui venait des entrailles, contourna le canapé et se retrouva face au jeune salopard qui, dès qu'il l'eut aperçu, leva son arme en signe de reddition.

Le gamin devait avoir seize ans, tout au plus. Corrales lui envoya deux balles dans la tête. Maria cria son nom.

Deux coups de feu retentirent. Corrales bondit dans la chambre au moment précis où le dernier *sicario*, un gars bedonnant et couvert de tatouages que Corrales n'avait encore jamais vu, se retournait vers lui.

Il ne fallut qu'une fraction de seconde à Corrales pour voir Maria étendue sur le lit, une tache de sang filtrant à travers son négligé. Elle murmura son nom.

Deux choses se produisirent alors simultanément.

Le gars cria : « Va te faire foutre, *vato* ! » Et il leva son pistolet.

Corrales ouvrit la bouche, ébranlé par la vision de sa compagne gisant sur le lit, mourante, tandis qu'il pressait la détente de son pistolet tout en se ruant sur le type, enfonçant le canon de l'arme dans sa poitrine comme si c'était une épée. Le bruit de la détonation des deux dernières balles fut assourdi quand elles pénétrèrent les chairs et le bout du canon brûla la chemise au moment où lui-même tirait deux coups qui allèrent se perdre au plafond. Le type tomba à la renverse sur la télé à écran plat, la flanquant par terre, et atterrit à plat ventre sur la moquette. L'odeur de poudre, d'étoffe et de chair brûlées avait de quoi vous soulever le cœur.

Des cris parvinrent du palier. C'était Paco, le pharmacien, accompagné de sa femme, qui hurlait à leurs deux fils de quitter l'appartement voisin.

Corrales demeura figé, abasourdi, le souffle court, le seul fait de respirer lui était douloureux. Il s'étrangla, et les larmes qu'il retenait depuis tant d'années se mirent à ruisseler alors qu'il grimpait sur le lit et posait la main sur le visage de Maria. Il frissonnait maintenant, les lèvres tremblantes, et ses pensées étaient absorbées par un tourbillon de colère quand il se retourna pour jeter un bref regard sur le *sicario* mort et lui tirer dessus à trois reprises, mais le pistolet, vide, n'émit qu'une série de vains déclics. Quoi encore ? Vite, un autre chargeur. Il pouvait encore y avoir d'autres types dehors. Il arracha son écharpe et, l'épaule tout endolorie, il retourna précipitamment dans la cuisine, rechargea son flingue, puis revint prendre Maria dans ses bras et la traîner hors de l'appartement. Il avait l'épaule en feu et serrait nerveusement son pistolet.

Le pharmacien lui hurla dessus quand il apparut sur le palier et dévala l'escalier pour sortir, et quand il se tourna en direction de l'emplacement où il garait d'habitude sa voiture, elle était bien là, mais Pablo était appuyé sur le capot.

« On vient de se faire attaquer ! s'écria-t-il. Monte dans la bagnole ! Il faut qu'on file maintenant ! »

Mais Pablo se contenta de le fixer, sidéré, avant de glisser la main dans son dos et de dégainer son pistolet.

Non, Corrales ne l'avait pas vu venir et cette trahison le laissa ébahi. Il se détourna pour regagner la porte, tout en essayant de lever suffisamment le bras pour pouvoir tirer sur le jeune homme qu'il avait jusqu'ici considéré comme un ami fidèle.

Pablo esquiva la première balle mais il atteignit Maria. Puis Corrales tira deux coups encore alors que Pablo contournait prestement la voiture pour essayer de se tapir derrière le coffre. Une balle le cueillit à l'abdomen, l'autre au bras. Il s'affala par terre, avec un grognement, releva son pistolet mais Corrales tira deux nouvelles balles qui l'atteignirent à la poitrine. Corrales retourna en titubant vers la voiture, déposa Maria sur le sol et, toujours en larmes, il ouvrit la portière arrière et s'efforça de hisser sur la banquette sa compagne défunte. Une fois qu'il eut réussi à la déposer à l'intérieur, il se mit au volant et lança le moteur. Les sirènes hurlaient au loin quand il démarra en laissant de la gomme sur le trottoir ; un panache de gaz d'échappement se déversa sur le corps sans vie de Pablo.

Ranch Zúñiga
Juárez

Des guetteurs du cartel de Juárez observaient Corrales, bien malgré lui, alors qu'il remontait la piste en terre pour rejoindre la maison de Zúñiga. Les deux hommes avaient été postés dans le petit ensemble d'immeubles édifié au débouché de la route et il avait remarqué leur présence sur le toit. Les guetteurs étaient à leur tour surveillés par des hommes de Zúñiga, sans doute postés près de la clôture du ranch, dans un parking en terre battue jouxtant un appentis situé du côté nord de la propriété.

Soulevant un nuage de poussière, la voiture de Corrales grimpa en rugissant pour aboutir devant le portail de Zúñiga, fraîchement réparé – après qu'il l'eut fait sauter l'autre nuit pour adresser un message à son rival. Il descendit précipitamment de voiture, récupéra Maria qu'il traîna jusqu'à la porte, les yeux levés vers les caméras de surveillance et hurlant : « Zúñiga ! Ils ont tué ma compagne ! Ils l'ont tuée ! Il faut que tu me parles. S'il te plaît ! Il faut qu'on se parle ! »

Il tomba à genoux et se mit à sangloter, la tête enfouie dans la poitrine ensanglantée de Maria.

Et puis, il y eut un chuintement et des moteurs se mirent à gémir. Il leva ses yeux embués de larmes et vit les grandes portes en fer forgé s'ouvrir et, derrière, au bout de la longue allée pavée, il vit s'approcher Zúñiga, flanqué de deux gardes du corps.

35

RÉVÉLATIONS
ET RÉSERVE

Bureau de la brigade des stups
San Diego

MOORE ÉTAIT ASSIS dans un box emprunté à l'un des enquêteurs, à cette heure-ci en réunion. Moore n'avait encore jamais visité cette partie du bâtiment où policiers, chimistes, pharmacologistes et analystes informatiques avaient installé leurs pénates. Leur mission était vaste, car il s'agissait de coordonner les opérations avec la Sécurité intérieure et le centre de renseignement de la brigade des stupéfiants pour El Paso. Le suivi informatisé de la distribution des substances illicites faisait partie intégrante d'un effort visant à procurer des renseignements tactiques à leurs partenaires. Ils se chargeaient même de tracer les grandes lignes de textes législatifs destinés au Congrès. C'était un rassemblement d'experts impressionnant qui débordait d'activité vingt-quatre heures sur vingt-quatre, car, comme Moore l'avait surpris dans la bouche d'un analyste, « les cartels ne dorment jamais ».

Pas plus que les talibans.

Le pendentif que Moore avait pris dans la main de Rueben avait déjà été transmis à l'un des labos mobiles de l'Agence, arrivé sur place une demi-heure plus tôt. Les techniciens à l'intérieur du fourgon aménagé recouraient à une plate-forme d'analyse ADN rapide entièrement automatisée ; le dispositif avait été mis au point par le Centre de nano-bio-sciences appliquées de la faculté de médecine de l'université d'Arizona. Les techniciens faisaient passer les échantillons à travers diverses bases de données, dont celles des stups et du FBI, sans oublier les listes internationales comme celle d'Interpol (dont le Pakistan et l'Afghanistan étaient membres), de sorte que d'ici quelques heures ils auraient des résultats – à comparer aux semaines, voire aux mois parfois exigés par le passé. Un nouveau consortium de sécurité établi grâce au septième programme-cadre de la Commission européenne participait au financement du projet qui était censé déboucher sur la création d'une base de données criminelles encore plus précise et complète.

Et c'est bien là que résidait le problème. Les analyses ADN révéleraient son empreinte, celle de Rueben, mais il doutait qu'aucun des terroristes qu'il suspectait d'avoir transité par le tunnel n'apparaisse sur les échantillons. Les techniciens prétendaient pouvoir appliquer un « test d'hérédité » développé par la firme DNA Print Genomics à Sarasota, en Floride, censé identifier les infimes marqueurs génétiques souvent présents sur les molécules d'ADN de certains groupes ethniques. Avec un bon échantillon, ils pouvaient, selon eux, dire si le suspect avait des origines indiennes, sud-asiatiques, d'Afrique subsaharienne, européennes, voire un mélange de l'ensemble. Des traits tels que la pigmentation de la peau, des yeux, des cheveux, la géométrie du visage ou la taille pouvaient ainsi être prédits via l'analyse des séquences ADN.

Moore avait discuté avec Towers qui lui avait dit qu'à lui seul, le pendentif ne constituait pas une preuve suffisante de l'entrée des terroristes : Rueben l'avait peut-être acheté à quelqu'un et la breloque lui avait uniquement servi de porte-bonheur. On l'avait poignardé et peut-être l'avait-il serrée dans sa main pour essayer d'éloigner la mort. Towers était même allé jusqu'à observer que des tas de jeunes Mexicains (mais aussi de jeunes Américains vivant près de la frontière) éprouvaient une fascination aiguë pour les terroristes et le terrorisme. Certains passeurs emprisonnés exhibaient sur leurs avant-bras des tatouages en farsi, même si toutes les enquêtes visant à établir avec certitude un lien entre eux et des organisations comme le Hezbollah n'avaient jamais abouti. C'étaient juste des mômes qui avaient troqué *Scarface*, le Balafré, contre des « héros » un peu plus impitoyables.

Moore lui avait dit que si Ansara avait été encore en vie, il aurait lui aussi convenu que des terroristes étaient passés par le tunnel. Ansara connaissait le môme. Il n'éprouvait pas la moindre fascination pour les voyous du Moyen-Orient. D'une manière ou d'une autre, il avait mis la main sur le pendentif dont l'anneau présentait des éraflures comme s'il avait été passé à une chaîne et arraché violemment. C'était en tout cas ce que croyait Moore et il avait appelé le directeur-adjoint O'Hara de la division des activités spéciales pour lui faire part de son hypothèse. O'Hara avait répondu qu'il était prêt à en référer jusqu'au Président si Moore était aussi sûr de lui, mais qu'en toute hypothèse, il avertirait d'une intrusion possible les quatre méga-centres de la sécurité intérieure installés dans le Michigan, au Colorado, en Pennsylvanie et dans le Maryland. Les analystes de ces derniers chapeautaient déjà les activités de leur force d'intervention. Le niveau de menace pour tous les vols intérieurs et internationaux avait déjà été relevé à orange/haute et O'Hara ferait son possible pour que le niveau à l'échelon national soit également porté de jaune à orange.

Des équipes du FBI et de la CIA avaient été déployées pour rechercher les voitures et fourgons de police. En attendant, Moore indiqua qu'il allait appeler son meilleur contact dans les zones tribales pour voir ce que savait le vieillard du Waziristan du Nord.

Il s'apprêtait à le faire quand il reçut un texto de Leslie. Elle voulait savoir pourquoi il n'avait pas répondu à plusieurs de ses messages. Il se contenta de soupirer. S'il se mettait à discuter avec elle maintenant, sa dépression allait s'insinuer en lui et au point où il en était, il préférait encore une absence de contact à un contact négatif. Il chercha dans son carnet d'adresses le numéro de Nek Wazir, qu'il avait codé nw33. Le vieil homme décrocha à la troisième sonnerie.

« Moore, ça fait plaisir d'entendre ta voix. Et c'est quelque chose parce que je m'apprêtais à t'appeler demain.

– Eh bien, je vous aurai devancé. Et je suis heureux que vous soyez encore debout. Moi aussi, ça me fait du bien d'entendre votre voix. »

Et c'était la pure vérité. Une étincelle s'était produite entre eux. Wazir était plus qu'un banal informateur présenté à Moore par Rana ; tous deux partageaient désormais quelque chose – leur chagrin pour le meurtre de Rana et une question à laquelle Moore n'avait toujours pas répondu : « *Quelle est la chose la plus difficile que tu aies dû faire dans ta vie ?* »

Wazir hésita puis il dit : « J'aimerais pouvoir t'annoncer de bonnes nouvelles. »

Moore se tendit. « Qu'y a-t-il ?

– J'ai reçu des informations sur ton ami Gallagher, celui dont tu m'as dit qu'il avait disparu.

– Est-il mort ?

– Non.

– Alors ils ont dû le capturer. Combien veulent-ils ?

– Non, Moore, tu ne comprends pas.

– J'imagine que non.

– Je vais t'envoyer plusieurs photos que j'ai reçues hier. Elles ont été prises la semaine dernière. Elles montrent ton ami Gallagher près de la frontière. En train de rencontrer Rahmani.

– Il faudra que je vérifie ça. Il pourrait être profondément infiltré.

– Je ne pense pas, Moore. Je n'ai pas la moindre preuve. Tout ce que j'ai, c'est la parole des hommes que je paie, mais tous me disent qu'ils ont entendu dire que c'est l'Américain, Gallagher, qui a tué Rana. Encore une fois, je n'ai aucune preuve. Que des rumeurs. Mais si elles se confirment, alors il n'est plus ton ami et je m'inquiète des dégâts qu'il pourrait t'occasionner et de la colère qu'il pourrait faire tomber sur ce pays.

– Je comprends. Où se trouve-t-il en ce moment ?

– Je l'ignore.

– Pouvez-vous le trouver pour moi ?

– Je vais insister auprès de mes hommes.

– Merci. J'attends les photos.

– Bien entendu. Y a-t-il autre chose ?

– À vrai dire, oui. J'appelais parce que je pense que nous avons eu une brèche dans notre sécurité. Les talibans pourraient bien avoir emprunté un tunnel pour se rendre du Mexique aux États-Unis ; ils provenaient de la ville de Mexicali et sont entrés à Calexico, en Californie.

– Les noms de ces villes me disent quelque chose.

– Je crois que l'un d'eux portait un pendentif, une Main de Fatma. Je vous enverrai une photo. Je sais que ça ne prouve pas grand-chose mais vous pourriez regarder dans vos archives, voir si l'un des talibans sur une de vos photos porte le même bijou. »

Wazir étouffa un petit rire. « Ne m'en veux pas mon ami, mais tes préjugés se révèlent encore. Et si c'était un groupe de juifs en retard pour une cérémonie ?

– Là, il y a un truc qui m'échappe…

– Les juifs séfarades appellent le même pendentif la Main de Miriam.

– Ah, merde. Ai-je encore présumé de mes connaissances ?

– Non, aussi longtemps que tu auras un musulman *cultivé* parmi tes amis. Mais il est plus que probable que ton instinct soit correct. Je vais regarder ça. Et en attendant, je t'envoie ces photos de Gallagher.

– Je m'occupe de votre dédommagement.

– Merci, Moore. Évite de prendre des risques. Je t'appelle dès que j'ai du nouveau. »

Moore coupa la communication, puis il transmit aussitôt la photo du pendentif prise avec son smartphone. Il resta assis dans le box, pris de tremblements en songeant aux révélations concernant Gallagher. Il attendait le message de Wazir qui contenait peut-être les photos… d'un traître.

Towers arriva précipitamment. « On a retrouvé les voitures de police ! »

Au même instant, le téléphone de Moore se mit à sonner.

Il reconnut le numéro : Zúñiga. Il fit signe à son patron de patienter en lui montrant l'identité de l'appelant sur l'écran de son téléphone. Towers acquiesça et attendit, les yeux écarquillés.

Moore répondit en espagnol. « *Hola, señor Zúñiga.*

– *Hola, señor Howard*, répondit ce dernier en recourant au nom choisi par Moore comme couverture. Quand bien même j'ai envie de vous tuer pour tout ce que vous m'avez fait et pour toutes les pertes que vous m'avez fait subir, j'ai malgré tout une proposition très lucrative à vous suggérer. »

Il y eut un bip dans l'écouteur de Moore, signalant l'arrivée d'un message. Le courrier électronique de Wazir. Il grimaça et dit : « Allez-y, señor.

— Assis présentement dans mon séjour se trouve monsieur Dante Corrales. Il me dit que le cartel a tué sa femme et qu'il veut me rejoindre. Il dit qu'il détient des secrets sur le cartel. Il prétend qu'il peut m'aider à les saper et à abattre Rojas. Il dit qu'il a les preuves pour cela.

— Alors c'est un atout de valeur, pour nous deux.

— Ah, surtout pour vous. Je vais vous le livrer à deux conditions. Dans cette économie, j'estime sa valeur à près d'un million de dollars. Et je veux l'assurance que ni moi, ni personne de mon organisation ne sera touché. »

Moore retint un sourire. Il était totalement exclu que le gouvernement américain refile un million de dollars à un cartel mexicain de la drogue. En fait, Moore comptait décider si Corrales valait quoi que ce soit, et si oui, alors il faudrait envisager de nouvelles dispositions pour le tirer des pattes de Zúñiga, un voyou qui avait été déjà bien assez payé.

— Señor, cela représente une somme, et nous ne savons pas vraiment quelle pourra être l'utilité de Corrales, aussi voici ma suggestion : une réunion à trois. Nous avons besoin que Corrales nous prouve sa valeur, et je dispose de plusieurs méthodes pour contribuer à mieux l'évaluer. Si tout se passe bien, je m'occuperai du paiement et prendrai possession de notre homme. Si nous tombons d'accord sur le fait qu'il n'est pas aussi utile que nous l'imaginions, alors nous pourrions l'éliminer aux autorités et envisager de nouveaux plans pour abattre le cartel de Juárez. Ce qui s'est passé à San Cristóbal a été pour nous totalement imprévu. Vous devez nous croire.

– C'est moi qui décide de ce que je crois ou non. Et je tiens à vous rappeler que nous ne pouvons pas remettre Corrales à la police fédérale. Il a bien trop d'alliés chez eux.

– Eh bien, on le remettra à la marine mexicaine. J'ai entendu dire que ce sont les seuls en qui l'on peut se fier. »

Zúñiga étouffa un rire. « C'est ce que j'ai entendu dire, moi aussi. Quand pouvez-vous être ici ?

– Dès ce soir. Disons 20 heures. Je vous retrouverai à l'endroit habituel pour le transfert. Leurs guetteurs seront encore là pour nous surveiller.

– Très bien, señor. J'enverrai mes hommes vous retrouver. »

Moore coupa la communication. « Corrales est allé voir Zúñiga. On pourrait passer un marché, et récupérer un témoin clé.

– Excellent.

– Laissez-moi finir avant que vous ne me parliez des voitures. Mieux encore, laissez-moi vous montrer quelque chose. »

Moore ouvrit le message et agrandit une des photos prises au téléobjectif qui montrait sans ambiguïté Gallagher assis devant une tente dans les collines du Waziristan, en compagnie de Rahmani. Les hommes de Wazir avaient collecté des données remarquables, sans aucun doute, et l'image fit frissonner Moore qui connaissait Gallagher depuis des années et avait même collaboré avec lui sur plusieurs missions, y compris celle destinée à mettre sous leur protection le colonel Khodaï. Wazir avait dit que les hommes de Rahmani étaient responsables du meurtre du colonel ; par conséquent, il était possible que Moore eût été manipulé dès le début par son « pote » Gallagher.

« Le type sur la gauche est un de mes collègues. Il faut que j'envoie ces clichés à O'Hara. Ce gars pourrait être mouillé, et si c'est le cas, il a accès à nos renseignements. Je ne sais pas trop comment il les leur transmet, mais ce truc… » Moore haleta, soudain conscient de l'énormité de la révélation. Il reprit : « C'est un truc énorme. »

Towers jura dans sa barbe, incrédule. « Envoyez ces images et ensuite nous parlerons de votre rencontre avec Zúñiga.

– Et les voitures ?

– Nous pensons qu'elles se sont séparées sitôt après avoir quitté la maison mais toutes se sont rejointes pour prendre la direction du sud, emprunter Second Street, puis gagner l'aéroport. Nous avons retrouvé les quatre véhicules à l'intérieur d'un hangar du côté sud-est. Aucune trace à l'inventaire de la police de Calexico. Ils ont été volés puis soigneusement repeints pour ressembler à des véhicules de police. Sur certains même, la peinture est encore poisseuse. Les employés de l'aéroport ne savent pas comment ils ont atterri ici et ils n'ont vu personne. Nous sommes en train de recenser toutes les entreprises de peinture et de carrosserie automobile dans le secteur.

– Vous avez la liste des vols en partance ?

– On va l'obtenir, mais les autorités fédérales de l'aviation n'ont de documents que sur les deux tiers des appareils d'aviation générale. Et vous savez que si nos gars ont fui par la voie des airs, c'est à coup sûr à bord d'un appareil impossible à identifier.

– Certes...

– J'aimerais pouvoir vous donner tort. Qu'il ne s'agisse que d'un groupe de passeurs dotés d'un bon plan d'évasion. Qui auront piqué la came et qui essaient maintenant de la fourguer. Rien de plus.

– On verra ce que disent les tests ADN.

– J'espère qu'ils seront négatifs. »

Moore grogna. « L'autre possibilité, c'est qu'on aura laissé un groupe de terroristes nous filer sous le nez, et à présent ils se trouvent en territoire américain, ce qui, à mon humble avis, est un problème un rien plus urgent que coincer Jorge Rojas. »

Towers se pencha vers Moore. « Puis-je vous rappeler que vous êtes un expert en antiterrorisme. Par conséquent, j'aimerais bien savoir qui sont ces salopards et ce qu'ils sont en train de faire en ce moment.

– Je suis déjà sur le coup. Et peut-être que notre gars, ce Corrales, sait quelque chose. »

Le téléphone de Towers sonna. Moore tendit l'oreille. La police du quartier avait déjà identifié un des corps, celui de Pablo Gutiérrez, le salopard qui avait assassiné cette femme agent du FBI, amie d'Ansara.

« Ils ont donc eu Pablo, dit Moore. Qui a fait ça, à votre avis ?

– Ses propres troupes, je pense. Ils sont lancés aux trousses de Corrales et Pablo était avec cette bande de *sicarios*.

– Eh bien, vous savez comment être fixés ? demanda Moore. Tous ceux qui gravitent autour de Corrales trouvent la mort dès qu'ils approchent de leur cible. »

En moins d'une demi-heure, Moore avait convoqué une vidéoconférence avec le chef Slater et le directeur-adjoint O'Hara au sujet des photos de Gallagher. Ses interlocuteurs lui confirmèrent qu'il n'était impliqué dans aucune opération clandestine et qu'en tout état de cause, il avait agi pour son propre compte. Qu'il se retrouve désormais soudoyé par les talibans, les cartels ou même l'armée pakistanaise, cela restait à définir, mais les agents en place avaient déjà reçu ordre de le capturer ou de l'éliminer. Tous ses codes d'accès aux bases de données de l'Agence avaient été effacés dans les vingt-quatre heures qui avaient suivi sa disparition mais Gallagher était un pirate informatique accompli qui, non seulement savait contourner la sécurité de l'Agence et ses systèmes de communication, mais n'avait peut-être pas agi seul comme l'avait tout d'abord envisagé Slater.

Les résultats des tests ADN étaient revenus, on avait identifié celui de Moore et de Rueben mais également celui d'un troisième sujet, sans doute originaire du Moyen-Orient ou d'Afrique subsaharienne. Pendant qu'il était dans la camionnette, Moore montra à l'un des techniciens quelques-unes des photos que lui avait envoyées Wazir.

« Sans doute ce gars », dit le technicien en tapotant du doigt sur l'image du mollah Abdul Samad. « Il correspondrait assez bien. » Moore éplucha l'image, à la recherche d'un collier ou d'un pendentif, même s'il pouvait être caché sous la chemise de l'individu.

Il se tourna vers Towers. « Vous n'êtes toujours pas convaincu ?

– OK, je le suis. Et maintenant, excusez-moi, il faut que j'aille vomir. »

Moore soupira et dit : « Ça vous dérange si je me joins à vous ? »

Ils redescendirent du camion-labo et retournèrent vers l'immeuble de bureaux où les attendait déjà l'agent Whittaker.

« De retour du Minnesota avec de bonnes nouvelles, commença-t-il. On a saisi l'autre partie de la cache d'armes.

– Excellent », commenta Towers, puis il lut un message sur son smartphone : « Et je viens à l'instant de recevoir des infos. La police de Juárez a trouvé le reste du butin à bord du Ford Explorer et ils ont interpellé trois *sicarios* et en ont tué deux.

– Ont-ils récupéré l'argent ? » C'était Whittaker.

« Pas sûr. Deux gars ont fui à pied. Ils pourraient avoir le fric. La police est encore à leur recherche.

– Tu crois que si la police de Juárez leur met la main dessus avec l'argent, on a des chances d'en voir la couleur ? » demanda Moore.

Whittaker poussa un soupir résigné. « Bon point. Ce n'est pas le Kansas, encore moins le Minnesota. »

Commissariat de police de Delicias
Juárez

Il était 17 heures et l'inspecteur Alberto Gómez venait de quitter le commissariat. Il se dirigeait vers sa berline garée sur le parking à l'arrière du bâtiment. Il venait de recevoir sur sa seconde ligne un coup de fil de Dante Corrales qui disait se trouver au ranch de Zúñiga, ajoutant que le cartel était au fait de sa présence et qu'il redoutait une attaque de leur part. Il voulait que les troupes fédérales de Gómez soient déployées pour aider les forces de sécurité de Zúñiga. Gómez s'était senti partagé sur la conduite à tenir, mais il avait finalement décidé de dépêcher deux unités sur la zone, soit quatre hommes en tout.

Le mur de parpaings sur sa gauche, repeint la semaine précédente pour masquer les graffitis, avait été une fois encore maculé à la bombe par de jeunes voyous. Il hocha la tête, écœuré, ouvrit la portière, entra dans la voiture.

Il se penchait pour introduire la clé de contact quand on frappa violemment contre la vitre. Il leva la tête et vit un flingue, un Glock avec silencieux, pointé sur son visage.

« Descends la vitre », ordonna l'homme à l'extérieur ; le type était en jeans et chemise noire sous un long blouson de cuir. Gómez ne pouvait distinguer ses traits.

Il introduisit la clé, songea à démarrer et filer sans demander son reste mais un éclair de curiosité l'attira – ça, plus la crainte de se prendre une balle dans la tête. Il pressa le bouton et la vitre descendit, permettant à son agresseur de le pointer à bout portant. « Tu sais que c'est un commissariat de police, hein ?

– Je sais. Mais ce que j'ai devant moi mérite à peine le nom de policier. À peine. Ton arme. »

Gómez leva les yeux un peu plus haut. Le type avait la quarantaine, le teint légèrement basané, il était mal rasé et ses épais cheveux bruns formaient une queue de cheval. Son espagnol était bon mais il n'était pas mexicain.

« Très bien, dit l'homme. À présent, très doucement, tu le sors et tu me le donnes. »

Gómez obtempéra et l'homme glissa le pistolet à sa ceinture.

« Ouvre la porte arrière. »

Là encore, Gómez obéit et l'homme grimpa et referma la portière. « Roule.

– Puis-je savoir où nous allons ?

– Pour l'instant, contente-toi de sortir du parking et de gagner la rue.

– Et si je refuse ? »

Le ton de l'autre se fit sombre. « Alors je vais éparpiller ta cervelle dans toute cette bagnole, et je n'hésiterai pas une seconde. Est-ce que tu piges ?

– Oui. »

Gómez sortit du parking et s'engagea sur la chaussée où il y avait fort peu de circulation.

« Je vais te poser une question simple : as-tu ordonné sa mort ?

– La mort de qui ?

– De Gloria.

– Je ne te dirai rien.

– Tu vas le faire. Pour sauver ta famille. »

Gómez se raidit. « Qui êtes-vous ?

– Dis-moi simplement que tu as ordonné sa mort et ta famille vivra. C'est aussi simple que ça. Pour toi, il est trop tard, mais eux, je les épargnerai. Tu as passé toute ta vie à les nourrir, les protéger, jouant les citoyens modèles quand tu étais en combine avec le cartel de Juárez depuis un nombre incalculable d'années. »

Gómez ne put se retenir. Il gueula : « Putain, mais qui êtes-vous ?

– AS-TU ORDONNÉ SA MORT ?

– Peu importe ! »

L'homme tira juste au-dessus de l'épaule de Gómez et la balle transperça le pare-brise ; la détonation avait suffi à le faire grimacer et maintenant son oreille carillonnait doulou-reusement.

« AS-TU ORDONNÉ SA MORT ?

– Si je l'admets, vous laisserez ma famille tranquille ?

– Promis.

– Alors d'accord, j'ai ordonné sa mort. C'était moi. » Gómez se mit à suffoquer.

« Démarre. »

Il obéit et un éclair blanc apparut dans son rétro. Un four-gon. Des hommes en casque et treillis noir, armés de fusils d'assaut, flanquaient déjà sa voiture, leurs canons braqués sur lui. Ce n'était pas la police fédérale. Il ne vit sur eux nul insigne.

« Qui êtes-vous ? redemanda Gómez.

– Je suis un ami de la dame que tu as tuée. C'était un agent de renseignement des États-Unis d'Amérique. »

Gómez ferma les yeux et ses épaules s'affaissèrent. Il leva les mains en l'air. « C'est bien pire que ce que j'avais imaginé.

– Oh oui, confirma l'homme. Bien pire. »

Moore descendit de la voiture tandis que les hommes derrière lui passaient les menottes à Gómez et l'escortaient vers le fourgon. Towers les attendait, surveillant du regard les toits, à la recherche de guetteurs. Moore dégrafa l'enregistreur numérique placé dans sa poche intérieure de poitrine et le tendit à son patron. « Ça, plus les preuves rassemblées par Gloria, ça devrait être plus que suffisant. À votre avis, combien de noms va-t-il nous balancer ?

– Je pense que c'est un bavard, dit Towers. Je pense qu'il va nous faire du bon boulot. Et j'ai apprécié votre retenue. À votre place, j'aurais descendu cet enfoiré.

– Regardez ça, dit Moore en levant une main tremblante. L'envie est loin de m'être passée. »

Towers lui donna une claque sur l'épaule. « On avait besoin de bonnes nouvelles aujourd'hui. Maintenant, vous pouvez aller manger un morceau avant votre grande réunion. » Il regarda sa montre. « Bigre, il faut qu'on se magne. »

Prison de Cereso
Juárez

Salvador Quiñones, le directeur de la prison, rata le coup de fil de Fernando Castillo parce qu'il se trouvait à ce moment dans la cour, pour s'assurer qu'aucun de ses gardes n'avait tiré sur les détenus mutinés. Dans le genre escarmouche, celle-ci avait été de faible ampleur, juste une douzaine de détenus impliqués dans la mutinerie, dont l'un avait tué Felix, le vendeur de glaces, un brave homme de cinquante-neuf ans, père de trois enfants dont le seul tort était d'atténuer la détresse des hommes brisés en leur apportant des friandises. Un des nouveaux, un jeune crétin, l'avait poignardé. Un beau gâchis.

Quand vous essayiez de loger trois mille hommes dans un établissement prévu pour en accueillir seulement quinze cents, c'est tous les jours que les gens pétaient un câble. Pour régler ce problème – et maintenir la réputation de l'établissement – Quiñones avait autorisé ses pensionnaires à se payer quelques aménagements. Ils pouvaient louer des cellules dotées de toilettes et de douches particulières, s'acheter un petit réfrigérateur, un réchaud, un ventilo, une télé, et même recevoir les chaînes câblées moyennant un abonnement mensuel. Quelques cellules étaient même équipées de la clim'. Les prisonniers recevaient leur conjoint dans des cellules spéciales qu'ils pouvaient louer dix dollars la nuit. De fait, Quiñones avait contribué à bâtir une petite économie carcérale à laquelle participaient des magasins privés et où les détenus sans ressources pouvaient gagner de l'argent en rétribution de petits boulots ou en travaillant dans les boutiques. Il essayait d'insister sur les facteurs humanisants du centre mais il savait qu'au bout du compte, tous ses efforts pouvaient fort bien être oubliés ou considérés comme allant de soi. Qui plus est, son traitement de directeur de l'établissement, monstre de béton cerné par une clôture et des barbelés, suffisait à peine à payer les études universitaires de ses deux fils aux États-Unis.

Et c'est ainsi que, lorsque Fernando Castillo lui avait proposé un « arrangement » particulier en citant des chiffres dont le montant l'avait laissé baba, Quiñones avait sauté sur l'occasion.

« Allô, Fernando. Désolé d'avoir raté ton coup de fil.

– Pas de problème. J'ai besoin de six hommes pour aller du côté de chez Zúñiga et descendre Dante Corrales. Il s'y trouve en ce moment.

– Je m'en occupe.

– Oui, je t'en prie. J'ai envoyé mes propres hommes faire le boulot et Dante les a tous tués. Tes gars ont intérêt à avoir plus de chance.

– Oh, ne t'en fais pas, Fernando, quand Dante va découvrir qui est à ses basques, il va chier dans son froc. »

Les six hommes à qui Quiñones avait déjà songé pour cette opération étaient des membres du gang des Aztecas, et moins de dix minutes plus tard, ils se tenaient dans son bureau, avec leurs bras couverts de tatouages, leur crâne rasé et leur rictus encore plus crispé que d'habitude car ils suspectaient qu'il y avait du grabuge dans la prison.

« Pas du tout, leur dit-il. Mais j'ai un boulot pour vous. Qui rapportera plus que ce qu'aucun de vous ne pourrait gagner en un an. Je vous fournirai toutes les armes et les véhicules. Je vous demande juste de faire le boulot, puis de retourner en prison.

– Vous nous laissez sortir ? » demanda le plus petit de la bande, celui que les autres appelaient simplement Amigo.

« Vous purgez tous des peines pour meurtre. Alors, un de plus, un de moins, pas vrai ?

– Et si on s'avisait de ne pas revenir ? demanda Amigo.

– Alors, vous ne serez pas payés. Et on laissera vos amis apprendre comment vous avez trahi le groupe à l'intérieur. Ils viendront vous cueillir en pleine nuit. Pas besoin de vous faire un dessin. Tout bien considéré, vous avez tous une bonne situation dans ces murs, et vous jouissez de conditions de vie parmi les meilleures. J'ai bien pris soin de vous. À présent, il est temps que vous me rendiez un petit service. »

36

ZONA DE GUERRA

Sur le chemin du ranch de Zúñiga
Juárez

LE LOCAL COMMERCIAL de plain-pied qui abritait Border
Plus, un magasin de fournitures électriques appartenant
à Zúñiga, était doté à l'arrière d'un vaste quai de chargement
pour accueillir les semi-remorques et juste à côté de celui-ci
s'ouvrait une entrée secondaire munie d'une rampe assez large
pour accueillir une voiture. L'un des *sicarios* de Zúñiga attendait déjà Moore quand il gravit la rampe. La porte à rideau
coulissant était ouverte et le gars, un type émacié avec trois
poils au menton et une capuche grise rabattue sur la tête,
lui fit signe d'entrer. À l'intérieur, Moore gara sa voiture,
fut fouillé au corps par un autre *sicario* doté de la panoplie
convenue de piercings et autres marques du body art, et enfin
il monta sur la banquette arrière du même Range Rover que
le gros Luis Torres conduisait naguère. La voiture refroidit
quelque peu Moore qui se remémora la mort dudit Torres à
San Juan Chamula. Les vitres avaient été récemment teintées et
à l'intérieur, il découvrit trois hommes qu'il ne reconnut pas.
Le gars à côté de lui pointa son pistolet et dit : « *Hola.* » Il
sourit comme si c'était sa première grande mission et qu'il se
réjouissait au plus haut point de tenir ainsi Moore en respect.

Zúñiga aimait utiliser les lieux pour ses transferts et ses échanges, histoire de laisser dans l'expectative les guetteurs du cartel de Juárez. Ils regardaient le Range Rover entrer, et ils ne savaient jamais au juste combien de personnes allaient ressortir ou combien se trouvaient déjà dans la voiture. Parfois, les échanges impliquaient jusqu'à quatre véhicules. C'était une méthode basique mais efficace pour dissimuler l'identité des visiteurs de Zúñiga dans son ranch et la quantité de produits qui transitaient.

Moore supposa que le Range était bien connu du cartel de Juárez ; sans doute était-il encore employé comme véhicule principal pour les transferts, afin d'amener les guetteurs à croire que Zúñiga et ses hommes n'avaient pas relevé leur présence. Quoi qu'il en soit, Moore se carra contre le dossier pour profiter du voyage.

Ils lui avaient laissé son smartphone qui – à l'insu des voyous – permettait à Towers d'espionner ses moindres faits et gestes. Cela, plus la balise GPS implantée dans son épaule, était censé lui procurer un plus grand sentiment de sécurité. Sûr, on pouvait toujours descendre dans une fosse à serpents avec un flacon d'antivenin dans la poche, la morsure n'en serait pas moins douloureuse.

Il lorgna le *sicario* qui le tenait en respect. Le môme devait avoir dix-huit ans, et encore, et il arborait une boucle en forme de crâne à l'oreille droite. « Alors, quoi de neuf, mec ? »

Le jeune se mit à rire. « Tu me plais bien, toi. J'espère qu'il te laissera vivre. »

Moore arqua les sourcils. « C'est un homme plutôt intelligent.

– Il est toujours triste. »

Moore ricana. « Si tu avais vu ta femme et tes fils assassinés par tes ennemis, tu serais tout le temps triste, toi aussi.

– Sa famille a été tuée ?

– Je vois que t'es nouveau dans la maison.

– Dites-moi ce qui s'est passé », demanda le même.

Moore lui adressa un sourire torve et on en resta là.

En moins d'un quart d'heure, ils se retrouvèrent devant les grilles et remontèrent l'allée pour entrer au garage. On conduisit Moore au séjour, que le maître des lieux avait décoré très professionnellement dans un style amérindien. Croix, carquois, geckos multicolores et motifs tribaux en grès entouraient l'impressionnante cheminée dont le manteau était illuminé par les flammes d'un poêle à gaz. La vaste pièce était garnie de tapis à motifs navajos et des sièges recouverts de peau de porc étaient disposés autour de l'âtre.

Installé sur un canapé, Dante Corrales portait une chemise de soie noire ; il avait le bras en écharpe. Ses yeux étaient injectés de sang et il eut du mal à se lever quand Moore approcha.

Zúñiga se tenait derrière le canapé, une bière dans la main. Il poussa un grand soupir : « Señor Howard, je reviens d'un grand dîner et je commence à tomber de sommeil. Alors, parlons peu, mais parlons bien.

– Qui est ce type ? demanda Corrales.

– Un associé en affaires », lâcha Zúñiga.

Le front de Corrales se plissa un peu plus. « Non, non, non. Je t'ai dit pourquoi je suis ici et ce que nous allions faire ensemble, rien que nous deux, personne d'autre.

– Dante, si tu es aussi précieux que tu le dis, alors je veux bien te vendre à monsieur. » Zúñiga se mit à glousser.

« Me vendre ? C'est quoi, cette embrouille ? »

Moore leva la main. « On se calme. Nous sommes tous ici pour nous aider mutuellement. »

Le smartphone de Moore se mit à vibrer. Il eut un rictus et décida d'ignorer l'appel.

Et puis, avant que quiconque ait pu prendre la parole, une fusillade retentit à l'extérieur, détournant leurs regards vers la baie vitrée en façade.

Magasin Dollar Tree
Sherman Way
Hollywood Nord

Samad, Talwar et Niazi parcouraient les rayons du magasin Dollar Tree, tenant chacun un panier à la main, essayant de prendre un air dégagé. Les autres chalands ne leur prêtaient guère attention. Ils étaient habillés comme des travailleurs émigrés mexicains : jeans, chemise de flanelle, casquette de base-ball. Ils discutaient entre eux en espagnol et Talwar se sentait obligé de flanquer régulièrement des coups de coude à Samad en exprimant sa surprise devant les prix : « Un dollar ? Pour tout ? C'est tout ? »

Il brandissait un pot de pâte au fromage Jalapeño, ainsi qu'un sachet d'oignons grillés Burger King.

Niazi renifla avec dédain avant de lui lancer un coup d'œil éloquent. « Un dollar. » Il indiqua le sac de bœuf séché sur lequel était inscrit « 50 % gratuit » et dit : « Regarde toi-même. Un dollar. Et avec du rabe. »

Talwar traînait derrière eux dans l'allée, il était au bord des larmes. « Tout en Amérique est tellement incroyable. Tout le monde possède tant. Tout ça, on peut l'acheter pour une bouchée de pain. Ils ne savent pas comment est la vie pour nous. Chez nous, même l'eau est un luxe. Ils n'en ont aucune idée. Pourquoi ont-ils reçu tous ces bienfaits et pas nous ? »

Samad le regarda, les paupières mi-closes, et soupira. Il s'était douté que ses hommes réagiraient ainsi, parce qu'ils n'étaient jamais sortis de chez eux. Ce qu'ils avaient vu du Mexique ne différait pas tant que ça des taudis du Moyen-Orient. Mais cette partie de l'Amérique était radicalement différente. Lors de leur traversée de Los Angeles, ils avaient remonté Rodeo Drive, avec toutes ses boutiques de luxe – Chanel, Christian Dior, Gucci, Jimmy Choo et Valentino, parmi des dizaines d'autres – et s'était ainsi étalée sous leurs yeux une culture de la convoitise qui pour ces hommes devait être proprement stupéfiante. Ils avaient contemplé bouche bée les villas – de véritables palais – et Samad avait constaté avec ironie qu'ici les plus fortunés vivaient dans les hauteurs quand les moins riches habitaient en contrebas dans la vallée. Les voitures, les vêtements, les fast-foods et la publicité, tout cela l'attirait et le révulsait à la fois – parce qu'il avait déjà vu tout cela à Dubaï, pendant ses études universitaires, et il avait alors compris que sous le vernis de richesse se trouvaient des gens qui, le plus souvent, étaient moralement en faillite.

La richesse n'avait rien d'admirable pour un bon musulman. Mieux valait pour lui aimer Dieu et gérer sa fortune selon Ses préceptes et employer son argent à mieux Le vénérer.

Samad durcit le ton : « Talwar, ne t'attache pas aux biens matériels. Ce n'est pas ce que Dieu nous demande. Nous sommes ici dans un but précis. Nous sommes les instruments de la volonté divine. Tout ceci n'est que distraction. »

Talwar rumina quelques instants la remarque avant de hocher la tête. « Je ne peux m'empêcher de les envier. Être né ici… être né ici et ne pas avoir à se battre toute sa vie durant.

– C'est ce qui les rend faibles, ce qui a tué leur dieu et empoisonné leur cœur et leur esprit, et leur estomac, qui plus est. Mais pour l'heure, si tu veux goûter à leur malbouffe et boire leurs sodas, ne te prive pas. Pourquoi pas, après tout ? Ça ne corrompra pas nos âmes. Mais tu ne dois pas perdre de vue notre mission, et tu ne dois pas envier ces gens. Noire est leur âme. »

Ses hommes acquiescèrent et continuèrent de parcourir les rayons. Samad s'arrêta devant un sac de figurines en plastique, quarante-huit pièces en tout, avec des soldats bruns, verts et noirs présentés en diverses postures. Il s'extasia de la façon qu'avaient les Américains de mettre en valeur leurs forces à l'intention des enfants, en les immortalisant ainsi dans le plastique. Un soldat portait sur l'épaule un lance-missiles et Samad ne put retenir un sourire narquois, tant c'était ironique. Il décida d'acheter le lot. Un dollar.

Quand leurs paniers furent pleins de nourriture bon marché, d'accessoires de toilette et autres babioles achetées sur un coup de tête, ils payèrent, sortirent et remontèrent dans leur Hyundai Accent pour regagner Studio City où on les avait installés dans un appartement au premier étage d'une maison sise sur Laurel Canyon Boulevard. Le groupe de Rahmani à Los Angeles – quatre hommes installés ici depuis déjà cinq ans – les avait accueillis à bras ouverts. Ils avaient ri, mangé et discuté de leur évasion du Mexique lors de leur première soirée dans la métropole. C'était Gallagher, l'ami américain de Rahmani, celui qu'il avait débauché de la CIA, qui avait organisé leur récupération à Calexico et s'était chargé du maquillage des véhicules et du déguisement du commando en faux policiers. C'était une manœuvre complexe qui leur avait permis de rallier sans risque l'aéroport de Calexico. De là, ils avaient dit adieu au reste du groupe. Et c'est à ce moment que Samad avait commencé à distiller à ses lieutenants des informations sur leur grand plan car il était désormais à peu près sûr qu'ils ne risquaient plus d'être capturés et interrogés. Rahmani était resté catégorique. Pour lui, les hommes ne devaient être mis au courant du déroulement de l'opération qu'à la toute dernière minute, au cas où l'un d'eux se ferait capturer. Ils avaient reçu instruction de ne pas se laisser prendre vivants.

Ils étaient censés être dix-huit en tout, six groupes de trois hommes. Mais cet imbécile d'Ahmad Leghari n'avait pas réussi à aller plus loin que Paris, laissant un groupe de seulement deux membres. Leghari serait remplacé sitôt que ce duo aurait atteint sa destination, la ville de San Antonio.

Six équipes. Six lance-missiles.

« Quels sont les objectifs ? » n'avait cessé de demander Talwar, puisque c'était lui qui avait reçu un entraînement complet au maniement des MPAD – les systèmes de défense antiaérienne portatifs. Il avait été pris en charge par l'armée pakistanaise, et avec cinq autres hommes, conduit dans une région semi-désertique près de Muzaffargarh, où il avait passé deux semaines à s'entraîner au tir de missiles sur cible fixe. Rahmani avait grassement payé l'armée pour cette période d'instruction.

« Alors, on va viser des immeubles fédéraux ? Des écoles ? » avait ajouté Talwar.

Alors qu'ils grimpaient dans leur monomoteur Cessna pour survoler Palm Springs avec un pilote qui travaillait bien sûr pour Rahmani, Samad avait répondu en souriant : « Oh, Talwar, notre plan est un petit peu plus ambitieux que cela. »

À présent qu'ils étaient sur le chemin du retour vers leur appartement de Studio City, Samad se repassait mentalement les détails de l'opération. Il en avait mémorisé la chronologie et plus il songeait aux jours à venir plus son pouls s'affolait...

Ranch Zúñiga
Juárez

Moore se rua vers la fenêtre de devant et ouvrit les stores. Zúñiga avait fait équiper la résidence de puissants projecteurs déclenchés par détecteur de mouvement et dans leur éclat qui repoussait le crépuscule, apparurent deux pick-ups en train de foncer vers le portail. Les véhicules arboraient la livrée et les insignes de la police de Juárez mais les deux hommes installés dans chaque benne étaient en civil, tandis que les types dans la cabine brandissaient une arme qui laissa Moore interdit : une mitrailleuse légère M249, capable d'une cadence de tir de 750 à 1000 coups par minute. Ces « armes automatiques d'escouade » étaient réservées aux opérations militaires. Comment ces prétendus « flics » avaient-ils pu se procurer de telles armes, voilà une question que Moore laissa rapidement de côté, parce qu'ils concentraient leur tir sur deux autres véhicules noirs qui les avaient pris en chasse, et ces derniers appartenaient bel et bien à la police fédérale mexicaine. Pourquoi diantre les flics locaux tireraient-ils sur leurs collègues fédéraux ?

La réponse lui vint dans les secondes qui suivirent.

Moore aurait parié gros que ces flics locaux n'en étaient pas, et leur comportement – défoncer le portail – ne fit que renforcer sa certitude. Les types avaient le crâne rasé et les bras couverts de tatouages. Soit ils avaient volé les pick-up, soit ils leur avaient été remis par des agents corrompus.

Le détachement de sécurité de Zúñiga, fort de six hommes positionnés sur tout le périmètre, plus deux sur le toit, ouvrit le feu sur les véhicules. Au crépitement de toutes ces armes le cœur de Moore s'emballa.

Corrales surgit à côté de lui et s'écria : « Les fédéraux essaient de me protéger !

– Pourquoi feraient-ils une chose pareille ? demanda Moore, sarcastique. Peut-être bien parce que ton grand ami l'inspecteur Gómez les a envoyés ?

– Hein ? Comment se fait-il que vous le connaissiez ? »

Moore prit Corrales par le col. « Si tu viens avec moi, je t'offre une immunité totale. Pas de prison. Rien. Tu veux abattre le cartel de Juárez ? Moi aussi. »

Corrales était un jeune homme qui – une fois promis à une mort certaine – ne s'encombrait pas de détails. « Entendu. Tout ce que vous voudrez. Mais putain, tirons-nous d'ici ! »

Le pick-up fonçait en brinquebalant vers la baie vitrée, et il semblait bien que son chauffeur n'avait pas la moindre intention de ralentir. À l'instant précis où Moore et Corrales s'écartaient, le véhicule défonça la façade, projetant éclats de verre, de plâtre et de parpaings. Le moteur rugit et les types à l'arrière hurlèrent en se protégeant la tête de l'averse de débris.

Deux des gars de Zúñiga qui se trouvaient dans une autre partie de la maison se précipitèrent vers le pick-up à présent immobilisé dans le séjour, moteur au ralenti. Les troupes fraîches de Zúñiga firent le coup de feu avec les gars installés dans la benne. Moore risqua un coup d'œil derrière lui au moment où le chauffeur ouvrait la portière et exhibait un AK-47. Il tira au jugé mais réussit à toucher un des sbires de Zúñiga à l'épaule.

Moore et Corrales suivirent Zúñiga qui avait déjà filé vers la cuisine y récupérer un Beretta posé sur la paillasse.

À l'extérieur, bien visible par le trou béant dans la façade, le second pick-up de la police tourna à gauche pour contourner la maison et se diriger vers le garage, les deux véhicules de la police fédérale toujours à sa suite. « S'ils nous coupent le passage par-derrière, on est piégés ! » s'écria Moore. Son mobile se remit à vibrer. Ce devait être Towers pour l'avertir de l'imminence de l'attaque, un avertissement désormais superflu.

Et à la seconde où le mitrailleur ouvrit le feu, criblant de projectiles la cheminée en pierre, Moore, Corrales et Zúñiga déboulaient dans un corridor, direction l'arrière de la maison. Moore jura. Côté motivation, il était servi.

Entre la fusillade qui tonnait dans le séjour et les échanges de tirs à l'extérieur, Moore eut une réminiscence de la base avancée Pharaon, en Afghanistan, où les dieux du tonnerre et des éclairs s'étaient affrontés toute une nuit. Les médias d'infos qualifiaient Juárez de zone de guerre depuis des années mais, jusqu'ici, Moore n'avait jamais eu l'occasion de pleinement apprécier ce label.

« Donne-moi un putain de flingue ! hurla Corrales. Merde, je veux me défendre moi aussi ! »

Zúñiga l'ignora et ils traversèrent la chambre principale, avec son lit à colonnes vaste comme une piscine. Ici, les murs étaient décorés de nombreux tableaux d'un incroyable style Art déco, silhouettes de femmes nues ou paysages du sud-ouest américain qui avaient dû coûter une fortune. Moore eut bien deux secondes pour apprécier ces chefs-d'œuvre avant de repérer un autre pistolet, rien moins que le dégommeur de flics de fabrication belge, judicieusement posé sur une commode. Il s'en empara, ôta le cran de sûreté et se retourna, entendant des pas lourds dévaler le corridor. Un des gars du pick-up avait échappé aux hommes de Zúñiga et fonçait droit sur eux, les deux bras tendus, pistolets aux poings.

Moore tira deux fois, atteignant le gars au sein gauche et au bas-ventre avant de s'écarter de la trajectoire, mais les balles de l'autre étaient sans doute allées se perdre au plafond car il sentit des plâtras lui irriter les yeux.

« Putain de merde, s'écria Corrales, bluffé par la précision du tir de Moore.

– On fonce ! » ordonna ce dernier.

Zúñiga leur faisait signe de le rejoindre dans la salle de bains principale, où une porte sur la gauche ouvrait sur un vaste dressing, large de bien sept mètres, avec une coiffeuse au beau milieu. Il introduisit une clé dans la serrure d'une armoire, ouvrit tout grand les deux portes et s'empara d'un fusil qu'il fourra dans les mains de Corrales. Puis il en prit un autre qu'il lança à Moore. Surpris, ce dernier laissa échapper un juron et s'étonna :

« Merde, où avez-vous trouvé ces trucs ?

– Sur eBay, gringo. À présent, on se bouge ! »

Moore ne pouvait que hocher la tête, incrédule tandis qu'il assurait sa prise sur le Colt M16A2, avec son chargeur de trente cartouches, de dotation standard pour les marines, en fait une version plus grosse et plus lourde des carabines M4A1 qu'il avait maniées lorsqu'il était chez les SEAL.

Qu'est-ce que Zúñiga allait encore bien pouvoir lui montrer ? Un char Abrams M1A1 planqué dans un garage secret au sous-sol ?

Moore actionna le sélecteur de tir qui permettait de basculer entre cran de sûreté, tir semi-automatique et salves de trois coups pour économiser les munitions. Il choisit l'option semi-automatique puis se pencha vers Corrales. « Tiens, abruti. Le cran de sûreté est ici. » Il bascula le levier et, sarcastique, leva le pouce en signe de victoire.

Le jeune répondit en lui faisant un doigt.

Et en cette seconde, Moore leva le fusil, au ras du visage de Corrales, pour descendre le type baraqué qui venait d'apparaître sur le seuil, un pistolet dans chaque main.

Corrales hurla, pesta, puis se retourna pour voir le gars s'effondrer en un gros tas sanguinolent.

« Ben merde alors ! » lâcha Corrales, interloqué. Il se précipita vers le type et se pencha pour examiner un tatouage sur son biceps : l'image dans un cercle d'un guerrier aztèque, tirant sa langue percée. « Ce ne sont pas les sbires habituels de Fernando. C'est un Azteca. Sorti de prison. Un membre des escadrons de la mort.

– Engagé par ton ancien patron ? demanda Moore.

– Pas le temps de discuter, intervint Zúñiga. Avancez ! »

Corrales se releva pour se diriger vers Moore. « Putain, on est morts, mec. Morts.

– Je ne pense pas. »

Ils suivirent Zúñiga qui se dirigeait vers l'autre bout du dressing et là, après avoir farfouillé nerveusement avec une clé, il ouvrit une autre porte. Il avança la main et bascula un interrupteur.

« Et maintenant, par où ? demanda Corrales.

– En haut, répondit Zúñiga.

– En haut ! Tu blagues ou quoi ? Putain, mec ! Et comment on fait ensuite pour sortir ?

– Toi, ta gueule. » Zúñiga se tourna vers Moore. « À présent, señor Howard, si vous voulez bien reverrouiller la porte derrière nous. »

Moore obtempéra.

Zúñiga les précéda dans un corridor étroit – leurs épaules effleuraient les murs – qui desservait un escalier métallique d'une douzaine de marches au sommet desquelles s'ouvrait une autre porte. Moore avait compris à présent. Ils se rendaient sur le toit-terrasse au-dessus du garage, où ils pourraient se planquer derrière le parapet. *Pas con, le mec.* Ce Zúñiga devait avoir potassé son *Art de la guerre* selon le traité de Sun Zi : « Ne jamais lancer une attaque de bas en haut contre un ennemi qui occupe une position élevée ; ne pas l'affronter non plus quand il y a des collines derrière lui ; ne pas non plus se lancer à sa poursuite quand il fait mine de fuir. »

La porte s'ouvrit, révélant, à l'autre bout du toit, les deux gorilles de Zúñiga tapis derrière le parapet et faisant le coup de feu avec les types en bas. Le second pick-up blanc s'était garé en travers des portes du garage, afin d'en bloquer au moins deux sur quatre, tandis que les véhicules de la police fédérale s'étaient immobilisés une trentaine de mètres en retrait ; les flics étaient sortis se planquer derrière et dès qu'ils en avaient l'occasion, ils lâchaient des rafales pour bloquer les assaillants. On entendait approcher au loin le claquement rythmé des rotors d'un hélicoptère.

Corrales se rua vers le bord du toit et, tenant son M16 d'une main, il lâcha une volée de balles sur le pick-up garé au-dessous dont le mitrailleur s'était positionné à l'abri de la roue arrière.

Moore passa le bras sous le menton de Corrales, le suffoquant et le forçant à reculer au moment où la riposte du mitrailleur entaillait le parapet à l'endroit précis où il s'était trouvé un instant auparavant. « Putain, reste en arrière ! » gueula Moore. Cet abruti risquait de se faire tuer avant d'avoir eu une chance de parler. Et ça, se dit Moore, ce serait bien sa veine.

Zúñiga cria à ses hommes de le couvrir tandis qu'il longeait le parapet pour se rendre de l'autre côté du toit, à l'arrière de la maison, à l'emplacement de la descente de gouttière. « Par ici, s'écria-t-il. On peut redescendre de ce côté ! »

Moore acquiesça d'un signe de tête et s'apprêtait à se tourner vers Corrales...

Quand la porte donnant sur le toit s'ouvrit à la volée et l'un des Aztecas, le visage partiellement dissimulé dans l'ombre, leva un AK-47 et lâcha une rafale vicieuse qui cisailla le torse de Zúñiga et le propulsa, titubant, contre le parapet.

Moore réagit à la demi-seconde mais il était trop tard pour sauver l'homme. Il tira au moins dix balles sur l'Azteca, le repoussant vers la porte contre laquelle il s'affala, laissant une traînée de sang sur le battant.

Le temps que Moore tourne à nouveau la tête, Zúñiga avait disparu, basculant par-dessus le parapet.

Moore se précipita pour jeter un œil. Zúñiga gisait dans la poussière, les bras en croix, déjà sa chemise se teintait de rouge.

« Avez-vous déjà perdu un proche, vous, un homme si jeune ? Savez-vous ce qu'est la douleur, la vraie ? »

Zúñiga lui avait posé ces questions à l'église du Sacré-Cœur. Tous deux connaissaient la vraie douleur et maintenant l'un des deux en était enfin libéré.

Corrales rejoignit Moore, jeta un coup d'œil à Zúñiga puis, en étouffant un juron, il s'avança tout contre le parapet. Et là, il lâcha une rafale avant que Moore ait eu le temps de l'arrêter. Il avait ôté son écharpe mais continuait de tirer d'une seule main, agitant son flingue en dépit du bon sens.

Serrant les dents, Moore se leva pour sprinter vers cet idiot, qui continuait à tirer, attirant une riposte croisée d'en bas.

Moore lui fit un croche-pied, lui arracha son arme puis, après l'avoir repoussé de côté, il lui balança un direct à la mâchoire. « Et je te bousille un peu plus si jamais tu recommences ! Compris ? »

Corrales le regarda, l'air ahuri.

Et Moore se rendit compte qu'il s'était adressé à lui en anglais.

« T'es un putain de gringo, toi. Qui es-tu au juste ? »

Le claquement des pales de l'hélicoptère en approche, sans oublier ses projecteurs, détourna leur attention – tout comme celle des tireurs en bas qui détournèrent leurs armes vers l'hélico quand il les survola dans un bruit de tonnerre, ses projecteurs balayant la maison. Le pilote fit un 180 degrés et descendit vers la cour de derrière où l'espace était assez large et plat pour lui permettre d'atterrir. L'insigne de l'appareil ne laissait place au moindre doute : POLICÍA FEDERAL, les lettres étaient éclairées par les balles ricochant sur le fuselage.

Mais étaient-ce les alliés de Corrales venus le récupérer ? Si oui, Moore n'était pas certain de vouloir se joindre à eux. Il repêcha son smartphone, y retrouva le dernier message de Towers : Je suis dans l'hélico. Embarquez.

Ça va marcher, songea Moore.

« Aïe, merde, regardez-moi ça », dit Corrales en tournant la tête vers l'appareil. « Cette fois, c'est fini. On va tous finir en taule.

– Non, ce sont des gens de chez moi, lui dit Moore.

– T'es un gringo qui travaille pour la police fédérale ?

– On leur a juste emprunté leur machine. Reste avec moi. Le marché que je te propose est bien meilleur que celui que tu avais avec lui. Tu verras. »

Moore se leva et cria aux gars sur le toit de les couvrir une fois encore, mais ce coup-ci, ils lui dirent d'aller se faire mettre et détalèrent vers la porte pour regagner la maison.

Alors que Moore aidait Corrales à se redresser, puis à enjamber le rebord pour s'accrocher au tuyau de descente, le bruit assourdi d'une fusillade retentit dans la maison. Les hommes de Zúñiga avaient certainement dû tomber sur d'autres Aztecas et on pouvait hasarder sans grand risque qu'ils avaient perdu la confrontation et que les Aztecas étaient en train de monter.

« Je ne peux pas descendre le long de ce truc », cria Corrales. Le souffle des pales leur balayait le visage, l'hélico n'était plus qu'à quelques secondes de toucher le sol.

« DESCENDS LE LONG DE CE TUYAU ! » hurla Moore, retrouvant ce ton comminatoire du passé, celui de ses instructeurs de stage commando. Il dut répéter l'ordre deux fois.

Avec un frisson, Corrales enjamba le parapet et posa le pied sur le premier collier de maintien. Ces colliers allaient leur tenir lieu d'échelons pour la descente mais il faut bien admettre que Moore n'était pas trop sûr que Corrales y parvienne avec son bras et son épaule handicapés.

« Non, non, impossible », dit Corrales en essayant d'atteindre le collier immédiatement au-dessous.

Moore lui gueula de nouveau dessus.

La porte donnant sur le toit se rouvrit à la volée.

« VAS-Y ! » glapit Moore, en tournant la tête vers la porte.

Deux Aztecas apparurent, l'un était armé d'un fusil, l'autre d'une mitraillette.

Ils ne virent pas Moore d'emblée car le souffle du rotor les obligeait à plisser les paupières et Moore s'était rassis, le dos et les fesses collés au parapet, restant tapi, la crosse du M16 bien calée contre son épaule. C'était vraiment une superbe pièce d'acier qu'il avait parfaitement en main. L'espace de quelques secondes, il se retrouva dans les commandos, et Frank Carmichael était encore en vie.

Puis, nervosité ou instinct de survie, il se redressa, cala le sélecteur sur la position salves de trois balles et visa l'homme à la mitraillette.

Ces trois premières balles rejetèrent le salopard sur le côté, l'éloignant de son pote qui aussitôt se retourna en direction du bruit des tirs. Ce mouvement de l'Azteca fut son ultime erreur car Moore l'avait désormais parfaitement en ligne de mire. Il pressa de nouveau la détente et les trois balles transpercèrent le type au niveau du sein gauche. Si son cœur battait encore quand il toucha le sol, on pouvait parler de miracle.

À l'instant même où Moore se retournait pour voir comment se débrouillait Corrales, cet abruti manqua un échelon et termina les trois derniers mètres en chute libre. Ses pieds heurtèrent le sol avec violence, puis il bascula à la renverse, en travers du corps de Zúñiga, avec un petit cri. Qui laissa place à un gémissement de douleur.

Bien. Au moins le crétin était-il encore en vie.

Deux agents de la police fédérale étaient déjà descendus de l'hélico, en tenue de combat, s'ouvrant un passage avec leurs mitraillettes Heckler & Koch 9 millimètres. Moore cria à Corrales : « Va avec eux ! Va avec eux ! »

Il n'aurait su dire si le môme l'avait entendu ou s'il avait perdu connaissance, en tout cas, il ne bougeait pas.

Les deux flics se jetèrent à plat ventre quand une pétarade jaillit du coin de la maison – on distinguait les éclairs d'au moins deux canons. Moore se redressa et courut le long du parapet jusqu'à l'angle du toit, se retrouvant pile à la verticale des deux Aztecas qui avaient bloqué la progression des flics. Ils ne devaient jamais savoir ce qui les avait atteints – du moins jusqu'à ce qu'ils se retrouvent gisant dans une mare de leur propre sang, les yeux levés vers la sentinelle qui s'écarta soudain du rebord du toit. L'ultime image qu'ils devaient emporter avec eux.

« La voie est libre, allez-y ! » cria Moore à l'adresse des policiers. Puis, toujours au pas de course, il gagna l'extrémité opposée du toit, du côté des portes du garage où il avisa trois autres véhicules de la police fédérale en train de remonter le chemin de terre, avec gyrophares et sirènes.

« Stop, vous, là ! Plus un geste ! » lança une voix derrière lui.

Il pensa tourner légèrement la tête pour identifier son assaillant mais, là encore, il savait. Les Aztecas ne faisaient pas de prisonniers, donc ils ne lui auraient pas intimé un tel ordre. Et puis cette voix… familière ?

« Señor, je suis de la police fédérale, tout comme vous », lança Moore.

On ôta des mains son fusil, tout comme on le délesta du pistolet passé à sa ceinture. Moore ne mit pas les mains en

211

l'air. Il se contenta de pivoter, surprenant le type, parce que nul être censé ne ferait ainsi un geste aussi brusque, pas avec une arme braquée sur vous. Le type n'appartenait ni à la police fédérale ni aux Aztecas.

C'était le gamin du Range Rover, celui qui avait dit qu'il espérait que Zúñiga lui laisserait la vie sauve, le jeune avec ce crâne en boucle d'oreille accroché au lobe droit.

« C'est vous qui nous avez ramené ça, cria le môme. Je l'ai bien vu d'en bas. Mon boss est mort par votre faute ! »

D'un mouvement tout en fluidité, Moore frappa le gars sous le nez du tranchant de la main. Une légende tenace voulait qu'on pût tuer quelqu'un ainsi. Balivernes. Moore avait juste voulu l'estourbir. En outre, ce gars avait une trop belle petite gueule, d'abord. Alors que le môme reculait, prêt à hurler, Moore retourna le fusil et l'assomma d'un bon coup de crosse sur la tête. Et un *sicario* étendu pour le compte.

Moore retourna vers la descente de gouttière, passa le fusil en bandoulière et enjamba le parapet. Il était à mi-descente quand les colliers cédèrent sous son poids et que tout le fichu tuyau se détacha du mur. Il n'était plus qu'à un mètre quatre-vingts du sol mais l'impact lui engourdit les jambes. Pas le temps de traîner, malgré tout, car d'autres fédéraux s'engageaient dans l'allée. Il roula sur lui-même, se releva et, les cuisses toujours douloureuses, rejoignit d'un bond l'hélico, ouvrit la porte de soute et fut hissé à l'intérieur par Towers. Corrales était déjà à bord, les yeux plissés par la douleur. Un des officiers fit glisser la porte de soute et le nez de l'hélico piqua vers l'avant quand ils décollèrent.

Towers mit sa main en conque autour de l'oreille de Moore : « Tout ce que je peux dire, c'est que le môme a intérêt à être bourré de secrets. »

Moore opina. Avec la mort de Zúñiga, les activités du cartel de Sinaloa allaient s'interrompre – temporairement, du moins – et ils se retrouveraient plus vulnérables en cas de nouvelles attaques, au risque de se voir absorbés par le cartel de Juárez. Auquel cas, la mission de la force interservices pour démanteler le cartel de Juárez aurait non seulement échoué mais aurait au contraire abouti à une nouvelle expansion de l'empire criminel de Rojas.

37

DEUX DESTINS

Bureau de la brigade des stups
San Diego

IL ÉTAIT PRÈS DE 23 HEURES quand ils revinrent au bureau des stups et conduisirent Corrales en salle de conférences. Il avait déjà été pris en charge à bord de l'hélico par un secouriste qui n'avait cessé lui répéter qu'il ne s'était pas brisé les deux jambes mais s'était juste foulé la cheville droite. Il était encore tout à fait ingambe. Moore et Towers lui dirent qu'ils l'amèneraient à l'hôpital s'il insistait vraiment, mais il faudrait qu'il parle d'abord.

Corrales avait refusé.

Ils avaient donc décidé de le ramener au bureau pour une séance de persuasion. Durant le vol, Moore avait fait part à Corrales de la mauvaise nouvelle. Towers et lui étaient des gringos, certes, mais surtout de grands méchants gringos du gouvernement des États-Unis. Corrales avait exigé de savoir de quel service.

Moore avait alors eu un sourire sombre : « De tous. »

Corrales accepta de Towers un gobelet de carton rempli de café, se pencha en avant et se massa les yeux. Il émit un chapelet de jurons, puis dit : « Je veux écrit noir sur blanc que je bénéficie d'une immunité totale. Et je veux un avocat.

— Tu n'en as pas besoin, coupa Moore.

— Je suis en état d'arrestation, non ? »

Moore hocha la tête et son ton se fit grave. « Tu es ici à cause de ce qui est arrivé à Maria. Nous avons retrouvé son corps dans la maison de Zúñiga. Que s'est-il passé ? Est-ce Pablo qui l'a tuée ?

– Non, ce sont les autres putains de salauds. Ils ont tué ma nana. Ils n'y survivront pas.

– Qui est ton patron ? demanda Moore.

– Fernando Castillo. »

Towers hocha lourdement la tête. « Le responsable de la sécurité de Rojas. Il porte un bandeau sur l'œil. Il est borgne.

– Tous aiment à faire croire qu'ils ne font pas partie du cartel. Los Caballeros. Mon cul, oui !

– Alors, que donnais-tu à Zúñiga ?

– Je lui transmettais les noms et adresses de fournisseurs et de transporteurs dans le monde entier. Des gens en Colombie, au Pakistan… J'ai du matos comme vous ne pouvez pas imaginer, bande de pieds nickelés. Des numéros de compte, des reçus, des enregistrements de conversations téléphoniques, des mails, j'ai tout…

– Eh bien, nous aussi, on sait tout sur toi, Corrales. On sait ce qui est arrivé à tes parents et quand tu as rejoint les *sicarios*, dit Towers. Alors, ce n'est pas seulement à cause de Maria. C'est aussi une histoire de vengeance personnelle, hein ? »

Corrales but une autre gorgée de café, son souffle devint court, puis il tapa du poing sur la table et cria : « Ils y passeront tous ! Tous ! Jusqu'au dernier !

– Ils ont également tué Ignacio à l'hôtel, observa Moore. C'était un type sympa. Je l'aimais bien.

– Attendez une minute. C'est vous, dit soudain Corrales, les yeux agrandis de stupeur. Vous êtes le type que mes gars ont perdu. Vous vous appelez Howard. »

Moore haussa les épaules. « Le monde est petit. »

Corrales lâcha un juron : « Les panneaux solaires, mon cul !

– Bon, alors, où sont toutes ces infos que tu prétends détenir ? insista Towers.

– Tout est sur une clé USB. Et j'en ai deux autres copies dans des coffres à la banque. Je ne suis pas un imbécile, alors cessez de me parler comme à un idiot. »

Moore essaya de retenir un rire. « Alors, va falloir qu'on braque la banque, hein ? »

Corrales secoua la tête et glissa la main dans sa chemise de soie noire. Il en ressortit une mince clé USB accrochée à une grosse chaîne en or. La clé pour sa part était plaquée or, de marque Super Talent et d'une capacité de 64 giga-octets. « Tout est là-dessus. »

Aéroport international de Los Angeles (LAX)
Zone de dépose-minute
9011 Airport Boulevard

Samad et Niazi, à bord de la Hyundai Accent, suivaient Talwar qui était au volant d'un fourgon de la chaîne satellite DirecTV. Le véhicule leur avait été fourni par les hommes de Rahmani à Los Angeles. Ils suivirent les panonceaux bleus et se garèrent au parking 79, réservé à la dépose-minute[1], situé à cinq minutes du terminal principal et accessible depuis le nord et l'est via les boulevards La Tijera, Sepulveda, Manchester et du Centenaire. Ils avaient envisagé d'utiliser le parking longue

---

1. Appelé « cellphone waiting lot » – « parking des appels par téléphone mobile » – ce parking gratuit au stationnement limité à deux heures permet de déposer ou de prendre aisément des passagers à la condition expresse que le conducteur reste en permanence au volant, moteur au ralenti.

durée C, situé plein sud et encore à l'intérieur du rayon d'action de leur lance-roquettes, mais ils avaient appris qu'au moins deux motards de la police de Los Angeles y contrôlaient tous les jours les voitures, à la recherche de véhicules dépourvus de plaque avant, ce qui leur permettait de récolter les PV. La seule mesure de sécurité, ici même, sur le parking de dépose-minute était la « patrouille de surveillance des chiots abandonnés », comme l'avait plaisamment surnommée l'un des hommes de Rahmani. Des types qui repéraient les véhicules laissés garés sans chauffeur. Pas de souci de ce côté, mes amis.

Ils avaient également envisagé de se garer à Inglewood ou Huntington Park, au nord-est de l'aéroport, pour éviter tout risque supplémentaire, mais Samad avait opté pour l'emplacement actuel, le dépose-minute, car il leur laisserait plus de temps pour acquérir leur cible au décollage, quand l'appareil survolerait le Pacifique pour effectuer sa boucle au-dessus de l'eau – dans le cadre des mesures antibruit – avant de revenir les survoler et prendre le corridor V-264, en direction d'Inglewood. Il était clair pour Rahmani – tout comme d'ailleurs pour les autorités américaines – qu'il était absolument impossible de sécuriser entièrement le sol aux abords des couloirs aériens, de sorte que les groupes avaient toute liberté de choisir les meilleurs emplacements.

Samad avait des frissons chaque fois qu'il y repensait. Comme promis, le sol américain allait à nouveau connaître l'audace et le génie absolu du djihâd du 11 septembre 2001, sauf que cette fois l'ire d'Allah s'abattrait sur Los Angeles, San Diego, Phoenix, Tucson, El Paso et San Antonio.

Six avions. Six aéroports. Le six juin.

Alors que certains de ses collègues musulmans étaient en désaccord, Samad croyait dur comme fer que 666 était le chiffre du Coran. Il représentait Dieu. Ce n'était pas Satan ou le chiffre de la Bête, comme le croyaient tant de chrétiens. C'était le chiffre parfait.

Et de même donc, parfaite devait être la mission – parfaitement exécutée, parfaitement orchestrée, les avions soigneusement choisis après des mois de recherches et d'observations par les talibans et les cellules dormantes d'Al-Qaïda à l'intérieur et aux abords de chaque aéroport. Rahmani s'était chargé lui-même de coordonner l'ensemble, en passant des heures à télécharger toutes sortes de documents, tous en libre accès pour quiconque disposait d'une connexion Internet : aussi bien les plans des aéroports fournis par l'administration de l'aviation civile que les corridors empruntés par les appareils au décollage. Il s'était fait aider de plusieurs informaticiens qui avaient créé des modèles tridimensionnels pour simuler chacune des six attaques, des modèles lui permettant de varier les coordonnées de lancement et de déterminer le rayon d'action des roquettes.

Aidés par ces données et avec l'aide de Dieu pour fortifier leur esprit et leur cœur, les destructions qu'ils provoqueraient seraient simultanées et complètes.

La cible pour Los Angeles était le vol 2965 de Delta Airlines, décollant le dimanche 6 juin à 17 h 40 à destination de l'aéroport Kennedy de New York. Appareil : un biréacteur Boeing 757. Un gros porteur transportant deux cent deux passagers, un pilote, un copilote et le personnel de bord. Les vols du dimanche soir tendaient à être complets, entre les déplacements d'hommes d'affaires et les retours de week-ends.

Les capacités de l'arme avaient été la considération première et avaient dicté tant le choix de la cible que la position de tir. Le missile MK III était guidé par un système infrarouge double bande, du type « tire et oublie » qui permettait à l'opérateur de tirer même s'il n'avait pas la cible en ligne de mire. Le MK III ne faisait pas que poursuivre la cible, toutefois ; c'était un engin « intelligent » capable de choisir la trajectoire la plus courte, à la vitesse de six cents mètres par seconde. Sa tête emportait 1,42 kilo d'explosif HE à fragmentation, de quoi détruire entièrement un des réacteurs de l'appareil, accroché sous un pylône d'aile mais suffisamment près du fuselage. On pouvait donc escompter des dégâts collatéraux sur les systèmes hydrauliques et électriques, les surfaces de contrôle et les réservoirs de carburant – le tout débouchant sur une panne catastrophique.

En novembre 2003, à Bagdad, un Airbus A300 de DHL avait été frappé par un missile sol-air. Le pilote avait réussi tant bien que mal à regagner l'aéroport, car seule l'aile avait été touchée. Samad était certain qu'aucune de ses équipes n'échouerait de la sorte car le MK III allait à coup sûr localiser la principale source de chaleur de sa cible au moment où le 757 serait en lente ascension à pleine puissance avec des réservoirs pleins. C'était non seulement la phase où les avions de ligne étaient le plus vulnérables mais, une fois touchés, les appareils allaient s'écraser sur des zones densément peuplées, et avec leurs milliers de litres de kérosène en flammes, ils étaient susceptibles de causer un maximum de dégâts matériels et de pertes humaines.

Si la portée du MK III était de cinq mille mètres, la cible devait se trouver à une altitude inférieure à trois mille. Cela accroissait non seulement la probabilité d'un tir au but mais surtout réduisait le temps alloué à l'équipage pour tenter de sauver l'appareil, déséquilibré par l'explosion. Dans le meilleur des cas, le moteur exploserait, déchiquetant entièrement l'aile, auquel cas les passagers et l'équipage seraient irrémédiablement perdus.

De surcroît, tous ces scénarios supposaient le tir d'un seul missile, or Samad et ses commandos en disposaient d'un second, et ils avaient bien l'intention de faire usage des deux.

Un chauffeur. Un tireur. Un assistant pour aider à recharger le lanceur. Temps total pour lancer les deux missiles et s'enfuir : trente secondes. Si jamais quelqu'un tentait de les arrêter après le premier tir, l'assistant était armé de deux pistolets semi-automatiques Makarov, d'un AK-47 et de six grenades à fragmentation. Le chauffeur était armé lui aussi. Enfin, un deuxième véhicule avec un chauffeur de remplacement était garé juste devant.

Combien de citoyens bloqués sur le parking de dépose-minute seraient en mesure de les arrêter ? La plupart ne seraient armés que de leur mobile et de leur impatience. Peut-être qu'un ou deux gangsters seraient là, pour récupérer un collègue venu d'Oakland ou de Chicago, mais même eux feraient comme les autres et se jetteraient à terre vite fait devant un tir nourri.

Samad et ses hommes pouvaient rendre grâce au gouvernement américain de n'avoir rien fait pour entraver leurs plans. Équiper tous les appareils de ligne de contre-mesures de type militaire – comme des fusées éclairantes, des leurres passifs, des brouilleurs infrarouges ou des lasers haute puissance pour neutraliser les têtes chercheuses – ou les faire escorter par des chasseurs dans les zones à haut risque, toutes ces dispositions étaient d'un coût prohibitif dans l'hypothèse qualifiée officiellement par le renseignement de « manque d'information concluante ». La direction de l'aviation civile stipulait que le gouvernement fournissait aux compagnies aériennes une assurance minimale pour « risque de guerre », mais il n'était pas certain que la couverture recouvrît les frappes par missile sol-air. Ça donnait à Samad envie de rigoler. Alors qu'aux barrières de sécurité des aérogares, on palpait les gamins de cinq ans, rien – absolument rien – n'était prévu pour contrer de telles attaques par des missiles.

Allahu Akbar !

Les Israéliens, eux, ne s'étaient pas laissé embourber dans les querelles politico-juridiques sur le sujet, en partie parce qu'ils se savaient constamment menacés. Ils avaient équipé tous les appareils d'El Al de systèmes antimissiles sophistiqués qui avaient déjà fait leur preuve dans le cas d'un 757-300 qui avait réussi à esquiver non seulement un mais deux engins. Le gouvernement israélien avait bien sûr démenti que l'appareil était doté de telles contre-mesures, même si cet appareil était utilisé parfois par leur Premier ministre.

Ils se dirigèrent donc vers l'extrémité nord-est du parking réservé à la dépose-minute. Leur Hyundai avait un coffre assez vaste pour accueillir et le lanceur et les deux missiles, à condition de les caler sous le bon angle. Ils se garèrent dans un emplacement adjacent aux terrains de foot et de base-ball de l'aire de loisirs Carl E. Nielsen. Sur leur droite s'étendait un quartier résidentiel qui jouxtait le parc. Samad descendit et s'immobilisa, goûtant la fraîcheur nocturne.

Talwar gara le van un peu plus loin, descendit et les rejoignit.

« Le trajet jusqu'ici aura été bien plus difficile que la mission proprement dite », observa Niazi.

Samad sourit. « Regarde autour de toi. Tous ces gens ne vont même pas réagir. Ils resteront dans leur voiture, prétendant assister au spectacle à la télé.

– Quelqu'un aura bien un téléphone braqué sur nous pour filmer le second tir, ajouta Talwar. Ça sera aussitôt repris sur CNN. Et ils pourront le visionner en boucle. »

Une voiture arriva au bout de la rangée – la sécurité de l'aéroport – et Samad s'empressa de saisir son mobile et de faire mine de parler.

La voiture s'arrêta à leur hauteur, la vitre descendit. « Vous devez réintégrer votre véhicule », indiqua un Noir d'une voix lasse.

Samad opina, sourit, fit un signe de main, remonta et ils repartirent.

Ils comptaient revenir le lendemain matin pour un vrai test en blanc, puis, la nuit suivante, les appels téléphoniques seraient passés, les équipes de tir positionnées et leur destin à tous s'ouvrirait dès lors devant eux.

Bureau de la brigade des stups
San Diego

Towers remit la clé USB aux analystes du bureau ; il tenait à rester sur place pour étudier les prétendues preuves de Corrales contre le cartel. Moore reconnut qu'il lui aurait volontiers tenu compagnie mais il s'était pris un peu trop de coups et il avait besoin de récupérer à l'hôtel. En fait, il ne s'endormit pas avant 2 heures du matin et quand le sommeil vint enfin, ce fut pour se retrouver sur le toit de la maison de Zúñiga, et voir les balles cribler la poitrine de Frank Carmichael tandis qu'il se jetait à terre. Sonia ne cessait de lui dire d'arrêter de pleurer, qu'il avait une mission, qu'il lui avait sauvé la vie et que ça ne comptait pas pour du beurre. Tout le monde ne mourait pas autour de lui. Enfin, pas tout le monde.

C'était une femme stupéfiante, et il culpabilisa d'avoir ces sentiments, comme s'il trahissait Leslie. Mais Leslie était si loin, et l'un comme l'autre savaient dans son for intérieur que leur relation était une passade, qu'ils étaient deux individus désespérés cherchant à trouver le bonheur sur une terre envahie par la misère et la mort. Il pouvait aisément tomber amoureux de Sonia, sa jeunesse ayant bien des attraits pour un homme de son âge, et il ne s'était pas rendu compte jusqu'ici que la sauver signifiait bien plus en vérité que réaliser l'objectif de sa mission.

Towers l'appela à 7 h 30 du matin. « Comment va ?

– On fait aller.

– J'ai besoin de vous tout de suite.

– Vous avez l'air épuisé.

– J'ai passé toute la nuit ici.

– Eh, vous savez, je vous en suis reconnaissant.

– Ramenez-vous, c'est tout. »

Moore sortit du lit, s'habilla en vitesse, et sauta dans sa voiture de location.

La fille au comptoir du Starbucks lui demanda s'il allait bien.

« À part qu'une bande de types a tenté de me descendre la nuit dernière, fit-il, pince-sans-rire.

– Mon copain fait ça tout le temps, répondit-elle. Il passe des nuits blanches à jouer à *Call of Duty* et ensuite, il est ronchon toute la journée... »

Moore prit son café et lui tendit sa carte de crédit. « Merci pour le tuyau. J'essaierai de ne pas ronchonner aujourd'hui. » Il lui adressa un clin d'œil et ressortit sans traîner.

Au bureau, il retrouva Towers – qui avait en effet une mine de déterré – assis avec un groupe d'analystes. Celui-ci se leva, glissa une chemise sous son bras, puis lui fit signe qu'ils devaient retourner en salle de conférences. Une fois à l'intérieur, Moore s'enquit de Corrales.

« On l'a mis dans le même hôtel, avec deux gars pour assurer sa sécurité. On pense qu'un duo de guetteurs de Juárez surveille également les abords.

– Rien de surprenant.

– J'ai eu des infos concernant les voitures de police et les paniers à salade de Calexico. Ils ont retrouvé le bonhomme qui a maquillé les véhicules. Un de nos gars est descendu là-bas le cuisiner. Il a déjà identifié votre copain Gallagher.

– Qu'est-ce qu'il fiche ? Il bosse pour le cartel, les talibans, ou les deux ?

– À vous de le découvrir. Pour l'instant, vous vous retrouvez avec une sacrée brebis galeuse dans vos rangs.

– Je... Ils m'avaient bien dit que je pouvais lui faire confiance, que c'était un gars bien, un officier modèle depuis des années. Que s'est-il passé ?

– L'argent, fit Towers, d'un ton sec.

– J'espère qu'ils le paient une fortune. Il en aura besoin s'il veut nous échapper. Bon, et quid de Rojas ?

– Je ne sais par où commencer. » Towers se massa les paupières, puis il détourna les yeux. « La situation est... compliquée.

– Qu'est-ce qui cloche ? Corrales ne nous a rien donné ?

– Oh si, et du lourd. Grâce à lui, nous avons pu identifier le principal fournisseur du cartel à Bogotà, un certain Ballesteros. Nous travaillons déjà avec le gouvernement colombien pour le faire arrêter mais le timing est crucial. Corrales a même des tuyaux pour localiser Rahmani au Waziristan.

– Super.

– On suit cette piste également.

– Alors où est le problème ? »

Towers fit la moue, hésita encore. « Laissez-moi reprendre depuis le début. Jorge Rojas est l'une des plus grosses fortunes du monde, et l'une des personnalités les plus célèbres du Mexique. Il a fait plus pour ses concitoyens que le gouvernement de son pays. C'est une célébrité, un saint.

– Et il a financé tout cela avec l'argent de la drogue. Ses entreprises restent à flot grâce à cet argent. Et des milliers de gens sont morts à cause de lui et de l'argent de la drogue. »

Towers balaya d'un geste ces arguments. « Savez-vous qui est le beau-frère de Rojas ? Arturo González, le gouverneur de Chihuahua.

– Venez-en au fait.

– Rojas est également du dernier mieux avec le président de la Cour suprême du Mexique. Il est allé en vacances avec le ministre de la Justice et il est le parrain de l'aîné de ses fils.

– Et après ? Je suis sûr qu'il passe également ses week-ends avec le président de la République. N'empêche que ça reste un putain de trafiquant de drogue. »

Towers ouvrit la chemise qu'il avait emportée et feuilleta plusieurs documents. « Tenez, je leur ai demandé de me faire quelques recherches sur le gouvernement mexicain, car je ne suis pas un expert en la matière. Écoutez ceci : d'après la constitution de 1917, les États et la fédération sont libres et souverains, ils ont leurs propres congrès et constitutions, tandis que le District fédéral n'a qu'une autonomie limitée, avec un parlement local et son gouvernement propre.

– Donc, les États ont bien plus de pouvoir. Pourquoi cela nous poserait-il un problème ?

– Parce que ça leur donne un poids suffisant pour empêcher Rojas d'être un jour présenté devant la justice. Le gouverneur de Chihuahua – le beau-frère de Rojas – a un pouvoir souverain en la matière et jamais il ne le livrera à la justice fédérale. Et quand bien même il le ferait, avec le président de la Cour suprême et le ministre de la Justice dans sa poche, Rojas s'en tire à tous les coups. Pour couronner le tout, la peine capitale a été abolie en 1930, sauf pour les atteintes à la sécurité de l'État, donc de toute façon, il ne risque pas non plus la peine de mort.

– Laissez-moi bien comprendre. Après que nous avons perdu trois éléments de valeur, nous devons rester les bras ballants ? Corrales a des preuves. Donnons-les à notre système judiciaire. Et interpellons Rojas pour trafic de stupéfiants et complot. »

Towers leva les mains. « On se calme. Songez à votre fuite avec Gallagher. Il parle à Rahmani et ce dernier parle à Rojas. Il faudra deux ou trois semaines pour analyser ces preuves, et ensuite, il nous restera à espérer que le juge trouve Corrales crédible, alors même qu'il tient manifestement à se venger, ce qui ne nous aide pas non plus à défendre notre point de vue. Et durant tout ce temps, il nous faut espérer que votre copain Gallagher n'a pas signalé que nous cherchons à faire inculper Rojas, car si jamais ce dernier l'apprend, il disparaîtra. Je suis prêt à parier qu'il a partout dans le monde des points de chute dont personne n'a jamais entendu parler. Il disparaîtra du paysage et il faudra des années pour le retrouver, si on y arrive.

– On a toujours Sonia comme indicatrice. Il ne peut pas fuir se planquer.

– Rien ne garantit qu'il l'emmènera avec lui. Même à son propre fils, il a caché son implication avec le cartel. C'est ce qui complique d'autant la mission de Sonia. Elle n'a cessé de chercher à collecter des preuves, accéder à ses ordinateurs, mais à chaque fois, elle s'est trouvée prise de court. Il a mis des scanneurs électroniques partout chez lui, si bien qu'on ne peut pas placer de micros sans qu'il le sache immédiatement. Vous voyez, Moore, quand on s'est lancés dans cette affaire, personne n'avait idée qu'elle déboucherait sur quelqu'un comme Rojas. Je veux dire, Zúñiga est bien plus typique et aisé à coincer.

– Comme ce Niebla, là-haut à Chicago. Ils l'ont gardé onze mois au Mexique, avant qu'on parvienne à le faire extrader.

– Ouais, et parce que le gouvernement mexicain estimait que c'était un bandit. Il n'avait pas d'amis sur place. Il travaillait avec Zúñiga, donc, comme de juste, Rojas s'est appuyé sur ses amis pour se débarrasser de lui. Mais Rojas... bon Dieu... il a le monde à ses pieds. C'est le saint du Mexique et tout le monde l'adore. »

Moore leva les bras au ciel. « Donc, tout ça n'a servi à rien ?

– Écoutez, j'ai quatorze services différents qui bossent sur cette affaire. On peut balancer les preuves à nos gars et croiser les doigts. »

Moore ferma les yeux, réfléchit un instant puis dit : « Non, on ne va pas faire ça. Hors de question. Il faut qu'on agisse maintenant, et on ne peut pas attendre Rojas. La tentative d'assassinat l'a conduit à se faire discret. Si on commence à interpeller ses trafiquants et ses fournisseurs, il se rendra compte de ce qui se passe. Il faut qu'on le coince d'abord.

– Et comment procède-t-on sans impliquer officiellement notre exécutif ?

– Laissez-moi passer un coup de fil. Donnez-moi cinq minutes.

– Vous voulez un café ? »

Moore indiqua la tasse dans sa main.

Towers eut un petit rire. « Je n'avais même pas remarqué. Faut-il que je sois fatigué. Je reviens. »

Après avoir composé un numéro en mémoire, Moore tomba sur l'adjoint de Slater qui lui passa finalement son chef. « Monsieur, j'ai cru comprendre que vous étiez dans les forces de reconnaissance des marines.

– Vous en parlez au passé.

– D'accord, chef. Marine un jour, marine toujours, je sais. Nous nous retrouvons ici avec une situation inextricable et j'aimerais que vous réfléchissiez à la situation plus en soldat qu'en espion, si vous voyez ce que je veux dire. » Moore poursuivit en lui expliquant les détails et, quand il eut fini, ce fut au tour de Slater de jurer.

« Nous devons nous montrer adroits. Très adroits. Ce serait plus facile si nous pouvions utiliser les Sinaloas ou les Guatémaltèques, mais on ne peut pas se fier à ces salauds.

– On ne peut se fier à personne au Mexique, sinon à la marine : c'est pourquoi j'ai besoin de vous pour passer cet appel.

– Je sais que vous vous êtes entraîné avec eux ; moi aussi. Ce sont des types bien. Il y a au moins là-bas deux commandos qui me doivent un service ; s'ils sont toujours d'active. Je passerai votre coup de fil.

– Merci, monsieur. » Moore coupa la communication et descendit son café. Il referma les yeux et pria l'univers de lui accorder une molécule de justice.

Towers revint, toujours la mine aussi défaite, inhalant la vapeur de son café.

« Bonnes nouvelles, lança Moore, suscitant aussitôt son attention. Slater va demander à la marine mexicaine un petit renvoi d'ascenseur.

– Alors, qu'est-ce que vous avez derrière la tête ? »

Moore prit une profonde inspiration. « De toute évidence, on ne peut mouiller les gouvernements américain ou mexicain. Notre Président doit pouvoir nier toute implication et Rojas serait aussitôt averti si jamais nous essayons de négocier officiellement avec son gouvernement. En revanche, on peut très bien collaborer avec les commandos spéciaux de la marine mexicaine. En gros, on leur emprunte un ou deux pelotons à l'insu de leur gouvernement. Ces gars sont de vraies têtes brûlées et ils seront bien trop contents de pouvoir éliminer un salopard de trafiquant de drogue. Ils joueront le jeu de sorte que, lorsque l'affaire s'ébruitera, il apparaîtra que tout le mérite de l'opération revient à la marine mexicaine. Notre Président pourra se rengorger tout en affirmant qu'il n'a rien à voir dans cette affaire. »

Sourire de Towers. « En gros, on transforme leurs commandos en mercenaires.

— Je vous le dis, ils le feront. Ils diront qu'ils ont dû agir de leur propre chef à cause de la corruption de leur gouvernement. Donc, on descend à l'invitation de ces gars, on monte un raid sur la résidence de Rojas, et on chope ce salaud. On charge Slater de s'arranger avec la marine mexicaine, et on les laisse confisquer tout le reste.

— Vous aurez d'abord besoin d'exfiltrer Sonia.

— Absolument.

— Et Rojas ? Qu'est-ce qu'on en fait, si jamais on le capture ?

— Comment ça, on le *capture* ? »

Towers leva les mains. « Hé, on se calme. Il est le seul gars à connaître toutes les pièces du puzzle.

— Laissez-moi vous poser une question. N'a-t-on pas grâce à Corrales suffisamment d'éléments pour faire tomber le cartel ? »

Towers plissa les paupières pour réfléchir à l'argument. « Cet avorton en sait bien plus que je ne l'aurais imaginé. On a de quoi provoquer de gros dégâts.

— Alors, au diable Rojas. Je ne m'encombrerai pas de sa capture. Mon plan est de l'éliminer.

— Il vaut plus vivant mais je vous concède que le garder en vie pourrait constituer une menace pour la sécurité et s'avérer un cauchemar logistique. Si nous le remettons à leur marine, ils devront de toute manière l'appréhender, ou alors, il s'en tirera, comme toujours.

– Ne tablez pas trop là-dessus. »

Cinq minutes plus tard, le téléphone de Moore sonna. Slater. « Bonne nouvelle. Nous venons d'engager des éléments des forces spéciales de la marine mexicaine. Youpi. »

38

UNIQUEMENT
SUR INVITATION

Résidence Rojas
Cuernavaca
90 km au sud de Mexico

TOUTES LES NOUVELLES FINANCIÈRES qui atterrirent ce matin-là sur le bureau de Rojas auraient dû le combler d'aise. Le Dow Jones, le NASDAQ et l'indice S&P 500, tous étaient orientés à la hausse et l'indice IPC de la Bolsa Mexicana de Valores, basé sur trente-cinq valeurs et principal indicateur de performances de la BMV, semblait excellent. L'IPC avait une importance particulière car les entreprises de Rojas représentaient quarante-trois pour cent de cet indice. Et de fait, il avait de solides retours sur investissements et toutes ses sociétés avaient connu une importante hausse des profits sur le trimestre.

Alors pourquoi Rojas contemplait-il d'un air aussi amer sa tasse de café matinal ?

À cause de tant de choses... à cause du mensonge qu'il avait raconté à son fils... à cause de la perte de son épouse qui l'affligeait chaque jour... à cause de cette nouvelle menace sur l'entreprise que tous deux adoraient et détestaient...

Que lui était-il arrivé ? Il n'avait pas bâti son empire sur des larmes mais sur de la sueur. Il n'avait pas écrasé ses adversaires en pleurant quand ils frappaient. Il avait toujours répliqué dix fois plus fort.

Il avait l'argent. Il avait les armes. Mais non, il n'était ni meilleur que ces salauds, ni différent d'eux, eux qui fourguaient de la drogue dans les cours de récré ou qui volaient leur grand-mère pour pouvoir assouvir leur dépendance. Il était déjà un cadavre vêtu d'un costume pare-balles, seul dans sa résidence et se désolant d'avoir perdu son âme. Alors qu'il n'avait jamais partagé ses secrets avec Alexsi, elle voyait sa détresse et souvent lui suggérait d'avoir recours à un psy. Rojas ne voulait rien entendre. Il avait besoin de bomber le torse et d'aller de l'avant, comme il l'avait toujours fait, même après avoir croisé le regard sans vie de son frère.

Il vérifia une fois de plus son smartphone. Rien. Il avait essayé de contacter le mollah Rahmani mais l'homme n'avait pas répondu à ses appels. Le numéro de Samad avait été coupé. Castillo avait dit à Rojas que les voitures de police à Calexico avaient été conduites par des Arabes et qu'on avait engagé un jeune du coin pour maquiller les véhicules. Rojas en avait aussitôt conclu que Samad et son entourage avaient assassiné Pedro Romero et pu ainsi accéder aux tunnels. Après qu'il eut ordonné à ses hommes de détruire le tunnel, ajoutait Castillo, on avait retrouvé la famille de Romero assassinée à leur domicile, tous d'une balle dans la nuque, une véritable exécution. Corrales demeurait toujours introuvable, même si Fernando le soupçonnait de s'être rendu au ranch de Zúñiga. Ce dernier avait été retrouvé mort à la suite d'une fusillade survenue là-bas. Des guetteurs signalaient que le corps d'une femme avait été sorti de la maison. Il pouvait s'agir de la copine de Corrales, Maria, mais aucun n'avait identifié Corrales. Des agents fédéraux jouant les espions avaient fui en hélicoptère. Les guetteurs n'avaient pas pu les examiner de près. Rojas redoutait que Corrales se fût rendu aux autorités, mexicaines ou américaines. Pis encore, Fernando avait rapporté que leur meilleur contact avec la police fédérale, l'inspecteur Alberto Gómez, avait disparu.

Il était temps de fermer les comptes, de transférer l'argent, de vider les tiroirs et de changer les serrures. Il était devenu expert en dissimulation de ses liens avec le cartel, grâce à des sociétés-écrans parfaitement légales et des employés d'une loyauté sans faille qui n'avaient jamais une seule fois menacé de le dénoncer. Tout était différent désormais.

Son téléphone sonna et le numéro affiché sur l'écran le fit sursauter. « Allô ?

– Allô, señor Rojas. » L'homme s'exprimait en espagnol mais l'accent à couper au couteau fit grimacer Rojas.

« Rahmani, pourquoi ne m'avez-vous pas répondu ?

– J'étais en déplacement et le signal n'était pas très bon.

– Je ne vous crois pas. Où êtes-vous à présent ?

– De retour au pays.

– Bien, avant que vous n'ajoutiez quoi que ce soit, écoutez-moi bien attentivement. Samad est venu me voir à Bogotá avec une histoire pathétique d'imam malade. Il cherchait un moyen d'entrer sans risque aux États-Unis. Il a essayé de m'acheter avec des explosifs artisanaux et des pistolets.

– Que je crois savoir, vous avez accepté.

– Bien sûr, mais vous savez où j'ai mis la barre : il ne faut pas remuer l'eau qui dort.

– Señor, veuillez accepter toutes mes excuses. Samad est un élément incontrôlé et j'ai perdu toute communication avec lui. Honnêtement, je ne saurais même vous dire s'il se trouve ou non aux États-Unis. Je lui ai donné des instructions précises : rester à l'écart et ne jamais mettre en danger nos relations mais c'est un jeune homme impulsif et je lui ferai payer ses erreurs.

– S'il est en Amérique, alors vous et moi sommes finis. Non seulement je cesserai d'importer et de transporter votre production mais je m'assurerai en outre que vous ne puissiez plus la faire entrer dans mon pays. Je vous couperai l'herbe sous le pied. J'ai déjà mis en garde Samad, et j'ai déjà essayé de vous avertir un peu plus tôt quand j'étais à Bogotà, mais vous n'avez jamais répondu à mes appels. Est-ce que vous me comprenez ?

– Oui, parfaitement, mais ne vous inquiétez pas. Je ferai mon possible pour éliminer les problèmes que Samad pourrait vous poser, à vous ou à votre activité. »

Le ton de Rojas se fit plus cassant, voire clairement menaçant. « Je compte bien avoir de vos nouvelles au plus vite.

– Vous en aurez. Oh, et encore un détail. Nous avons un atout qui pourrait vous intéresser, un agent américain de la CIA qui travaille désormais pour nous. Je serai ravi de vous procurer toutes les informations susceptibles d'affecter nos activités respectives. Dans l'intervalle, je vous implore de continuer à laisser circuler le produit. Ne prenez aucune décision irréfléchie. L'eau, comme vous dites, dort toujours, et nous n'allons pas la remuer.

– Trouvez Samad. Et rappelez-moi. » Sur ces fortes paroles, Rojas coupa la communication et se tourna vers le seuil de la porte où Fernando Castillo attendait.

« Bonjour, J.-C. a préparé le petit déjeuner.

– Merci Fernando. Je n'avais pas réalisé que tu étais également le majordome dans cette maison.

– Non, monsieur. Je viens en fait pour tout autre chose, deux choses, en fait… » Il inspira un grand coup puis baissa les yeux vers le tapis.

« Quoi ?

– Il s'est produit une explosion à San Martín Texmelucan.

– L'oléoduc ? »

Il opina. « Une cinquantaine de morts. Les Zetas ont encore une fois ignoré nos mises en garde, et ils continuent. »

Le gang de *sicarios* du Golfe, les Zetas, s'était lancé dans le détournement de pétrole de la Pemex, la compagnie nationale. Le Président mexicain était venu chercher assistance et conseil auprès de Rojas, et tandis que ce dernier niait avoir tout contact direct avec le cartel, il avait donné des fonds pour contribuer à renforcer les effectifs de police et de sécurité dans les zones les plus vulnérables. Dans le même temps, Rojas avait demandé à Castillo de contacter les Zetas pour les mettre en garde contre la tentation d'autres détournements sur les installations. Rien que pour l'année en cours, ils avaient dérobé plus de neuf mille barils, l'équivalent d'une bonne quarantaine de camions-citernes. Ils revendaient le carburant via leur propre réseau de stations-service et d'entreprises de transport, déjà instaurées pour blanchir l'argent sale ou le fourguer sur le marché noir à l'international. Une bonne partie de ce carburant se retrouvait aux États-Unis. Parfois, il était mélangé à des produits achetés en toute légalité pour augmenter les profits. Castillo avait plusieurs fois envisagé la possibilité de s'emparer de l'activité des Zetas et d'ainsi accroître de manière notable leur marge d'autofinancement. S'il était vrai que Rojas donnait au gouvernement d'une main ce qu'il reprenait de l'autre, mettre en péril la stabilité financière du principal pétrolier du pays relevait d'une pratique à courte vue et surtout téméraire. Plus grave, l'activité était bien trop risquée et fort mal gérée. L'explosion qui venait de survenir ne faisait que souligner ses réserves.

Rojas pesta et détourna la tête pour réfléchir. « Appelle ton ami. Dis-lui que si les Zetas ne cessent pas leurs prélèvements, alors c'est nous qui viendrons protéger l'oléoduc pour le compte du gouvernement.

– D'accord, dit Castillo.

– À présent, parlons du tunnel que nous avons perdu.

– Nous allons reboucher le trou de notre côté, nierons avoir connu son existence dans notre entrepôt, et ferons retomber la responsabilité sur les sous-traitants. Je me suis déjà mis à la recherche d'un nouvel ingénieur et d'un nouveau site de forage, mais nous avons néanmoins perdu beaucoup d'argent. J'espère que vous comprenez qu'on n'avait logiquement pas d'autre choix que de détruire cet ouvrage.

– Bien sûr, Fernando. Tu ne m'as jamais laissé tomber. »

Castillo eut un léger sourire, puis il s'approcha du bureau de Rojas, souleva l'un des nombreux cadres photo et récupéra dessous un petit dictaphone numérique. « J'ai reçu une alerte sur la présence dans votre bureau d'un appareil non autorisé. C'est l'autre raison de ma présence ici.

– Miguel ? »

Castillo acquiesça.

Rojas rumina cette révélation avant de lâcher : « Efface tout. Et laisse cette machine en place… »

Pris d'un léger malaise, Rojas quitta le bureau et, toujours en robe de chambre, gagna à petits pas la cuisine où une chose au moins vint le réconforter : l'arôme subtil des *huevos rancheros*.

Debout devant la fenêtre de la chambre, Sonia contemplait l'allée pavée et la rue en contrebas. Miguel approcha par-derrière et lui passa les bras autour de la taille. « Tu sens bon.

– Toi aussi. Va-t-on à la cascade, aujourd'hui ?

– Je ne suis pas sûr.

– Tu avais promis. Et je pensais à ce centre de thalasso dont tu m'as parlé – Mision del Sol. On pourrait profiter des massages, et puis moi, j'aurais bien besoin d'une séance de pédicure. Ensuite, on pourrait rester passer la nuit, ce serait vraiment romantique. Je pense qu'on en a besoin. »

Miguel sentit la tension lui vriller les épaules, comme si on le ligotait avec une ceinture, cran par cran. « Je ne me sens pas trop bien. »

Elle se libéra de son étreinte pour lui faire face. Scruta ses yeux, posa la paume sur son front et le contempla avec une mine boudeuse de petite fille triste : « Pas de fièvre.

– Ce n'est pas ça. Regarde plutôt. (Il sortit l'appareil de sa poche revolver.)

– Un nouveau téléphone ?

– Non. C'est un enregistreur numérique. Je l'avais déposé hier soir dans le bureau de mon père et je viens tout juste de passer le récupérer. Il passe toujours un tas de coups de fil dans la matinée. Vois-tu, je le vois faire depuis des années. Il m'a menti quand nous sommes descendus au sous-sol. Il a menti. Je le sais. Et il ne veut pas que je le sache, parce qu'il a peur de ce que je pourrais penser de lui.

– As-tu déjà écouté les enregistrements ?

– Non. Ça me fait peur. »

Elle traversa la chambre pour aller fermer la porte. « Pas de souci. Tu veux que je reste avec toi ?

– Ouais. »

Ils s'assirent sur le lit et il prit une profonde inspiration. Il pressa la touche lecture. Rien.

« Une panne ?

– Non. Je l'ai testé, il marchait bien. J'en suis sûr.

– Peut-être qu'il l'aura découvert.

– Ouais et s'il y avait quelque chose de compromettant, il l'aura effacé, parce qu'il ne veut pas l'admettre devant moi.

– Je suis désolée. »

La respiration de Miguel s'accéléra. « Il a bien quelque chose à cacher. »

Sonia fit la grimace. « Ton père n'est pas un trafiquant de drogue. Tu ne cesses d'oublier tout ce qu'il a pu faire pour le Mexique. S'il doit pour cela se frotter aux cartels de la drogue, tu vois, les manipuler, les contourner, alors, tu dois comprendre son attitude.

— Je ne pense pas qu'il les manipule. Je pense qu'il en est le cœur.

— Tu ne m'écoutes pas. Mon père doit procéder de la même façon dans son métier. Il a des distributeurs et des fournisseurs qui lui occasionnent toujours des problèmes. Entre les coureurs qui se dopent et se font exclure, ou les contrats de sponsors que mon père doit annuler. C'est le monde des affaires et tu devrais accepter qu'il faut parfois faire des concessions, parce qu'un beau jour, tu hériteras de bien plus que de son argent. Tu hériteras de son engagement, et ça, j'en suis sûr, c'est ce que ton père désire. Peut-être cherche-t-il à te protéger de l'aspect peu reluisant de la profession, mais le bizness, de nos jours, ce n'est plus tout blanc tout propre. C'est fini.

— Tu es bien bavarde, aujourd'hui.

— Seulement parce que je me fais du souci pour toi.

— Tu n'as pas besoin de me le dire.

— Et alors, si tu avais raison ? Si ton père était le cartel ? Et qu'on l'arrête. Que ferais-tu ?

— Je me tuerai.

— Ce n'est pas la réponse, tu le sais bien. Tu continuerais parce que tu es bien plus solide que tu ne l'imagines. »

Miguel prit l'enregistreur numérique, ouvrit un tiroir de la commode, le balança dedans. « Je ne sais pas ce que je suis. »

Elle leva les yeux au ciel devant cette remarque énoncée d'un ton lugubre, détourna la tête, puis le regarda de nouveau. « Alors, la semaine prochaine, tu commences ton stage estival à Banorte. Ça te changera les idées. »

Il soupira. « Je n'en sais rien. Peut-être.

– Oh, fais-le, je t'en prie. Cet automne, nous irons tous les deux nous installer ensemble en Californie et tout sera parfait.

– On dirait à présent que ça te rend triste. »

Elle pinça les lèvres. « C'est juste que ma famille me manquera. »

Il l'attira contre lui. « Nous leur rendrons visite aussi souvent que possible… » Son mobile se mit à vibrer. Un texto de la cuisine. « J.-C. dit que les œufs sont en train de refroidir. Tu as faim ?

– Pas vraiment.

– Moi non plus. Partons tout de suite. On pourra prendre un café sur la route. Je ne me sens pas de force à regarder mon père en ce moment. »

Gulfstream III
En vol vers Mexico

Installés dans le biréacteur d'affaires, Moore et Towers parcouraient le fichier PDF qui contenait les plans du rez-de-chaussée de la résidence de Rojas à Cuernavaca. La maison faisait près de sept cent cinquante mètres carrés, sur deux niveaux, plus un garage à plusieurs emplacements et un sous-sol, le tout en maçonnerie taillée pour donner à l'ensemble l'aspect d'un château de livre de contes du XVIe siècle, bâti sur une colline dominant la ville. La résidence avait été présentée dans un magazine pour le reportage duquel feu l'épouse de Rojas, Sofia (un prénom étrangement proche de celui de Sonia, leur agent), avait offert aux rédacteurs la visite complète de la demeure et des jardins attenants. Elle avait surnommé l'endroit *La Casa de la Eterna Primavera*.

L'Agence avait placé la maison sous surveillance humaine depuis que le périmètre avait été équipé de détecteurs de micros espions et, en fait, Towers et Moore disposaient d'un rapport circonstancié sur les effectifs des personnels de sécurité de Rojas, leur position, ainsi que des analyses complémentaires des dispositifs de surveillance électronique et autres équipements de sécurité. Rojas possédant plusieurs sociétés de gardiennage au Mexique et aux États-Unis, on pouvait donc supposer sans grand risque qu'il protégeait son domicile avec les meilleurs moyens disponibles : caméras cachées à alimentation autonome et logiciel de surveillance programmable pour déclencher l'alarme uniquement sur une analyse électronique des objets « pertinents » tels que les silhouettes humaines, animaux ou autres cibles qu'on entraînait le système à détecter. Il disposait également de détecteurs de mouvement et de bruit, de lasers, de scanners anti-micros intérieurs et extérieurs, bref, un véritable catalogue d'équipements de détection, surveillés par un vigile installé dans un bunker bien protégé en sous-sol. L'article de la revue incluait des photos du mobilier d'époque de Rojas et de ses collections de livres, et l'auteur soulignait que ces objets étaient soigneusement entreposés à l'abri dans des salles d'archives. Moore en conclut qu'elles devaient être situées au sous-sol.

Towers avait déjà repéré une terrasse aménagée au premier étage à l'angle sud-ouest de la résidence. Un accès idéal au premier. Il double-cliqua sur l'écran de son iPad et y plaça l'icône d'une punaise bleue.

« De là, il dispose d'une sortie à l'écart de l'allée principale, observa Moore en pointant le doigt vers l'écran. Et en dernier recours, il peut également s'enfuir par la rampe du garage et tenter de défoncer le mur en briques ici, et ici. Là, se trouve un box isolé. Il pourrait également contenir un véhicule. »

Towers regarda Moore. « S'il arrive à sortir, alors on ferait mieux de démissionner tous les deux.

– Moi, ce que j'en dis…

– Ne le dites pas. Ça n'arrivera pas sous mes ordres. »

Moore sourit. « Dites donc, vous ne m'avez jamais dit… comment vous aviez réussi à décrocher la permission de venir.

– Je ne l'ai pas demandée. Là-haut, ils me croient revenu à San Diego.

– Non, sans blague ? »

Il sourit.

« Non, je plaisante. J'ai un patron bien. Et il respecte mes initiatives. Je n'ai jamais perdu autant de gens sur une seule mission. Je veux être sur place jusqu'au bout. Slater m'a soutenu également. Il ne voulait pas vous voir y aller seul. Apparemment, on vous apprécie.

– Je suis sous le choc. »

Towers arqua un sourcil. « Moi aussi, je l'étais. Et au fait, la liste que nous a fournie Gómez a donné des résultats. Il a désigné dix intervenants clés chez les fédéraux, plus l'adjoint au ministre de la Justice, et sitôt que nous aurons terminé cette opération, je vais me le payer, celui-ci. Peu me chaut si je dois pour ça arrêter tous les flics de Juárez. Mais ils vont tous tomber.

– Je vous suis à fond, patron. Désormais, au moins, on va bosser avec des types sérieux. Ces gars des *fuerzas especiales* sont incroyables, ils font un sacré numéro. Je suis rudement content d'avoir reçu une invitation. »

Moore jouait les timides, comme d'habitude. Slater s'était en fait appuyé sur ses contacts personnels et sur l'expérience de Moore chez les commandos de marine pour obtenir les services des FES, une unité spéciale de la marine mexicaine qui avait vu le jour à la fin 2001. Moore y voyait la version mexicaine des SEAL de la marine américaine, et il avait du reste passé quatre semaines à les entraîner au camp de Coronado, peu après la formation de l'unité. Leur devise était simple : *Fuerza, espíritu, sabiduría* – force, esprit, sagesse. Le groupe de près de cinq cents hommes était issu du bataillon aéroporté de marine des années 1990. Alors que leur tâche première était de mener des opérations spéciales amphibies, ils étaient également entraînés à effectuer des missions non conventionnelles sur terre, sur mer et dans les airs par tous les moyens imaginables. C'étaient des plongeurs et des parachutistes expérimentés, bien entraînés à la descente en rappel, au combat urbain et au tir de précision. Comme tout bon commando de marine, ils nourrissaient également un intérêt certain pour tout ce qui pouvait exploser. Le groupe était divisé en deux unités (Pacifique et Golfe) et avait participé à un programme d'entraînement de cinquante-trois semaines qui n'avait laissé en course que les hommes les plus aguerris. Ils avaient déjà apporté une contribution significative à la guerre du gouvernement mexicain contre les trafiquants de drogue grâce à leur tactique, leurs techniques et leurs procédures parfaitement rodées et très agressives.

L'une de leurs missions les plus mémorables était advenue le 16 juillet 2008, alors qu'ils opéraient au large des côtes sud-ouest du pays, à Oaxaca. Des commandos du FES étaient descendus en rappel d'un hélicoptère pour se poser sur le pont d'un sous-marin de poche de narcotrafiquants. À cette occasion, ils avaient arrêté quatre hommes et saisi 5,8 tonnes de cocaïne colombienne.

Dans un câble diplomatique américain tristement célèbre qui avait fuité, l'armée mexicaine était décrite comme obtuse, timorée et bien trop casanière après que des agences comme la DEA et la CIA eurent tenté de collaborer avec elle pour intercepter les trafiquants de drogue. Par contraste, les officiers de la marine mexicaine collaboraient depuis des années avec leurs homologues américains et ils avaient su gagner leur confiance. Le niveau de coopération entre la marine et les agences américaines était sans équivalent. De manière bien compréhensible, la DEA – la brigade des stups – avait toujours rechigné à travailler main dans la main avec quelque force mexicaine que ce soit après 1985 et l'enlèvement, désormais célèbre, de l'un de leurs meilleurs agents, Enrique Camarena. Celui-ci avait été kidnappé par des policiers corrompus, torturé, puis assassiné.

Le capitaine Omar Luis Soto était le contact de Moore au sein des FES et ce n'était pas par hasard car ils se connaissaient depuis Coronado. Soto approchait à présent de la quarantaine, sourire facile, larges épaules et nez qu'il qualifiait lui-même d'« architecture maya ». Outre sa stature déjà intimidante, sa précision au tir avait fait de lui la vedette du groupe de Mexicains. Quand on lui demandait comment il parvenait à réussir autant de coups mortels avec autant d'armes différentes, il répondait en souriant : « J'ai envie de vivre. » Moore devait apprendre par la suite que la passion de Soto était le tir sur cible et qu'il affûtait son talent depuis l'enfance.

Moore se dit que ce serait super de le revoir, même s'il aurait préféré que ce fût en d'autres circonstances. Et pour être clair, comme l'avait énoncé Slater, les États-Unis n'avaient rien à voir avec le raid sur la résidence de Rojas. Pour sa part, les FES étaient fort bien rétribuées pour garder le secret sur l'opération et ainsi laisser le gouvernement mexicain dans le flou.

Comme l'avait appris Slater et soupçonné Moore, l'équipe de Soto piaffait d'impatience à la perspective d'un raid et tous étaient enthousiasmés de pouvoir collaborer en bonne entente avec deux Américains.

Campo Militar 1
Mexico

Moore et Towers atterrirent à Mexico en milieu d'après-midi, louèrent une voiture et se rendirent au camp militaire situé dans le triangle formé par les avenues Conscripto et Zapadores avec l'autoroute de ceinture. C'était la seule base militaire que Moore ait jamais vue ceinte de murs roses surmontés d'une clôture en fer forgé noir. Ils présentèrent leurs papiers au planton à la grille principale et celui-ci passa un coup de fil, puis il cocha leurs noms sur une liste, avant de leur faire signe d'entrer. Ils parvinrent à un bâtiment administratif de plain-pied où on leur avait annoncé qu'ils devaient rencontrer Soto et le reste du groupe. La salle de conférences avait été prêtée à la marine par la direction du camp et Soto s'était excusé par avance de l'encombrement et des aménagements pour le moins spartiates.

Quelques secondes après que Moore se fut garé sur le parking, les doubles portes s'ouvrirent et Soto apparut, en jeans et sweat-shirt. Il sourit et serra vigoureusement la main de son homologue américain. « Ça fait plaisir de te revoir, Max !

– Pareil pour moi. » Moore lui présenta Towers et ils suivirent prestement leur hôte à l'intérieur du bâtiment. Ils rejoignirent la salle de conférences, après avoir parcouru trois couloirs qui n'avaient pas dû voir la serpillière du concierge depuis pas mal de temps. Ils entrèrent. Une douzaine d'hommes, tous en civil, comme Soto, étaient rassemblés autour d'une longue table. À la grande surprise de Moore, le fond de la salle était doté d'un vidéoprojecteur sur lequel ils purent connecter leurs ordinateurs et leurs iPad pour afficher des images. Ils avaient certes demandé un tel équipement mais ils n'étaient pas sûrs que les FES pourraient le fournir.

Soto prit le temps de présenter tour à tour chaque agent. Tous étaient des marins aguerris reconvertis en membres des forces spéciales. Deux d'entre eux étaient pilotes. Une fois les présentations achevées, Towers passa en mode briefing, se racla la gorge et commença en espagnol : « Très bien, messieurs, ce que nous nous apprêtons à accomplir fera les gros titres. Jorge Rojas n'est pas seulement l'un des hommes les plus riches du monde. C'est l'un des plus gros chefs des cartels de la drogue de l'histoire, et ce soir, nous allons le renverser et démanteler son organisation.

— Señor Towers, notre groupe est habitué à écrire des pages d'histoire », dit Soto en contemplant ses hommes avec une admiration non feinte. « Alors, vous pouvez compter sur nous. »

Moore les parcourut du regard. Tous ces hommes bouillaient d'impatience, et il sentit son pouls s'emballer.

Il repensa à Khodaï, à Rana, à Fitzpatrick, à Vega et à Ansara, repensa que ce soir il allait faire en sorte qu'aucun d'eux ne soit mort en vain.

Towers éleva le ton. « Messieurs, nous avons les plans de la résidence de Rojas, et nous allons les étudier avec le plus grand soin, mais nous devons présumer que nous n'avons pas en main toutes les cartes. Après cela, nous allons examiner en détail les parages et peaufiner notre plan d'attaque. Une fois encore, je dois souligner que cette opération est hautement confidentielle. En aucune circonstance, nous ne pouvons laisser le gouvernement apprendre que cette opération se déroule. »

Soto hocha la tête. « Nous comprenons, señor Towers. Toutes les dispositions nécessaires ont été prises... »

39

LE FEU
DANS LEURS MAINS

Aéroport international de Los Angeles (LAX)
Zone de dépose-minute
9011 Airport Boulevard

E N TEMPS DE GUERRE, il faut faire des préparatifs.
Des hommes doivent être sacrifiés.

Et la sagesse d'Allah ne devait pas être mise en question.

Quand Samad était encore un enfant à Sangsar, un petit village des faubourgs de Kandahar, au sud-ouest de l'Afghanistan, il regardait les avions passer entre les pics enneigés. Il s'imaginait les pilotes effectuant des virages sur l'aile et se poser directement au sommet pour permettre à leurs passagers de sortir prendre des photos. Samad et ses amis pourraient aller alors à leur rencontre et leur vendre des cartes postales souvenirs et des bijoux fantaisie pour commémorer ce voyage extraordinaire. Samad n'avait jamais réfléchi à la façon dont ses amis et lui escaladeraient ces montagnes, mais ce n'était pas important. Parfois, il s'imaginait emporté à bord d'un de ces appareils vers un pays où il y avait des friandises – du chocolat, pour être précis. Il rêvait de chocolat... tous les jours... et cela dura des années. Blanc, au lait, doux, noir, amer, tous étaient ses préférés. Il avait appris les noms de certains fabricants, Hershey's, Cadbury, Godiva, et il avait même vu une cassette pirate de *Charlie et la chocolaterie* à la télé dans l'arrière-boutique d'un marchand de tapis au bazar du village.

Assis maintenant dans le van, garé moteur au ralenti, avec Niazi sur le siège du passager et Talwar à l'arrière, le lance-missiles à l'épaule, il plongea la main dans sa poche pour en retirer une photo de son père, sourire aux dents cassées, barbe hirsute comme de la paille de fer, le visage flou sous le plastique jauni. Il piocha dans l'autre poche pour en sortir un Hershey's Kiss – il en avait acheté un paquet à la supérette. Il sortit la friandise de son papier, la mit dans la bouche et laissa le chocolat fondre lentement sur sa langue.

Je ne suis pas un homme mauvais, avait-il dit à son père. *Les infidèles l'ont bien cherché et je suis l'instrument de Dieu. Tu dois le croire, père. Tu ne peux pas en douter une seule seconde... s'il te plaît...*

Il consulta sa montre, rempocha la photo, puis dit à Talwar et Niazi d'attendre tandis qu'il descendait du véhicule.

Les textos des membres de leur groupe resté à l'intérieur de l'aérogare étaient déjà arrivés :

```
De 8185557865 : L'avion s'écarte de la passerelle.
De 8185556599 : Il roule vers la piste.
De 8185554590 : Il décolle.
```

Chaque unité de trois hommes à l'extérieur était soutenue par un autre groupe de trois hommes postés dans l'aérogare ; ces dernières unités étaient composées à partir des cellules dormantes implantées dans le pays depuis parfois plusieurs années. Ces hommes travaillaient comme gardiens, comme bagagistes ou occupaient l'un des multiples emplois vacants dans les terminaux. C'étaient de simples observateurs dotés de renseignements de première main et capables de corroborer les données de vol que Samad voyait sur son ordinateur. Leur tâche était d'observer, de rendre compte, et, par-dessus tout, d'éviter de se faire identifier ou capturer.

Il se plaça près du capot du van et tapota sur son iPhone pour charger l'application d'identification des avions de ligne précédemment téléchargée sur iTunes pour 4,99 dollars. Il pointa le smartphone vers l'appareil en train de les survoler, un qui avait décollé juste avant leur cible, et l'application l'identifia correctement, affichant le numéro du vol, sa vitesse, sa destination, sa distance à Samad et plus encore. Comme le logiciel n'était pas toujours précis, et même si Samad avait la certitude que le vol suivant serait bien le leur, il avait donné ordre à l'autre unité d'effectuer une vérification croisée pour s'assurer qu'ils avaient bien identifié le bon vol. Rahmani s'était montré catégorique sur ce point, car à l'heure et à la minute choisie, un agent dormant embarqué dans chaque appareil – un homme prêt à se sacrifier en martyr – lirait une déclaration à l'adresse des passagers. Ces hommes n'avaient pas besoin de cacher des liquides explosifs à l'intérieur de leurs bagages à main tout en essayant de se conformer aux réglementations aériennes pour le transport de liquides. Ils auraient aussi bien pu embarquer tout nus, et ça ne les aurait pas empêchés de délivrer leur message. La TSA, l'Administration de la sécurité des transports du ministère de la Sécurité intérieure, était impuissante à les arrêter quand la volonté de Dieu était de leur côté. Qui plus est, les agents dormants devaient demander aux passagers de braquer sur eux leurs smartphones et d'enregistrer tout ce qui se passait. Ces vidéos seraient alors diffusées à l'ensemble du public américain, par voie de courrier électronique, transmis directement sur la Toile ou après récupération des appareils dans l'épave.

Samad plissa les yeux pour regarder au loin, perçut la tonalité grave des réacteurs en approche, puis tapota deux fois sur le capot du van. Les portes arrière s'ouvrirent et Talwar sortit, même si le lance-missiles était encore à l'intérieur. Talwar tenait son téléphone mobile comme s'il était en conversation alors qu'en fait il se mettait en position de tir. Les feux clignotants de l'appareil brillèrent et bientôt le fuselage apparut et l'appareil fila au-dessus d'eux comme une flèche tandis que Talwar pivotait pour le suivre.

« Trois, deux, un, feu, dit Samad.

– Et trois, deux, un, on recharge », répondit Talwar.

Niazi se glissa près de son ami et hocha la tête. « Rechargement dans trois, deux, une seconde. Paré à tirer.

– Paré à tirer. Trois, deux, un, feu », dit Talwar.

Samad compta mentalement encore cinq secondes, puis il dit : « On y va. » Il jeta un dernier regard à l'avion puis consulta son application iPhone qui l'avait correctement identifié : vol Delta Airlines 2965. Il remonta dans le van, puis regarda les autres chauffeurs garés alentour. Pas un seul n'avait levé le nez de son téléphone mobile. Ne serait-ce pas ironique si Talwar s'était finalement trompé ? Peut-être que ces Américains étaient tellement hypnotisés par leur technologie que même un missile tiré par un lance-roquettes juste à côté d'eux ne suffirait pas à les faire décrocher de leurs applications, leurs jeux, leurs vidéos sur YouTube ou leurs sites de réseaux sociaux. Après tout, ils parcouraient les centres commerciaux comme des zombies, fixant, l'air vague, le minuscule écran serré dans leur paume, sans jamais lever les yeux, sans jamais imaginer que le feu destiné à brûler leur âme pour l'éternité se trouvait déjà au creux de leur main.

« Je ne vois pas le moindre problème », dit Talwar en inspectant une nouvelle fois le lance-missiles à l'arrière du fourgon. « La batterie est toujours chargée à bloc. »

Samad hocha la tête. « *Allahu Akbar.* »

Les hommes répétèrent la litanie. Alors qu'ils repartaient, Samad se remémora une question posée par Talwar : « Que ferons-nous quand tout sera terminé ? Où irons-nous ? On rentrera chez nous ? »

Samad avait hoché la tête. « Il n'est pas question de rentrer. »

Résidence Rojas
Cuernavaca
90 km au sud de Mexico

Le réveil indiquait 1 h 21 et Jorge Rojas grogna, posa un bras sur son front et ferma les yeux. Encore. Alexsi dormait calmement à côté de lui. Quelque part, au loin, Rojas avait cru entendre le bruit d'un hélicoptère – une autre traque par la police, à coup sûr. Il se vida l'esprit et se laissa glisser dans l'obscurité.

Misión del Sol
Centre de thalassothérapie
Cuernavaca

Miguel roula sur lui-même et découvrit que Sonia était partie, mais un fin rai de lumière venait de sous la porte de la salle de bains de la villa cossue qu'ils avaient réservée pour la nuit. Il tâtonna pour vérifier l'heure sur son téléphone mais il ne l'avait pas laissé, comme il le pensait, sur la table de nuit. Hmm. Sans doute était-il resté dans sa poche de pantalon. La lumière dans la salle de bains tremblota, des ombres bougèrent. Peut-être ne se sentait-elle pas bien. La journée s'était pourtant plutôt agréablement passée, même s'il était toujours déprimé et elle, un rien distante. Aucun des deux n'avait été d'humeur pour la bagatelle, aussi étaient-ils simplement restés bavarder quelque temps, parler du restaurant et de la cascade, puis ils avaient regagné l'hôtel, déambulé dans les magnifiques jardins qui embaumaient les fleurs tropicales, avant de rentrer pour leur massage suivi tranquillement d'un dessert. Il avait appelé son père pour lui indiquer où ils se trouvaient – en faisant mine de ne pas avoir remarqué les deux gardes du corps qui les suivaient à la trace.

La lumière dans la salle de bains s'éteignit. Il l'entendit revenir à pas légers vers le lit et fit mine de dormir. Elle se glissa près de lui et vint se serrer contre son dos. Elle murmura :

« Tu te sens bien ?

– Oui. Juste quelques brûlures d'estomac. Rendormons-nous… »

Résidence Rojas
Cuernavaca
90 km au sud de Mexico

Fernando Castillo gardait toujours trois objets à son chevet : son téléphone, son bandeau et le Beretta offert par son père pour ses vingt et un ans. Gravé dans la crosse de l'arme, il y avait un cow-boy doré qui ressemblait à son père, un éleveur ; Castillo ne tirait avec qu'une ou deux fois par an, juste pour s'assurer de son bon fonctionnement.

Il n'aurait su dire ce qui l'avait éveillé en premier : le claquement des pales de l'hélicoptère, la vibration du téléphone ou ce faible sifflement venu du dehors. Avec un frisson, il se redressa d'un bond dans le lit et répondit au téléphone.

L'appel venait d'un des gardes qui surveillaient les caméras installées en sous-sol.

Tout en continuant d'écouter son rapport, il se dirigea vers sa penderie au fond de laquelle on avait aménagé une cache d'armes, assez vaste pour accueillir des dizaines de fusils, voire du matériel encore plus puissant.

Black Hawk UH-60 de la marine mexicaine
En vol vers la résidence Rojas
1 h 31 heure locale

Compte tenu de l'hypothèse que Rojas disposait des mesures de sécurité les plus sophistiquées au monde, et du fait que boucler la résidence et ses environs était une priorité absolue mais ne pourrait être achevé à temps avant le lancement du raid, on avait pris la décision d'attaquer en commando, à chaud, sans chercher à couper le courant dans tout le quartier – une éventualité qui avait été envisagée. Tenter de contourner une à une chaque mesure de sécurité afin de permettre à un agent isolé de se glisser dans la maison pour localiser Rojas leur ferait perdre trop de temps et le placerait surtout seul face à un nombre indéterminé d'adversaires. Ils devaient minimiser les risques et optimiser les chances de mettre la main sur Rojas, tout en créant de surcroît les conditions pour capturer ou tuer un certain nombre de ses lieutenants susceptibles de se trouver également à ses côtés. Ce n'était plus le lieu ni l'heure d'effectuer des actes héroïques isolés ou de déclencher un incident risquant d'éveiller la méfiance des occupants de la maison – une panne électrique, par exemple.

Moore, un homme qui avait jadis cru seulement en lui-même mais avait appris le travail en équipe grâce à Frank Carmichael et aux commandos de la marine, partageait cette opinion sans réserve.

Oui, ils allaient frapper en équipe aux petites heures de l'aube, et s'ils le faisaient maintenant, c'était parce que Sonia leur avait garanti que l'homme serait dans sa tanière. Chaque fois qu'elle appelait son père en Espagne, le coup de fil était dérouté sur Langley et ses deux derniers rapports indiquaient que Rojas était à cran et qu'il pourrait bien envisager d'ici peu un déplacement.

La neutralisation des vingt-deux gardes que Rojas avait postés tout autour de sa résidence, sur les dix mille mètres carrés de jardins et le long du mur d'enceinte en brique, avait déjà commencé.

Un camion Ford F-250 « mini-commando » s'était garé en travers de la route devant l'entrée principale ornée d'une double grille en fer forgée haute de trois mètres et décorée de motifs végétaux qu'encadraient deux colonnes de pierre de six ou sept mètres. Le camion était occupé par trois des hommes de Soto qui se mirent aussitôt à l'ouvrage avant même que les gorilles de Rojas aient pu réagir. Monté sur le plateau du camion, on trouvait un lance-grenade automatique de 40 millimètres. Fabriquée par CIS (Chartered Industries of Singapore), l'arme était capable de tirer de 350 à 500 coups par minute, avec une vélocité des projectiles de 242 mètres-seconde en sortie du tube. Le lanceur était doté d'origine d'un viseur rabattable. L'alimentation en munitions se faisait par un ruban de grenades de 40 x 53 millimètres. Il ne tirait pas des grenades à fragmentation mais une version modifiée et non létale de Kolokol-1, un agent incapacitant dérivé de l'opium, mis au point dans un laboratoire militaire de Leningrad durant les années 1970. Le produit agissait en quelques secondes, et laissait les cibles inconscientes pour une durée variant de deux à six heures. Les Spetsnaz avaient utilisé une version plus instable de ce gaz lors de la prise d'otages du théâtre à Moscou en octobre 2002, entraînant la mort de cent vingt-neuf d'entre eux. Même si Moore, Towers et le reste des forces des FES n'avaient pas de scrupules particuliers à voir l'un ou l'autre des gorilles succomber accidentellement, l'idée était de limiter le nombre des victimes parmi le personnel de maison (femmes de chambre, cuisiniers et ainsi de suite), ce qui, reconnaissaient les Mexicains, ne pourrait que renforcer leur aura.

C'est ainsi qu'un des hommes de Soto se mit à balancer par-dessus la grille les grenades cylindriques pour les faire atterrir dans des zones stratégiques aussi proches que possible des gardes (et dans le rayon d'action de l'arme qui avait une portée de 2 200 mètres), tandis qu'un autre opérateur, armé lui d'une mitraillette M240, restait juché sur le plateau pour le protéger de toute attaque venue de l'extérieur. Le troisième homme restait au volant, prêt à démarrer au moindre signe de tir de représailles.

Dans le même temps, et selon le plan de Soto, une force de près de cent hommes bloquait toutes les rues desservant le quartier. Pour cette tâche, ils utilisaient d'autres pick-up commando mais aussi plusieurs transporteurs de personnel BTR-60 et 70, des blindés légers à huit roues de fabrication russe dont la seule présence suffirait à écarter les habitants du voisinage, faute d'intimider les forces de Rojas qui les auraient repérés.

Moore était assis à côté de Towers à l'intérieur du Black Hawk portant la mention « MARINA » peinte sur le fuselage et sur le ventre, entre les roues du train d'atterrissage. L'équipage mexicain – un pilote, un copilote et deux mitrailleurs servant les mini-canons de 7,62 millimètres à barillet rotatif comme des Gatling – n'attendait que le signal du lieutenant Soto, resté au sol pour intervenir.

Assis de l'autre côté de Moore, Soto était en contact étroit avec son équipe au sol. La mission devait être lancée à 3 h 14. On lui signala que plusieurs gardes avaient pu battre en retraite vers la maison avant d'avoir été touchés par les gaz. Ce n'était pas une surprise et l'équipe d'assaut aurait de quoi les occuper une fois défoncés les accès du rez-de-chaussée. Le groupe avait prévu d'entrer par la porte de la cuisine, celle de la chambre principale, les portes vitrées coulissantes du séjour, les portes du garage et celles de l'entrée principale. Explosifs et béliers viendraient à bout de ces obstacles.

« OK, OK, on est parés à intervenir », lança Soto dans l'interphone. Il retira son casque pour coiffer son masque à gaz, comme l'avaient déjà fait ses compagnons.

Le Black Hawk vira sec et Moore dut s'accrocher un peu plus au rebord du siège étroit. Les trois soldats des FES assis juste en face de lui, leurs genoux touchant presque les siens, écarquillèrent les yeux. En sus de leurs masques qui leur donnaient des allures d'extra-terrestres, ils portaient casque de combat et treillis, plus un lourd gilet pare-balles en Kevlar sous leur chemise, sans oublier tout leur équipement tactique réparti dans de multiples poches de poitrine : couteaux, munitions, grenades, menottes en plastique, torche électrique, boussole et gourde, et bien sûr, au-dessous, le lourd ceinturon où s'accrochaient les pistolets. Moore portait le même attirail, avec des insignes aux épaules, sur la poitrine et dans le dos qui l'identifiaient comme un « Marina ». Ses deux fidèles Glock étaient glissés dans des étuis de hanche TAC SERPA, mais il en avait ôté les silencieux. On lui avait en outre laissé le choix entre un AK-103, un M16A2 ou une carabine M4. Était-il besoin de lui demander ? Il avait bien sûr opté pour cette dernière, un modèle M4A1, doté du kit SOPMOD, Rail Interface System, guidon basculant et lunette de visée Trijicon ACOG grossissant quatre fois. SOPMOD était l'acronyme de « Special Operations Peculiar Modification », et Moore se considérait lui aussi comme un gars « particulier » et donc parfaitement assorti à une telle arme. En outre, le fusil était précisément du modèle qu'il avait souvent utilisé lors de missions commando sur le terrain, et même s'il était tout aussi à l'aise avec le M16 avec lequel il avait tiré sur le toit de Zúñiga, ce dernier modèle était sans comparaison avec le M4.

L'arme à présent posée entre ses jambes, haletant sous le masque, il attendait tandis que l'appareil virait une fois encore avant d'entamer sa descente, dans le ronflement grandissant des turbines.

À l'extrémité méridionale des jardins, un peu plus haut sur le flanc de la colline, se dressait un édifice plus modeste, un garage pour deux voitures qui servait d'abri pour la tondeuse et le matériel de jardinage, mais tenait lieu aussi d'armurerie pour les gardes.

Plusieurs d'entre eux justement filaient dans cette direction quand le pilote redressa sa machine et désigna ces cibles aux servants de la mitrailleuse, qui aussitôt tirèrent une grêle de balles traçantes, pareilles à des faisceaux laser rouges. La bâtisse se mit à trembler sous ce tir de barrage de projectiles de 7,62. Le mitrailleur côté bâbord fit dévier son canon sur la gauche pour faucher trois gardes. Ils approchaient maintenant du garage, au moment où des lampes à détecteur de mouvement s'allumaient au-dessus des portes, révélant les corps ensanglantés, encore agités de soubresauts.

Avant que Moore ait eu le temps d'embrasser toute la scène, le pilote reprit sa descente pour les amener juste au-dessus de la terrasse du premier, à l'angle sud-ouest du corps de bâtiment principal.

Le chef d'équipe côté tribord glissa le bras sous la première des deux cordes de descente en rappel fixées à un bras de déport au-dessus de la baie ouverte. Chaque corde était constituée d'une tresse de quatre brins qui l'empêchait de se tortiller et surtout formait une surface offrant une bien meilleure prise qu'avec une corde lisse, permettant ainsi aux utilisateurs de mieux contrôler la vitesse de leur descente par un mouvement de pivotement sur eux-mêmes. Chaque corde se terminait par une boucle du diamètre d'un pneu de camion et le chef d'équipe balança par-dessus bord les deux cordes, l'une après l'autre.

Moore était parfaitement rompu à cet exercice. Il avait passé des week-ends entiers à répéter la manœuvre jusqu'à pouvoir descendre en rappel rapide dans son sommeil. Quand la marine vous débarquait quelque part, on n'avait guère le temps de s'attarder pour faire ses adieux ou remercier de leur hospitalité vos hôtes. On vous flanquait hors de l'hélico d'un coup de pompe dans le cul, et hop, c'était parti. Comme le répétaient sempiternellement les maîtres d'équipe : *Tenez-vous prêts.*

« Cordes sorties », clama le chef en espagnol, puis, après un coup d'œil par-dessus bord : « Cordes sur le pont. La voie est libre. Go, go, go ! » Il pointa le doigt vers Moore et Towers qui se dégagèrent de leur harnais de sécurité et se levèrent.

Moore mit le M4 en bandoulière, s'assura que le mousqueton était bien arrimé, puis il se porta vers la corde de droite tandis que Towers prenait celle de gauche.

« Dernier test radio, dit Towers.

– J-Un pour J-Deux, je vous reçois », répondit Moore. Un micro sur flexible était placé contre sa joue et raccordé à un écouteur encore plus miniaturisé que l'oreillette Bluetooth d'un téléphone mobile.

« Marina-Un en fréquence, je vous reçois aussi », ajouta Soto sur la même fréquence.

« Parfait, ici J-Un. Parés au largage ! »

Moore se concentra, s'assurant de la prise sur la corde de ses épais gants capitonnés. Il se pencha, puis se jeta hors de la carlingue et entama sa descente, guidant avec fermeté la corde entre ses bottes. Un coup d'œil vers le haut lui révéla Towers sur sa corde, juste un mètre au-dessus de lui. Moore accéléra un brin tout en se dévissant le cou vers le sol pour mieux juger de sa vitesse d'approche.

Et c'est à cet instant précis que quelque chose toucha l'hélicoptère avec un bruit sourd, suivi d'une explosion assourdissante qui envoya valdinguer les deux hommes comme des pantins au bout de leur corde.

Moore eut du mal à voir ce qui se passait au-dessus de lui mais il sentit un souffle chaud et voilà soudain que la corde l'entraînait loin de la terrasse et vers la pelouse.

Quand il leva les yeux, il ne vit que flammes et fumée.

Fernando Castillo rabaissa le lance-grenade calé sur son épaule, puis réintégra prestement la maison par les portes coulissantes du patio. Il se mit à tousser, sentit monter la nausée, parce qu'il avait respiré une bouffée de gaz avant d'avoir eu le temps de coiffer le masque et d'aller chercher le bazooka dans son placard.

Étant le bras droit de Jorge Rojas et son chef de la sécurité, Castillo avait envisagé tous les scénarios qui pouvaient lui passer par la tête et un assaut avec recours aux gaz lacrymogènes – ou tout autre agent chimique employé par la marine – n'avait rien de bien créatif.

Il avait déjà appelé son patron, lui ordonnant d'aller lui aussi récupérer des armes dans sa cache personnelle et de coiffer son masque à gaz. Il comptait rejoindre le sous-sol et, passant par les deux caves successives, gagner un tunnel qui remontait sous la colline jusqu'au garage extérieur abritant la Mercedes blindée. Castillo allait essayer de contenir le plus longtemps possible leurs agresseurs.

Dehors, l'hélicoptère piqua du nez pour aller s'écraser sur la pente à côté du garage, les rotors se rompirent comme de vulgaires bouts de plastique, l'explosion secondaire et le kérosène enflammé déclenchant un incendie qui se traduisit par un mur de feu.

Castillo n'avait eu qu'une seconde pour s'écarter, lâcher son lance-grenade et prendre son fusil. Une grêle de balles vint cribler les fenêtres, alors qu'il se jetait au sol pour aller se réfugier derrière le canapé, juste avant une autre rafale, suivie des pas lourds de soldats qui approchaient.

Après avoir entendu la fusillade, le sifflement du gaz puis le vacarme assourdissant de l'hélicoptère, Jorge Rojas s'était rendu à la fenêtre et il avait aussitôt repéré le camion de l'autre côté de la rue et le militaire lançant des grenades sur sa propriété. Puis Castillo avait appelé.

Il semblait bien que Dieu était venu le chercher.

Et Rojas aurait voulu avoir le courage de son frère pour sortir et affronter ses agresseurs, mais il devait s'échapper. C'était primordial.

Alors, il avait passé par-dessus son pyjama son trench-coat pare-balles, récupéré dans sa planque d'armes un AK-47 avec un chargeur de rechange, sans oublier le masque à gaz instamment recommandé par Castillo, puis il dit à Alexsi de le retrouver au sous-sol. Elle était complètement terrorisée, bien sûr, et il dut par deux fois lui répéter : « Descends au sous-sol ! » Elle coiffa le masque et fila.

Rojas saisit son téléphone et appela Miguel. Son fils ne décrocha pas et l'appel tomba directement sur sa messagerie vocale.

Puis venant de derrière la maison, il y eut comme un énorme coup de tonnerre qui fit trembler les murs et déséquilibra Rojas.

Moore et Towers avaient atterri à quelque trois mètres de la maison, sur la pelouse. Ils firent un roulé-boulé dans l'herbe tandis que l'hélico en perdition tournoyait derrière eux. Ils se couvrirent la tête lorsque la machine percuta le sol et que l'explosion submergea le jardin ; les flammes jaillies des réservoirs de l'appareil projetèrent une onde de chaleur, tandis que les moteurs continuaient de gémir et que l'incendie engloutissait la carlingue de l'épave.

« Oh, mon Dieu », dit Towers dans la radio, puis il grogna. « Soto et tous les autres. »

Une fusillade retentit dans la maison, venant de plusieurs armes, des hommes de Soto et d'au moins un AK-47.

Moore jura. « Il faut qu'on se bouge ! » Il se releva d'un bond, récupéra son fusil. « Maintenant ! »

Towers lui emboîta le pas, l'arme prête à tirer. Encore à bout de souffle, ils foncèrent vers les portes coulissantes, déjà soufflées par le premier groupe d'assaut dont la tâche était de se rendre maîtres du rez-de-chaussée.

Moore ne le vit pas tout de suite, il entendit seulement crépiter son fusil et quand il se tourna dans la direction du bruit, il avisa la silhouette torse nue, coiffée d'un masque à gaz et épaulant un AK-47. Moore n'en aurait pas juré mais il crut distinguer un bandeau masquant un œil, il s'agissait donc de Fernando Castillo, le chef de la sécurité de Rojas.

En cet instant, alors que Moore s'apprêtait à riposter, Towers poussa un cri et s'effondra sur la moquette près de la botte de Moore.

Réprimant l'envie de se pencher pour examiner son patron abattu, Moore tira. La salve transperça les airs à l'emplacement précis où s'était trouvé son adversaire.

Sautant sur une table basse avant de se jeter sur le canapé, Moore se remit à tirer, pensant que l'homme s'était dissimulé derrière mais lorsqu'il atterrit sur la moquette, il constata que le gars filait déjà vers la pièce voisine.

« Max, lança Towers dans la radio. Max… »

Comme à un signal, un tir d'armes automatiques retentit et se réverbéra dans toute la maison ; il provenait de la façade. Du verre se brisa. Des voix inconnues se firent entendre, ponctuant les tirs de jurons en espagnol.

Alors que Rojas se précipitait vers le sous-sol, s'efforçant de respirer régulièrement à travers le masque à gaz, il repéra dans le séjour un soldat penché au-dessus d'un camarade blessé. Et puis, derrière les deux hommes, au niveau des portes d'entrée désormais défoncées, d'autres types armés se ruaient à l'intérieur. Qui étaient ces salopards ? Et pourquoi personne ne l'avait-il prévenu par téléphone ? Des têtes allaient tomber.

40

CHANGEMENT DE PLANS

Résidence Rojas
Cuernavaca
90 km au sud de Mexico

TOWERS AVAIT REÇU une balle dans le biceps droit et une autre avait transpercé son gilet en Kevlar pour lui traverser l'épaule. Celle du bras ne l'avait qu'effleuré mais la balle à l'épaule avait laissé une méchante blessure de sortie.

« S'il s'échappe maintenant, on le perd pour de bon, dit Towers. Foncez !

— Pas avant de vous avoir trouvé des secours. » Moore tapota sur le boîtier de commande fixé à sa ceinture. « Marina-Deux pour J-Deux, à vous. »

Il entendit de la friture dans son écouteur, puis enfin une voix se fit entendre : « J-Un ? J-Deux ? Ici Marina-Deux. Contact perdu avec Marina-Un. Êtes-vous entrés, à vous ? »

C'était Morales, le lieutenant de Soto resté au sol.

« Marina-Deux pour Moore. J'ai besoin d'un secouriste dans le séjour pour Towers. Nous avons perdu Soto dans le crash, à vous.

— Compris, J-Deux. Secouriste en route. »

Moore poussa un soupir de soulagement, alors que, du coin de l'œil, il apercevait du mouvement près d'une double porte à l'autre bout du séjour. Un des battants était grand ouvert, révélant au-delà un large escalier. Une silhouette portant masque à gaz et trench-coat fila vers la cage d'escalier. Moore se redressa aussitôt. Il n'était pas sûr, mais la taille, la chevelure et la carrure de l'homme étaient similaires à celles de Rojas.

L'éclairage s'alluma avec un déclic quand Rojas traversa le sol carrelé et, moins de deux secondes plus tard, une explosion dans son dos déclencha une averse de plâtras, de fragments de poutres et de plaques de béton dans le garage souterrain qui abritait ses vieilles voitures de collection. Il ne lui fallut qu'un regard pour comprendre ce qui s'était passé : ses agresseurs avaient défoncé le plafond et une corde apparut. Ils descendaient au sous-sol.

Rojas se précipita vers la chambre forte située du côté gauche du sous-sol et se mit à pianoter sur le tableau d'accès, hors d'haleine. Il tapa le code, procéda au scan d'empreinte digitale, puis se rendit compte qu'il devait ôter son masque pour le scan rétinien. Il inspira à fond, retint son souffle, puis ôta le casque et plaça son œil devant le détecteur. Le laser émit un éclair. Puis il introduisit son doigt dans le tube pour le prélèvement sanguin.

Quand le premier soldat apparut, accroché à la corde, Rojas sortit un pistolet de sa poche de trench-coat et fit feu. Le soldat se laissa choir au sol avant d'aller se planquer derrière l'antique Ferrari 166 Inter de Rojas.

Un deuxième soldat entreprit la descente et Rojas s'écarta du tableau de commande pour attendre que la porte de la chambre forte s'ouvre en chuintant. Il se rua à l'intérieur, puis inspira, estimant que l'air à l'intérieur de la salle était encore pur. Il l'était. Mais il ne pouvait pas refermer le battant – un dispositif de sécurité l'empêchait de se retrouver bouclé à l'intérieur.

Il passa en trombe au milieu des centaines d'objets d'art, des rangées de meubles, des rayonnages de livres, des caisses et des vitrines d'armes à feu, sans oublier sa collection de vinyles qui se chiffrait à dix mille albums, tous bien rangés dans leur pochette en plastique. Sofia adorait cette collection et elle passait parfois des heures à parcourir les pochettes. Il atteignit le mur du fond devant lequel était suspendue une autre partie de sa collection de tapis d'Orient, accompagnés d'un tapis persan en soie datant du XVIe siècle qu'il avait obtenu chez Christie's pour la modique somme de 4,45 millions de dollars, en faisant l'un des plus chers du monde.

Il écarta les tapis pour révéler une porte métallique encastrée dans la paroi et munie d'une serrure rotative à combinaison. Il fit tourner le cadran. Les chiffres étaient ceux de la date anniversaire de son mariage. Le verrou cliqueta, il souleva une courte poignée et tira le battant vers lui.

La panique commençait à le gagner, il se voyait déjà capturé et contraint de devoir tout expliquer à Miguel. Il ne lui avait jamais parlé des circonstances de la mort de son frère Estebán, comment cette arme lui était venue dans les mains, et à quel point il avait voulu se venger ; il ne lui avait jamais parlé des difficultés qu'il avait rencontrées pour monter ses affaires, de tous les risques qu'il avait pris, jamais dit combien de nuits d'insomnies il avait endurées afin de pouvoir offrir à son fils tout ce dont il rêvait, tout. Mais peu importait. Tout le temps du monde, toutes les explications et toutes les excuses ne changeraient pas le fait que mentir, c'était donner la mort.

Et un fragment de Jorge Rojas allait mourir ce soir.

Le bruit d'une fusillade juste à l'entrée de la chambre forte le glaça un instant.

Puis il sursauta soudain : où était Alexsi ? L'avaient-ils déjà capturée ?

L'éclairage s'alluma automatiquement quand Rojas pénétra dans la petite pièce rectangulaire, pas plus large que trois mètres sur une quinzaine de long. De part et d'autre, des étagères d'acier ployaient sous le poids des coupures, des dollars américains, par millions, cinq cents millions de dollars ou plus, il n'aurait même plus su dire lui-même.

Découvrir une telle accumulation d'argent en un seul endroit avait de quoi saisir n'importe qui, avec ces liasses de billets qui s'entassaient, formant comme une muraille de briques vert moucheté. Rojas avait un jour songé qu'ils représentaient les pages de quelque extraordinairement longue chronique relatant ses faits et gestes et que, non, ils n'étaient pas maculés de sang. Tout au bout de la salle, d'autres étagères étaient chargées de caisses d'armes à feu et de munitions, mais cette fois, pas des antiquités ou des pièces de collection comme celles exposées dans les salles précédentes, non, des armes faites pour tuer, dont celles données par les hommes de Samad et ramenées en contrebande de Colombie. Une voûte en béton s'ouvrait tout au bout et, derrière, s'ouvrait le tunnel menant au garage à flanc de coteau. Les parois du tunnel avaient été renforcées par des étais en bois, puis recouvertes de parpaings, de fers à béton et de béton projeté. C'était le genre d'ouvrage que Rojas aurait aimé réaliser entre Juárez et les États-Unis, encore plus élaboré que celui que Castillo avait été forcé de détruire.

Il contempla la voûte et le tunnel au-delà.

Mais à l'autre extrémité de la salle, derrière lui, un soldat apparut et le mit en joue.

Appartements de Valley View
Laurel Canyon Boulevard
Studio City

Samad était assis sur le lit, et la pâle lumière de son téléphone mobile projetait des ombres allongées au plafond.

Talwar, Niazi et le reste de l'équipe de Los Angeles dormaient dans les autres chambres. Rhamani était censé l'appeler d'un instant à l'autre pour qu'il puisse lui rendre compte de leur sortie d'entraînement et Samad aurait bien voulu que le vieil homme l'appelle enfin car il se sentait complètement vidé et avait du mal à garder les yeux ouverts. Ce qu'ils s'apprêtaient à réaliser – l'audace et la complexité de l'entreprise, la force de volonté qu'elle exigeait –, tout cela était un fardeau bien lourd à porter. Il n'admettrait jamais ouvertement qu'il éprouvait une quelconque culpabilité, mais plus ils approchaient de cet instant décisif et plus ses réserves se faisaient profondes, insistantes.

Son père était le problème. Cette vieille photo lui parlait, lui disait que ce n'était pas la volonté de Dieu, que tuer des civils innocents n'était pas la volonté d'Allah et qu'il fallait enseigner aux infidèles l'erreur de leurs habitudes et pas les assassiner à cause d'elles. Cette vieille photo rappelait à Samad le jour où son père lui avait donné un sachet rempli de cho-colats. « *Où l'as-tu eu ?* » avait-il demandé. Et son père lui avait répondu : « *Je l'ai eu par un missionnaire américain. Les Américains veulent nous aider.* »

Samad ferma les yeux et, paupières hermétiquement closes, serra les poings, les ongles entrant dans sa paume, comme s'il pouvait ainsi purger son corps de sa culpabilité, l'évacuer comme une mauvaise fièvre. Il avait besoin de méditer, de prier Dieu et demander qu'Il lui donne la paix. Il se tourna vers son Coran :

« *Prophète, incite les croyants à combattre : si vingt de vous sont endurants, ils seront vainqueurs de deux cents, et cent seront vainqueurs de mille incroyants qui sont des gens qui ne comprennent rien*[1]. »

_____

1. Le Coran, sourate VIII, « le Butin », verset 65, *op. cit.*

269

Le vibreur du téléphone le fit sursauter. « Oui, mollah Rahmani, je suis ici.

– Et tout se passe bien ?

– Dieu est grand. Notre trajet s'est déroulé parfaitement et j'ai eu des nouvelles des autres groupes. Aucun problème.

– Excellent. J'ai une autre information que j'ai cru bon de partager. J'ai conclu un accord avec le cartel de Sinaloa. Même si Zúñiga s'est fait tuer, son successeur, qui se trouve être également son beau-frère, m'a promis les mêmes conditions que nous avions avec Rojas, et même meilleures, car il nous a mis en contact avec le cartel du Golfe de manière à doubler le volume de nos expéditions. Nous n'avons donc plus besoin du cartel de Juárez. D'ailleurs, je n'ai jamais apprécié l'attitude du señor Rojas.

– Il était assez déplaisant quand je lui ai parlé.

– Peu importe, désormais. Je te reparlerai demain, Samad. Repose-toi bien. *Allahu Akbar.* »

Résidence Rojas
Cuernavaca
90 km au sud de Mexico

Moore avait poursuivi l'ombre dans l'escalier, à travers le sous-sol, en direction des deux chambres fortes. Mais là, il avait essuyé le tir de quelqu'un dans son dos et s'était donc retrouvé coincé, juste devant une nouvelle porte, sans trop savoir s'il valait mieux se retourner ou aller de l'avant.

Il risqua un coup d'œil, repéra le gars au sous-sol, tapi près d'une des voitures de collection. Lorsque l'homme releva la tête, révélant sous le masque à gaz un bandeau noir sur l'œil, Moore ouvrit le feu sur lui, une rafale de trois coups qui le força à trouver une meilleure planque.

Profitant du répit, Moore se redressa, prêt à foncer de nouveau à l'intérieur de la chambre forte. Trois autres hommes de Soto se trouvaient au sous-sol avec lui, à en juger par leurs échanges de tir avec Castillo le borgne, et Moore appela Marina-Deux pour qu'il leur demande de fixer son adversaire. « Et veillez à leur signaler que je suis dans la chambre forte », ajouta-t-il.

Dès que les hommes de Soto entamèrent leur tir de barrage en direction de Castillo, Moore pivota de nouveau, se précipita dans la chambre forte et se mit à la fouiller, cherchant son homme dans tous les recoins, derrière les meubles ou les tentures. Où avait-il bien pu passer ? Et puis il la découvrit, droit devant lui, derrière une rangée de tapis suspendus : une autre porte à combinaison, entrouverte.

Son cœur bondit. Et puis merde ! Il arracha son masque à gaz, car il aurait désormais besoin d'avoir tous les sens en éveil. L'air semblait respirable, tout du moins pour l'instant. Il avait reçu une instruction complète en matière de gaz de combat, depuis sa formation initiale jusqu'aux stages commando. Il y avait été exposé avec ou sans masque. Vomissements et conjonctivite étaient souvent la marque d'une épreuve réussie. Mais au moins sa capacité thoracique hors norme lui procurait-elle un avantage. Il prit une profonde inspiration, retint son souffle et...

Ouvrit tout grand la porte pour se précipiter à l'intérieur.

Il embrassa soudain tout d'un coup : les rayonnages métalliques, les liasses de billets, les flingues et les caisses de munitions au fond, et enfin, la voûte en béton ouvrant sur un tunnel...

Puis une autre image vint le frapper comme une décharge électrique qui le laissa pantois : Rojas en train de brandir un AK-47.

Réagissant bien plus vite que Moore ne l'avait anticipé, ce dernier se jeta au sol près d'un des râteliers à fusils et tira une rafale en mode automatique.

Deux balles percutèrent Moore au sein gauche, le repoussant vers les rayonnages, le souffle coupé ; son tir de riposte alla se perdre dans le mur de billets entassés jusqu'à ce qu'il se reprenne.

Rojas bascula, heurta violemment le sol du coude, ce qui lui fit lâcher son arme.

Moore retrouva son équilibre et se tapit pour surveiller son adversaire ; Rojas s'apprêtait à récupérer son AK-47 mais il s'immobilisa en se rendant compte que Moore le tenait en respect... Plus le temps. Il leva une main en l'air, puis l'autre.

« Debout ! » ordonna Moore.

Rojas se leva, abandonnant son arme à terre. Les mains toujours levées, il s'approcha lentement de Moore, pieds nus.

Le voilà donc, se dit Moore, l'homme le plus riche de tout le Mexique, entouré du butin amassé aux dépens de son pays, des États-Unis et du reste du monde. Celui qui bâtissait des hôpitaux et des écoles, dans le même temps où le cancer de son empire s'étendait dans les cours de ces mêmes établissements. C'était un saint, certes, mais son aube blanche était à présent tachée de sang, ses poches lestées du chagrin de millions d'individus. Et bien entendu, il était tellement imbu de lui-même qu'il n'avait pas la moindre idée du nombre de victimes mortes par sa faute.

Mais Moore, lui, en connaissait au moins quelques-unes, leurs fantômes veillaient sur son épaule, eux qui étaient morts en vain jusqu'à ce soir, jusqu'à cet instant.

Rojas se mit à hocher la tête, l'air furieux : « Votre petit raid pathétique ? Tout ce ramdam ? Vous croyez que ça signifie quelque chose ? Vous allez m'arrêter, et je m'en tirerai.

– Je sais », dit Moore, lâchant son arme pour dégainer un de ses Glock, une balle déjà engagée dans le canon. Il visa Rojas à la tête. « Je ne suis pas venu vous arrêter. »

Castillo gisait appuyé contre une des voitures de collection de Rojas, la Corvette 1963, mortellement blessé d'une balle dans le cou. Il entendit un coup de feu venant de la chambre forte. Il ôta son masque puis le bandeau de son œil, et se mit à prier Dieu de prendre soin de son âme. Il avait eu la belle vie et il s'était toujours douté qu'il finirait ainsi. Quand on manie les armes, on périt par les armes. Il aurait juste aimé savoir si le señor Rojas s'était échappé. S'il pouvait mourir avec cette assurance, alors il quitterait ce bas monde avec le sourire. Il devait tout à Jorge Rojas.

Au cours du raid, les hommes de Soto avaient réussi à capturer le chef cuisinier, plusieurs domestiques et une femme qu'on identifia comme Alexsi, la compagne de Rojas. Une fois la résidence totalement investie, Towers – le bras en écharpe – rejoignit Moore et c'est ensemble qu'ils grimpèrent dans une des voitures banalisées garées au coin en prévision de leur départ. « Dommage que vous ayez dû l'abattre... »

Towers avait arqué un sourcil, le pressant de fournir des détails.

Moore se contenta de regarder ailleurs avant de se glisser derrière le volant. « Décollons avant l'arrivée du cirque. Il faut qu'on récupère Sonia et qu'on file à l'aéroport. »

Misión del Sol
Centre de thalassothérapie
Cuernavaca

Miguel entendit frapper à la porte et quand il leva les yeux, Sonia, en robe de chambre, avait déjà ouvert. Deux hommes en pantalon et veston sombre entrèrent. Elle bascula l'interrupteur. L'éclat de la lumière lui fit plisser les yeux.

« Sonia, enfin ? Qui sont ces types ? »

Elle s'approcha du lit et leva les mains. « On se calme. Ces types font partie de mon équipe.

– Ton équipe ? »

Elle prit une profonde inspiration, le regard fuyant, comme si elle cherchait ses mots. En fait, c'était tout à fait cela. « Écoute, tout ça, c'est à cause de ton père. Ça l'a toujours été. »

Il bondit du lit, voulut s'approcher d'elle mais un des hommes s'interposa, le regard mauvais.

« Sonia, qu'est-ce qui se passe ?

– Il se passe que je te fais mes adieux. Et tu m'en vois désolée. Tu restes un jeune homme avec un bel avenir, malgré tout ce qu'a fait ton père. Il faut que tu le saches. »

Il se mit à trembler, le souffle court. « Qui es-tu ? »

La voix de la jeune femme devint soudain froide, coupante, étrangement professionnelle. « De toute évidence, je ne suis pas celle que tu croyais. Tout comme ton père. Tu avais raison à son sujet.

– J'avais ?

– Il faut que j'y aille. Tu ne me reverras plus. » Elle lui lança son téléphone mobile. « Sois prudent, Miguel.

– Sonia ? »

Elle se dirigea vers la porte, accompagnée des deux hommes.

« Sonia, putain, mais c'est quoi, cette embrouille ? »

Elle ne se retourna pas.

« SONIA, NE T'EN VA PAS ! TU NE PEUX PAS T'EN ALLER ! »

Un des hommes se retourna, le doigt pointé vers lui. « Vous, vous restez ici. Jusqu'à ce qu'on soit partis. »

Il referma la porte derrière lui, laissant Miguel abasourdi, sous le choc, tandis que son esprit repassait déjà tout ce que Sonia avait pu lui dire, tous ces millions de mensonges.

41

L'IMPACT

Gulfstream III
En vol vers San Diego
14 h 30 heure locale

L'AGENCE VOULAIT EXFILTRER Moore et Sonia au plus vite, et Towers reçut la même directive de ses supérieurs du BORTAC. Si l'opération avait été un succès, Soto et sept de ses hommes avaient trouvé la mort. Ils avaient également perdu l'équipage du Black Hawk. Une terrible nouvelle mais ces hommes connaissaient les risques encourus et les avaient acceptés.

Sonia était encore passablement ébranlée quand ils passèrent la prendre à l'hôtel, mais au bout de cinq minutes, elle s'était reprise, parlant et remerciant Moore de lui avoir sauvé la peau à San Juan Chamula.

« Et oui, ajouta-t-elle, je vous dois un café.

– Que je boirai volontiers », dit-il avec un sourire.

Une fois à bord de l'avion, un bras en travers de la poitrine, elle se blottit dans son fauteuil, absorbée dans la consultation de son smartphone. Moore appréciait à leur juste valeur les sacrifices qu'elle avait consentis, se donnant entièrement à Miguel pour pouvoir approcher Rojas, un homme qui se protégeait si bien que la tâche de la jeune femme était devenue quasiment impossible. Bien que jeune, elle était d'un professionnalisme remarquable, avait saisi toutes les ramifications de son travail et compris qu'il mettrait ses émotions à rude épreuve. Pourtant, son engagement n'avait jamais fléchi, et d'emblée, elle avait vu que sa mission allait provoquer des dégâts familiaux collatéraux : Rojas avait condamné son fils à des années d'enquête et de mise à l'épreuve. Qui allait croire que Miguel Rojas ait pu tout ignorer des activités de son père ? Sonia ne pouvait lui venir en aide. Il était inconcevable que la CIA se compromît en l'autorisant à témoigner devant un tribunal, même à huis clos. Elle aurait peut-être le droit de témoigner lors d'une session confidentielle de la Commission de surveillance du renseignement, mais ça n'aiderait pas Miguel. Elle le savait, prenait toute la mesure de sa trahison. Sa force de caractère ne laissait pas d'impressionner Moore.

Towers s'était laissé soigner par les toubibs mexicains qui avaient interrompu l'hémorragie et l'avaient pansé mais sitôt qu'ils auraient atterri, il comptait bien filer à l'hôpital recevoir des soins complémentaires. Il avait besoin de radios, d'une IRM et surtout d'être recousu car la blessure de sortie n'était pas jolie à voir, mais il avait insisté pour que ces soins lui fussent prodigués à San Diego. En attendant, il se reposait tranquillement à côté de Moore.

De son côté, ce dernier ne souffrait que de quelques ecchymoses au torse, nouvelles additions à une collection grandissante depuis le début de la mission. Son ordinateur en équilibre sur ses genoux, il parcourut les infos, pour voir comment les médias mexicains avaient couvert le raid et il se gaussa un peu des gros titres annonçant la « découverte scandaleuse de la vie cachée d'un des hommes les plus riches du monde ». Comme prévu, la marine mexicaine retirait tout le crédit de l'opération, sans que soit jamais mentionnée l'assistance des Américains. Moore avait du mal à le croire, mais les autorités mexicaines avaient déjà autorisé la presse à filmer l'intérieur des chambres fortes. Les murs de billets avaient disparu depuis longtemps, ayant été « pris en charge » par les troupes des FES. Le gouvernement mexicain devait sans aucun doute être partagé entre la reconnaissance et la fureur devant cette initiative isolée de ses forces spéciales, lancée sans aucun aval des autorités, mais qui avait finalement débouché sur une prise remarquable et une formidable opération de relations publiques pour la présidence dans sa lutte contre la drogue.

Dans l'intervalle, Associated Press avait relevé une autre info, un raid gouvernemental dans la jungle contre l'entrepôt de Juan Ramón Ballesteros, le célèbre chef d'un des plus gros cartels colombiens de la cocaïne, en lien direct avec le cartel mexicain de Juárez (comme l'avait révélé un peu plus tôt Dante Corrales). Étonnamment, Ballesteros avait été capturé vivant et, en accédant au rapport de la CIA, Moore apprit que c'étaient des collègues qui étaient à l'origine du raid. Encore une petite victoire à leur actif !

Fidèle à sa parole, Towers avait donné les noms de tous les ripoux de la police fédérale mexicaine que lui avait donnés Gómez, vingt-deux en tout, parmi lesquels une révélation surprenante, voire déprimante : le secrétaire d'État à la Sécurité publique émargeait lui aussi chez Rojas. Les noms ne furent pas seulement fournis à la police fédérale mais délibérément « fuités » vers les médias et envoyés par mail au président de la République en personne. Des émeutes du genre de celle dont Gloria Vega avait été témoin devant le commissariat de Delicias étaient prévisibles à Juárez comme dans maintes autres villes du pays, lorsque les agents en place exigeraient le renvoi de leurs supérieurs corrompus. Towers avait dit qu'il voulait un nettoyage en règle et c'était manifestement ce qui était en train de se passer. Gómez, qui croyait encore obtenir une remise de peine, serait extradé aux États-Unis et inculpé des charges de meurtre avec préméditation, sans préjuger des autres chefs d'inculpation que pourrait lui opposer la justice. Petite victoire numéro deux...

Dante Corrales, le *sicario* qui avait retourné sa veste, allait pour sa part bénéficier du statut de témoin protégé, tant qu'il continuerait de balancer des noms et de contribuer ainsi au démantèlement du cartel. Toutefois, ses informations concernant les relations du cartel au Pakistan et en Afghanistan dataient un peu, les pistes données pour localiser Rahmani sentant sérieusement le réchauffé, à en croire les collègues de Moore opérant dans la région. Moore avait déjà envoyé un texto à Wazir pour voir s'il en savait plus sur le pendentif en forme de Main de Fatma et le groupe de talibans qui, Moore en était toujours convaincu, s'était introduit sur le territoire américain. L'Agence ne savait toujours pas où localiser Gallagher (il était manifeste qu'il s'était fait ôter de l'épaule sa balise GPS), même si on l'avait formellement identifié comme l'homme qui avait commandé le maquillage des voitures de police. De par son métier d'espion, Gallagher avait été formé à trouver des gens qui voulaient rester discrets et lui-même était expert pour faire disparaître des radars. Avec les années, il avait eu le temps d'étudier toutes les méthodes employées pour se dissimuler – et il avait appris à faire le tri pour ne garder que les plus efficaces. Retrouver sa trace allait coûter du temps, de l'argent, exiger des moyens en hommes et, Moore en était certain, relever d'une obsession quasi maniaque.

Peu après, Moore s'endormit. Il fut réveillé par le steward qui lui demanda de redresser son siège et d'attacher sa ceinture.

San Diego
4 h 05 heure locale

À peine arrivée, Sonia leur annonça qu'elle prenait un vol en correspondance pour retourner à Langley où elle subirait un débriefing.

« Beau boulot, lui dit Moore. Sincèrement. »

Elle eut un sourire un peu crispé. « Merci. »

Moore conduisit Towers à l'hôpital Sharp Memorial, spécialisé en traumatologie. Quand les infirmières apprirent que le patient était un agent de la force publique, il eut droit à un traitement de faveur : dans les dix minutes, un toubib l'examinait. On confia à Moore qu'ils étaient arrivés à point nommé. D'ici quelques heures, l'établissement allait être submergé par les victimes des accidents de la route – un jour comme un autre pour un centre de traumatologie dans une grande métropole.

Tandis qu'il patientait dans la salle d'attente, Moore lut un courrier électronique de la secrétaire de Slater, l'informant qu'ils espéraient pouvoir organiser une vidéoconférence un peu plus tard dans la journée. Moore s'était déjà longuement entretenu avec ses supérieurs durant le trajet de retour en avion.

Alors qu'il allait de nouveau s'assoupir, une fusillade retentit et se réverbéra comme dans une vallée de montagne. Moore se réveilla en sursaut avec un juron. Ce n'était pas une fusillade mais le vibreur de son téléphone : un appel de Wazir. Moore se leva et sortit de la salle d'attente pour se rendre dans le couloir. « Comment allez-vous, mon ami ?

– Je sais qu'il est encore tôt chez toi mais il fallait que j'appelle. Je pensais te laisser un message.

– Un problème ?

– Certains des informateurs recrutés par tes hommes nous ont causé des ennuis. Un drone a encore tiré des missiles hier, tuant l'une de mes meilleures sources d'information. Il faut que tu y mettes un terme.

– Je passerai un coup de fil sitôt que j'en aurai terminé.

– Je ne peux pas t'aider si tu ne m'aides pas en échange. Ton agence dirige ses frappes sur les gens dont j'ai le plus besoin.

– Wazir, je comprends.

– Bien.

– Avez-vous quelque chose pour moi ?

– De mauvaises nouvelles. Un groupe de dix-sept individus est entré aux États-Unis en empruntant un tunnel entre Mexicali et Calexico, comme tu le redoutais. Samad, le bras armé de Rahmani, est du nombre, ainsi que deux de ses lieutenants, Talwar et Niazi. Samad s'est fait connaître par la Main de Fatma qu'il porte toujours autour du cou. »

Moore serra les poings et réprima un juron. « Il me faut tout ce que vous pourrez obtenir sur ces hommes, les dix-sept. Et il faut que je sache où se trouvent Samad et Rahmani... en ce moment même.

– J'y travaille déjà. Rahmani est ici mais il se déplace en permanence et, comme je l'ai dit, la situation pour moi devient très risquée. Fais cesser ces attaques par des drones. Dis à tes compatriotes de se montrer plus coopératifs pour que je puisse travailler pour toi.

– Je le leur dirai. »

Moore appela aussitôt Slater qui était en route vers le bureau. Moore lui transmit les desiderata de Wazir en ajoutant : « Je veux que vous fassiez cesser les attaques par drone. Qu'ils poursuivent les missions de reconnaissance, mais plus de bombardements. Pas pour l'instant.

– J'ai besoin de données exploitables.

– Vous ne les aurez pas si vous continuez à tuer mes sources. J'ai juste besoin d'une confirmation. Samad est déjà chez nous. Toute une équipe l'accompagne. Gallagher l'a aidé.

– Je vais contacter la Sécurité intérieure, voir s'ils sont prêts à monter des opérations et élever le niveau d'alerte au terrorisme. »

Les activités précises du gouvernement correspondant aux niveaux spécifiques de menace terroriste n'étaient pas entièrement révélées au public et souvent, l'Agence n'était même pas mise au courant des agissements d'autres services (rien de bien surprenant), d'autant que les opérations ultra-confidentielles comme celle de Sonia demeuraient secrètes au sein même de la Maison. La légalité de certaines mesures avait déjà été contestée devant la justice et les tribunaux avaient encore à juger un grand nombre de cas, alors même que le système en vigueur était contesté, accusé d'être le jouet de manipulations politiques (les niveaux d'alerte ayant tendance à augmenter avant les élections, par exemple).

Moore remercia Slater avant d'ajouter : « Il est impératif que l'on suspende dès maintenant nos frappes. Wazir est un type bien, le meilleur qu'on ait eu jusqu'ici. Il nous aidera à débusquer ces salauds. Faites juste cesser le feu. »

Slater hésita au début, puis finalement accepta. « Et tenez-moi informé de l'état de Towers. Mon emploi du temps est plein pour aujourd'hui, mais je tâcherai de vous parler plus tard. »

Une supérette 7-Eleven
Près de l'aéroport international de San Diego

Kashif Aslam, immigrant pakistanais de quarante et un ans, rêvait d'avoir un jour sa propre affaire, mais pour l'instant, il se contentait d'être le gérant de la boutique de Reynard Way, à moins de quinze cents mètres de l'aéroport. À la demande générale de la petite colonie pakistanaise habitant le quartier, Aslam s'était mis à vendre des *pakoras*, un petit casse-croûte typique consistant en une pomme de terre, un oignon ou un chou-fleur frit dans une pâte à base de pois chiches. Tous les matins, sa femme se levait aux aurores pour préparer la pâte, alternant chaque jour les ingrédients, et Aslam amenait les *pakoras* au travail où il achevait de les cuire dans la grande friteuse de la boutique. Le plat rencontrait un tel succès que le propriétaire se mit à le payer pour ses approvisionnements ainsi que son épouse pour son travail.

Depuis six ans qu'il gérait la même boutique, Aslam était familiarisé avec la clientèle, surtout celle de ses compatriotes. Juste avant midi, trois étrangers, âgés d'une vingtaine d'années, étaient entrés et s'étaient régalés de friture. C'étaient des compatriotes qui parlaient urdu et avaient fait la razzia dans ses *pakoras*. Inutile de dire qu'ils avaient éveillé sa curiosité. Aslam leur avait demandé comment ils avaient entendu parler de lui et de ses casse-croûte et ils lui avaient répondu qu'ils avaient un ami qui travaillait à l'aéroport, mais, curieusement, sans être capables de lui préciser son nom, car c'était en fait un second ami qui était en contact avec lui. Tout cela pouvait bien être vrai mais il y avait néanmoins quelque chose de dérangeant chez ces hommes, la nervosité de leur réaction quand il les avait interrogés, leur réticence à révéler depuis combien de temps ils vivaient ici, ou de quelle région précise du Pakistan ils venaient. Aslam décida d'écouter discrètement leur conversation tandis qu'ils mangeaient avec appétit, dehors, sur le pas de la boutique. Faisant mine de devoir sortir les ordures, et allant donc chercher la grosse poubelle rangée dans l'arrière-cour, il entendit l'un d'eux parler de numéros et de plans de vol.

Aslam avait une foi sincère en l'Amérique, le pays avait toujours été bon pour lui, pour son épouse et leurs six filles. Il ne voulait pas de problèmes et, plus important encore, il ne voulait pas que quoi que ce soit vînt entraver sa nouvelle vie et mettre en péril un avenir prometteur.

Même s'il n'avait aucune preuve concrète, Aslam se dit que ces hommes pouvaient être des criminels – des contrebandiers, peut-être – ou des immigrants clandestins, et il ne voulait surtout pas que les autorités puissent établir une connexion entre ces gens et lui ou son magasin. Il ne voulait pas les voir revenir. Ils conduisaient une petite Nissan rouge brique dont Aslam avait pris soin de relever le numéro. Après leur départ, il téléphona à la police pour signaler l'incident à l'un des deux agents qui s'étaient déplacés pour prendre sa déposition. Puis, une demi-heure plus tard, un homme qui se présenta comme étant Peter Zarick, agent du FBI, vint l'interroger. Il lui dit qu'ils remontaient la piste du numéro d'immatriculation et lui assura qu'en aucun cas son nom ne serait associé à l'enquête.

« Et maintenant ? demanda-t-il avant que l'homme ne reparte.

– Mon patron va répercuter l'information sur tous les autres services.

– C'est très bien, dit Aslam. Parce que je ne veux d'ennuis pour personne. »

Peter Zarick monta dans sa voiture et s'éloigna de la supérette. Dès qu'il fut revenu à son bureau du FBI, il fit son rapport à Meyers, l'inspecteur responsable de l'affaire, qui à son tour le transmettrait par fax en Virginie au NCTC, le Centre national de lutte contre le terrorisme. Celui-ci organisait chaque jour une vidéoconférence cryptée et gardait un contact téléphonique et électronique avec tous les principaux services de renseignement et de lutte contre le terrorisme national ou étranger.

Depuis qu'une alerte surveillance avait été émise concernant la présence de terroristes à Calexico et que le bureau avait appris qu'un collègue, Michael Ansara, avait été tué, Zarick s'était démené comme un beau diable, quadrillant toute la zone en quête de pistes et c'était la première qui fût un peu sérieuse. Il avait du mal à se contenir quand il arriva au Bureau du groupe d'enquête sur le terrain, sis sur Aero Drive. Il descendit précipitamment de voiture pour entrer.

Bureau de la brigade des stups
San Diego

À 14 heures, Moore et Towers avaient quitté l'hôpital et regagné la salle de conférences. Towers se sentait en forme après ses soins. La blessure par balle s'était avérée moins grave qu'il n'y paraissait et le chirurgien avait pris son temps pour lui expliquer la chance qu'il avait eue d'échapper à un pneumothorax et ainsi de suite. Il avait refusé qu'on lui mette le bras en écharpe. Moore avait côtoyé de nombreux camarades blessés par balle, et parfois, les pires têtes brûlées se transformaient en bébés geignards au premier bobo, mais Towers était de toute évidence un vrai dur à cuire. Il ne voulait ni compassion, ni traitement de faveur, juste un sandwich au poulet et des frites, aussi filèrent-ils dare-dare vers un KFC. Moore commanda la même chose et, tout en mangeant, ils regardèrent CNN pour voir s'il y avait du nouveau concernant l'affaire Rojas. Dans le même temps, Moore parcourait les informations réunies jusqu'ici sur la traque de Samad et de son groupe. La piste s'arrêtait net à l'aéroport de Calexico. Ils avaient vérifié les listes de passagers de tous les vols dans tous les aéroports situés dans le rayon d'action de quantité d'appareils. C'était rechercher une aiguille dans une botte de foin et, comme l'avait remarqué Towers, en dehors des avions de ligne, l'administration de l'aviation civile n'avait de documents que sur environ les deux tiers des avions privés. Les témoins étaient rares et distants les uns des autres, et même si le groupe avait été aperçu, Moore se doutait bien qu'ils avaient dû se déguiser en travailleurs émigrés, fréquents dans la région et toujours en vadrouille.

Quelque part, Moore aurait voulu que Samad et ses hommes ne fussent que des agents dormants, que leur mission se réduisît à vivre en secret aux États-Unis pendant des années, en attendant que quelqu'un réveille cette cellule dormante, laissant ainsi à l'Agence le temps nécessaire pour organiser la traque... et l'élimination. Il pouvait toujours se bercer d'illusions mais l'énigme qui lui venait alors aussitôt à l'esprit était celle posée par ces fameux colis allongés. Contenaient-ils des fusils, des armes automatiques, des lance-missiles, ou, ce qu'à Dieu ne plaise, des engins nucléaires ? Bien entendu, les analystes de l'Agence – main dans la main avec une douzaine d'autres services dont la Sécurité intérieure, la Cellule d'alerte nucléaire, le FBI et Interpol – épluchaient la planète à la recherche de traces récentes de ventes d'armes, en particulier entre les talibans du Waziristan et l'armée pakistanaise. Après des dizaines de fausses pistes, on avait à nouveau abouti à une impasse et Moore lâcha soudain un chapelet de jurons.

« Du calme, vieux », dit Towers. Il glissa la main dans sa poche de chemise et en sortit une petite fiole en plastique. « Un antidouleur ? »

Moore le lorgna d'un air torve.

Aux environs de 16 h 45, Moore reçut un mail qui le laissa sans voix. Maqsud Kayani, le commandant du patrouilleur pakistanais, neveu par ailleurs du défunt colonel Saadat Khodaï, avait écrit pour lui faire part d'informations importantes obtenues d'un agent de l'ISI qui avait été un ami de son oncle.

L'ISI avait récemment interrogé un groupe de sympathisants talibans au Waziristan, et l'un des prisonniers leur avait révélé que son frère se trouverait aux États-Unis pour une mission non précisée. Venait alors la partie plus ironique – ou plus funeste – du courrier : le frère en question se trouvait à San Diego. Le message se concluait par :

```
Je veux que vous sachiez que mon oncle était un
homme courageux, qui savait parfaitement ce qu'il
faisait, et j'espère que cette information vous
aidera à capturer les hommes qui l'ont tué.
```

Moore fit lire le message à Towers qui lui-même faillit tomber de sa chaise en découvrant quelque chose sur son propre ordinateur. « Nous avons une piste intéressante émanant du Bureau, ici-même. Trois gars dans une supérette 7-Eleven, tous trois Pakistanais. Le gars qui l'a signalé est un compatriote. Il a relevé leur numéro.

– Ils l'ont vérifié ?

– Oui, la voiture vient d'une agence de location proche de l'aéroport. L'homme qui l'a prise correspond au signalement d'un des trois gars de la supérette. Il semble qu'il ait de faux papiers, idem pour l'adresse mais, hep, attends voir. Putain de Dieu !

– Quoi donc ? demanda Moore.

– La sécurité de l'aéroport vient d'appeler. Ils ont repéré la voiture dans le parking de dépose-minute de North Harbor. Ils ont ordre de ne pas s'en approcher. »

Moore se leva d'un bond. « Allons-y ! »

Ils étaient dehors en quelques secondes, et sautèrent quasiment dans leur 4 × 4, Moore au volant, Towers à côté de lui, en conversation téléphonique avec un certain Meyers, un gars du Bureau qui avait déjà mis en branle son unité d'intervention rapide.

« Dis-leur de ne pas intervenir, beugla Towers. On ne veut pas les mettre en fuite. Surtout, qu'ils n'interviennent pas ! »

Moore avait programmé l'aéroport sur le GPS fixé au pare-brise, aussi l'appareil se mit-il à afficher et égrener les indications d'itinéraire : vers l'ouest sur Viewridge en direction de Balboa, rester sur la file de gauche, monter sur l'autoroute 15, puis rejoindre la 8. Conduire sur autoroute aux heures de pointe l'obligeait à zigzaguer entre les véhicules plus lents. L'aéroport était à une vingtaine de kilomètres, un gros quart d'heure de trajet quand la route était dégagée mais quand ils se retrouvèrent sur l'autoroute de San Diego en direction du sud, le ruban de feux stop et de coffres éclairés par le soleil s'étirait jusqu'à l'horizon.

Sans hésiter, Moore monta sur le talus pour foncer comme un malade, soulevant sur leur passage un nuage de détritus. Ils roulèrent ainsi le plus longtemps possible en écrasant emballages de fast-food et morceaux de pneus éclatés jusqu'à ce qu'ils soient contraints de se faufiler à nouveau sur la chaussée afin de prendre la bretelle de sortie.

Aéroport international de Los Angeles (LAX)
Zone de dépose-minute
9011 Airport Boulevard

Samad avait la bouche sèche quand il entra sur le parking. Il consulta sa montre : 17 h 29, heure locale. Il jeta un coup d'œil à Niazi, assis à côté de lui. Le jeune homme avait les yeux ronds et il se léchait les lèvres comme un léopard des neiges avant la curée. Samad se dévissa le cou pour regarder Talwar, assis derrière ; l'Anza déjà calé sur l'épaule, il priait calmement. Le moteur de la fourgonnette bourdonnait et Samad pressa sur un bouton pour abaisser sa vitre et respirer l'air plus frais du soir.

Il mit la main dans sa poche et déballa un chocolat. Il l'examina comme si c'était quelque gemme précieuse avant de l'enfourner.

Le bout de papier posé sur ses genoux – celui que Rahmani avait désigné comme le listing des cibles – comportait des numéros de téléphone mobile écrits à la main en regard de chacune des villes :

Los Angeles (LAX)
Vol : US Airways 2965
Dest. : New York, NY (JFK)
Départ : 6 juin 17:40 heure du Pacifique
Boeing 757, biréacteur
Passagers : 202. Équipage : 8

San Diego (SAN)
Vol : Southwest Airlines SWA1378
Dest. : Houston, TX (HOU)
Départ : 6 juin, 17:41 heure du Pacifique
Boeing 737-700, biréacteur
Passagers : 149. Équipage : 6

Phoenix (PHX)
Vol : US Airways 155
Dest. : Minneapolis, MN (MSP)
Départ : 6 juin, 18:44 heure des Rocheuses
Boeing 767-400ER, biréacteur
Passagers : 304. Équipage : 10

Tucson (TUS)
Vol : Southwest Airlines SWA694
Dest. : Chicago, IL (MDW)
Départ : 6 juin, 18:45 heure des Rocheuses

Boeing 737-300, biréacteur
Passagers : 150. Équipage : 8

El Paso (ELP)
Vol : Continental 545
Dest. : Boston, MA (BOS)
Départ : 6 juin, 19:41 heure centrale
Boeing 737-300, biréacteur
Passagers : 150. Équipage : 8

San Antonio (SAT)
Vol : SkyWest Airlines OO5429
Dest. : Los Angeles, CA (LAX)
Départ : 6 juin, 19:40 heure centrale
Bombardier CRJ900LR, biréacteur (de queue)
Passagers : 76. Équipage : 4

Les avions allaient décoller à quelques minutes d'intervalle et tous les commandos de Samad s'étaient signalés pour dire que leur équipement était prêt et que tous les vols étaient à l'heure, malgré des alertes météo pour risque d'orage. Samad n'avait plus d'incertitudes. Il se rendait compte que même s'il renonçait maintenant et partait, poussé par son sentiment de culpabilité en pensant à son père défunt, Talwar, Niazi et tous les autres poursuivraient la tâche sans lui. On n'arrêtait pas le djihâd. Et lui mourrait simplement comme un imbécile et un couard. Aussi, avant de partir, avait-il craqué une allumette et brûlé la photo de son père, laissant les cendres dans le lavabo. Ils avaient récité leur prière de l'après-midi, et puis Samad avait pris le volant, le regard résolu, les mains crispées.

Une voiture de police de l'aéroport traversa le parking au ralenti, cherchant à repérer les véhicules abandonnés. Samad saisit son mobile et fit mine de parler. Comme la veille, les autres chauffeurs étaient entièrement absorbés par leurs gadgets électroniques et un calme étrange régnait sur le parking, seulement rompu temporairement par le survol d'un jet.

17 h 36

Samad afficha l'application iPhone pour confirmer l'identification de leur cible. Il avait pu noter l'existence d'un délai de trente secondes pour l'affichage des données mais c'était sans importance. Il lui suffisait de repérer l'avion, le missile se chargerait du reste.

17 h 37

Les secondes se transformaient en minutes et les minutes en heures tandis que son pouls s'était mis à accélérer. Le ciel avait pris des teintes jaunes veinées de bleu, strié par les rayons du soleil couchant, avec juste quelques petits cirrus vers l'est. Ils auraient une vue spectaculairement dégagée pour le lancement.

Son mobile vibra. C'était le texto de confirmation envoyé par leur équipe dans l'aérogare.

Vol US Airways 155
De Phoenix à Minneapolis
18 h 42 heure des Rocheuses

Dès l'âge de seize ans, Dan Burleson volait en solo sur un Cessna 150 au-dessus de Modesto, en Californie. Il pilotait avant d'avoir obtenu son permis de conduire. Deux ans durant, il avait épargné l'argent de poche récolté à tondre les pelouses pour prendre des cours de pilotage. Ayant grandi dans la vallée de Salinas, il avait toujours été fasciné par les pilotes qui faisaient du rase-mottes pour épandre les engrais. Il avait su d'emblée que c'était ce qu'il voulait faire. Durant trente ans, il avait entretenu sa passion en faisant de l'épandage sur les champs de coton en Géorgie, en assurant les bulletins d'information routière en Floride, et en effectuant des transports de fonds ou de spécimens médicaux vers le sud-est. Il pilotait des monomoteurs comme les Cessna 210 Centurion mais aussi des avions cargo bimoteurs comme le Beechcraft Baron 58. Il avait connu toutes les pannes matérielles imaginables, et même volé sur un seul moteur et manqué de s'écraser lorsque son zinc avait été balayé par une tempête. Il entendait encore le bruit de rivets qui sautaient alors qu'il croyait venue sa dernière heure.

Tout ça pour dire que M. Dan Burleson n'était pas le passager lambda d'un vol commercial. Il gardait toujours un vif intérêt pour toutes les procédures se déroulant dans la cabine de pilotage et pouvait vous dire l'instant précis où les pilotes laissaient la main à l'ordinateur durant leur ascension pour gagner leur altitude de vol en palier. Le pilote entrait les changements de trajectoire et les indications d'altitude, soit en pianotant sur un clavier, soit en faisant tourner un cadran vers le cap désiré. Par exemple, les contrôleurs du ciel pouvaient appeler et demander « Delta 1264, virage à droite sur le 180 » et le pilote tournerait aussitôt le cadran du système de gestion de vol sur le cap désiré et l'appareil obéirait docilement aux instructions des contrôleurs relayées sur l'ordinateur de bord. Chaque fois qu'il prenait l'avion, Dan ne pouvait s'empêcher de visualiser ce qui se passait dans le cockpit. La force de l'habitude.

Ce soir-là, il était assis à la place 21J, la rangée devant la porte de sortie, avec le hublot sur sa droite. Avec son mètre quatre-vingt-quinze et ses cent trente kilos, il n'avait guère le choix en matière de placement en cabine. Il se rendait à Minneapolis pour une semaine de pêche avec deux copains de lycée qui lui avaient promis des carpes de taille éléphantesque.

293

Sa femme lui avait donné le feu vert et son grand fils, pourtant invité, avait dû rester pour travailler.

Ils roulaient à présent sur la piste et Dan se cala contre le dossier et regarda de l'autre côté de l'allée centrale. Une étudiante lisait un manuel avec le mot *Esthétique* dans le titre, et, à côté d'elle, un jeune homme à peau basanée, peut-être indien ou levantin, était assis sans broncher, tête baissée, les yeux clos. Il avait l'air terrifié. *Gonzesse.*

« Veuillez relever vos tablettes…

– Ouais, ouais », grogna Dan.

Aéroport international de San Diego (SAN)
Parking de dépose-minute
North Harbor Drive

Le parking de dépose-minute de San Park, cinquante places, était situé de l'autre côté d'une voie bordée d'arbres qui desservait l'entrée de la station de la gendarmerie maritime, avec ses rangées de bâtiments au toit de tuile. L'aire était un rectangle pavé avec une seule rangée d'emplacements en épi, s'étirant le long d'une grande haie d'arbustes plantés devant une clôture grillagée derrière laquelle on apercevait des hangars et d'autres installations annexes de l'aéroport.

« Meyers a divisé ses hommes. Il en a placé six de l'autre côté de la rue, au poste de la gendarmerie maritime, et quatre autres, en faction sur les toits des hangars au nord, indiqua Towers. La Nissan rouge est garée tout au bout du parking, côté sud. Nous, nous sommes l'unité mobile.

– Pas vous, rien que moi », rectifia Moore en entrant dans le parking pour se garer au premier emplacement libre sur leur droite, à côté d'un minibus jaune aux vitres teintées.

« Je vais bien, dit Towers, je viens. »

Grimace de Moore. « C'est vous le patron, patron. » Il dégrafa son blouson pour accéder plus aisément à son étui d'épaule, puis il descendit du 4x4, rasant les arbustes, Towers sur les talons. Plusieurs membres des forces de sécurité appartenant aux SWAT escaladaient à la manière de chats le mur latéral du poste de gendarmerie pour en gagner le toit. Moore aperçut du mouvement sur le toit des hangars à droite, et, l'espace d'une seconde, il vit même surgir une tête avant que celle-ci ne disparaisse. Ces unités des SWAT étaient formées de professionnels aguerris aux techniques d'assaut, de pénétration en force, de surveillance et de tir de précision et ils avaient la panoplie en rapport : casque en Kevlar, lunettes, gilet pare-balles, mousquetons pour équipements légers modulaires avec réserves de munitions et mitraillettes H&K MP5 – l'arme de dotation standard à l'exception des tireurs d'élite qui pour leur part avaient droit au fusil de précision de calibre 308 manufacturé par Precision Arms. L'un des copains de Moore dans l'unité numéro 8 avait quitté la marine pour intégrer les unités des forces d'intervention du FBI et il avait eu l'occasion d'initier Moore à leurs armements, leurs tactiques, leurs techniques et procédures. Il avait même tenté de le recruter – au moment où ce dernier était déjà particulièrement courtisé par la CIA. Toujours est-il que Moore se sentait particulièrement à l'aise avec le soutien de ces unités déterminées et parfaitement entraînées.

La pancarte à l'entrée du parking indiquait que le stationnement était limité à une heure, laps de temps durant lequel les chauffeurs devaient rester au volant et laisser tourner leur moteur – ceci afin de décourager le stationnement ventouse et les tentatives d'effraction –, sans oublier la valeur dissuasive de la mesure en termes de consommation exorbitante d'essence.

Aussi, quand Moore et Towers s'approchèrent de la Nissan Versa rouge brique, ils constatèrent d'emblée que la voiture était vide et le moteur coupé. Moore eut un sérieux coup de mou. Ils se précipitèrent et, de dépit, Moore écrasa le poing sur la vitre côté conducteur.

Deux agents des SWAT, accompagnés d'un troisième homme, âge mûr, favoris gris, apparurent au coin et s'approchèrent au petit trot. En guise d'équipement tactique, l'homme le plus âgé ne portait qu'un casque et un gilet pare-balles. Il lança :

« Towers, Moore ? Je suis Meyers. On a fait chou blanc ou quoi ? »

Moore pivota pour scruter le parking, embrassant du regard le long alignement de véhicules et d'emplacements vides, comme autant de uns et de zéros, de bits et d'octets. Pourquoi ces types auraient-ils abandonné cette voiture ici ? Seraient-ils revenus avant une heure ? Ne craignaient-ils donc pas l'enlève-ment de leur véhicule ? Et où se trouvaient-ils en ce moment ?

Il consultait sa montre – 17 h 42 – quand la porte arrière du minibus jaune garé près de leur 4x4 s'ouvrit soudain, livrant passage à un homme en jeans et chemise à carreaux, le visage dissimulé sous une cagoule noire. Il tenait à l'épaule un lance-missiles.

Deux autres hommes, habillés pareil, jaillirent derrière lui, armés de mitraillettes.

Le type au lanceur retourna au pas de course vers la rue, pour prendre position entre la chaussée et un arbre sur sa gauche. Il éleva son arme...

Et ils découvrirent alors sa cible, un biréacteur de Southwest Airlines qui traversait le ciel en rugissant, dans l'éclat de son fuselage rouge et bleu ; le train d'atterrissage commençait à se rétracter.

Moore analysa toute la scène en une fraction de seconde avant de hurler : « Le minibus ! »

Tandis qu'il fonçait vers le groupe, les tireurs d'élite postés de l'autre côté de la rue, sur le toit de la gendarmerie maritime, ouvrirent le feu, atteignant un des terroristes armé d'une mitraillette tandis que le complice de celui-ci s'écartait pour riposter en direction des toits. La tête du premier type tressauta et une gerbe de sang, de chairs et de fragments de crâne jaillit dans les airs.

Moore concentra son attention sur l'homme armé du lance-missiles ; sans cesser de courir, il tira, l'atteignant au bras, au torse, à la jambe... le terroriste perdit l'équilibre, pivota – et un éclair chauffé à blanc jaillit de la bouche de l'arme qui avait dévié vers le bas en direction de la rangée de voitures.

Moore n'eut que le temps de se jeter à terre sur la bordure gazonnée comme le missile traversait le parking avant de virer sec pour revenir vers la seule source de chaleur aux alentours : le moteur au ralenti du minibus jaune des terroristes. La tête du missile contenant un explosif à fragmentation détona à l'impact sur le capot, malgré la brièveté de la séquence d'armement. Des fragments d'acier, de plastique et de verre fusèrent dans toutes les directions, le van fut soulevé à deux mètres dans les airs tandis que l'onde de choc renversait sur le flanc le 4x4 de Moore ainsi que la voiture garée juste de l'autre côté. Le réservoir du van se rompit, répandant une rivière d'essence enflammée qui se répandit alors que la caisse retombait lourdement. Les lourds panaches de fumée noire et l'odeur de carburant en feu détournèrent l'attention des conducteurs sur l'autoroute et, tandis que Moore se relevait, un taxi vint percuter l'arrière d'une limousine. Les oreilles carillonnant, les yeux mi-clos pour se protéger de l'air brûlant, Moore se précipita vers l'homme au lanceur qui gisait maintenant à terre, les mains plaquées sur ses blessures. Le lance-missiles gris, encore chaud et fumant, était abandonné au sol près de sa jambe.

Moore s'agenouilla près de la victime. Il saisit l'homme par le col, lui arracha sa cagoule et s'adressant à lui en urdu, lui demanda où était Samad.

L'autre le regarda sans rien dire, les yeux injectés de sang, la respiration de plus en plus laborieuse.

« OÙ EST-IL ? » hurla Moore.

Des cris jaillirent autour de lui – les unités des SWAT, les forces d'intervention du FBI convergeaient maintenant et tentaient de sauver le conducteur resté dans la voiture qui avait été soufflée.

Towers se précipita vers les deux autres terroristes gisant sur la chaussée, l'un étendu sur le dos, l'autre couché sur le flanc.

Le regard du lanceur se fit vague ; puis sa tête retomba, inerte. Moore jura et le repoussa sans ménagement. Il se releva en grognant. Il se tourna vers Towers et cria : « Ce n'était qu'un commando ! Juste un ! Il pourrait y en avoir d'autres ! »

Aéroport international de Los Angeles (LAX)
Zone de dépose-minute
9011 Airport Boulevard

Samad eut un sourire crispé.

Tous les aéroports sur toute la planète allaient être fermés, près de cinquante mille en tout.

Tous les pilotes en vol, jusqu'au dernier, allaient recevoir l'ordre de se poser immédiatement.

Y compris les six pilotes condamnés qui, bien entendu, seraient incapables d'obéir à ces instructions.

Los Angeles, San Diego, Phoenix, Tucson, El Paso et San Antonio… Toutes les grandes cités d'Amérique dont les services d'urgence allaient se trouver confrontés à une horreur jusqu'ici inconcevable, des aéroports dont le personnel de sécurité allait soudain comprendre que toutes leurs procédures de « sécurité graduée » avaient été déjouées, que les commandos de Rahmani avaient su très précisément comment agir pour ne pas mettre la puce à l'oreille des agents chargés de la détection des terroristes. Munis de documents irréprochables et sans rien de suspect dans leurs bagages, ils avaient pu monter à bord. Toutes les autorités de sécurité aéroportuaire, la police et les autorités locales se verraient rappeler qu'il était tout bonnement impossible de sécuriser entièrement les abords sous un tel nombre de couloirs de vol.

Mais surtout, les Américains – tous ces infidèles qui polluaient les terres saintes, soutenaient des régimes injustes et oppressifs, et qui rejetaient la vérité – allaient tourner leurs regards vers le ciel pour témoigner du pouvoir et de la force d'Allah, se révélant sous leurs yeux.

Samad ouvrit la porte et sortit. Il pointa son iPhone vers l'avion de ligne encore au loin ; l'appareil transperçait le ciel dans un grondement intense et rauque. Confirmation.

Il regagna le van, enfila la cagoule, prit l'AK-47 que lui tendait Niazi, puis au cri de « *Yalla !* », il se retourna pour ouvrir la porte arrière du véhicule.

Talwar descendit à son tour, l'Anza à l'épaule, suivi de Niazi avec le second missile.

La femme à bord du Nissan Pathfinder avec un drapeau portoricain accroché au rétro quitta des yeux son téléphone mobile quand Samad leva son fusil en même temps que Talwar pointait son arme vers l'avion de ligne.

Ils étaient à quelques secondes du tir et si d'autres occupants du parking se mirent à leur tour à contempler la scène, pas un ne fit mine de sortir de sa voiture. Ils restaient là, comme autant de moutons, tandis que Talwar comptait tout haut : « *Thalatha ! Ithnayn ! Wahid !* »

Le missile MK III partit dans un épais nuage de fumée. Avant que Salad ait pu reprendre son souffle, Talwar et Niazi avaient recommencé leur compte à rebours, et Niazi aidait son camarade à recharger l'arme.

Partagé entre contempler la trajectoire étincelante du missile et couvrir ses hommes, Samad changea encore une fois de position, tout en brandissant son arme dans un mouvement semi-circulaire, démonstration de force destinée aux occupants du parking. Le troupeau se mit à réagir : ils étaient à présent bouche bée, interloqués par le spectacle.

Samad jeta un regard vers l'avion, au ruban du sillage tressé à travers le ciel, à la tuyère chauffée à blanc du missile une seconde avant...

L'impact !

42

LA DÉVASTATION

Aéroport international de Tucson (TUS)
Parking de dépose-minute
East Airport Drive
18 h 46 heure des Rocheuses

JOE DOMINGUEZ était venu récupérer à l'aéroport son cousin Ricky, venu d'Orlando passer une semaine de vacances avec lui. À vingt-quatre ans, Dominguez était un garçon décharné mais énergique, fils unique d'immigrés mexicains entrés en toute légalité aux États-Unis vers la fin des années 1970. Ses deux parents avaient été naturalisés. Le père de Joe était un plâtrier qui travaillait avec une dizaine d'ouvriers pour une demi-douzaine d'entreprises du bâtiment installées dans l'agglomération de Tucson. Sa mère avait lancé sa propre société d'entretien quand il était encore enfant et elle se trouvait aujourd'hui à la tête de plus de quarante employés qui assuraient le nettoyage tant de commerces que de résidences privées ; l'entreprise avait même sa flotte de véhicules. Pendant ce temps, Joe avait achevé ses études secondaires et n'avait guère l'intention de poursuivre vers l'université, aussi s'était-il installé pour quelque temps dans le sud de la Californie ; il s'était en effet inscrit au programme d'apprentissage des étudiants de la société Ford pour obtenir un diplôme de mécanicien auto. Après deux longues années de formation technique complète, il avait décroché son diplôme. Et était alors retourné à Tucson où il avait trouvé un emploi dans une concession Ford Lincoln Mercury. Il adorait la mécanique et avait réussi à mettre de côté suffisamment d'argent pour concrétiser son rêve : posséder un pick-up Ford F-250 FX4 avec kit de surélévation de 15 centimètres et pneus tout-terrain BFGoodrich T/A KM2. Ses copains surnommaient son engin « la bête noire » et les courageux prêts à l'accompagner pour une virée découvraient qu'il leur fallait une échelle ou être très athlétiques pour grimper dans la cabine. Sans aucun doute, la machine intimidait les filles qu'il rencontrait mais de toute façon, il n'avait que faire d'une fille timide. Lui, il lui fallait une aventurière. Il la cherchait encore.

Assis dans la cabine, moteur diesel au ralenti, radio en sourdine pour entendre l'appel de Ricky, il sursauta quand il vit les trois hommes descendre du minibus navette de l'hôtel Hampton Inn garé en épi dans la rangée voisine. Ils étaient vêtus comme des Mexicains mais plus grands et tous trois avaient le visage dissimulé sous un passe-montagne. Pendant que deux des hommes discutaient, le troisième gagna l'arrière du fourgon pour en ouvrir les portes. La discussion s'interrompit quand l'un des deux pointa le doigt vers le ciel, où un avion de la Southwest était en train de décoller.

L'autre se pencha alors par la porte latérale pour récupérer quelque chose à l'intérieur ; il tendit à son partenaire un fusil automatique AK-47, bien reconnaissable avec son chargeur incurvé.

Joe Dominguez n'en croyait pas ses yeux.

Désormais armés tous les deux, ils rejoignirent le troisième larron qui porta à son épaule un lance-missiles de couleur verte, du genre de ceux que Dominguez avait vus dans les films de Schwarzenegger. Le gars orienta son arme vers l'avion qui grimpait tandis que ses deux complices balayaient le parking avec leurs canons pour le couvrir.

Le parking était bondé et un bref coup d'œil sur sa gauche lui révéla une femme dans une petite berline qui les désignait du doigt tout en criant quelque chose à l'adolescente assise à ses côtés.

Dominguez dut se persuader qu'il ne rêvait pas. Ces enculés – il n'y avait pas d'autre mot – avaient l'intention d'abattre un avion !

Son cœur s'emballa quand son instinct prit le dessus. Il embraya, sa botte en croco écrasa l'accélérateur et la bête noire bondit en rugissant, crachant un sombre panache de gazole. Il fonça droit sur le gars au lance-missiles, couvrant la distance en moins de trois secondes.

Les deux autres salopards réagirent aussitôt. Dominguez dut se planquer derrière le volant tandis qu'une grêle de balles transperçait son pare-brise. Puis il y eut un coup sourd, suivi d'un grand crash quand il vint défoncer l'arrière de la navette. Il risqua un œil...

Les deux types qui s'étaient écartés juste à temps se remirent à tirer sur son camion, les balles ricochaient sur les portières. Il se planqua de nouveau et poussa un cri.

Puis retentirent d'autres coups de feu. D'autres armes. Il risqua un coup d'œil par la vitre latérale, vit deux hommes armés de pistolets, le premier coiffé d'un chapeau de cow-boy noir, qui fonçaient droit vers les terroristes en vidant leurs chargeurs. Dominguez, lui-même détenteur d'un permis de port d'arme, fit soudain le point et glissa la main dans la console centrale. Il en sortit son Beretta, ôta le cran de sûreté, engagea une balle et descendit de son pick-up.

Il s'accroupit près de la roue avant et découvrit alors, coincé sous le moteur, le type au lance-missiles. Il s'était fendu le crâne sur la chaussée mais il était encore en vie – il gémissait doucement.

La fusillade continuait et au milieu de ce tohu-bohu, Dominguez vit le terroriste lever les yeux sur lui, puis porter la main à sa ceinture.

Lâchant un juron, Dominguez lui tira une balle dans la tête.

« Place nette ! s'écria quelqu'un derrière lui. Ils sont tous neutralisés ! »

Il se dévissa le cou et aperçut l'homme au chapeau de cow-boy penché sur lui. Sa barbe grise était taillée avec soin et le diamant à son oreille gauche semblait refléter l'éclat pétillant de ses yeux. Son col était fermé par une cravate lacet dont la broche représentait un bouvillon aux longues cornes et aux yeux turquoise. « J'ai vu ce que vous avez fait, lui dit-il. Ça a attiré mon attention. Franchement, j'arrive pas à y croire. »

Le cow-boy lui tendit la main et Dominguez la saisit. Il s'écarta du pick-up et prit un peu de recul pour contempler l'amour de sa vie.

Et zut ! La bête noire était criblée d'impacts. Il resta interdit et c'est alors qu'il sentit comme une piqûre au bras gauche. Il releva sa manche et nota une entaille en travers du biceps et un bout de peau qui pendait.

« Bigre, fiston, la balle t'a frôlé ! Jamais vu un coup passer si près ! »

Dominguez ne savait plus ce qui se passait, mais lorsqu'il toucha la blessure, il sentit monter la nausée… Il saisit enfin : il avait failli mourir. Il se pencha et vomit…

« Hé, pas de problème, gamin, laisse-toi aller. »

On entendait des sirènes au loin.

Et dans la cabine du pick-up, son mobile se mit à sonner. Ricky…

Vol US Airways 155
De Phoenix à Minneapolis

Dan Burleson s'était préparé à goûter le grondement terrifiant et les intimidantes vibrations des turboréacteurs Pratt & Whitney quand trois événements se produisirent en séquence.

D'un, ils décollèrent de la piste sans incident et le signal « Attachez vos ceintures » demeura allumé.

De deux, le type à l'air terrorisé assis près de l'étudiante détacha soudain sa ceinture et escalada quasiment la fille, lui marchant sur le ventre pour se propulser dans l'allée centrale.

Et de trois – à peine le temps de penser : *Putain, c'est quoi ce binz ?* – le gars se mit à crier aux gens de braquer sur lui leurs mobiles et autres gadgets électroniques. Il haussa encore le ton alors que déjà plusieurs passagers, en état de choc, obéissaient en levant vers lui l'objectif de leur téléphone mobile. Une lueur embrasa son regard et il se mit à parler, entamant une étrange psalmodie avec un accent prononcé mais tout à fait compréhensible :

« Peuple d'Amérique, ce message est pour vous. Le djihâd est revenu sur votre sol parce que nous sommes des hommes libres qui ne dorment pas sous l'oppression. Nous sommes ici par la grâce de Dieu pour vous combattre, vous les infidèles, vous bouter hors de notre Terre sainte et vous rappeler que les faux prophètes de votre Maison-Blanche qui mènent la guerre contre nous pour faire tourner leurs entreprises sont les responsables de votre mort. Telle est la récompense pour les mécréants qui attaquent Dieu. *Allahu Akbar !* »

Lorsque l'une des hôtesses qui s'était attachée sur son siège à l'avant de la cabine se précipita sur lui dans l'allée, le forcené pivota, mit la main à sa poche et en sortit son téléphone mobile qu'il tint d'une main ferme, serré dans son poing, tel un poignard pathétique. Prenant son élan, il courut vers l'hôtesse, une petit bout de bonne femme blonde qui ne devait pas peser plus de cinquante kilos.

Putain, ça suffit les conneries, se dit Dan. Il détacha sa ceinture, jaillit de son siège et fonça dans l'allée, aux trousses du type, tandis que deux autres hôtesses apparaissaient derrière la première.

Et c'est à cet instant que l'avion fut pris d'une terrible secousse, comme s'ils avaient rencontré un énorme trou d'air. Un éclair jaillit du hublot derrière le siège de Dan et il jeta un bref coup d'œil dans cette direction. De la fumée, des flammes jaillissaient de sous l'aile mais surtout l'un des moteurs était manifestement HS.

Et pendant ce temps, le jeune terroriste était à deux doigts d'agresser l'hôtesse.

Aéroport international de Los Angeles (LAX)
Zone de dépose-minute
9011 Airport Boulevard

Plusieurs voitures, un peu plus loin, se mirent à manœuvrer précipitamment pour quitter le parking, on entendit crisser des pneus jusqu'à ce que deux véhicules se rentrent dedans et bloquent une des sorties.

Samad tira en l'air une salve de sommation tandis qu'un gros Latino, dont le visage s'ornait d'une fine barbe qu'on aurait cru tracée au marqueur, lui criait dessus.

Derrière Samad, Niazi aidait Talwar à charger le second missile et sans perdre de temps, juste au moment prévu, Talwar tira de nouveau.

L'avion avait été déjà touché par le premier missile. Son réacteur avait explosé, laissant un long sillage de fumée noire tandis que l'appareil basculait sur l'aile endommagée.

Trois, deux, un, et Dieu soit loué, le second missile que Samad pensait voir toucher l'autre réacteur, se cala sur la source de chaleur la plus élevée, le moteur encore en feu.

C'était tout bonnement incroyable de voir le MK III creu-ser son sillon sur le trajet précis de la traînée de fumée de son prédécesseur, minuscule point lumineux qui diminuait, juste une seconde avant un éclair magnifique, comparable au premier impact.

Comme l'avion avait basculé sur le côté, cette deuxième frappe déchiqueta la nacelle enflammée et sectionna l'aile. Celle-ci demeura un instant accrochée, puis se détacha, tournoyant comme un boomerang sous une averse d'étincelles et de débris enflammés.

Fasciné par le spectacle, Samad demeura interdit, jusqu'à ce que l'homme en train de lui gueuler dessus éveille à nouveau son attention. Le type était sorti de sa voiture et brandissait un pistolet. Ce que voyant, Samad, le souffle coupé, ouvrit le feu, en mode automatique, clouant le gars dans son low-rider, dans une gerbe de sang qui éclaboussa le toit et les vitres.

Et puis, aussi vite que cela avait commencé, tout fut terminé. Samad grimpa d'un bond à l'arrière du van, tandis que Talwar refermait la porte derrière lui. Niazi était passé au volant et ils foncèrent, enjambant le talus gazonné entourant le périmètre pour se retrouver sur le trottoir et enfin regagner la chaussée. Ils filèrent jusqu'au premier carrefour et prirent à droite. Là, ils ralentirent pour mieux se fondre dans la circulation, un véhicule parmi tant d'autres. Ils prirent la direction du parking longue durée situé à cinq minutes de là, où les attendait l'autre voiture avec son chauffeur.

Si au moins ils avaient eu le temps de voir l'avion s'écraser, mais il promit à ses hommes qu'ils pourraient le revoir en boucle à la télé, et que, dans les années à venir, les chaînes du câble réaliseraient des documentaires détaillant le génie et l'audace de leur attaque.

« Dieu soit loué, est-ce que tu crois ça ? » s'écria Talwar en se penchant et en levant les yeux pour essayer d'apercevoir, à travers le pare-brise, la trajectoire de l'avion de ligne qui s'était mis à piquer, renversé, vers le sol, selon un angle d'environ quarante-cinq degrés.

« Ce jour est un grand jour ! » s'écria Niazi.

Samad était d'accord mais il ne pouvait s'empêcher de regretter d'avoir brûlé la photo de son père.

110 Harbor Freeway, en direction du sud
Los Angeles

Abe Fernandez lâcha un juron quand le type devant lui pila sec. Trop tard. Fernandez s'encastra dans l'arrière du gars qui conduisait une vieille Camry merdique. Mais presque aussitôt, un autre connard vint défoncer le pare-chocs arrière de son petit pick-up, et tous les autres dans la file derrière eux se télescopèrent en chaîne. Il gueula, éteignit la radio et se gara sur le bas-côté, laissant son pare-chocs avant encore accroché à l'épave de l'autre mec.

Ayant grandi dans le centre de Los Angeles, Fernandez en avait déjà vu de vertes et de pas mûres dans sa courte vie de dix-neuf ans : accidents, fusillades, trafic de drogue et courses-poursuites...

Mais il n'avait jamais assisté à un truc pareil.

Il comprit pourquoi tout le monde s'arrêtait, pourquoi tout le monde se rentrait dedans, parce que le ciel à l'ouest leur offrait une vision surréaliste.

Il plissa les paupières. Pas un rêve. Ni un cauchemar.

Un gros porteur d'US Airways, avec sa dérive bleue et son fuselage d'un blanc immaculé, était en train de rouler sur lui-même, privé d'une bonne partie d'une aile, et de leur foncer droit dessus. Un bruit de métal hurlant associé à celui du réacteur encore intact laissa Fernandez stupéfait. Il perçut soudain une odeur de kérosène.

D'un geste réflexe, il ouvrit sa portière et se mit à fuir au pas de course pour remonter l'autoroute, tout comme des dizaines et de dizaines d'autres conducteurs, au milieu de hurlements de panique et de cris hystériques qui lui glacèrent les os, alors même qu'il sentait la chaleur de l'appareil fonçant sur eux.

Il passa en trombe devant un gamin en tee-shirt Abercrombie & Fitch qui filmait l'appareil avec son iPhone, comme si tout cela se passait sur YouTube et qu'il n'allait pas se faire tuer. Le gamin ne bougea pas quand Fernandez lui gueula dessus, manquant le renverser, et puis quand il se retourna, l'avion de ligne – à présent sur le dos, de sombres filets de liquide s'échappant de l'aile déchirée, avec son unique moteur restant qui commençait à s'étouffer – vint percuter l'autoroute à un angle d'environ trente degrés.

Il n'y avait nulle part où aller. Fernandez s'immobilisa, fit face au nez gigantesque de l'avion, incapable de croire que c'est ainsi qu'il allait mourir.

L'appareil explosa à moins de quinze mètres de lui, le souffle le renversa sur l'asphalte avant que les flammes ne l'engloutissent. Il voulut respirer. Plus d'air. Et puis l'avion fut sur lui.

Maison de quartier Gilbert Lindsay
42ᵉ Place Est
Los Angeles

Barclay Jones avait dix ans, et il adorait venir au centre de loisirs. Il faisait partie du club qui se réunissait après l'école et sa maman payait quinze dollars par jour pour lui permettre de jouer au base-ball avec tout un tas de chouettes copains. Il avait également droit à un goûter et à une aide scolaire pour ses devoirs avec suivi pédagogique. Il y avait bien dans le lot deux ou trois terreurs qu'il n'aimait pas, mais parfois, leurs mères n'avaient pas de quoi payer et on ne les voyait pas.

Barclay monta sur le marbre et il était prêt à marquer un point comme l'une de ses idoles, Cal Ripken, Jr., celui qu'on avait baptisé l'Homme de fer, du temps où il jouait encore.

Toutefois, avant qu'on lui ait lancé la première balle, un grondement retentit au loin. Il fronça les sourcils et abaissa sa batte, tandis que le lanceur tournait sur sa gauche et Barclay sur sa droite. Le grondement s'amplifia et, juste au-dessus de la crête des arbres qui formaient un rideau sur la droite du terrain, un étrange panache de fumée noire s'éleva dans les airs, comme celle d'un vieux train à vapeur peinant sur les rails.

Le grondement était toujours plus fort, mais il fut bientôt couvert par de drôles de bruits, comme si des voitures se rentraient dedans en même temps que des immeubles s'effondraient dans un fracas effrayant, et Barclay se mit à haleter.

Quelque chose traversa le rideau d'arbres et ce n'est qu'à la dernière seconde qu'il reconnut ce que c'était : la queue d'un avion géant qui semblait avoir labouré le sol, projetant devant elle des décombres, des arbres et ce qui semblait bien être des gens.

Juste après la queue, survint un rideau de flammes si bruyant que Barclay se couvrit les oreilles avant de se mettre à courir vers la troisième base, imité par tous les autres joueurs sur le terrain. Barclay vit alors la queue balayer celui-ci comme une faux et, l'un après l'autre, ses copains disparaître, engloutis sous ce gigantesque rideau d'acier enflammé. Il hurla et appela sa mère.

Aéroport international de San Diego (SAN)
Parking de dépose-minute
North Harbor Drive

Moore et Towers étaient encore sur les lieux, au parking, et les nouvelles qui leur arrivaient changeaient d'une seconde à l'autre, par à-coups, fragmentaires. On signalait des missiles tirés du sol... Des témoins disaient avoir filmé à Los Angeles un commando en train de descendre d'un minibus pour tirer sur un avion... D'autres témoins rapportaient une scène équivalente à San Antonio.

La panique. Le tohu-bohu. Moore regardait un fil d'informations sur son smartphone et il vit en direct la présentatrice quitter sa place, incapable de retenir ses larmes...

À New York et Chicago, des gens signalaient avoir vu des missiles tirés sur des avions qui décollaient des aéroports...

Un policier de Phoenix disait avoir vu un missile s'élever du sol pour frapper un avion au décollage... Il avait enregistré sur son téléphone une vidéo qu'il avait transmise par mail à sa station d'infos locale.

Et Moore put alors le contempler sur l'écran de son propre téléphone : un trait blanc incandescent qui filait comme une luciole, droit vers l'avion.

« Comment avez-vous pu obtenir une aussi bonne image ? demandait la journaliste. Tout s'est passé si vite.

— Ma fille voulait que je filme des décollages et des atterrissages, pour un exposé scolaire. J'ai juste fait un détour par

311

ici en sortant du boulot. C'est une coïncidence qui me rend malade. »

Vol US Airways 155
De Phoenix à Minneapolis

Avant que le forcené n'ait pu frapper la fragile hôtesse de l'air avec son téléphone, Dan Burleson arriva dans son dos et passa un bras puissant sous le menton du type, tout en lui agrippant le bras pour le tirer vers l'arrière avec une telle force qu'il sentit son épaule craquer.

Le type laissa échapper un cri perçant, tandis que Dan le traînait vers l'arrière et s'écriait : « Je l'ai eu ! Je l'ai eu ! » S'il y avait un policier de l'air à bord, Dan n'en vit pas trace...

À l'instant précis où il maîtrisait le gars, l'avion se mit à rouler et Dan comprit que les pilotes allaient devoir compenser la perte d'un réacteur. Il se traîna jusqu'à son siège et s'y effondra, sans toutefois cesser de maîtriser par un étranglement le terroriste. Il n'avait pas eu conscience d'augmenter sa pression mais comme l'autre se débattait toujours, il n'avait fait que réagir. Les dents serrées, il s'accrocha à son siège tandis que le réacteur subsistant vrombissait et que les autres passagers hurlaient et pleuraient de plus belle. Deux rangées devant, une femme noire âgée se leva et se mit à crier : « Taisez-vous tous et laissez Jésus accomplir sa volonté ! »

Et c'est à cet instant que Dan comprit que Jésus avait peut-être bien retroussé ses manches car le terroriste ne bougeait plus et les pilotes avaient finalement réussi à rétablir l'assiette de l'appareil. Dan relâcha l'homme et demeura immobile, tandis que l'équipage poussait le moteur à fond. Ils avaient déjà sans doute coupé l'alimentation en kérosène du réacteur endommagé et fait tourner le cadran du transpondeur pour afficher 7700, le code de trafic aérien signifiant une urgence. Les aiguilleurs du ciel avaient remarqué l'accroissement de la signature radar de l'appareil sur leurs écrans en même temps qu'ils entendaient retentir des signaux d'alarme. Nul contact radio n'était nécessaire. L'équipage serait trop occupé à maintenir en l'air le zinc pour avoir le temps de jaser avec les contrôleurs de trafic.

L'hôtesse qui avait échappé de justesse à l'agression s'approcha de lui en titubant et considéra le terroriste.

« Est-il mort ? »

Dan haussa les épaules mais il était quasiment certain de l'avoir proprement étranglé.

Elle écarquilla les yeux, voulut dire quelque chose, se ravisa, puis dit : « Vous devez tous boucler vos ceintures ! Maintenant ! »

Dan repoussa le type dans le siège voisin, puis il obéit à l'injonction.

L'étudiante dont le visage était mouillé de larmes le regarda et le remercia d'un signe de tête.

Aéroport international de San Diego (SAN)
Parking de dépose-minute
North Harbor Drive

Debout près de la porte arrière ouverte d'un gros 4x4, Moore et Towers regardaient un direct télévisé sur l'écran d'un ordinateur portable fourni par Meyers. Moore baissa la tête et regarda sa main ; elle tremblait.

Les incidents semblaient survenir d'ouest en est. C'était l'heure des infos sur la côte Pacifique et le temps de réaction

313

des rédactions pour diffuser les nouvelles était bien plus bref. Moore avait déjà regardé les images retransmises par un hélicoptère de la chaîne KTLA News, qui montrait l'incroyable étendue des dégâts à Los Angeles, un spectacle de désolation surréaliste : une longue saignée de destructions à travers la cité après que l'appareil s'était écrasé sur l'autoroute pour creuser un véritable sillon dans les quartiers densément peuplés des 41e et 42e Rues Est, détruisant maisons, bars, épiceries, marchés aux poissons et tout ce qui se trouvait sur son passage. La queue de l'avion avait été catapultée loin de l'autoroute encore plus vite que le reste de l'épave et elle était allée s'écraser sur une garderie scolaire où, selon les premières estimations, on déplorait la mort de plus de vingt enfants.

« Moore, lança Towers en abaissant son téléphone. Ils viennent à l'instant de tenter de frapper Tucson mais un groupe de civils les a neutralisés. Et je viens juste d'apprendre qu'ils ont également frappé El Paso et San Antonio. Cela fait six villes en tout. C'est une véritable attaque terroriste coordonnée. Un 11-Septembre bis. »

Moore jura en contemplant les corps des trois terroristes qu'on était en train d'emballer dans des sacs en plastique tandis que les pompiers continuaient d'asperger de mousse le secteur.

Vol US Airways 155
De Phoenix à Minneapolis

Si Dan Burleson avait dû parier, il aurait dit que les pilotes étaient en train de décider s'ils étaient en mesure d'effectuer un virage pour retourner à l'aéroport. La situation la plus probable était qu'ils allaient choisir le meilleur terrain dégagé devant eux. Tout dépendait désormais de la puissance qui leur restait pour maintenir en vol l'appareil. S'ils tentaient de virer sans avoir la puissance nécessaire, ils risquaient de perdre très vite de l'altitude. Raison précise pour laquelle les pilotes de monomoteurs avaient pour règle d'or de ne jamais, en aucun cas, tenter de rallier la piste. Le cas d'école restait celui-ci : le 15 janvier 2009, le capitaine Chesley Sullenberger était aux commandes du vol 1579 d'US Airways New York-Charlotte. Juste après le décollage de La Guardia, il avait traversé un vol d'oiseaux qui lui avait fait perdre ses deux moteurs. Il savait qu'il perdrait une altitude précieuse s'il tentait un demi-tour en vol plané, aussi avait-il décidé que le mieux serait de se poser dans le fleuve. Une réaction qui avait sauvé la vie de tous les passagers et de son équipage.

Ils pouvaient attribuer la responsabilité du présent incident aux oiseaux mais Dan était certain que M. Allahu Akbar, affalé sur le siège voisin, et ses petits copains au sol, étaient responsables de leur problème.

« Mesdames et messieurs, c'est le capitaine Ethan Whitman qui vous parle. Comme la plupart d'entre vous le savent déjà, nous avons perdu un moteur mais prévoyons de faire demi-tour pour regagner l'aéroport. Nous sommes quasiment sûrs de pouvoir reposer l'appareil sur la piste. Les bruits que vous venez d'entendre étaient ceux de la sortie du train et dès à présent, nous entamons notre virage pour retourner vers Phoenix. Même si nous pensons que tout se passera bien, nous allons néanmoins passer en procédure d'atterrissage d'urgence et je vous exhorte à garder votre calme et laisser le personnel de cabine faire son travail. Écoutez leurs instructions et obéissez immédiatement, ceci pour votre propre sécurité et celle de vos voisins. Je vous remercie. »

Moins de cinq secondes plus tard, l'appareil commença à virer.

Ramenez-nous sur le plancher des vaches, les gars, pria Dan, *ramenez-nous.*

Poste de la gendarmerie maritime
San Diego

Moore, Towers et plusieurs agents du FBI avaient traversé la rue pour aller s'entretenir avec l'officier responsable du poste de gendarmerie maritime, John Dzamba. Ce dernier avait déjà dépêché une douzaine d'agents pour participer au bouclage de la zone et au maintien du trafic routier. Les agents lui empruntèrent une salle de conférences équipée d'une télé grand écran et là, Moore se mit à arpenter la pièce en regardant les images avec un mélange d'horreur et d'incrédulité, tandis que Towers se connectait pour voir quels renseignements étaient déjà en train de recueillir les autres services.

Presque toutes les chaînes de télévision du pays avaient interrompu leurs programmes réguliers pour annoncer les multiples attaques par missiles contre des avions de ligne intérieure au départ de la côte Ouest. Les présentateurs de la station d'infos en continu de San Diego soulevaient déjà l'hypothèse de nouvelles attaques dans le Midwest et sur des aéroports de la côte Est, au moment où tous les vols étaient rappelés au sol et où les aiguilleurs du ciel faisaient de leur mieux pour éloigner les appareils des zones sensibles – telles que les raffineries de pétrole voisines de Newark, dans le New Jersey – et de toutes les autres zones densément peuplées.

De toute manière, les vols en provenance d'Europe à destination de Newark avaient été déjà déviés vers Terre-Neuve ou la Nouvelle-Écosse, comme jadis le 11-Septembre. Et tout comme en cette date fatidique, rumeurs et fausses nouvelles ne cessaient d'affluer.

Slater et O'Hara purent enfin entrer en vidéoconférence avec Slater, mais ce dernier les avertit qu'il ne pourrait rester avec eux plus de deux minutes car, bien évidemment, ils étaient débordés.

« Les équipes d'alerte nucléaire convergent déjà vers les grandes métropoles.

– Et les ordinateurs de la NSA écoutent les mobiles en guettant sur le trafic les phrases et mots clés, les numéros de vol, les accents du Moyen-Orient. Votre Samad pourrait être tenté de transmettre un rapport à son supérieur, auquel cas, nous pourrons alors le localiser par triangulation.

– Ces types sont trop intelligents pour se faire piéger ainsi, contra Moore. La seule façon de le pincer, ce sera par des moyens humains. Des hommes sur le terrain. Des gens qui savent où il va. Il a reçu de l'aide. Il doit y avoir des agents dormants, des planques. Ils savent où se cacher, et si Gallagher est toujours avec eux, alors il leur aura enseigné nos procédures tactiques.

– Nous avons lancé une unité à sa poursuite, confirma Slater. Et ils vont le coincer. »

O'Hara intervint : « Towers, on a reçu le feu vert pour vous avoir sur le pont, puisque notre force conjointe est déjà prête à l'éventualité d'une collaboration totale entre services. Vous travaillerez en équipe avec des gens du FBI et de la DEA, et il nous faut encore embarquer un mec de la TSA. Je suppose que vous êtes en état de continuer à bosser ?

– Bon sang, affirmatif, monsieur », confirma Towers.

Moore se mit à hocher la tête. « Ce n'est pas ici qu'on trouvera les réponses. Ils sont retournés chez eux. Dans leurs montagnes du Waziristan. Avez-vous interrompu les frappes aériennes, comme je vous l'avais demandé ?

– On est encore sur le coup », avoua Slater.

Moore retint un juron. « Je vous en conjure, insistez, monsieur. »

À l'issue de cet échange, Moore dut filer aux toilettes, pris de haut-le-cœur qui durèrent plusieurs minutes. De retour en salle de conférences, il vit qu'une tasse de café l'attendait. Towers se voulut rassurant : « Eh, vieux, on n'avait aucun moyen de prévoir un truc pareil. On avait signé pour éliminer un cartel. Ça ne pouvait plus mal tomber. Point barre. N'empêche qu'on a fait notre boulot. »

Tous deux contemplèrent l'écran plat qui montrait à présent en direct de Phoenix l'atterrissage d'urgence de l'avion, un moteur encore fumant. Le zinc se posa sur la piste sans encombre.

Mais la retransmission fut une nouvelle fois interrompue, cette fois pour montrer les images d'un avion en train de s'abattre sur l'autoroute 10 dans la banlieue de San Antonio.

« Oh, mon Dieu », dit Moore, dans un souffle.

Les deux moteurs étaient en panne et le pilote avait le plus grand mal à maintenir en vol son appareil. Le train était sorti mais l'avion perdit soudain encore de l'altitude.

L'autoroute était bloquée par les embouteillages des heures de pointe, et l'on voyait certains chauffeurs tenter de se dégager en montant sur les bas-côtés, mais il était sans doute trop tard.

Deux cents pieds. Cent. Le train principal toucha le sol mais il heurta plusieurs véhicules avant que le train avant ne s'abatte avec une telle violence qu'il se rompit. L'avion partit en dérapage au milieu des voitures qu'il envoya valser dans les airs comme de vulgaires allumettes. Le fuselage se brisa juste devant les ailes et cette première section partit à l'écart de l'autoroute tandis que le reste de l'appareil ralentissait mais en continuant d'éventrer des voitures dans un nuage de fumée noire de plus en plus dense.

Le commentateur était à présent en larmes et Towers ne cessait de répéter : « Il y aura sûrement des survivants. Des gens vont échapper à cet enfer. »

Moore se passa la main dans les cheveux, puis, n'y tenant plus, il sortit son smartphone et envoya à Wazir ce texto :

ON DOIT PARLER TOUT DE SUITE. URGENT.

43

PLUS ÇA CHANGE...

Bureau de la brigade des stups
San Diego

MOORE ET TOWERS étaient revenus avec Meyers et ses hommes qui les avaient déposés au bureau de la brigade des stups. Une vidéo prise par une femme garée sur le parking de dépose-minute au LAX montrait trois terroristes près d'une camionnette relais satellite de DirecTV. Ils étaient en jeans et chemise de flanelle, ressemblaient à des travailleurs immigrés, mais avec des cagoules pour leur cacher le visage. Gigi Rasmussen était une jeune étudiante de dix-neuf ans, en première année à l'USC. Son enregistrement débutait avec le tir du second missile, montrait le meurtre du civil qui avait voulu défier les terroristes, puis le départ de ces derniers, tout cela avec ses commentaires haletants, entrecoupés d'une litanie de « Oh-mon-Dieu » durant toute la séquence. Elle avait vendu sa vidéo à CNN mais l'Agence avait réussi à en interrompre la diffusion pour raisons de sécurité nationale, même si Moore savait très bien qu'on la retrouverait finalement partout. On avait identifié le lance-missiles, un Anza et l'engin sans doute un MK III, du même type que celui utilisé par les terroristes de San Diego. L'Agence pouvait désormais concentrer ses recherches de trafics d'armes sur ces modèles précis, même si un rapide coup d'œil sur leur fichier d'identification permettait déjà de déblayer pas mal le terrain : l'arme venait du Pakistan, le missile étant la version chinoise du Stinger américain. Le genre d'armes auquel les talibans avaient accès pour s'entraîner au Waziristan.

Moore éplucha toutes les photos du mollah Abdul Samad consignées dans son dossier en zoomant à chaque fois sur les yeux. Puis il fit la comparaison avec l'agrandissement d'une image capturée sur la vidéo. Il tapota l'écran en disant à Towers de juger par lui-même.

« Bon sang, ça pourrait bien être lui. Et ils ont trouvé ce qui reste du véhicule garé à l'intérieur du Johnny Park de la 111ᵉ Rue[1]. Ils y ont mis le feu. Pas d'armes. Pas de témoins. Et vous savez pourquoi ? Parce qu'ils ont tué tous les employés du parking. Ligotés, bâillonnés, puis poignardés. »

Moore hocha la tête, écœuré. « Croyez-moi, s'ils trouvent la moindre trace d'ADN sur l'épave, elle correspondra à celle que nous a donnée le pendentif. Samad était le chef du commando de L.A., je vous parie tout ce que voudrez. »

Towers considéra l'hypothèse et son expression changea. « Il y a encore un truc. Il semblerait que ces salopards aiment les chocolats. On a retrouvé des emballages jonchant la moquette de la cabine. Le papier d'alu a survécu à l'incendie.

– Peut-être qu'ils en avaient des échantillons, mais vous savez ce qui me fout la trouille, à présent ? Penser au nombre d'agents dormants qu'ils ont dû avoir pour les aider… » Moore reporta son attention sur l'écran.

---

1. Johnny Park est une société de parkings couverts gardés par vidéosurveillance. Celui de l'aéroport de Los Angeles est situé sur la 111ᵉ Rue.

Tous les avions étaient désormais au sol. Des unités de la FEMA[1] étaient en route. Barrages et points de contrôle étaient établis dans un rayon de cent cinquante kilomètres autour des six grands aéroports frappés par les attentats. Samad et ses hommes avaient déjà dû prévoir le coup. S'étaient-ils échappé avant ? Ou bien allaient-ils rester bien planqués dans la zone bouclée, durant plusieurs jours, voire plusieurs semaines ?

En attendant, tout le pays retenait son souffle, guettant une nouvelle attaque – bactériologique, chimique ou nucléaire – tandis que des images effroyables continuaient d'abreuver les écrans. À Times Square, figés comme des zombies, les passants, la tête levée, contemplaient les images immenses de paysages carbonisés, de sol labouré, d'épaves déchirant le sol et le tissu même de la nation.

Six avions avaient été la cible des attentats du 6 juin. Deux des appareils touchés avaient réussi à se poser sans encombre : à Phoenix et à El Paso. Le vol de Los Angeles s'était écrasé, tuant l'ensemble des passagers et de l'équipage plus des centaines de civils au sol. Le vol de Tucson s'était poursuivi sans incident après qu'un jeune passager, Joe Dominguez, eut écrasé l'un des terroristes avec son pick-up surélevé. Le vol de San Antonio s'était posé en catastrophe et l'on avait extrait de l'épave des survivants. Mais le bilan ne cessait de croître.

À 21 heures, le président des États-Unis adressait un message solennel à la nation, reprenant à son compte les paroles prononcées par George W. Bush en ce funeste mardi 11 septembre 2001 :

---

1. Federal Emergency Management Agency : Agence fédérale des situations d'urgence créée en 1979 par Jimmy Carter et chargée de la protection civile, désormais sous l'égide du ministère de la Sécurité intérieure.

« Les recherches sont en cours pour capturer les auteurs de ces actes barbares. J'ai donné l'ordre à nos services de police et de renseignement de mettre tout en œuvre pour trouver les responsables et les traîner devant la justice. Nous ne ferons aucune distinction entre les terroristes qui ont commis ces actes et ceux qui les protègent. »

Towers se tourna vers Moore : « Alors, à la place de Samad, où iriez-vous ? Dans le Michigan ? Au Canada ? Ou dans la direction opposée… retourner au Mexique ?

– S'il parvient à se faufiler d'un côté ou de l'autre, on peut toujours légalement le poursuivre, nota Moore.

– Vous pensez qu'il a un plan ?

– En fait, je crois qu'il va jouer profil bas. Il doit avoir une planque quelque part à Los Angeles. Il s'y trouve en ce moment. Sans doute un petit appartement dans la vallée.

– Eh bien, s'il ne file pas tout de suite vers l'une ou l'autre frontière, il va avoir du souci à se faire dans les prochains jours.

– Ouais, c'est tout l'un ou tout l'autre. Ou il fonce tout de suite vers la frontière, ou il se tient à carreau, en attendant que les choses se tassent. Alors seulement, il pourra rallier sa destination finale.

– Rentrer au Pakistan ?

– Nân, trop dangereux. On ne sait pas grand-chose de lui mais l'on sait qu'il a des amis à Zahedan et à Dubaï. Il faut diffuser là-bas son signalement. Un gamin du voisinage pourrait l'identifier.

– Pas d'impatience, vieux. Quand ces échantillons d'ADN reviendront de l'épave du fourgon, je pense que vos amis de Langley auront envie de livrer l'info au public.

– Ils y ont tout intérêt. Bon… comme je ne risque pas d'arriver à dormir, autant filer direct à L.A. »

Towers termina sa tasse de café puis acquiesça avant de remarquer : « Tu parles d'une nuit... »

Aéroport international de Phoenix Sky Harbor
Terminal 4, galerie D

Dan Burleson plissa les yeux, aveuglé par les projecteurs et les caméras braqués sur lui et sur le reste des passagers à l'entrée du terminal. Ils venaient tout juste d'évacuer la carlingue grâce à la rampe gonflable rendue célèbre par ce steward de la compagnie JetBlue qui, après avoir été harcelé par un passager, avait jeté l'éponge et aussitôt quitté l'appareil de cette manière, sans doute la démission la plus spectaculaire de l'histoire. Avant l'évacuation, on leur avait expliqué qu'ils allaient être mis à l'isolement et brièvement interrogés par des enquêteurs fédéraux. Des médecins seraient également à leur disposition. On allait également leur proposer un bon de dédommagement. L'hôtesse qui avait failli y passer avait serré la main de Dan avant qu'il ne sorte et l'avait chaleureusement remercié.

Il avait rougi.

Alors qu'ils traversaient la foule des médias contenue par les vigiles de l'aéroport, la femme noire qui avait intimé à tout le monde l'ordre de se taire éleva de nouveau la voix : « Jésus a accompli son œuvre ce soir ! Et il nous a donné ce grand homme ! Ce héros qui nous a sauvés du terroriste ! »

Et de désigner Dan qui grimaça, agita la main et voulut presser le pas tandis que caméras, flashes et projecteurs convergeaient sur lui. Il avait la nette impression que d'ici le lendemain matin, il allait se retrouver dans une succession de studios de télévision à donner des interviews pour expliquer qu'il n'avait, selon lui, rien accompli d'héroïque. Il voulait croire que quiconque à sa place aurait agi de même, qu'il y avait encore de bons Samaritains en ce bas monde. Rien de plus.

Et hélas, sa partie de pêche à la carpe paraissait sérieusement compromise.

Centre hospitalier universitaire
Tucson, Arizona

Joe Dominguez avait été examiné par un médecin, son bras recousu, et il était à présent interrogé par la police locale et deux gars du FBI qui devaient lui avoir posé mille questions en une heure.

Ses parents vinrent le chercher à l'hôpital et, après qu'il eut reçu son bon de sortie, deux flics lui dirent qu'ils l'« aideraient » à regagner la voiture familiale. Il ne comprit ce qu'ils entendaient par là qu'après qu'il eut franchi les portes des urgences…

Pour se retrouver devant une cohue de journalistes ; ils étaient une bonne quinzaine, accompagnés de cadreurs et de projecteurs – et la vue de toutes ces caméras posées sur l'épaule de tous ces gens le ramena en arrière, alors que les appareils numériques se mettaient à tourner. Un reporter de la chaîne locale – il l'avait reconnu – lui fourra un micro sous le nez et demanda : « Joe, nous savons que vous êtes devenu un héros en neutralisant ces terroristes. Pouvez-vous nous dire ce qui est arrivé ?

– Euh, j'aimerais bien, mais on m'a dit de ne rien dire pour le moment.

– Mais il est exact que vous les avez renversés avec votre pick-up et que vous en avez descendu un d'une balle dans la tête, n'est-ce pas ? Nous avons interrogé d'autres témoins qui nous l'ont confirmé. »

Dominguez se retourna vers son père qui hocha vigoureusement la tête : *Ne parle surtout pas !*

« Euh, je ne peux rien vous dire. Mais s'ils me disent que je peux, alors, vous savez, je vous raconterai tout.

– Quel effet cela fait-il d'être un héros ? »

Avant qu'il ait pu répondre, la police avait repoussé les journalistes et conduit Joe et ses parents à travers la brèche. Quand enfin ils atteignirent le vieux pick-up blanc de son père, il était épuisé.

Et son père était en larmes.

« P'pa, qu'est-ce qui se passe ?

– Rien, dit son père en détournant les yeux, embarrassé. Je suis tellement fier de toi. »

Parking gardé Johnny Park
111ᵉ Rue
Los Angeles

Deux heures et demie plus tard, environ, Moore et Towers étaient de retour à Los Angeles et discutaient, à l'intérieur du parking, avec le responsable de l'enquête.

Un autre labo mobile de la CIA était arrivé sur place pour aider les équipes de police scientifique du FBI. Moore parla aux techniciens qui lui indiquèrent qu'ils utilisaient la nouvelle plate-forme d'analyse ADN rapide, la même que celle utilisée par leurs homologues à San Diego.

Au matin, la réponse tombait : l'ADN trouvé sur le papier d'alu des chocolats correspondait à celui trouvé sur le pendentif.

Ambassade des États-Unis
Islamabad, Pakistan

Les photos de Samad, Talwar, Niazi et Rahmani avaient été diffusées dans le monde entier. L'Agence avait affirmé ne pas savoir comment les terroristes s'étaient introduits sur le territoire américain et les analystes et commentateurs s'en donnaient à cœur joie, monopolisant des centaines d'heures de programmes télé avec leurs spéculations, disputes et suggestions sur l'amélioration de la protection des frontières ou leurs commentaires acerbes sur l'échec du ministère de la Sécurité intérieure à protéger la nation, nonobstant des hausses de budget et quelques améliorations notables. Le fait est que les nouveaux scanners étaient plus doués pour démasquer les implants mammaires et les travestis que les apprentis terroristes – telle était du moins l'opinion des experts. Le président de la Cour des comptes était sur la sellette, après un récent audit des performances du ministère en question, dont la conclusion était que les procédures du susdit ministère n'étaient pas assez transparentes pour permettre au Congrès d'avoir l'assurance de son efficacité et de sa rentabilité économique, au vu de son budget annuel phénoménal. La Cour des comptes allait exercer son droit d'éplucher à nouveau les archives du ministère pour tenter de relever où s'étaient produites les failles. Moore ne pouvait qu'espérer que, sous la pression de l'opinion, l'enquête ne vînt à s'intéresser à la CIA, à Calexico et à certain tunnel sous la frontière contrôlé par le cartel de Juárez et exploité par des terroristes, pour aboutir à l'homme chargé de mettre fin aux activités dudit cartel.

Une fois encore, on vit des bannières étoilées flotter sur les maisons dans tout le pays et le patriotisme connut un regain de vigueur. On entendit au Congrès des voix s'élever pour exiger une réponse militaire, analogue à celle consécutive au 11-Septembre. Des milliers de citoyens en rage manifestèrent devant le Capitole pour exiger une réaction massive. Les ventes d'armes furent multipliées par dix. Des mosquées furent incendiées et pillées.

Puis, au septième jour après les frappes terroristes, on signala une victoire survenue dans les zones tribales du Pakistan : aux dires de collègues de Moore, le mollah Omar Rahmani était mort, frappé par un missile Hellfire tiré par un des drones Predator de la CIA. Sa disparition était la seule bonne nouvelle à parvenir au peuple américain depuis les attaques. La traque des autres terroristes se poursuivait toujours, et pour l'instant en vain, malgré les centaines d'heures de travail de milliers d'enquêteurs lancés sur des dizaines de milliers de pistes.

Le Président donna une conférence de presse pour confirmer que le « cerveau » des attaques avait bien été tué – pendant que les stars de la country sortaient déjà de nouveaux titres sur le thème de l'« Amérique va cogner ».

Moore n'avait guère le cœur de célébrer la disparition de Rahmani. Il n'avait toujours pas eu de nouvelles de Wazir et le silence du vieillard le tracassait, l'empêchant de goûter les prétendues bonnes nouvelles. Il dit à Slater et O'Hara qu'il allait se rendre lui-même au Pakistan pour identifier le corps de Rahmani ; c'est une tâche qui lui incombait. Dans le même temps, il en profiterait pour tenter de renouer le contact avec Wazir. Il rappela en outre à ses chefs que l'élimination de Rahmani pouvait bien les avoir privés de tout moyen de retrouver ses complices. Même si ça lui déplaisait, Moore comprenait pourquoi on avait refusé d'accéder à sa requête de cesser les frappes par des drones. Le peuple américain voulait du sang et l'Agence n'avait guère eu d'autre choix que d'obtempérer sous la pression. On en était revenu à l'époque de la lutte contre l'empire du Mal.

Moore avait pris l'avion pour Islamabad en se disant que sa première étape serait pour surprendre Leslie à l'ambassade. Il avait appris d'un ami commun qu'on l'avait transférée de la représentation de Kaboul de nouveau à celle d'Islamabad – c'est là qu'ils s'étaient rencontrés.

Il la surprit sur le parking alors qu'elle sortait déjeuner.

« Oh, mon Dieu, fit-elle en abaissant ses lunettes noires pour le regarder par-dessus. Est-ce que je rêve ?

– Non, c'est moi. »

Elle lui flanqua une bonne tape sur l'épaule. « C'est super et tu… tu m'as l'air plutôt en forme. Et bien récuré. J'aime bien la coupe de cheveux. Ça me rappelle qu'on devrait travailler plus à améliorer nos relations bilatérales.

– Tu veux dire qu'on devrait en venir à quelque chose de plus direct ?

– Ce serait inapproprié.

– J'adore l'être avec toi. »

Elle soupira et détourna la tête.

« Quoi ?

– Comment ça "quoi" ? Tu t'attendais à quoi ? Je leur ai donné mon congé. Je quitte ce poste à la fin de la semaine, je retourne aux États-Unis. »

Il leva les bras au ciel, sachant tout ce qu'elle avait misé sur sa carrière. « Mais pourquoi ?

– Parce que ce n'est plus un endroit pour moi. J'ai pensé que me refaire transférer à Islamabad ferait une différence, mais non. Le seul truc qui rendait la chose amusante et excitante, c'était toi.

– Non, non, non. Il faut que tu te calmes. Allons faire un tour au Club 21 comme au bon vieux temps. Ils y servent toujours la meilleure bière de cette ville.

– La meilleure... tu veux dire la seule. »

Il s'approcha d'elle, lui souleva le menton. « Je te devais un vrai au revoir, pas cette espèce de je-ne-sais-trop-quoi maladroit au téléphone, et c'est pour cela que je suis revenu. Si ça n'a fait qu'empirer les choses, alors je suis un idiot, mais je ne pouvais pas en rester là. Je me sentais minable.

– Vraiment ? »

Il acquiesça. Deux bières plus tard, il la déposait à l'ambassade et il eut un moment où il put lui serrer la main, très fort, et lui dire : « Tu auras une vie formidable. »

Miran Shah
Waziristan du Nord
Près de la frontière afghane

Avant de rejoindre en voiture le Waziristan du Nord, Moore fit un détour par la base opérationnelle avancée Chapman, l'une des bases principales de la CIA en Afghanistan, située près de la ville orientale de Khost. C'est à Chapman que s'était produite la tristement célèbre attaque suicide qui, le 30 décembre 2009, avait coûté la vie à sept agents de la CIA, dont le chef de la base. La mission première de l'Agence à cette époque était la collecte de renseignements sur le terrain pour préparer les attaques ciblées par drones dans les zones tribales et l'attentat avait été commis en représailles par les talibans opérant de l'autre côté de la frontière. C'était l'un des plus meurtriers jamais menés contre la CIA. Moore connaissait personnellement trois des victimes et il s'était entretenu au téléphone avec toutes les autres. Une semaine durant, il avait vécu comme un automate. Pour tous, ç'avait été une perte effroyable.

C'est sur cette base qu'on avait transféré le corps de Rahmani – ou ce qu'il en restait. Mais si le torse avait été déchiqueté par les bombes, le visage était demeuré à peu près intact. C'était sans doute son imagination, mais Moore aurait juré que ses traits conservaient un sourire sardonique.

Moore parvint à Miran Shah en fin d'après-midi. La poussière, la pauvreté et les lointaines influences de la culture occidentale le frappèrent à nouveau. Mais cette fois-ci, sans Rana comme chauffeur, il se vit stoppé de manière agressive par quatre gardes, des militaires ravis de lui fourrer sous le nez le canon de leur AK-47. Puis, plissant le front, l'un des hommes remit son arme en bandoulière et, le doigt tendu vers Moore, lâcha : « Mais je me souviens de toi.

– Moi aussi, mentit Moore. Je suis monté voir Wazir. »

Les gardes se dévisagèrent, surpris, puis celui qui avait prétendu le reconnaître, lui dit : « Vos papiers. »

Moore attendit pendant que l'homme inspectait le document.

« OK, fit-il en lui retournant sa carte. Où est ton jeune ami ? »

Moore détourna les yeux. Inutile de mentir, désormais. « Il est mort.

– Désolé. »

Les autres gardes abaissèrent leurs armes et on lui fit signe de passer. Moore suivit la piste en terre, il se souvenait encore du virage à droite et de l'ascension à travers les contreforts. Il s'arrêta près de deux masures en briques avec des paraboles sur le toit et une série de tentes derrière les bâtiments. Les vaches et les chèvres s'agitaient dans leur enclos à l'arrière, et dans la vallée en contrebas, on voyait des dizaines de paysans dans les champs. Jamais il n'avait respiré un air aussi pur.

Un vieillard sortit, laissant la porte ouverte derrière lui et Moore sursauta. Cet homme portait une tunique noire et un gilet assorti mais sa barbe était bien plus courte que celle de Wazir. Deux autres hommes apparurent, des soldats qui pointaient sur lui leur fusil. Il coupa le moteur et descendit.

« Qui es-tu ? demanda le vieil homme.

– Mon nom est Khattak. Je suis venu voir Wazir.

– Wazir ? » Le vieux se retourna vers ses hommes, puis il leur fit signe de réintégrer la maison.

« Il y a un problème ? »

Le vieillard grimaça. « Je vais te conduire auprès de lui. » Il s'écarta de la maison, passa devant les tentes et contourna les enclos pour emprunter un sentier sinueux montant à flanc de colline. Moore le suivit en silence.

« Alors, tu es un ami ? » demanda finalement le vieillard, alors qu'ils entamaient l'escalade.

« Oui. Et toi ?

– Oh, moi aussi. Wazir et moi avons combattu les Soviets ensemble. »

Moore émit un soupir en souhaitant – contre tout espoir – que ses soupçons ne fussent pas fondés. « Quel est ton nom ?

– Abdullah Youssouf Rana. »

Moore s'arrêta et se retourna vers la vallée. C'était le grand-père de Rana et la raison pour laquelle le jeune homme avait connu Wazir depuis qu'il était petit. Moore aurait tant voulu pouvoir dire au vieil homme qu'il connaissait son petit-fils, que le garçon avait travaillé avec courage pour lui, qu'il avait consacré sa vie à ses convictions et que Moore lui devait tout.

« Tu as vu quelque chose ? » demanda le vieil homme.

Moore secoua la tête. « Non, j'admirais seulement le paysage. »

Le vieux Rana haussa les épaules et poursuivit son ascension, jusqu'aux abords du sommet, où ils découvrirent un profond cratère entouré de sillons rayonnants dessinés par des pierres pulvérisées. À l'écart sur la gauche, un monticule rectangulaire était visible à l'ombre de trois grands arbres. Une tombe.

Rana pointa le doigt. « Veux-tu que je te laisse seul ? »

Moore essaya de respirer. Essaya. « Qu'est-il arrivé ?

– Je croyais que tu savais. »

Moore eut un vigoureux signe de dénégation.

Rana leva les yeux vers le ciel. « Wazir aimait monter ici pour lire et méditer. Le drone l'a survolé et a lâché sa bombe sur lui. Pour nous, c'est un martyr, qu'on a enseveli avec les vêtements qu'il avait sur lui, couché sur le côté, face à La Mecque, et ce fut la volonté de Dieu qu'il pût mourir à l'endroit qu'il préférait entre tous. » Rana ferma les yeux et ajouta en arabe : « *Inna Lillahi wa Inna ilayhi Raji'oun.* »

« En vérité, nous appartenons à Dieu et, en vérité, c'est vers Lui que nous retournerons. »

« Je m'en vais te laisser seul », dit Rana en rebroussant chemin.

Moore s'approcha de la sépulture. Il avait eu l'intention de prendre au mot Wazir :

« Et quand tu seras prêt à parler, reviens me voir. Je veux entendre ton histoire. Je suis un vieil homme. Je sais écouter. »

Je suis désolé, Wazir. Tu as fait pour moi tout ce que tu as pu et moi, je t'ai fait tuer. J'étais venu ici en quête de réponses. À présent, je n'en aurai plus. Je voulais te parler de la chose la plus difficile qu'il m'ait été donné de faire. Sais-tu de quoi il s'agit ? Simplement de me pardonner à moi-même. Je ne sais pas comment.

Moore s'essuya le coin des yeux puis il entreprit la redescente. La brise jouait dans ses cheveux et il crut entendre la voix du vieil homme souffler à son oreille, mais ce n'était que le bruissement du feuillage.

Samad et le reste de sa bande de salopards échapperaient à leur sort pour cause de bureaucraties envahissantes, de traque impatiente et de recours divers entravant la justice. Plus ça changeait, plus c'était la même chose.

Quand il fut parvenu devant la maison, Rana l'attendait et lui dit : « S'il te plaît, reste pour le repas du soir. »

Il eût été grossier de décliner l'invitation mais Moore était trop déprimé pour ne pas avoir envie de partir.

On le tira par la manche. Il vit le garçon qui avait aidé Wazir à servir le ragoût. Il se rappela : c'était l'arrière-petit-fils de Wazir, peut-être huit ou neuf ans. Entre le pouce et l'index, le gamin tenait un petit bout de papier plié en deux. « Mon arrière-grand-père a dit que si tu venais en son absence, je devais te donner ceci. »

44

UNE PISTE REFROIDIE

Village de Saidpur
Islamabad

Tous les services de police et de renseignement de la planète étaient à la recherche de Samad et de ses hommes, et voilà que Moore se voyait donner sur un bout de papier une adresse qui pouvait bien être l'indice le plus significatif qu'ils pussent obtenir.

Toutefois, l'information l'amena à réfléchir.

S'il la transmettait à l'Agence et qu'à son tour celle-ci la diffusait à tous les autres services de renseignements de par le monde, Samad, toujours en alerte, et bénéficiant de contacts partout, se volatiliserait avant leur arrivée.

C'est pourquoi, le papier précieusement rangé au fond de sa poche, Moore était venu rejoindre la vieille planque d'antan. Un retour doux-amer. Il se remémorait ses nombreuses conversations avec Rana alors qu'ils étaient assis sur le balcon devant les collines de Margallah et regardaient les lumières d'Islamabad scintiller au loin. Il aurait presque pu entendre la voix du garçon : « *Qu'est-ce qu'il y a, Monnaie ? Tu as l'air bien tendu, tout d'un coup.* »

Et tendu, il l'était, alors qu'il attendait impatiemment que s'établissent toutes les connexions pour la vidéoconférence qu'il avait décidé d'organiser avec Slater, O'Hara et Towers.

Une fois tous les participants en ligne, il laissa tomber les amabilités d'usage pour en venir au cœur du sujet. « J'ai une piste incroyable pour retrouver Samad. Elle vient de Wazir et je lui fais confiance. Je prends l'avion dès ce soir.

– Vous savez où se trouve Samad ? demanda O'Hara.

– Ça se pourrait bien.

– Alors, mobilisons une équipe, dit Slater. Combien de gars vous faut-il ? Dix ? Douze ? »

Moore hocha la tête. « Écoutez, s'il est en cavale, il voyage avec ses deux lieutenants. C'est tout. Peut-être que Gallagher lui file un coup de main, je l'ignore. L'important, c'est que ça se passe entre Towers et moi.

– Quoi, vous montez un numéro à deux ? Vous vous foutez de moi ? (Le ton d'O'Hara était monté d'un cran.)

– Non monsieur, pas du tout. »

O'Hara se pencha vers la caméra. « Nous devons capturer ce type vivant, parce que le bruit court qu'il doit succéder à Rahmani, ce qui signifie qu'il dispose déjà de renseignements opérationnels significatifs. Nous supposons également qu'il sait où se trouvent les autres commandos qui ont lancé les missiles, or pas un seul de ces types n'a encore été capturé. Ne vous y trompez pas : Samad est aujourd'hui la cible la plus précieuse du monde.

– Monsieur, sans vouloir vous offenser, l'importance de la cible ne dicte pas forcément la taille et l'envergure de l'opération. Si ma piste est solide, notre cible a déjà quitté les États-Unis. Lestez-moi d'une équipe pour me rendre là-bas et il nous sera plus difficile de bouger, de nous cacher, nous serons bien moins discrets. Et si jamais l'opération tourne court, le risque pour vous sera accru de vous retrouver avec des témoins, des cadavres, bref, on a déjà donné, on connaît la chanson. En revanche, avec juste Towers et moi, nous ne ferons pas de vagues. Qu'on se pointe là-bas avec nos gros flingues et notre gars se sera évaporé depuis longtemps. »

O'Hara soupira. « Donc, vous voulez y aller. Où est-ce au juste ?

– J'ai une adresse au Mexique, et compte tenu de ce que vous venez de me dire, il est non seulement impératif de capturer Samad vivant mais aussi d'être en mesure de l'interroger sans interférence du politique. »

Slater se racla la gorge et pesa la situation. « Moore, si Towers et vous attrapez ce salaud, je ne veux aucune interférence des autres services. Même le gouvernement ne doit rien savoir : en gros, personne, tant qu'on n'aura pas eu le temps de le cuisiner.

– Nous sommes sur la même longueur d'onde. On parle bien là de transfert clandestin[1].

– Holà, holà, doucement messieurs, intervint O'Hara. Je ne peux ni confirmer ni dénier que j'ai entendu cette conversation et je pense qu'il est temps pour moi de prendre congé. » Il se leva, les considéra attentivement, puis leva le pouce.

« Nous comprenons », dit Slater.

Après le 11-Septembre, la CIA avait capturé et emprisonné environ trois mille individus suspectés de terrorisme, dans le cadre d'une procédure clandestine. Ces prisonniers avaient été transférés dans des centres de détention ultra-secrets, dits « sites noirs », dont bon nombre se trouvaient en Europe. Le Conseil de l'Europe et une majorité au parlement de l'Union européenne avaient considéré que ces prisonniers avaient été soumis à la torture et que les gouvernements américain et

---

1. Ou « *Extraordinary Rendition* ». Opération clandestine d'enlèvement d'un individu en territoire étranger afin de le présenter devant la justice. La méthode, utilisée par les services secrets américains s'est considérablement développée après le 11-Septembre.

britannique étaient parfaitement au courant de l'opération. Un décret tout récent, signé du président des États-Unis, s'opposait à la torture clandestine et à ces prisons secrètes.

Par conséquent, O'Hara se plaçait en retrait parce qu'il refusait toute responsabilité juridique. Pas question pour lui d'ordonner sciemment à Moore de capturer Samad, puis de le transférer vers un site clandestin pour des interrogatoires musclés. Le gouvernement américain ne pratiquait pas la torture, ne transférait pas les prisonniers dans des endroits où les responsables officiels savaient qu'ils étaient torturés et ces prisons secrètes n'existaient plus.

D'un autre côté, Slater en était heureusement resté aux bonnes vieilles méthodes du passé. Il éleva la voix : « Vous me capturez ce salaud et je collabore avec vous de bout en bout.

– Alors, voilà ce que je vous propose, dit Moore. Pas de commando, aucune implication des autres services. L'administration garde les mains propres. Rien que Towers et moi. Pas de témoins. Vous nous laissez traquer Samad à notre façon, puis vous obtenez votre ordre de transfert et on cuisine ce misérable salopard, en employant les grands moyens. Sinon, Washington se retrouve impliqué, il est transféré à une juridiction militaire… et même si Samad ne voit jamais un tribunal et finit par pourrir à Guantānamo, il ne sera jamais mis en situation de nous révéler ce que nous désirons. On le capture, on lui soutire ce qu'on cherche, puis on monte une fausse opération de capture pour le remettre à l'administration, qu'elle puisse faire joujou avec lui. Mais seulement une fois qu'on l'aura saigné à blanc. Ce que je veux dire, c'est que si tout cela n'est pas planifié à l'avance, rien ne sert de le capturer. Les renseignements qu'il détient valent plus que sa vie.

– Waouh, fit Towers, plutôt interloqué.

– Alors, monsieur Towers, toujours partant ? demanda Slater. Ça pourrait devenir très moche, moche au sens fin de carrière. »

Towers renifla avec dédain avant de regarder sa montre : « Je suis désolé, monsieur. Pas le temps de parler, j'ai un avion à prendre.

– Appelez-moi sur la route de l'aéroport », dit Moore. Towers interrompit la liaison, laissant Moore et Slater poursuivre.

« Je lui ai posé la question, et je vous la repose, dit Slater. Vous êtes sûr de vouloir y aller ?

– Ouais. Je vous demande juste de collaborer et de ne pas changer d'avis. Ne cédez pas à la pression. Et n'oubliez pas le sang, la sueur et les larmes que nous avons versés pour essayer d'éliminer ces salauds. Si Samad peut nous aider à démanteler leur réseau, alors ça en vaut la peine. » Le regard de Moore se fit distant. « J'en discutais souvent avec Rana, assis sur ce balcon. Alors terminons ce que nous avons commencé. »

Puerto Penasco/Rocky Point
Sonora, Mexique

La résidence privée (et surveillée par des vigiles) de Las Conchas était située en bordure d'océan, dans le golfe de Californie, à l'ouest du Mexique ; elle se trouvait à six cents kilomètres environ de Ciudad Juárez. L'adresse que Wazir avait donnée à son arrière-petit-fils était celle d'une résidence formée de trois appartements séparés, avec trois cuisines, onze chambres et douze salles de bains. La maison était proposée à 2,7 millions de dollars et, d'après le site de l'agence immobilière que Moore avait visité, elle offrait un panorama de cent quatre-vingts degrés sur l'océan. Elle appartenait à un certain David Almonte Borja.

En creusant un petit peu plus, Moore apprit que ce Borja était en fait le beau-frère d'Ernesto Zúñiga et, d'après Dante Corrales, l'héritier le plus probable du cartel de Sinaloa.

Mais il y avait mieux : quarante-huit heures plus tôt, Borja avait été interpellé par des inspecteurs de la police fédérale et incarcéré à Mexico pour meurtre, complot en vue de commettre un meurtre et trafic de drogue. Le moment de cette arrestation n'avait rien d'une coïncidence : l'inspecteur Alberto Gómez avait désigné deux collègues qui, à leur tour, avaient livré quantité de détails concernant Borja et ses relations avec le cartel.

Que Las Conchas dispose de sa propre milice privée facilitait d'autant plus la tâche de Moore et de Towers. Ils n'eurent qu'à rencontrer le patron de la société de gardiennage qui comprenait fort bien l'alphabet anglais : C-I-A.

L'homme leur dit que, d'après ses vigiles, personne n'était entré dans la maison depuis l'arrestation de Borja. L'agent immobilier avait-il fait procéder à des visites ? Ils ne pensaient pas. Ce genre de biens à plusieurs millions de dollars n'attirait pas vraiment les foules et n'était montré que sur rendez-vous et après présélection de l'acheteur potentiel.

« Accordez à vos gardes une nuit de liberté, dit Moore. On couvrira les dépenses.

– Entendu. »

Ils le laissèrent pour aller voir l'agent immobilier, une femme élégante, proche de la soixantaine, presque un portrait craché de Sophia Loren. Elle se montra à la fois coopérative et quelque peu déprimée après avoir appris l'arrestation de Borja, qui allait la priver d'une commission confortable. Elle leur donna le digicode de l'entrée et le code pour désactiver l'alarme.

Moore n'aurait pas vu de problème à crocheter la serrure ; il restait peu de sociétés ici-bas capables d'usiner parfaitement les pièces avec le minimum de tolérance tout en continuant à faire des profits, ce qui bien entendu, laissait aux serruriers, aux voleurs et aux espions largement de quoi s'occuper.

Tandis que les satellites de l'Agence étaient déjà braqués sur la résidence, Moore et Towers, déguisés en vigiles, engagèrent leur voiturette de golf dans l'allée de la propriété à 17 heures, heure locale. Le bâtiment principal était doté de trois serrures à combinaison : une pour l'entrée, une pour le garage, une dernière pour la chambre principale. La porte s'ouvrit. Aucun signal sonore pour avertir d'un déclenchement imminent de l'alarme ou simplement de bip pour attester de l'ouverture du battant. Pas un bruit, comme si l'alarme n'avait pas seulement été désactivée mais carrément coupée. Moore avait raison. Le témoin sur le clavier d'activation était éteint. On avait sectionné les câbles. *Bizarre.*

Ils entrèrent à pas de loup, traversèrent le hall d'apparat dont le sol carrelé dessinait une roue du zodiaque. Ce corps de bâtiment principal était encore meublé, dans un style mêlant contemporain et sud-ouest américain, bref, tout cela semblait bigrement coûteux aux yeux de Moore. On entendait en sourdine le son d'un téléviseur.

Moore fit un signe de la main à Towers. Ce dernier acquiesça et se tint en retrait. Il se rétablissait bien de ses blessures à l'épaule et au bras mais il lui faudrait attendre encore un an avant de courir un nouvel Ironman. Moore dégaina et saisit à deux mains la crosse de son Glock.

Un couloir droit devant. Un miroir au mur. Des images de télévision qui se reflètent dessus. Il fit encore deux pas. La porte de la chambre sur la gauche était ouverte. Il sentit une odeur de nourriture... De la viande ? Du poulet ? Il n'aurait su dire. Il reporta son regard vers le miroir sur la droite et se figea. Il se retourna pour adresser à Towers un regard éloquent : *Surtout, ne bouge pas !* Puis un nouveau coup d'œil au miroir pour calculer les distances, évaluer son propre temps de réaction, deviner celui de son adversaire. Il allait devoir retrouver ses automatismes, cet esprit agressif affûté par des années d'expérience sur le terrain.

Il termina de calculer sa progression, la révisa mentalement et sentit que s'il continuait à réfléchir, il allait avoir les foies. *Temps d'agir.*

Un bruit de chasse d'eau. La chambre principale se trouvait à l'intérieur de la suite, et une voix féminine en provint. « Je suis vraiment beurrée ! »

Moore jeta un bref regard à Towers, pointa le doigt et bougea les lèvres en silence : *Tu t'occupes d'elle.*

Moore bondit alors dans la chambre. À l'autre bout de la vaste pièce était assis un homme en caleçon, un sachet de chips arôme tortilla posé en équilibre sur les genoux. Un homme qu'ils connaissaient bien.

Bashir Yassouf – alias Bobby Gallagher –, sans doute l'un des pires traîtres de toute l'histoire des États-Unis, contempla, incrédule, l'homme qui venait d'entrer dans la chambre.

Gallagher avait un Beretta posé sur la table près de son fauteuil inclinable. Moore l'avait déjà repéré et avait anticipé sa prise par le traître. Sa seule présence ici suggérait qu'il ignorait l'arrestation de Borja – grave erreur de sa part.

Il allait s'emparer de son arme quand Moore s'écria : « Pas un geste ! »

À peu près au même moment, la fille sortit de la salle de bains et se mit à hurler et jurer. Towers lui cria de s'immobiliser.

Une fraction de seconde plus tard, Gallagher, ignorant l'ordre de Moore, s'empara de son flingue.

S'attendant à le voir tirer, Moore anticipa l'attaque et l'atteignit à l'épaule, puis il lui logea une autre balle dans la jambe, mais il était déjà trop tard.

Gallagher avait mis le canon dans sa bouche.

« Non, non, non, non ! » hurla Moore en se précipitant sur lui quand le coup partit.

La police locale arriva dans l'heure, la femme (une prostituée) fut placée en détention tandis que Moore et Towers fouillaient la résidence de fond en comble.

Abandonnés sur la table de nuit d'une des chambres à l'arrière, ils trouvèrent onze emballages de bonbons Hershey's Kiss, roulés en boule.

QG de la police fédérale ministérielle
Mexico

Six heures plus tard, installés dans le parking à bord de leur voiture de location, Moore et Towers s'apprêtaient à entrer questionner Borja. Ils n'avaient rien à perdre. Gallagher avait emporté dans la tombe l'adresse de la planque de Samad. Les seuls témoins survivants étaient trois des six terroristes qui avaient embarqué sur les avions, et tous serinaient la même rengaine : ils ne connaissaient que leur mission, rien d'autre, et Moore tendait à les croire car les talibans avaient souvent l'habitude de compartimenter leurs cellules. Enfin, l'un des terroristes extraits de l'épave du vol de San Antonio était si gravement brûlé au visage et au cou qu'il aurait été bien en peine de parler même s'il l'avait voulu.

Mais Borja... Lui devait savoir quelque chose. Il était de mèche avec Gallagher. Samad avait laissé ces emballages de bonbons dans sa propre maison. C'était la connexion qu'ils cherchaient. Il ne pouvait plus le nier.

Moore s'en ouvrit à Slater qui acquiesça. Ils devaient conclure un marché.

Borja était bien plus jeune que prévu – la trentaine, peut-être. Il avait le crâne rasé et arborait assez de tatouages pour lui valoir l'admiration de bien des *sicarios*. Mais quand il ouvrit la bouche, son élocution, sa diction et ses inflexions trahissaient un homme d'affaires parfaitement éduqué, et c'était de bon augure car ils s'apprêtaient à discuter avec lui de choses sérieuses.

La salle d'interrogatoire sentait l'eau de Javel. Apparemment, le dernier suspect à y avoir été interrogé par la police s'était, aux dires de celle-ci, « relâché ».

Moore fixa Borja et attaqua d'emblée : « Gallagher est mort. Il s'est suicidé dans ta maison de Las Conchas. »

Borja croisa les bras. « Qui ça ?

– Très bien, laisse-moi t'expliquer tout ça en détail. Tu vas passer le restant de ta vie en prison. Je suis prêt à conclure un marché entre nos deux gouvernements. Si tu sais quoi que ce soit sur la planque actuelle de Samad, tu me le dis. Et si tu m'as dit la vérité, je t'obtiens une amnistie pleine et entière. On efface l'ardoise. Tu es libre. Je vais te le répéter très lentement : tu… es… libre.

– Qui est Samad ? »

Towers interrompit Moore en faisant glisser vers lui son ordinateur portable afin qu'il puisse voir l'écran. Leurs collègues de Fort Meade avaient une fois encore décroché la timbale : des appels sur mobile entre Borja et Rahmani, interceptés par les satellites de la NSA, autant de preuves enfin recueillies et confirmées tout juste quelques heures plus tôt.

« Toi aussi, t'as causé avec Rahmani, hein ? reprit Moore. Inutile de nier. On sait. »

Borja leva les yeux au ciel.

« As-tu aidé Samad à s'échapper ? »

Borja s'avança sur sa chaise. « Si vous voulez m'offrir une amnistie, je veux une trace écrite de votre gouvernement. Je veux que mes avocats épluchent le document pour s'assurer de sa valeur légale.

– Entendu, mais ça va prendre du temps. Et je suis sûr que notre ami ne va pas nous attendre. Je te le promets, tu me balances ce que je demande et je mets la main sur Samad, tu es libre.

– C'est pas maintenant que je vais croire un putain de gringo. »

Moore se leva. « C'est ton choix. » Il se tourna vers Towers. « Allons-y... Remplissons les papiers d'extradition. On s'occupera de nouveau de ce connard quand il sera aux États-Unis. » Ils se dirigèrent vers la porte.

Toujours menotté, Borja se leva d'un coup. « Attendez ! »

Gulfstream III
En vol vers l'aéroport international Goldson
Belize

En bon héritier d'un cartel mexicain de la drogue, Borja redoutait plus encore l'extradition aux États-Unis que l'ire de son propre gouvernement, aussi ses épaules s'étaient-elles affaissées tandis qu'il se mettait à dévider l'écheveau de sa confession. Comment il avait été engagé par Rahmani pour former une nouvelle alliance de contrebande et comment lui avait été confiée la tâche d'aider Samad et deux de ses lieutenants à gagner une planque à San José, au Costa Rica. Samad et ses hommes s'étaient tout d'abord cachés dans la résidence de Borja, où ils étaient restés jusqu'à la nuit précédente. Transportés alors dans un des avions privés de ce dernier, ils avaient rallié l'aéroport international Goldson et de là, on les avait conduits dans la jungle jusqu'à une autre planque, sur le lagon de New River, à Belize. Borja précisa que cette maison était utilisée par les mules qui transportaient la cocaïne de Colombie pour desservir les zones de Cozumel et de Cancún, où la drogue était principalement vendue à des étudiants américains en vacances. Charmant. Borja avait engagé un pilote guatémaltèque avec un hélicoptère Raven R44 pour les récupérer et les transférer au Costa Rica, avec une seule escale technique au Nicaragua, pour ravitailler.

Moore interrogea l'homme sur tous les détails de l'opération, y compris le modèle de l'hélicoptère utilisé, le nom du pilote, son numéro de téléphone et ainsi de suite.

Pour une fois, ils avaient une chance d'être dans les temps. Samad et ses hommes devaient être récupérés à minuit, heure locale, et l'hélico devait se poser près des ruines de Lamani – un mot qui signifie « crocodile submergé » en langue maya. Les trois temples du site – le temple du Masque, le temple Haut et celui des Masques de jaguar – étaient fréquentés par les touristes durant la journée mais fermés la nuit. La planque se trouvait une quinzaine de mètres en aval sur le fleuve et Samad et ses hommes étaient censés emprunter un Zodiac pour remonter jusqu'au point de rendez-vous. Borja lui avait fourni deux gardes du corps. Moore et Towers s'attendaient donc à trouver cinq adversaires.

Ils allaient gagner la planque en binôme mais Slater travaillait déjà à l'hypothèse d'un soutien sur place, si la nécessité s'en faisait sentir. Il avait pris ses dispositions pour leur fournir armes et moyens de transport.

Il était 21 h 12 à la montre de Moore quand ils se posèrent sur l'aéroport de Goldson, juste au nord de la capitale, Belize. Sur le tarmac, les attendaient deux véhicules : une Jeep Wrangler et un taxi.

« Bienvenue aux aisselles des Caraïbes », plaisanta Towers en soulevant sa chemise collée par l'humidité ambiante pour s'aérer.

Moore grommela. « Je vois que vous connaissez le coin. »

Un jeune homme d'une vingtaine d'années, cheveux en brosse, tee-shirt noir et pantalon kaki, surgit du taxi, ouvrit le coffre et en sortit un gros sac de toile qu'il mit dans la Wrangler tandis que le chauffeur, un homme qui aurait pu être son frère, descendait précipitamment pour les rejoindre à l'arrière du véhicule. Moore s'approcha.

« Tout est prêt, monsieur, dit le jeune homme, avec un accent britannique caractéristique. Les lunettes amplificatrices sont sur le siège avant. Le GPS Garmin a été programmé. Vous n'aurez qu'à écouter la voix suave de la charmante dame pour vous laisser guider. »

Moore lui serra la main. « Merci.

– Ce n'est pas encore fini, n'est-ce pas ? » Et il glissa dans la main de Moore une photo satellite.

Moore hocha la tête avant de se mettre au volant de la Jeep. Towers passa de l'autre côté pour s'asseoir à côté de lui.

« Service première classe par ici », constata-t-il.

Moore embraya. « J'essayais juste de vous impressionner, chef.

– Mais je le suis. » Towers pianota sur le GPS et la dame sexy leur dit avec un suave accent britannique qu'ils étaient à 48,94 kilomètres de leur destination. « Bon, à présent j'ai encore une question : et si Borja nous a menti ?

– Vous voulez dire que nous entrons dans la planque et qu'il n'y est pas ? Qu'ils sont déjà partis ou n'y sont jamais venus ?

– Ouais.

– J'ai vérifié juste avant qu'on descende de l'avion. Le NRO, le Service national de reconnaissance, a braqué dessus ses caméras depuis que nous l'avons contacté. La NASA et tout un groupe d'universités utilisent en permanence des satellites pour cartographier les ruines de la région, ce qui donne au NRO accès à pas mal de sources. Ils ont déjà repéré deux individus sur le ponton. Ils sont bien là. Et n'oubliez pas : Borja sait qu'il n'obtiendra rien si nous ne mettons pas la main sur Samad. Nous sommes devenus ses chouchous. »

Madame GPS leur dit de sa voix si sensuelle de prendre à gauche à la fourche, ce que fit Moore, et ils poursuivirent leur route sur une étroite chaussée criblée de nids-de-poule. Leurs phares traversaient des rideaux de papillons de nuit, les poteaux électriques prenaient des airs de pierre tombale dans le cimetière de San Juan Chamula. La jungle dense s'animait parfois, révélant les yeux scintillants de bandes de babouins qui les observaient, perchés dans les arbres. Ils durent franchir un barrage de police mais les agents avaient déjà été avertis de leur présence par leurs contacts britanniques et ils les laissèrent passer.

Quand ils atteignirent la pancarte annonçant le *Domaine du Singe hurlant*, Moore chaussa les lunettes amplificatrices, puis éteignit les phares pour couvrir les douze derniers kilomètres jusqu'à leur objectif. Après avoir dépassé la résidence principale avec ses cabanes, ils empruntèrent un chemin encore plus inégal et défoncé, et Moore dut à deux reprises contourner des cadavres de tortues écrasées par d'autres automobilistes, bien qu'ils n'eussent pas encore rencontré le moindre véhicule.

Même s'ils avaient tous les deux l'impression d'être seuls, isolés, à s'enfoncer toujours plus loin dans la jungle de Belize, à des milliers de kilomètres de chez eux, Slater, de concert avec les analystes de tous les centres d'antiterrorisme et de contre-espionnage, était en cet instant précis en train de les surveiller, épluchant le moindre de leurs déplacements, et tout le monde retenait son souffle.

Towers et Moore gardaient le silence, chacun se préparant mentalement à l'imminence du raid. Moore se demandait si Towers était croyant, ou bien s'il attribuait tout cela au hasard ou à un univers impitoyable. Pour sa part, il pensait en termes plus simples : il était temps de remercier tous ceux qui avaient accompli le sacrifice suprême. Il était temps de capturer ce salopard de Samad et de le faire pour eux, en leur nom.

Et, oui, la piste était enfin devenue chaude. Très chaude.

Parvenu à moins de quinze cents mètres de la planque, Moore quitta la route, gara la Jeep et coupa le moteur. Towers et lui se regardèrent, entrechoquèrent leurs poings puis descendirent.

Il fallut quelques secondes à Moore pour remarquer que son patron fredonnait un air de rock familier : *Welcome to The Jungle*, des Guns N' Roses. Avec un sourire désabusé, Moore rabattit le hayon de la Jeep et ils se mirent au travail aussitôt.

45

L'EAU ÉTAIT
LEUR ÉLÉMENT

Lagon de New River
Belize

Q UAND MOORE ET TOWERS eurent vidé le sac en toile, se
furent changés pour enfiler pantalon collant et chemise
noire, eurent passé leur gilet en Kevlar, pris leur matériel
informatique et coiffé leur cagoule, Towers inspecta les armes
qu'on leur avait fournies. L'inventaire comprenait deux fusils
de précision – des L115A3 (calibre 338) munis d'une lunette
Schmidt et Bender et de chargeurs de cinq cartouches –, deux
pistolets semi-automatiques Browning Parabellum 9 x 19 mm,
une chouette paire de jumelles Steiner 395 et deux couteaux
de chasse Fairbairn-Sykes à double fil et munis d'un anneau
pour dragonne.

Towers brandit son arme branche : « Z'ont de jolis joujoux,
ces Royal Marines. »

Moore opina et ils avaient en effet de la chance que le
45ᵉ Commando, un bataillon des marines britanniques, envoie
souvent des pelotons s'entraîner dans le secteur. Slater avait
obtenu de pouvoir les utiliser en soutien. Tous les soldats britanniques savaient que Towers et Moore étaient des agents de
la CIA en mission contre des trafiquants de drogue et qu'à ce
titre ils pouvaient avoir besoin de renforts. Les Rosbifs seraient
ravis de leur rendre ce service.

Moore brandit un téléphone satellite. « Ces gars seront là sur un simple coup de fil.

– Espérons que nous n'aurons pas à le passer », dit Towers.

Ils enfilèrent leur sac à dos, puis se mirent en route ; l'un et l'autre avaient chaussé des lunettes de vision infrarouge. Les grognements, pépiements et autres bruissements venant de la jungle autour d'eux étaient tout sauf rassurants et s'ils se retrouvaient accostés, mettons, par un babouin, un singe hurleur ou pis encore, c'était moins la rencontre proprement dite que le raffut qu'elle engendrerait que redoutait le plus Moore.

En conséquence, ils se tinrent en lisière de la jungle, à l'écart de la route, mais pas trop loin non plus, et ils se félicitèrent que les Rosbifs aient pensé à leur fournir une bombe insecticide contre les moustiques, les mouches jaunes et autres tiques. Les bleus traitaient de femmelettes leurs collègues aguerris sous prétexte qu'ils étaient importunés par les insectes mais Moore avait appris d'expérience, tant chez les paras commandos qu'à la CIA, qu'une démangeaison gênante pouvait vous distraire – et vous coûter la vie.

Ses sourcils étaient déjà trempés de sueur et il sentait le sel sur sa langue quand ils parvinrent enfin au bord de l'eau, où le sol devenait boueux et instable, avec des racines qui boursouflaient la surface comme autant de veines variqueuses. Il mena Towers vers un bosquet de *tabebuias* sous lequel ils firent halte. Il mit son collègue en garde contre la tentation de s'appuyer aux arbres car ceux-ci abritaient des fourmis venimeuses appelées *pseudomyrmex*. Elles détectaient les vibrations et une attaque en masse risquait de lui infliger des piqûres fort douloureuses.

La maison se trouvait une trentaine de mètres plus au nord. Une centaine de mètres carrés, montée sur des pilotis hauts de deux mètres, dotée d'un petit porche en avancée sous un toit à pignon en zinc, avec des fenêtres munies de volets en bois plein. Aucun véhicule en vue. L'appontement ne faisait guère plus de dix mètres de long, avec deux Zodiac amarrés côté nord. Chaque canot pneumatique était doté d'un moteur hors-bord et pouvait emporter de trois à cinq passagers. Une piste que le défunt Michael Ansara aurait qualifiée d'« excellent spot de VTT » montait en sinuant depuis la route pour rejoindre la maison. Un autre sentier, juste assez large pour un véhicule tout-terrain, traversait la jungle un peu plus au nord et redescendait vers la route principale. Aux États-Unis, on aurait pris cette bâtisse pour un abri de pêcheur, certainement pas pour un relais de contrebande de drogue.

La montre de Moore indiquait 22 h 44.

Il ôta lunettes et cagoule pour s'éponger le visage. Avec un juron, Towers l'imita, puis il chaussa les jumelles et inspecta l'appontement. Et il se tourna vers Moore, l'air inquiet, et les lui tendit.

Un homme venait d'apparaître sur l'estacade, muni d'une petite lampe à pétrole. Il traînait un jerrycan en plastique de vingt litres. Ce pouvait être un des *sicarios* que Borja avait prêté à Samad. Merde, ce pouvait être Samad en personne. Moore n'aurait pu le certifier, même après avoir zoomé sur la silhouette.

L'homme, torse nu, seulement vêtu d'un short beige, grimpa avec précaution dans l'un des Zodiac et entreprit de remplir le réservoir extérieur du hors-bord, placé juste sous le moteur.

O'Hara avait été catégorique : capturer Samad vivant.

Ils avaient donc ajouté des grenades lacrymogènes à leur liste de cadeaux et les Royal Marines leur en avaient fourni une douzaine, accompagnées de masques qu'ils avaient fourrés dans leur sac. Défoncer la porte d'un coup de pied, balancer les grenades, reculer, laisser le gaz agir, puis les cueillir.

Mais Moore voyait à présent se présenter une occasion trop bonne pour ne pas être saisie.

« Je vais neutraliser ce gars, puis je vous retrouve derrière. On accélère le rythme à présent.

– Vous êtes sûr ? »

Moore acquiesça.

Avec l'aide de Towers, il se défit rapidement de ses habits et du gilet, pour se retrouver en moins de trente secondes juste en slip mais avec son étui de ceinture. En lieu et place des pistolets fournis par les Britanniques, il choisit son Glock 17 qu'il avait pris dans son paquetage après avoir appris que ces armes étaient équipées pour un usage en environnement humide. Cela permettait entre autres d'éviter les infiltrations d'eau susceptibles d'endommager l'amorce. En outre, les munitions de dotation OTAN qu'utilisait Moore étaient pourvues d'amorces étanches qui en amélioraient la fiabilité.

Une fois le Glock glissé dans son étui, il prit le couteau de combat et, tel un prédateur, se glissa sous les eaux d'un noir d'encre.

L'eau de la rivière était épaisse et chaude sous ses paumes. La végétation poussant sur le fond (peut-être des hydrilles verticillées, il n'était pas sûr) raclait ses pieds nus. Il estima la profondeur à moins de trois mètres. Il nageait en silence, guidé par l'éclat de la lampe à pétrole qui se reflétait sur les clapots devant lui. Oui, il se retrouvait dans son élément. C'est là que Carmichael vivait pour l'éternité...

Ce n'est qu'à l'approche de l'appontement qu'il se souvint des crocodiles.

Avec un frisson, il émergea derrière le second Zodiac, sans faire de bruit, exhalant avec lenteur. Leur homme était dans la première embarcation, amarrée un peu plus loin. Moore jeta un coup d'œil furtif derrière les boudins de la coque. Le type était un des *sicarios* de Borja, la vingtaine, maigre, les omoplates recouvertes de tatouages tribaux. Samad et ses hommes n'auraient pas été tatoués. Leur religion l'interdisait.

Après avoir bruyamment vidé son jerrycan, le *sicario* vérifia la jauge de carburant, puis il en rajouta une louche.

Moore reporta son attention vers la maison : tout était calme, à part le bourdonnement quasiment électrique de milliers d'insectes.

Il repassa sous l'eau pour contourner le Zodiac et se mettre en position.

Donc, le nouveau plan était d'éliminer ce type et de se rabattre sur la maison. Towers et lui auraient un adversaire de moins et ils pourraient toujours enfumer les autres. Toutefois, comme il en avait averti Towers, ils allaient devoir agir vite pour ne pas manquer leur cible.

Moore prit le couteau de combat par en dessous, la lame dépassant de sous son poing fermé. Trois, deux, un, il donna un violent coup de pied et jaillit de l'eau, glissa un bras autour de la taille de l'homme tout en plongeant la lame dans sa poitrine en même temps qu'il l'attirait par-dessus bord – tout cela avant que la victime n'eût le temps de crier, car Moore ne pouvait lui masquer la bouche.

Il fallait tout prendre en compte. La lame était pointue et le fil bien aiguisé. Moore avait découvert sur le tas que si l'on tranchait une artère avec une lame émoussée, la blessure tendait à se refermer et à stopper l'hémorragie. Une artère sectionnée proprement entraînait la perte de conscience et la mort. Sans compter que maintenir l'homme sous l'eau allait entraîner un emballement du rythme cardiaque, accélérant encore le processus.

La manip s'était déroulée à la perfection, un vrai cas d'école. Moore pouvait monter à Rhode Island donner des conférences sur la technique à l'École navale. Le type était tombé en arrière avec juste un grognement étouffé, à peine audible. Même l'entrée dans l'eau s'était passée sans bruit car il l'avait attiré en douceur.

Mais à la seconde même où il reprenait son souffle, les dents serrées, avant de disparaître sous la surface – en cette seconde où tous les muscles de son corps s'étaient crispés –, Moore aperçut la maison, vit du coin de l'œil la porte de derrière s'ouvrir et une silhouette s'y inscrire en contre-jour.

L'individu avait vu un homme surgir de l'eau et attirer son compagnon par-dessus bord. Moore ne pouvait que maintenir immergée sa victime qui se débattait, et il s'était mis à trembler, redoutant d'avoir déclenché l'alarme.

Son cœur entra aussitôt dans le rouge.

Il avait envie de hurler. Ils étaient foutus !

Chaque chose en son temps. D'abord, il se força au calme, tout en continuant d'étrangler l'homme qui bientôt cessa de bouger.

Alors qu'il le relâchait, la première salve arrosa la surface, les balles arrivant juste dans son dos alors qu'il descendait vers les piles de soutien de l'appontement et qu'il s'y raccrochait, côté intérieur pour se protéger.

Vint une autre salve, puis une troisième, des tirs d'arme automatique qui balayaient les eaux sur cent quatre-vingts degrés de part et d'autre de l'embarcadère. Leur chuintement assourdi ne lui était que trop familier. Toujours accroché à la pile, Moore remonta, jusqu'à ce que sa bouche effleure la surface, pour prendre une longue goulée d'air. *Ralentis ton cœur. Et mets-toi à réfléchir…*

Le fusil de précision de Towers claqua derrière le rideau d'arbres et l'homme resté sur l'appontement s'effondra sur les planches, avec un juron en espagnol. À coup sûr, la balle avait été tirée pour blesser. Towers savait ce qu'il faisait mais il avait également trahi sa position et avec son fusil tirant au coup par coup, il aurait du mal à riposter à un tir d'arme automatique.

D'autres bruits de pas. Plus proches. L'appontement vibra. Puis de nouvelles rafales d'AK-47, deux armes. Le fusil de Towers répliqua avec une détonation formidable, puis se tut face à la grêle de projectiles.

Un troisième AK joignit sa voix au concert.

Puis, une pause…

« Talwar ? Niazi ? Embarquez, maintenant ! »

Moore eut du mal à se contenir. C'était bien lui, Samad, qui s'exprimait en arabe, debout sur l'appontement juste au-dessus de sa tête. Et lui qui était armé d'un couteau et d'un pistolet. Trois contre un. Si l'objet de la mission avait été de tuer Samad, il se serait hissé pour une attaque surprise, par-derrière. À nouveau, il se força au calme. Son impatience lui avait déjà trop coûté. *Garde ta position. Attends.*

Le Zodiac oscilla quand les trois hommes grimpèrent à bord. L'un d'eux mit le contact du hors-bord qui démarra aussitôt.

Moore ne pouvait neutraliser le moteur sans se faire repérer et attirer leurs tirs quasiment à bout portant, mais peut-être pouvait-il couler l'embarcation à leur insu…

Si le Zodiac avait un plancher rigide en fibre de verre, il conservait ses boudins de caoutchouc synthétique, séparés en plusieurs sections, six en général. L'enveloppe était en fait composée d'un plastomère collé sur une trame de polyester dense, bien plus difficile à transpercer que le bon vieux caoutchouc mais ça ne coûtait rien à Moore d'essayer.

Il s'écarta de la pile, redescendit sous la surface et vint longer le Zodiac dont le moteur tournait encore au ralenti. Il prit son couteau et le plongea dans le premier compartiment. L'air s'échappa en sifflant avec bruit, formant un chapelet de bulles qui remontèrent vers la surface en bouillonnant. Il nagea sous la coque à l'instant où les hommes commençaient à réagir et projeta son couteau vers le haut pour transpercer un autre boudin.

Le moteur de cinquante chevaux s'emballa et Moore replongea aussitôt pour ne pas être touché par l'arbre ou déchiqueté par l'hélice. Il se retourna après que le bateau fut passé au-dessus de lui, rejoignit prestement la surface, leva son pistolet au-dessus du sillage et, visant les boudins noirs, il tira à deux reprises avant que l'homme qui guidait le hors-bord ne lève un pistolet pour riposter de deux coups. Moore plongea de nouveau, cette fois pour regagner l'appontement.

Il se hissait dessus au moment même où Towers arrivait au pas de course, lesté de tout leur attirail. « Putain, qu'est-ce qui se passe ?

– Le second Zodiac ! » se contenta de lui répondre Moore.

Towers lança fusils et barda dans l'embarcation et monta à bord. « Les clés. Il n'y a pas de clés ! »

Le type que Towers avait descendu gisait sur les planches dans une mare de sang, une main crispée sur sa cuisse. Moore s'agenouilla près de lui : « Les clés du bateau ? »

L'autre se contenta de le fixer, les dents serrées, souffrant le martyre.

Moore lui fit les poches. Rien. *Dans la maison ? Est-ce que je devrais aller voir ? Pas le temps.*

Attends. L'autre gars dans la flotte. Il regarda la surface. Le cadavre flottait, le nez dans l'eau. Moore courut vers la berge et plongea pour le rejoindre. Ce gars avait sans doute mis les clés sur le moteur du premier hors-bord. Rien ne prouvait qu'il n'avait pas également celle du second.

Moore s'approcha, tâta ses poches, trouva les clés et les sortit. Il revint à la nage jusqu'au Zodiac et les lança à son partenaire, qui les introduisit à tâtons dans le contact.

« C'est bon ! » annonça Towers.

Moore tendit un bras et Towers le hissa à bord. Pendant que ce dernier démarrait le moteur, Moore larguait les amarres. Le moteur vrombit et ils s'écartèrent rapidement du ponton pendant que, d'une main, Towers chaussait de nouveau ses lunettes infrarouges.

« Ils ont une bonne avance sur nous », commenta-t-il en pointant le doigt devant eux vers le sillage de la première embarcation qui se dissolvait rapidement. « Mais je les ai bien en vue… et oui, c'est eux ! Samad porte un tee-shirt gris ou beige. Les autres sont tout en noir.

– Je l'ai entendu appeler ses hommes. » Moore était encore hors d'haleine, il tremblait des pieds à la tête, submergé par l'adrénaline, tandis qu'il fourrageait dans son paquetage pour en extraire le téléphone satellite. Un seul contact était en mémoire : BOOTNECK CINQ.

Il pressa le bouton, attendit.

« Bootneck Cinq en fréquence. » L'accent était incontestablement britannique.

« Eh, ici River Team, dit Moore. Notre colis est en mouvement. Ils filent plein nord dans un Zodiac vers le point de rendez-vous. On les poursuit. On a besoin que vous les interceptiez là-bas.

– Sans problème, River Team. On attendait votre appel. Je vous contacte dès que nous sommes en position.

– Merci, vieux.

– Vous nous remercierez tous plus tard avec une bonne pinte, matelot.

– Avec plaisir. » Moore remit le téléphone dans le sac, puis il se redressa, rajusta sa prise sur le Glock, testant sa position de tir. Le vent les fouettait maintenant et, sur le rivage, ils aperçurent bientôt de petits points lumineux qui se transformèrent en formes plus sombres comme ils s'approchaient.

« Au fait, t'as vérifié la jauge ? demanda Towers.

– Merde, non. » Moore se pencha et tapota le réservoir en plastique. Ça sonna creux. Il chercha dans son sac à dos une petite lampe-torche dont il braqua le faisceau vers le plastique translucide pour juger du niveau de carburant. *Oh merde... mauvaise nouvelle.* Voilà pourquoi le premier type était sorti pour refaire le plein.

« Tu crois qu'on va y arriver ?

– Continue, à fond. » Moore estima leur vitesse à près de trente nœuds, ils faisaient cracher au moteur tout ce qu'il pouvait. Il se pencha, chaussa à son tour ses lunettes infrarouges et le camaïeu de gris, de bleu marine et de noir du paysage se mua en une alternance de blanc et de vert fluo. Il concentra son attention droit devant lui et repéra, au loin, le Zodiac, suivi de trois blancs sillages d'écume.

Un coup de feu ricocha sur le flanc de leur moteur.

« Baisse-toi ! » ordonna Moore en se jetant sur son sac à dos.

Towers se baissa mais il devait garder la main sur la barre. Moore arracha ses lunettes et s'empara d'un des fusils de précision. Trois coups brefs retentirent à nouveau, couvrant le bruit du moteur et un sifflement jaillit du côté gauche de leur embarcation. Moore rampa vers la proue, cala ses coudes sur les boudins et mit en joue. Il visait l'arrière du Zodiac, mais entre les soubresauts de leur bateau et ceux de leur cible, il était impossible de tirer avec précision. S'il tentait sa chance,

que la balle se perdait et allait toucher Samad en pleine tête…
Il jura et se retourna vers Towers. « Impossible de viser. On
ne peut pas se rapprocher un peu plus ?

– J'essaie ! »

Moore se pencha, reposa le fusil, et sortit son Glock. Samad
avait sans doute appelé leur pilote pour qu'il vienne les récupérer plus tôt. Le téléphone mobile du pilote était déjà surveillé
par la NSA et les collègues de Moore le détecteraient à la
seconde même où il recevrait l'appel. Un bref coup d'œil à
l'écran de son smartphone le lui confirma. Un texto de Slater : « Hélico appelé. Il a décollé en direction des ruines et
du point de rendez-vous. »

Mais de même qu'un hélicoptère Sea King Mk 4 embarquant
vingt-sept Royal Marines qui allaient descendre en rappel sur
le point fixé et le boucler. Toutefois, si jamais Samad repérait
cet autre hélico, lui et ses hommes risquaient d'accoster tout
de suite pour tenter de fuir par la jungle. Cet idiot risquait
de se faire tuer s'il tentait ça.

Moore vérifia leur position sur le GPS du smartphone. Le
signal envoyé par la puce logée dans son épaule était en effet
reçu et transmis aux satellites de l'Agence et cette information
lui était renvoyée, lui permettant de se localiser avec une précision inférieure à trois mètres. Ils avaient à présent remonté
la rivière sur près de huit kilomètres, il leur en restait encore
six à parcourir, soit en gros, dix minutes de navigation.

Ils entendirent d'abord le vrombissement, bientôt suivi du
clignotement des feux de position de l'hélico. Non, ce n'était
pas le pilote guatémaltèque mais bien les Marines britanniques
qui arrivaient en fanfare, et si Samad ne les entendait pas
arriver de loin, c'est vraiment qu'il avait la tête sous l'eau.
Merde.

Derrière Moore, le moteur crachota et puis il sentit la proue redescendre vers les vagues, signe qu'ils ralentissaient, tandis que le boudin mollissait, à mesure que l'air s'en échappait.

Le Zodiac de Samad était à moins de cinquante mètres devant eux. Eux aussi avaient ralenti, le pilote ayant été distrait et sans doute surpris par l'arrivée inopinée de l'hélicoptère. Ils s'étaient attendus à un appareil de petite taille, or c'était un gros qui se pointait. Moore n'avait pas songé à ce problème.

Tandis que leur hors-bord hoquetait de plus en plus, suçant les dernières gouttes d'essence, Moore pesta de nouveau et se retourna vers Towers qui remarqua : « J'imagine qu'on passe la main aux Marines, hein ? J'espère qu'eux aussi ont reçu l'ordre de le capturer vivant.

– Ces ordres valent tripette. Si on leur tire dessus, ils riposteront. Moi je voulais juste qu'ils établissent un barrage routier. »

Provenant du nord-est, un vrombissement plus aigu se joignit au baryton de l'hélico des Marines et, aux jumelles, Moore repéra le minuscule R44 avec son rotor bipale juché sur un mince pylône effilé comme une nageoire dorsale. L'appareil pouvait emporter un pilote et trois passagers, ça tombait bien.

Mais comment le Guatémaltèque allait-il réagir devant des soldats descendant en rappel vers la zone d'atterrissage prévue ? À coup sûr, en prenant la fuite. Et Samad en serait le témoin, lui aussi.

Moore abaissa ses jumelles pour observer le Zodiac de Samad. L'homme pointait le doigt vers le second hélicoptère, puis, avec force gesticulations, il ordonna au barreur de se rabattre vers la rive.

Devant l'absence de réaction de son homme, Samad s'empara lui-même de la barre et le Zodiac obliqua brutalement sur la droite pour rejoindre la berge ; c'est à cet instant que les boudins côté bâbord accrochèrent un obstacle sous la surface.

L'embarcation chassa soudain quand un choc sur le moteur fit partiellement émerger l'hélice. La violence de l'impact entraîna Samad et l'un de ses hommes…

Qui basculèrent par-dessus bord. L'homme de barre, qui avait continué de maintenir celle-ci alors même que Samad s'en était emparée, poussa un cri et voulut revenir en décrivant un grand cercle. Moore apercevait à présent l'obstacle : un arbre abattu, émergé tout au plus de quelques centimètres et presque invisible dans l'obscurité. Le pilote de Samad avait foncé droit dessus.

Moore jeta un œil derrière lui. Leur hors-bord n'émettait plus que quelques gargouillis. Il s'empara du fusil de précision en même temps que Towers lâchait la barre pour saisir également son arme, actionnant le levier d'armement en préparation d'un nouveau coup de feu.

Le moteur s'arrêta. Ils glissaient maintenant sur leur erre, en direction de l'autre Zodiac et des hommes à l'eau. Vingt mètres. Du coin de l'œil, Moore aperçut un mouvement sur la rive. Des bruits d'éclaboussement. Des yeux luisants. L'homme dans le Zodiac le repéra, leva son pistolet mais trop tard, Moore avait déjà tiré, visant la tête.

Le pilote aurait certes constitué un prisonnier de valeur, mais le laisser en vie réduisait leurs chances de capturer Samad. Il leur fallait isoler leur cible. L'homme s'effondra à côté du moteur. Privé de barreur, l'embarcation filait à présent droit vers la rive.

Samad et l'autre type – Talwar ou Niazi – nageaient à présent pour regagner le canot ; tous deux hurlaient, bien conscients de ne plus être seuls dans l'eau. Alors que Samad se débattait en tête, son partenaire poussa un cri atroce avant de disparaître sous les vagues.

Utilisant la crosse de son fusil en guise de pagaie, Towers essaya de les rapprocher de l'autre Zodiac. Plus que dix mètres.

L'eau fut de nouveau agitée.

Et c'est alors que Moore repéra la première ombre énorme qui fonçait derrière Samad. Il tira à deux reprises. L'ombre tressauta vers la gauche et disparut.

Samad, en homme qui avait grandi dans les montagnes et le désert, n'était pas très bon nageur et, pris de panique, il se mit en hyperventilation et commença à sombrer.

Towers tira vers une autre ombre, juste à gauche de Samad, et Moore comprit ce qu'il lui restait à faire.

Il lâcha le fusil, s'assura d'avoir toujours le Glock dans son étui sur son flanc, puis il plongea.

Pendant ce temps, Towers avait repris les deux armes et s'était mis à tirer tout autour de Samad, cherchant à lui créer un écran protecteur. Puis il élargit son champ de tir comme Moore s'approchait de lui à la nage.

« Du calme, dit Moore en arabe. Je vais vous tirer de là. »

Samad ne répondit pas et continua d'agiter les bras en haletant. Si Moore s'approchait de trop, il risquait de prendre un mauvais coup, aussi nageait-il avec lenteur et précaution, puis saisissant sa chance, il agrippa Samad par le poignet tandis que Towers pagayait pour rapprocher le Zodiac.

« Venez, le bateau est tout près », aboya Moore.

Il tira Samad pour le propulser devant lui, puis il le poussa vers le Zodiac, à bord duquel Towers, s'accrochant d'une main à une des poignées de portage, avait tendu l'autre pour hisser l'homme dans l'embarcation. Alors que ce dernier s'y effondrait, tête et visage rasés de près luisants d'eau, Towers dégaina son pistolet et dit : « *Allahu Akbar.* »

Samad lui lança un regard furieux.

Moore poussa un énorme soupir. Ils avaient réussi. Il s'accrocha d'une main au Zodiac et resta quelques secondes ainsi, presque au bord des larmes. Il n'aurait su décrire ses sentiments : débordant de joie, puis l'instant d'après, pris d'un désir de meurtre, et ces émotions conflictuelles le submergeaient. Pour l'heure, tout était au mieux et il aurait voulu que Frank Carmichael fût là pour le voir. L'eau était leur élément, que ce soit l'océan, une rivière ou le fond d'une piscine.

Towers avait déjà lancé à Samad une paire de menottes en lui ordonnant de les refermer lui-même sur ses poignets, ce qu'il fit. « Eh, je ne peux pas t'aider, dit-il à Moore. Je le tiens en respect.

– Pas de problème, vieux. J'arrive tout de suite. »

Le téléphone satellite se mit à sonner.

Moore se retourna vers le Zodiac et il étendit les bras pour se hisser dedans. Soudain l'eau bougea bizarrement.

Dans les deux secondes qui suivirent, Moore sortit le Glock de son étui, le plongea dans l'eau et pressa la détente.

CAFÉ NOIR

Starbucks
McLean, Virginie
Deux semaines plus tard

L E Starbucks de l'Old Dominion Center, surnommé la boutique Chesterbrook, était un bâtiment isolé avec une cheminée au premier étage. C'était l'un des trois Starbucks situés à proximité du centre George H. W. Bush pour le renseignement, et lors de la ruée matinale, on y faisait parfois la queue jusque dehors. Moore appréciant modérément de devoir patienter un quart d'heure pour une tasse de café à cinq dollars, il avait dit à la jeune femme de l'y retrouver à 16 heures, la période creuse, quand les moulins et les machines à cappuccino ronronnaient un peu moins souvent. Il s'assit près de l'entrée et s'amusa à profiler les clients installés autour de lui ou faisant la queue au comptoir. Il résumait leur existence en quelques secondes, décidant où ils avaient grandi, l'école qu'ils avaient fréquentée, s'ils aimaient ou détestaient leur boulot, et combien d'argent ils gagnaient. Il leur attribuait une orientation sexuelle, fixait leur situation de famille et leurs préférences politiques. Être un observateur affûté était un préalable indispensable dans son métier mais, pour l'heure, il s'y amusait avant tout pour se calmer.

Il avait encore mal partout et il en avait fait part à Towers qui lui avait rétorqué qu'il s'était juste fait malmener par quelques

369

trafiquants de drogue, ce qui après tout, était normal pour quelqu'un du BORTAC. Leur dernière poignée de main à l'aéroport de San Diego avait exprimé le cœur et l'âme de tous ses collègues de l'unité conjointe. Même Towers avait dû ravaler ses larmes. Moore lui promit de garder le contact. C'était un type bien.

Moore consulta de nouveau son téléphone en maugréant. Voilà ce qu'il arrivait quand vous vous pointiez avec un quart d'heure d'avance – tout le temps pour se faire du mouron. Les SEAL n'étaient jamais en retard. Enfin, il n'y avait pas non plus de message pour annuler ou l'envoyer se faire voir. Elle venait toujours. Il l'imagina franchir d'un pas léger les portes vitrées, robe courte, talons hauts, portant un délicat collier de diamants. Si européenne, si incroyablement sexy. Sa voix évoquait un instrument de musique des siècles passés.

« Monsieur Moore ? »

Il leva la tête, non pour découvrir les yeux d'une femme splendide, mais un visage soucieux, pas rasé, un faciès basané et des cheveux bruns et bouclés. Le gars avait à peu près son âge, plutôt beau mais sans arrogance.

« Qui êtes-vous ? demanda Moore.

– Domingo Caruso. »

Moore poussa un soupir. Slater l'avait appelé un peu plus tôt dans la semaine pour lui dire que ce fameux Caruso désirait lui parler, que c'était un « type bien » et que Moore devait « lui faire confiance ». Slater n'avait pas voulu en dire plus et Moore n'en avait guère plus appris de son côté, sinon que le gars était un ancien du FBI mais qu'il avait quitté le Bureau. Plus de nouvelles après cela. Moore était censé appeler Caruso pour convenir d'un rendez-vous et faire plaisir à Slater, mais malgré les assurances de ce dernier, il ne faisait pas trop confiance à un inconnu et, de son côté, il ne lui fournirait sûrement pas le moindre tuyau sur ses propres missions.

Caruso tendit la main ; Moore l'ignora. « Pensez-vous que nous pourrions trouver un endroit plus discret pour parler ? » demanda Caruso.

Moore tenta vainement de masquer sa réticence. « Comment m'avez-vous trouvé ?

– Vous avez dit à Slater que vous seriez ici. Il m'a dit à quoi vous ressembliez.

– J'espère que c'est un de vos fans. Ce n'est hélas pas mon cas.

– Ça viendra.

– Écoutez, ce n'est vraiment pas le bon moment. Je, hum, suis censé avoir un rendez-vous en cet instant précis, et elle est bien plus jolie que vous.

– Je comprends. J'avais juste besoin d'une petite information.

– Et que comptez-vous en faire ? »

Caruso eut un sourire coupable.

« Pour qui travaillez-vous ? » demanda Moore.

Caruso ouvrit la bouche, puis il parut se raviser et dit rapidement : « Je suis désolé de vous avoir ennuyé. On se reverra. » Sur quoi, il salua Moore d'un petit signe de tête et s'en alla.

Merde, ça rime à quoi, cette histoire ? se dit Moore.

Il était sur le point d'appeler Slater quand celle qu'il attendait entra, en sweat froissé, jeans et tennis. Moore sentit ses épaules s'affaisser légèrement. Ses cheveux noirs tirés en arrière révélaient ses pommettes spectaculaires.

C'est juste un café, se remémora-t-il.

Elle le vit, hasarda un timide signe de main, puis eut un radieux sourire en s'approchant. « Eh, ravie de pouvoir enfin te rendre la monnaie de ta pièce. » Son anglais était excellent, mais l'accent lui donnait une touche encore meilleure, plus adulte, comme si elle avait déjà trente ans et était bien plus proche de son âge.

Ils se serrèrent la main, la sienne était douce comme la soie comparée à sa paluche tannée. « Le timing était parfait, remarqua-t-il, ce qui n'est pas un mince exploit. »

Elle acquiesça et tous deux se dirigèrent vers le comptoir pour commander. Il la croyait café au lait. Elle commanda un expresso noir. Impressionné, il prit la même chose. Elle sortit sa carte pour payer.

« Il y a une cheminée à l'étage, indiqua-t-il.

— On est encore en été.

— Ouais, mais c'est une chauffée au gaz, et ils la laissent fonctionner toute l'année. C'est vraiment sympa. »

Ils montèrent s'installer sur un canapé de cuir, posèrent leurs tasses sur la table et restèrent un long moment à contempler les flammes, en la seule compagnie de deux étudiants de Marymount, assis près de l'âtre, la tête enfouie dans leur ordinateur, si absorbés par leur écran qu'ils attrapaient leur gobelet à tâtons.

« Tu as toujours été aussi sérieux ? » Elle parlait à voix basse, presque inaudible.

« Je n'étais pas sérieux jusqu'à ce que j'entre dans la marine.

— Et maintenant, t'es vraiment concentré. »

Il sourit et se pencha pour saisir sa tasse. « Alors, que sais-tu au juste ?

— Plus que tu n'imagines.

— Je parle de Samad.

— Je parlais de toi.

— Non, vraiment, tu aurais dû voir sa tête quand il a découvert l'avion, à Belize.

— Comment ça ?

– On a eu un coup de main des Israéliens pour l'exfiltrer. Un avion d'El Al. Avec son énorme étoile de David sur la queue. Ça l'a rendu fou, comme si on l'avait arrosé d'eau bénite.

– On n'a pas de prison secrète en Israël, si ? »

Il sourit. « Des prisons secrètes ? Je ne vois pas de quoi tu veux parler. »

Elle sourit en coin. « Alors, où l'a-t-on emmené ? Je n'ai rien pu trouver, personne ne parle. Je veux dire, la nouvelle n'a pas encore été rendue publique. C'est dingue.

– Pour être franc, je n'en ai pas la moindre idée. On peut déjà éliminer Kolgalniceanu en Roumanie, Stare Kiejkuty en Pologne et Diego García. Trop d'yeux et d'oreilles alentour. Merde, ils pourraient très bien le détenir à bord d'un bateau. On l'a déjà fait.

– La rumeur veut que le groupe d'intervention spécial du Président n'ait même pas été prévenu, ce qui veut dire que pas plus d'une douzaine de personnes au monde sont au courant de ce qui s'est passé. »

Moore opina et, comme de bien entendu, il n'allait pas être entièrement honnête avec elle. « Avec toutes les conneries que nous avons pu faire depuis le 11-Septembre, ils veulent s'assurer qu'on procède dans les formes, de peur que les médias se remettent à geindre sur le sort de Samad et protester qu'on l'a conduit et torturé dans une prison secrète de la CIA.

– Donc, pour ce qu'on en sait, Samad est interrogé en ce moment dans un endroit non précisé, et certains responsables politiques voudraient nous faire croire que cela sape la confiance de l'opinion en notre système judiciaire.

– Qu'en penses-tu ?

– J'en pense que vous auriez dû liquider cet enculé quand vous en aviez l'occasion.

– Waouh.

– Je suis surprise que tu ne l'aies pas fait.

– J'y ai songé… mais il détenait des infos dont nous avions besoin.

– Bon… alors, as-tu lu mon dossier ? »

Il arqua un sourcil. « Si je te dis non, tu vas m'accuser de mentir. Si je réponds oui, tu me traiteras de fouineur. »

Elle but une gorgée de café. « Peu m'importe. Mes parents ne me parleront plus, à cause du choix que j'ai fait. Mon père persiste à croire que Rojas était un grand homme. Tu sais qu'on a passé deux ans à monter toute cette affaire.

– Je ne prétends pas savoir quels sont tes sentiments. »

Elle opina puis sortit son téléphone mobile, comme si elle voulait changer de sujet. « Hmm, voyons voir ce que j'ai sur toi. J'ai été étonnée de voir qu'on t'avait détourné des services de renseignement de la Défense et qu'on t'avait retiré ton poste. Tu étais censé obtenir la Croix de la marine, or ils se sont contentés de te décerner une Étoile d'argent.

– Je n'en parle jamais, sinon pour dire qu'à ce moment, la marine et moi étions prêts à nous séparer d'un commun accord. Je resterai malgré tout toujours un SEAL, mais le côté politique, ça devenait trop lourd pour moi. Et puis, j'ai d'autres projets en vue.

– Ils t'ont pourtant envoyé au Point, n'est-ce pas ? J'y ai déposé ma demande à trois reprises. Trois refus. Ce qui est une connerie, bien sûr. »

Le Centre de tests de la Défense Harvey Point, situé à Elizabeth City, en Caroline du Nord, était une école de formation méconnue, un centre de la CIA chargé de l'entraînement aux opérations paramilitaires délicates. Ces gars du Point se prenaient pour des caïds, mais Moore avait passé l'épreuve comme une fleur, et leur avait au passage même appris deux ou trois trucs en matière de tir, de déplacement et de communications, façon SEAL.

« Tu veux quand même pas intégrer ce centre ?

– Pourquoi pas ? Parce que je suis une fille ?

– Parce que ce que tu accomplis au sein du groupe d'action politique est bien plus habile et dangereux. J'en serais incapable. Tout comme ces gros durs. »

Le regard de la jeune fille parut se perdre dans le vague. « J'ai du mal à... C'est juste que je ne sais pas si...

– Quelle est la chose la plus difficile que tu aies accomplie ?

– T'es cinglé ? *Ça...*

– Être assise ici avec moi ? »

Elle se pencha et lui flanqua un coup sur le bras. « Non, je parle de tous ces mensonges. Je parle d'abaisser ma garde et de vivre vraiment toute cette illusion. Je me suis mise à rêver que son père n'était pas un criminel et qu'en réalité, il envisageait vraiment un avenir pour Miguel.

– On a tous nos moments de faiblesse. »

Elle se mordilla la lèvre. « Je ne me pardonnerai jamais ce que je lui ai fait. Il était si beau. » Elle rougit et détourna ses yeux pour cacher ses larmes.

« Ça ira. Ça fait encore mal, mais avec le temps, la blessure s'effacera.

– Tu crois vraiment ? »

Il hocha la tête. « Oui.

– Et toi ? La chose la plus difficile que tu aies faite ? »

Moore hésita et puis il se confia, d'une voix égale qui finit par craquer. Et quand les larmes vinrent, il n'en éprouva nul embarras car, pour la toute première fois, elles lui faisaient du bien.

Elle se coula vers lui et posa la tête au creux de son épaule.

« Tous ces gens autour de nous ? Ils n'ont pas idée des efforts nécessaires pour continuer d'assurer leur sécurité.

– Il ne faut pas leur en vouloir.

– Je ne peux m'en empêcher.

– T'as seulement besoin de vacances.

– J'en sors juste. Et je me sens toujours minable.

– Peut-être que t'as besoin d'un nouveau copain. »

Elle leva la tête et le regarda : « Ah, ouais ?

– Ouais, enfin tu vois, pour te changer les idées. » Il tâcha de prendre son air d'écolier innocent.

« Je vois. Dans ce cas, j'ai une question : es-tu déjà allé en Espagne ? »

Composition Nord Compo
Impression en octobre 2014
Editions Albin Michel
22, rue Huyghens, 75014 Paris
www.albin-michel.fr
ISBN : 978-2-226-31242-6
N° d'édition : 19999/B/01.
Dépôt légal : novembre 2014
Imprimé au Canada chez Marquis imprimeur inc.